DANS L'OMBRE
DE LA LOI

DANS L'OMBRE
DE LA LOI

TONI ANDERSON

Traduit par Diane Garo
pour Valentin Translation.

AUTRES LIVRES DE TONI ANDERSON EN FRANÇAIS

Le sommeil des justes

Dans l'ombre de la loi
Par une nuit si froide
Entre chien et loup

Consultez le site web de Toni Anderson pour connaître toutes ses nouvelles parutions en français :
www.toniandersonauthor.com/foreign-translations

À Mary T, ma plus chère amie.
Et, non, ce n'est pas un livre sur la Guinness.

PROLOGUE

LINDSEY KEEBLE CHANTAIT à tue-tête avec la radio à fond, essayant de ne pas penser à l'obscurité terrifiante. Il était une heure du matin et elle détestait conduire sur ce tronçon d'autoroute isolé entre Greenville et Boden. La pluie menaçait de se transformer en neige. Le vent soufflait avec une telle force que les arbres imposants qui se dressaient au-dessus de sa tête la faisaient dévier nerveusement vers la ligne centrale. Les pneus arrière glissèrent sur l'asphalte et elle ralentit ; elle ne voulait surtout pas abîmer sa jolie petite voiture.

Elle travaillait le soir dans une station-service de Boden. Ses soirées étaient plutôt calmes en général, et elle avait pris l'habitude de réviser entre deux clients. Ce soir-là, tout le monde faisait le plein pour se préparer à une éventuelle tempête hivernale. Comme s'ils n'avaient jamais vu de neige.

Un éclat de lumière rouge dans son rétroviseur fit battre son cœur plus vite. *Et merde !*

Elle n'avait pas commis d'excès de vitesse et ne buvait jamais d'alcool. Elle ne pouvait pas se permettre de payer une amende. On lui fit signe de se ranger et elle s'arrêta sur le bas-côté de la route. Lindsey vivait de manière responsable, car elle aspirait à échapper à sa ville natale. Elle ne faisait pas partie de ces péquenauds. Elle voulait voyager et voir le monde : Paris, la Grèce, peut-être même les pyramides si la situation là-bas s'apaisait. Elle regarda à travers la vitre maculée de neige fondue et vit un SUV noir se garer derrière elle.

Une grande silhouette sombre s'approcha de son véhicule. L'insigne doré d'un flic vint taper contre sa portière. L'air froid et humide s'insinua à l'intérieur de sa voiture lorsqu'elle baissa la vitre, et elle se recroquevilla dans sa veste en sentant les gouttes de pluie.

— Permis et papiers du véhicule.

L'homme avait la voix grave et autoritaire typique d'un représentant des forces de l'ordre. Il portait un ciré noir sur des vêtements noirs. Ses phares éclairaient le pistolet qu'il portait à la ceinture. Elle ne reconnut pas son visage, mais de toute manière, elle ne pouvait pas réellement distinguer ses traits avec la glace qui lui piquait les yeux.

— Que se passe-t-il ?

Elle claquait des dents. Sortant les papiers de la boîte à gants et de son sac à main, elle les lui tendit. Puis elle s'agrippa au volant en plastique dur pendant qu'elle patientait.

— Je n'étais pas en excès de vitesse.

— On nous a signalé une Neon rouge volée, c'est une simple vérification de routine.

— Eh bien, c'est *ma* voiture et je n'ai rien fait de mal. Vous n'avez aucune raison de m'arrêter.

Elle connaissait ses droits.

— Vous aviez une conduite suspecte.

La voix s'était faite plus grave, plus tendue. Elle grimaça. *Ne jamais énerver un flic.*

— En plus, vous avez un feu arrière cassé. Cela me donne une bonne raison de vous contrôler.

L'inquiétude de Lindsey fut remplacée par la gêne. Elle détacha sa ceinture de sécurité et serra le frein à main. Elle s'était fait arnaquer l'année précédente lorsqu'un conducteur l'avait accrochée dans un parking et avait ensuite déclaré à son assurance qu'elle était en tort.

— Il n'y avait pas de problème en allant au travail cet après-midi. Je n'ai rien heurté entre-temps.

Bon sang.

— Allez jeter un coup d'œil.

Le flic recula. Il avait un beau visage malgré sa bouche sévère et ses yeux encore plus durs. Peut-être pourrait-elle le convaincre de ne pas lui mettre d'amende, même si elle n'était pas très douée pour faire les yeux doux. Son père pourrait réparer son feu le lendemain, mais si elle devait aussi payer une amende, elle aurait travaillé pour rien ce soir-là.

Rabattant la capuche de son imperméable, elle sortit de la voiture. Les phares du SUV l'aveuglèrent tandis qu'elle s'approchait du coffre. La main en visière devant ses yeux, elle fronça les sourcils.

— Je ne vois rien…

Une décharge électrique lui transperça le dos. La douleur explosa en une onde de choc qui la traversa de la pointe des oreilles jusqu'au bout des orteils. Elle n'avait jamais rien ressenti de tel. Sa peau se couvrit de sueur, qui se mêla à la neige fondue lorsqu'elle heurta le bitume. Des mains brutales l'attrapèrent par la taille et la soulevèrent sans ménagement. Impossible de contrôler ses bras ou ses jambes. Il la prit sous son bras et elle sentit quelque chose de rigide au niveau de sa hanche, qui vint se planter dans son ventre. Elle réfréna une violente envie de vomir ; la tête lui tournait.

Il lui fallut un moment pour comprendre ce qui se passait.

Cet homme n'était pas un flic.

Toujours sous l'effet du pistolet paralysant, elle n'avait pas la force nécessaire pour le frapper, mais elle tenta de gesticuler, visant ses genoux et essayant de lui décocher un coup de coude dans les parties. Cela ne fit aucune différence et elle se retrouva jetée à l'arrière de son SUV glacial. Il utilisa de nouveau le pistolet pour faire bonne mesure. Elle eut l'impression que ses plombages allaient sauter et sa vessie se relâcha d'un coup.

Tout son monde bascula et elle se retrouva sur le ventre, le visage enfoncé dans un tapis en caoutchouc crasseux. L'homme lui tira les bras dans le dos et elle sentit la morsure du métal contre un poignet, puis l'autre. Des menottes. *Oh, mon Dieu.* Elle était menottée. Une douleur aiguë lui lacéra la poitrine. Si elle ne se calmait pas, elle allait mourir d'une crise cardiaque.

Un bruit de déchirure retentit dans l'obscurité. L'homme la repoussa sur le dos et plaqua un morceau de ruban adhésif sur sa bouche. Il colla quelques cheveux au passage. Ça lui ferait un mal de chien au moment de l'arracher.

Pourtant, son instinct lui disait que c'était le dernier de ses soucis.

Il n'avait aucune raison de la kidnapper, sauf pour lui faire du mal. *Ou la tuer.*

Elle se figea soudain à cette pensée. Chaque mouvement. Chaque respiration frénétique. Son cœur se mit à battre la chamade et la bile lui brûla la gorge tandis qu'elle regardait fixement ces yeux froids et impitoyables. Avec un grognement, l'homme claqua la porte, la plongeant dans une obscurité vaste et dévorante. La pluie martelait la carrosserie autour d'elle comme un tambour de mauvais augure. Elle avait peur du noir. Peur des monstres. Elle se sentait humiliée par la tache froide entre ses jambes. Comment cela avait-il pu lui arriver ? Elle rentrait chez elle, et tout à coup…

Où était son téléphone ?

Elle roula sur le côté, essayant de le sentir dans l'une de ses poches. Et merde. Il était resté dans son sac à main, sur le siège passager de sa voiture. Un fracas retentit parmi les arbres. Elle ferma les yeux, en proie à une montée de panique. Il s'était débarrassé de sa voiture. Elle manqua de s'étouffer. Elle s'était démenée pour se la payer, mais ses finances et sa solvabilité ne seraient plus son problème si elle ne s'en sortait pas vivante. Cet homme allait lui faire du mal. Elle se tortilla vers l'arrière pour tenter de jouer avec la serrure, mais en vain. La paroi au-dessus de sa tête ne bougea pas, même lorsqu'elle lui assena un coup de pied. *Comment ose-t-il me faire ça* ? Comment osait-il la traiter comme une moins que rien ? Elle voulait se débattre, se dresser contre cette injustice, mais lorsque le SUV démarra, elle fut paralysée par la terreur. Toute sa vie, elle s'était battue pour améliorer les choses, pour s'assurer un avenir, et cet homme, ce *salaud*, voulait tout lui voler. Ce n'était pas juste. Il devait y avoir un moyen de s'en sortir. Il devait y avoir un moyen de survivre.

Elle ne voulait pas mourir. Elle ne voulait surtout pas mourir dans le noir, aux mains d'un inconnu aux yeux aussi froids que la mort. Des larmes jaillirent. Ce n'était pas juste. Pas juste du tout.

CHAPITRE UN

Il etait pres de minuit et Alex Parker était assis dans l'obscurité.

Edgar Paul Meacher était parti trois heures plus tôt, au volant du fourgon blanc qu'il gardait à cet effet exclusivement. Meacher avait probablement changé ses plaques sur un chemin de terre tranquille, avant de se mettre en chasse.

Alex avait fouillé la ferme : il avait trouvé suffisamment de preuves pour confirmer que ce type était bien celui qu'il cherchait, mais rien d'autre d'intéressant. Sa chaise se trouvait dans l'ombre, face à la porte. Le bruit d'un moteur gronda dans l'allée. Il n'était pas nerveux. Il ne l'était jamais, depuis sa première mission en 2005.

La ferme se trouvait à environ un kilomètre de la petite ville de Fleet, en Caroline du Nord. Ses murs étaient imprégnés de la légère odeur sulfureuse de chou pourri provenant des champs entourant la propriété. Aucun voisin pour témoin de la sauvagerie à laquelle s'adonnait Meacher. Pas de passants pour se plaindre des cris non plus. C'était également valable pour Alex.

Il plaça son doigt contre le métal froid du SIG P229 équipé d'un canon fileté de 9 mm et d'un silencieux. Une portière claqua, puis une autre s'ouvrit. Un grognement d'effort se fit entendre. On traînait et hissait quelque chose de lourd.

La porte de derrière pivota sur ses gonds. Alex pointa le pistolet en direction de l'homme, prêt à en finir. Mais Meacher descendit directement à la cave, aveuglé par l'excitation de déballer son dernier cadeau, qu'il portait dans une vieille couverture sale.

Alex se leva. Il avança en silence sur le plancher de la ferme centenaire et descendit les escaliers avec la discrétion d'un fantôme.

Le sous-sol était sombre et poussiéreux. Une légère odeur de moisi flottait dans l'air. Le repaire classique du tueur en série. Une unique ampoule éclairait le coin où était installé un lit de camp, confortable et douillet, à l'exception de l'épais film plastique qui le recouvrait. Le sol et les murs étaient d'un gris omniprésent, parsemés çà et là de taches de peinture de couleur rouille. Sauf que ce n'était pas de la peinture. C'était du sang. Le sang de victimes âgées de dix-neuf à trente-cinq ans. Des femmes dont le seul tort avait été de croiser la route de Meacher. Dix femmes, selon le FBI, et d'autres encore, inconnues des autorités. Pour l'instant.

Il y avait une canalisation bien placée au milieu de la pièce. Un seau, un tuyau d'arrosage et des bouteilles d'eau de javel volumineuses – évidemment achetées en gros. Plusieurs rouleaux de plastique étaient appuyés contre le mur et des piles de rubans adhésifs s'amoncelaient à côté de la chaudière. Fort de son expérience et de son esprit pratique, ce type était un pro du meurtre.

Tout comme Alex.

Meacher était occupé à attacher sa dernière victime au lit, aux barreaux duquel des menottes attendaient patiemment leur prochain hôte. L'ordure – professeur de mathématiques au lycée du coin – gardait généralement les femmes en vie pendant une semaine environ avant de mettre un terme à leur calvaire.

Alex chassa de ses pensées les anciennes victimes. Les morts ne revenaient pas, et y penser ne ferait qu'aggraver ses cauchemars.

Meacher prit les menottes et les passa aux poignets de la femme. Leur cliquetis retentit dans le silence sinistre de la cave. Le fait que la victime soit attachée jouait en faveur d'Alex, voilà pourquoi il laissa Meacher terminer. Il ne voulait pas qu'elle puisse bouger. Il ne voulait pas qu'elle se retrouve dans sa ligne de mire.

Le type ne se retourna pas. Il ne détourna pas un instant son regard de la jeune femme brune. On aurait pu penser qu'une personne habituée à traquer des proies percevrait la présence d'un autre prédateur dans son propre repaire.

Visiblement pas.

Meacher passa sa langue sur ses lèvres et déchira le chemisier de la femme. Les boutons sautèrent, résonnant sur le sol de la cave. Le dégoût qu'Alex éprouvait pour cet homme augmentait à chacun de ses actes méprisables.

— Edgar, murmura-t-il.

Meacher fit volte-face, ses lèvres dessinant un O de surprise lorsqu'il aperçut Alex dans les escaliers. L'homme n'eut pas le temps de s'élancer ni de se défendre. Alex dessina un autre O de sa propre composition pile entre ses deux yeux. Un tir couplé. Le bien nommé « Kidnappeur » s'écroula sur le sol, raide mort.

Malgré le silencieux, le coup de feu fit vibrer les tympans d'Alex, mais il ignora la gêne occasionnée. Des maux de tête le tourmentaient depuis son séjour dans une prison marocaine, mais il avait eu de la chance d'en sortir vivant et ces désagréments faisaient simplement partie de sa punition. Et *voilà* ce qui constituait l'autre moitié de sa pénitence.

Il ramassa les deux douilles avec un mouchoir et les plaça dans une pochette en silicone qu'il avait fait coudre sur mesure. Il retira le silencieux et glissa le SIG dans son holster d'épaule. Il se dirigea ensuite vers la dernière victime du Kidnappeur, allongée sur le lit de camp. Sa tête dodelinait d'un côté et de l'autre alors que les effets de la kétamine – la drogue de prédilection de Meacher pour ses enlèvements – s'estompaient. Alex aurait voulu libérer la femme de ses menottes, mais la vibration dans sa poche lui indiqua qu'il était temps de partir. Ses chevaliers en armure étaient sur le point de faire irruption.

Il lui caressa les cheveux et lui dit d'une voix douce :

— Les fédéraux arrivent. Vous allez vous en sortir.

L'instant d'après, il était dehors, se fondant dans l'obscurité tandis que des véhicules déboulaient des routes avoisinantes.

Le FBI estimait à environ deux cent cinquante les tueurs en série actifs aux États-Unis. Le travail d'Alex consistait à réduire ce nombre, un odieux meurtrier après l'autre.

———

MALLORY ROONEY, AGENT spécial du FBI, tenait le Glock 22 du gouvernement contre sa cuisse, une balle dans la chambre et le doigt non loin de la gâchette. Elle était accroupie entre les autres agents et quelques policiers. Elle portait son Taser à la ceinture et son Glock 21 de secours à la cheville. Son gilet pare-balles volumineux l'aidait à résister au froid de novembre et l'adrénaline faisait le reste. Sa tempe palpitait des suites d'une altercation récente, mais une bonne dose de Paracéta-mol et une généreuse couche de maquillage avaient suffisamment masqué le problème pour qu'on l'envoie avec le reste de l'équipe. Hors de question de manquer *ça* parce qu'un voyou l'avait frappée au visage.

Le SWAT, l'unité d'intervention, était pris par une autre opération de sauvetage d'otages à Charlotte. Loin de la contrarier, cela lui permettait de participer à cette intervention. Elle était entourée d'agents très expérimentés et de policiers locaux. Les adjoints du shérif surveillaient le périmètre.

Elle était la seule, dans son équipe, à en être encore à sa première affectation. Deux descentes en une journée devaient constituer un record pour une bleue comme elle.

Un filet de sueur ruisselait le long de son dos. Son cœur battait à tout rompre, mais elle inspira profondément pour forcer son pouls à se calmer. Elle s'était entraînée en vue de ce scénario un million de fois, et elle avait botté un certain nombre de culs du côté d'Hogan's Alley. Mais cette fois, elle était sur la piste d'un tueur en série qui avait massacré au moins dix femmes. Elle ne pouvait pas s'empêcher d'avoir peur et ses nerfs étaient mis à rude épreuve. Toutefois, elle ne comptait pas laisser paraître cette faiblesse devant ses collègues. Elle ne comptait pas non plus leur dévoiler sa détermination farouche à en finir avec ce type, à tout prix.

Joue-la cool. Fais le job.

Elle essuya subrepticement sa paume gauche sur la jambe de son pantalon noir, tous les sens en alerte, cherchant à deviner ce qui se passait derrière la modeste porte de ferme. Elle était si proche de l'agent devant elle qu'elle pouvait sentir l'odeur de sa lessive. Son meilleur ami et mentor, l'agent spécial Lucas Randall, était accroupi derrière elle. Il sentait probablement son appréhension qu'aucun déodorant ne pouvait masquer. Quatre autres agents des forces de l'ordre étaient postés devant le bâtiment.

Ils avaient examiné les plans de la ferme et en connaissaient la configuration générale. Lucas et elle devaient s'occuper de la cave, tandis que deux adjoints du shérif couvraient les doubles portes. Les portes extérieures et les serrures étaient pourries, mais ils étaient équipés d'un bélier, au cas où.

Immobile, elle se concentrait. Ils attendaient le signal pour entrer dans la maison du tueur en série présumé, Edgar P. Meacher. Surnommé « Le Kidnappeur » par les médias, ce type avait échappé aux autorités pendant quatre longues années, enlevant ses victimes non seulement dans la rue, mais aussi chez elles, instillant la terreur dans le cœur de chaque femme des Carolines et des États voisins.

Mieux que quiconque, Mallory comprenait cette peur viscérale. Elle vivait avec, tous les jours, depuis dix-huit ans. Toute sa vie s'articulait autour d'une question : pourquoi avait-on enlevé sa sœur, et pas elle ? Qu'est-ce qui faisait d'une personne une cible ? Comment les monstres choisissaient-ils leurs victimes ?

Mais ce n'était pas le moment d'y réfléchir.

Le Département des sciences du comportement du FBI, qui faisait partie du Centre national pour l'analyse des crimes violents (NCAVC) basé à Quantico, en Virginie, avait élaboré un profil sophistiqué du Kidnappeur. Ce type, Meacher, y correspondait en tous points.

Ils avaient reçu un appel anonyme, le matin même. Le téléphone avait sonné juste au moment où elle finissait de remplir le formulaire FD 302 concernant les arrestations de la matinée. On l'avait informée que le type qu'ils recherchaient était un certain Edgar Paul Meacher de Fleet, en Caroline du Nord. Cela ne signifiait pas que Meacher *était* leur homme, mais une femme correspondant au profil de prédilection du suspect avait été enlevée, plus tôt dans la soirée, et ils n'avaient pas eu le temps de s'asseoir pour débattre de la meilleure façon de procéder. Ils allaient entrer. Il le fallait.

Elle serra les doigts sur la crosse de son pistolet.

L'agent spécial superviseur Petra Danbridge leur donna le feu vert par radio. Elle sentit une bouffée d'adrénaline. Le bélier enfonça la porte dans un grand fracas et ils se ruèrent tous à l'intérieur. Il était essentiel de faire vite : leur discrétion avait volé en éclats lorsqu'ils avaient défoncé les portes.

Mallory et Lucas empruntèrent les escaliers qui menaient au sous-sol. De la sueur perlait sur son front malgré l'air frais de la cage d'escalier. Elle sentit l'odeur du sang et le faible écho de la mort. Elle se prépara mentalement à affronter ce qui pourrait l'attendre. Malgré tout, elle fut stupéfaite par ce qu'elle découvrit.

Meacher gisait, telle une poupée de chiffon, dans son propre sang. Aucune arme en vue.

— Suspect à terre, à la cave ! cria-t-elle.

Au-dessus de leurs têtes, des pas résonnaient tandis que la maison était fouillée de fond en comble. Lucas et elle s'approchèrent prudemment de la silhouette. L'homme avait un trou de la taille d'une pièce de dix cents entre les yeux. Mallory regarda de plus près. Il y avait en fait *deux* impacts de balles, si proches l'un de l'autre qu'il était presque impossible de les distinguer. Celui qui l'avait tué avait eu de la chance… ou il s'agissait d'un sacré tireur d'élite.

Elle pointa son arme sur le suspect tandis que Lucas s'approchait pour vérifier le pouls de Meacher. Son regard se tourna vers la victime, parfaitement immobile sur le lit. C'était Janelle Ebert, la jeune femme portée disparue.

Était-elle en vie ou arrivaient-ils trop tard ?

— Il est mort, confirma Lucas.

Mallory se hâta vers la femme et plaça deux doigts sur son cou à la recherche d'un pouls. Une immense vague de soulagement la submergea lorsqu'elle sentit sa peau chaude et un battement constant à la base de sa gorge.

— Elle est vivante. Aucune blessure apparente.

Sa voix se brisa et elle fut rattrapée par ses propres démons. *N'y pense pas, Mallo*. Elle examina ses mains.

— Et elle est menottée. Qui a bien pu tirer sur Meacher ?

Tous les sens en alerte, Lucas et elle vérifièrent en tandem le reste de la cave. Elle n'était pas très vaste. Elle comportait un imposant congélateur vertical. Il devait y avoir des provisions pour toute une vie là-dedans. Les marches menant aux doubles portes se trouvaient sur la droite. Il y avait aussi une petite pièce à la porte fermée, dans un coin. Au même instant, la chaudière se mit en route, les faisant sursauter. Ils échangèrent un regard, hochèrent la tête en silence et se placèrent de part et d'autre du réduit. Lucas actionna la poignée et ouvrit la porte vers l'extérieur. Mallory s'avança prudemment, mais la pièce était vide.

Là, accrochées au mur, il y avait suffisamment de photos sur papier glacé pour que, même sans la femme menottée au lit, Mallory n'ait plus le moindre doute : Meacher était leur homme. *Doux Jésus*. Une sensation d'étouffement la gagna, mais elle s'efforça de lutter. Elle balaya du regard les photos, à la recherche d'une sœur qu'elle n'avait pas vue depuis dix-huit ans, même si elle savait que ce n'était pas une bonne idée. Enfin, elle se força à arrêter. Elle avait d'autres choses à régler d'abord.

La SSA Danbridge descendit les escaliers. Les bottes de cette femme étaient des armes redoutables, mais au moins, Mallo savait toujours où se trouvait son chef.

— RAS ! lança Lucas.

— Faites venir les urgentistes, cria Danbridge derrière elle en contournant le corps de Meacher pour se diriger vers l'endroit où se tenaient Mallory et Lucas, fixant du regard ce qui devait être la salle des trophées de leur homme.

— Je n'ai pas entendu de coup de feu.

— Il était déjà mort quand nous sommes arrivés.

Lucas paraissait déçu lorsqu'il rangea son arme dans son holster.

— Ce qui est foutrement dommage, car j'aurais adoré traîner son cul en prison.

La femme sur le lit gémit et Mallory s'avança, rengainant son pistolet, bien que la cave effrayante lui fît froid dans le dos.

— Où sont les ambulanciers ? Je peux enlever ces menottes ?

Danbridge avait l'air contrariée, mais hocha la tête avant de se raviser :

— Attendez !

Elle sortit son téléphone portable et prit une série de photos de la femme, des menottes, de la proximité du lit par rapport au cadavre. Meacher était un tueur en série, mais il avait manifestement été assassiné. Il s'agissait d'une scène de crime à plusieurs niveaux, pourtant la sécurité et le confort des victimes survivantes passaient toujours en premier.

— Vous pensez qu'il avait un complice qui l'aura balancé

avant de le tuer ? demanda Lucas.

— Meacher n'est mort que depuis quelques minutes. Ça sent encore la poudre à canon, fit Mallory en humant l'air. Ça aurait été un sacré risque de nous avertir juste avant de le tuer.

— Je vais mettre en place des barrages routiers et une équipe de recherche.

Danbridge se hâta de donner des instructions dans sa radio.

— Quelqu'un a peut-être piégé Meacher pour en faire un bouc émissaire, suggéra Lucas.

— Peut-être, répondit Mallory avec une grimace. Mais rien dans le profil ne suggérait que Meacher avait un complice, et ces images…

Elle tendit le pouce par-dessus son épaule.

— … ne montrent qu'un homme en action. On devrait chercher des vidéos. Il ne se contentait sûrement pas de les prendre en photo.

Les urgentistes arrivèrent sur les lieux et dévalèrent les marches en bois. Danbridge les éloigna du corps de Meacher.

— Ne vous souciez pas de lui.

Grande et blonde, l'agent spécial superviseur Danbridge était l'ambition incarnée. Mallory avait beaucoup de respect pour son chef en tant qu'agent, mais cette femme n'était pas particulièrement empathique. Pas du genre à se répandre en effusions dans les toilettes des filles, au bureau.

— Si vous touchez autre chose que la femme sur le lit, je vous dénonce.

Et voilà. À peu près aussi chaleureuse et affectueuse qu'une tarentule.

Les deux secouristes levèrent les yeux au ciel tandis que Mallory ouvrait les menottes à l'aide des clés que Meacher avait laissées près du lit, hors de portée de la victime. La femme se mit à gémir, puis cligna des paupières et fronça les sourcils, confuse.

— Tout va bien, mademoiselle. Pouvez-vous me donner votre nom ? demanda l'urgentiste en lui passant un brassard pour prendre sa tension.

— Où suis-je ? J'ai eu un accident ?

Sa voix était rauque.

— L'homme a dit que ça allait bien se passer, reprit-elle. Il a dit que les fédéraux arrivaient. Mais pourquoi le FBI ?

Elle ferma les yeux et se frotta le front.

— Restez allongée, répliqua le médecin.

— J'ai la tête qui tourne. Je ne me souviens pas d'avoir bu autant.

— Qui vous a dit que le FBI arrivait ? s'enquit Mallory en échangeant un regard avec Lucas.

Le problème avec la kétamine, c'était qu'elle pouvait déclencher de fortes hallucinations et rendait souvent les déclarations des témoins non seulement inadmissibles devant un juge, mais carrément délirantes. En l'occurrence, ils n'avaient rien d'autre à quoi se raccrocher. Peut-être se souviendrait-elle de certains détails à propos du tueur de Meacher.

— Avez-vous vu son visage ?

— Un très beau mec. Ou alors c'était un rêve.

Ses yeux marron louchaient sur le visage de Mallory, peinant à faire la mise au point.

— Vous êtes du FBI ? Que s'est-il passé ? Où suis-je ?

Mais avant que Mallo ne puisse répondre, la femme aperçut le corps de Meacher gisant sur le sol et sembla prendre conscience de son chemisier déchiré et du crissement du plastique dans son dos. Elle se redressa à demi, jeta un œil au sous-sol froid et humide et se mit à sangloter. Puis elle commença à hurler.

———

SEPT HEURES PLUS tard, Mallory se trouvait dans le parking sombre à l'arrière de l'hôpital, avec un café trop chaud. Pourquoi la SSA Danbridge ne décrochait-elle pas ce satané téléphone ? Ses pieds étaient engourdis, ses orteils lui semblaient des blocs de glace. Renonçant à joindre son chef, elle remit son téléphone dans sa poche et coinça sa main libre sous son aisselle opposée. Elle aurait dû mettre un manteau par-dessus son tailleur-pantalon noir avant de quitter le bureau, la veille, mais elle était trop excitée pour y penser. Une épaisse couche de givre recouvrait le sol. Il faisait ridiculement froid pour la Caroline du Nord, même pour un mois de novembre.

Danbridge avait confié à Mallory la tâche d'accompagner la victime à l'hôpital et d'obtenir sa déposition. Si le « présumé » tueur en série avait encore été en liberté, elle n'aurait eu aucune chance de se voir confier cette mission, étant donné son grade. Mallo soupira. Le temps qu'un médecin examine les blessures de Janelle Ebert et recueille des preuves sur ses vêtements et sa personne, il était déjà trois heures du matin. Puis la pauvre femme avait demandé à faire un somme pendant que Mallory faisait les cent pas dans le couloir. Enfin, elle avait obtenu une déposition qui ne leur avait rien appris de neuf. Janelle était sortie prendre un verre dans un bar et Meacher l'avait enlevée dans un parking mal éclairé. Elle ne se souvenait de rien entre sa sortie du bar et son réveil dans cette cave.

Elle avait été portée disparue par une amie qui devait dormir chez elle et qui s'était inquiétée en constatant que Janelle ne lui ouvrait pas sa porte. Quand l'amie était retournée au bar et avait vu sa voiture sur le parking, sans aucune trace de la jeune femme, elle avait appelé la police.

Janelle dormait à présent à poings fermés. Un adjoint du shérif local était posté devant la porte de sa chambre, plus pour la protéger des journalistes que d'un potentiel agresseur. Si la personne qui avait éliminé Meacher avait voulu tuer Janelle Ebert, il – ou elle – en aurait eu amplement le temps.

Janelle avait eu beaucoup de chance.

À présent, Mallory avait envie de partir. Elle aimerait aider à fouiller la maison des horreurs et savoir exactement qui Edgar Meacher avait tué. Mais elle avait besoin de ce travail, et énerver son chef faisait partie des choses à éviter si elle voulait le garder. Elle but une autre gorgée de café brûlant et observa la buée qui sortait de sa bouche. Le soleil se levait à l'horizon, le gris du crépuscule laissant place au mauve pâle et au rose de l'aube.

Elle se perdit dans ses pensées.

Payton, sa sœur jumelle, adorait contempler le lever du soleil sur les bois qui entouraient leur maison de Virginie-Occidentale. À l'époque, Mallory n'aimait pas être réveillée par le chant des oiseaux, mais aujourd'hui, elle trouvait cela étrangement rassurant. C'était un autre lien fragile avec la sœur qu'elle avait perdue. Quoi qu'il arrive, le soleil se levait toujours. Et jusqu'au jour où le système solaire déciderait d'imploser et d'emporter cette galaxie avec lui, il en serait toujours ainsi. Cela lui rappela qu'elle n'était qu'un grain de sable dans l'univers.

Ses collègues avaient trouvé des photos de douze victimes jusqu'à présent – l'une d'entre elles était même une ancienne élève de Meacher –, mais aucune description ressemblant à sa sœur jumelle.

Payton avait neuf ans lorsqu'elle avait disparu, sans laisser de traces, de la chambre qu'elles partageaient dans leur manoir de Virginie-Occidentale. Mallory ne s'attendait pas vraiment à trouver des preuves de sa présence chez Meacher, mais au fond, elle espérait toujours qu'elle et ses parents finiraient par obtenir des réponses. Elle avait été stupéfaite du nombre de monstres qu'elle avait croisés depuis qu'elle travaillait pour le FBI.

Elle entendit des bruits de pas en approche. Un homme se dirigeait vers elle.

Elle se retourna, dessinant mentalement une carte de son environnement. Même s'il était tôt, il y avait trop de gens et trop de caméras pour qu'il représente une véritable menace, mais sa main droite se rapprocha tout de même de son arme. En voyant le grand manteau de laine, les doigts tachés de nicotine et les yeux affûtés comme des rasoirs, elle sut exactement ce qu'il lui voulait.

Il tenait un paquet de cigarettes.

— Une clope ?

— Merci, mais je ne fume pas.

— Vous êtes du FBI ?

Il avait compris que l'aiguille de son détecteur de conneries était dans le rouge et il avait opté pour la manière franche. C'était déjà ça.

— Vous savez quelque chose sur cette histoire de tueur en série ?

— Vous êtes journaliste ?

— Charlie Fernier. *The Post.*

Il lui tendit la main, qu'elle ignora ostensiblement.

Elle prit une nouvelle gorgée de café et s'essuya la bouche du revers de la main. En présence de la presse, le silence était son meilleur allié.

— On ne s'est pas déjà croisés quelque part ?

Il inclina le menton pour mieux voir son visage et son regard s'attarda sur l'œil au beurre noir qui apparaissait désormais sous son maquillage.

— Votre visage me dit quelque chose.

Mallory tenait bon, même si elle avait envie de s'enfuir. Elle sentit de la glace se former à l'intérieur de sa poitrine, cette sensation familière qui s'insinuait en elle chaque fois qu'on la reconnaissait, à cause de la campagne annuelle que menait sa mère pour entretenir la mémoire de sa sœur. Pourquoi utiliser un logiciel de vieillissement alors qu'on avait une réplique prête à l'emploi sous la main ?

En tout cas, pas cette année. Elle avait fini de faire semblant de croire que Payton pouvait encore être en vie. Elle ne voulait plus offrir de frissons à son ravisseur en le suppliant de lui fournir des informations. Elle voulait *le* voir implorer sa pitié alors qu'elle appuierait son Glock sur sa tête. Cette image la tira de sa rêverie. Trop de café, pas assez de sommeil.

— Non. Vous ne me connaissez pas.

— Vous êtes sûre, agent spécial… ?

Elle commença à s'éloigner.

— J'en suis certaine, Monsieur Fernier.

— Je sais !

Sa voix résonna contre le verre et le béton de l'hôpital derrière eux.

— Vous êtes cette fille !

Tous les muscles de son corps flanchèrent.

— Celle dont la jumelle a été enlevée il y a des années.

— Je ne sais pas de quoi vous parlez.

Sa mère avait *beaucoup* de comptes à lui rendre.

— Ça fera un super titre : « La fille de la sénatrice toujours en quête de justice après toutes ces années. »

Elle brandit son majeur sans se retourner et entendit l'homme rire à gorge déployée derrière elle. Sa vie ne se résumait pas à un gros titre. Après avoir jeté son gobelet à la poubelle, elle monta dans sa voiture, regarda dans son rétroviseur et vit le journaliste s'éloigner, cherchant probablement la meilleure façon de l'impliquer dans cette affaire. Elle démarra le moteur et enclencha la marche arrière pour sortir de sa place. Quand l'article paraîtrait dans les journaux, il la dépeindrait sans doute comme une victime de dépression nerveuse, ou bien comme l'héroïne ayant supprimé Meacher dans un combat au corps-à-corps et sauvé la vie de Janelle. De quoi énerver ses collègues et influencer l'opinion. Comme si sa vie n'était pas déjà assez compliquée.

Prenant une soudaine décision, elle tourna à droite en sortant du parking pour retourner à la ferme. Son téléphone sonna. C'était son chef. Mallory roula des yeux.

— Où êtes-vous ?

— Toujours à l'hôpital.

— Vous n'avez pas encore fini ?

Elle réprima une réplique cinglante.

— Je viens de terminer. Janelle dort et j'ai les preuves dans le coffre.

Des vêtements. Un kit de viol. Bien qu'il n'y ait aucune preuve d'agression.

— Elle a dit quelque chose sur la personne qui a tiré sur

Meacher ?

— Il avait de beaux yeux et elle pense qu'il a touché ses cheveux.

— Dommage qu'ils n'aient pas encore inventé un test ADN aussi sensible.

— Vous avez trouvé quelque chose du côté de la ferme ?

— Assez de photographies pour suggérer que Meacher a tué au moins douze femmes. Nous avons mis la main sur ses vidéos. Elles devraient révéler d'autres victimes.

Mallory se prépara psychologiquement.

— Besoin d'aide pour les visionner ?

— Le DSC envoie deux agents pour aider à collecter des preuves et passer au crible les vidéos et les photos, histoire d'essayer de les relier à des meurtres non résolus.

Ce qui signifiait qu'en tant que nouvelle recrue, Mallory serait réduite à servir le café. Élément non négligeable pour faire tourner les cerveaux.

— Je veux que vous retourniez au bureau et que vous remontiez la piste de cet informateur anonyme…

— Je vous demande pardon ?

Elle grimaça. Et merde. On aurait dit une gamine pleurnicharde, mais l'informateur ne risquait pas de la conduire au meurtrier de sa sœur.

— Quelqu'un, avant nous, a soupçonné Meacher d'être le Kidnappeur. Je parie que c'est cette même personne qui lui a mis une balle dans la tête. Qu'il s'agisse d'un complice ou d'un citoyen indigné, je veux qu'il soit traduit en justice.

Danbridge lui raccrocha au nez.

Mallory jeta son téléphone sur le siège. *Super. Vraiment génial.* Tous les autres allaient pouvoir disséquer l'esprit d'un tueur en série. *Elle* allait devoir tracer un appel téléphonique.

CHAPITRE DEUX

EVANT LA DIVISION du FBI de Charlotte, une fine couche de neige recouvrait le trottoir.

— Comment ça, tu ne peux pas le tracer ?

Mallory tira sur le petit anneau d'or qu'elle portait à l'oreille en regardant par la fenêtre.

— Je pensais que tu pouvais tracer n'importe quoi.

— Pas cette fois.

Mike Tanner était spécialisé dans les systèmes de communication. C'était un type super sympa et tout le monde au FBI en abusait. Ex-militaire, il avait participé à la conception de logiciels utilisant la reconnaissance vocale pour intercepter les conversations de terroristes présumés sur des téléphones portables pendant la guerre en Irak.

— Il a fait passer le signal par différents serveurs *et* il a utilisé un téléphone jetable qui a été éteint et désactivé depuis. Je pourrais te dire d'où provenait l'appel si j'y consacrais les six prochains mois. Malheureusement, mon patron aura d'autres missions à me confier.

Calant le combiné du téléphone avec son épaule, elle consulta ses e-mails.

— Et l'analyse de la voix ?

— Elle était modifiée de manière électronique.

— Alors, tu n'as rien ?

— Pour être exact, *tu* n'as rien.

— Je vois. *Merci*, Mike, dit-elle d'un ton ironique qui le fit rire.

— C'est toujours un plaisir de t'aider, Mallo.

Elle raccrocha au moment où Lucas Randall entrait dans la pièce. Ses cheveux bruns étaient dressés sur sa tête et une barbe d'un jour lui assombrissait la mâchoire. C'était un beau garçon et elle était au courant des rumeurs selon lesquelles ils étaient secrètement en couple. C'était faux. Ils étaient amis depuis des années. Il avait toujours été comme un grand frère pour elle.

— Qu'est-ce qui se passe ? s'enquit-il.

— Briefing de l'unité dans la salle de conférence dans quinze minutes. Avec deux gros bonnets du DSC.

Il la pointa du doigt.

— Danbridge était furieuse de te voir apparaître sur le site du *Post*.

Elle fit la moue.

— Comme si j'y étais pour quelque chose. Un journaliste m'a coincée à l'hôpital, il m'a reconnue à cause du cirque médiatique annuel de ma mère et il s'est jeté sur moi. Crois-moi, je ne cherche pas *du tout* à attirer l'attention.

Elle se leva, s'étira le dos, puis le suivit jusqu'à son bureau. Ses collègues avaient passé au peigne fin la résidence de Meacher sans interruption pendant les dix-huit dernières heures tandis qu'elle tournait en rond. Les lèvres pincées de Lucas et le poids qui semblait peser sur ses épaules suggéraient que la journée n'avait pas été de tout repos.

— À ce point-là ? demanda-t-elle.

Elle n'était au FBI que depuis vingt-deux mois et elle était toujours en probation, mais elle avait déjà vu des choses qu'elle emporterait dans la tombe. Même si elle voulait être impliquée dans l'enquête sur Meacher, elle savait que le fait de côtoyer le mal avait des conséquences. C'était une chose de voir les photos de la scène du crime, une autre d'être dans l'antre d'un tueur en série, à découvrir ses victimes.

— On a compté quinze femmes, dit Lucas d'un ton bourru.

Les cernes sous ses yeux et son visage grave montraient qu'il était éreinté. Il répondit à sa question silencieuse en secouant la tête.

— Je n'ai vu aucun enfant et personne qui ressemblait à Payton.

Mallory était déchirée entre déception et soulagement.

— Il gardait des trophées plus personnels dans sa chambre. Celui qui a tué ce fils de pute a rendu service au monde entier.

Une vague d'émotions non dissimulée transparut sur son visage. Aussitôt, il l'ensevelit sous six ans d'expérience de terrain et un regard fixe de policier endurci.

— Tu sauras tout lors du briefing.

Il se frotta la nuque.

— Laisse-moi le temps de prendre un café et on y va ensemble.

Il se figea alors qu'un inconnu arborant un badge de visiteur et portant un ordinateur portable franchissait la porte du bureau.

— Alex ? Qu'est-ce que…

— Tu as raté la réunion, abruti.

L'expression de l'homme était agressive.

— Je me suis dit que j'allais te retrouver et t'obliger à me payer une bière.

Son regard se posa alors sur elle et il ajouta :

— Mais on dirait que ce n'est pas le bon moment.

— C'était aujourd'hui ?

Lucas se donna une claque sur le front.

— Putain, tu as raison. Je suis un abruti.

— Tu ne m'apprends rien.

Le dénommé Alex sourit et Mallory fut frappée par sa beauté.

La réponse arracha à Lucas un sourire réticent.

— Crois-le ou non, Mallo, c'est un bon ami à moi, Alex Parker. Je lui ai demandé d'assister à un briefing du groupe de sensibilisation au contre-espionnage que j'avais organisé, pour qu'il nous parle des dernières mesures en matière de sécurité sur Internet mises en place dans le secteur privé. Il a créé son entreprise à Washington. Il travaille beaucoup pour le gouvernement. On a servi ensemble en Afghanistan.

Son regard se reporta vers Alex.

— Je suppose que la réunion s'est déroulée sans moi ?

Le nouveau venu hocha la tête.

— On a réussi à se débrouiller sans tes inestimables lumières.

— Et c'est *moi* l'abruti, ronchonna Lucas en souriant. Je te présente l'agent spécial Mallory Rooney.

L'inconnu lui tendit une main bronzée et forte. Sa peau était chaude, sa poigne ferme lorsqu'il serra la sienne.

— C'est un plaisir de vous rencontrer, agent Rooney.

Il avait un sourire ravageur plein d'autodérision, aussi charmant que ses cheveux châtain clair, courts et ébouriffés, et sa barbe de plusieurs jours.

Malgré le costume sur mesure, il n'avait pas été suffisamment intimidé par les membres puissants du comité pour daigner se raser. Le contraste attira son attention. Il était différent des forces de l'ordre et des acteurs politiques qu'elle rencontrait habituellement. Il y avait une sorte de sobriété et de retenue chez lui qui ne correspondait pas à la vive intelligence qu'elle pouvait lire dans ses yeux, ni aux muscles saillants sous son costume. Cela l'intriguait. Et ça faisait longtemps qu'elle n'avait pas été intriguée sur le plan personnel.

— Vous travaillez dans la sécurité ? demanda-t-elle.

— Je fais en sorte que les secrets commerciaux restent secrets… ou du moins, j'essaie. Rien à voir avec vous qui courez des risques tous les jours.

Lucas s'assit sur son bureau en désordre.

— Dit l'homme décoré de la Croix pour service distingué.

Un sentiment vulnérable apparut dans ses yeux d'ardoise.

— J'ai été pris dans une fusillade et j'ai réussi à ne pas me faire tuer. J'ai eu de la chance.

Ses yeux ne révélaient plus rien à présent, il avait refoulé toute émotion.

— Je ferais mieux de vous laisser retourner au travail. La route est longue jusqu'à Washington.

Leur chef entra sur ces entrefaites et Mallory se raidit. Danbridge lança à Alex un rapide coup d'œil superficiel qui se transforma en un regard plus appuyé typiquement féminin.

— Agent spécial Randall, j'ai besoin de vous parler.

Puis elle se rendit dans son bureau, martelant le sol de ses talons. Lucas étouffa un juron.

— Alex, je te suis redevable, mon pote. On reste en contact. Tu peux le raccompagner pour moi, Mallo ?

— Bien sûr, répondit-elle.

Plus elle éviterait son chef, mieux ça vaudrait. Les deux

hommes échangèrent une poignée de main et se dirent au revoir.

— Je peux trouver la sortie moi-même, dit doucement Alex.

— Ne vous en faites pas. J'ai besoin de me dégourdir les jambes, de toute façon.

Le regard de l'homme se posa sur ses bottes et remonta le long de ses jambes. La caresse de ses yeux sembla presque aussi intime à Mallory qu'un contact physique. Une sensation inhabituelle s'insinua en elle, presque méconnaissable, car elle n'avait rien ressenti de tel depuis bien longtemps. C'était de l'attirance.

En essayant de se convaincre qu'elle ne prolongeait pas délibérément le temps qu'ils passaient ensemble, elle prit les escaliers menant vers la sortie. Il était plus grand qu'elle ne le pensait. Avec ses bottes à petits talons, elle mesurait un peu moins d'un mètre quatre-vingts, et il faisait bien dix à douze centimètres de plus qu'elle. Elle fronça les sourcils. En le voyant de loin, à côté de Lucas, elle l'aurait décrit comme un homme de taille moyenne et d'aspect tout à fait *quelconque*. De près, en revanche, avec ces yeux gris intelligents et profonds, et ce visage masculin parfaitement proportionné, c'était un canon. Elle comprenait mieux le manque de précision des témoins oculaires. Il ne portait pas d'alliance, non plus.

Son métier consistait à prêter attention aux détails.

Bien qu'elle s'efforçât de maintenir une distance entre eux, elle ne pouvait ignorer sa présence à ses côtés. Devant l'entrée principale du bâtiment de quatre étages en béton blanc, il se tourna vers elle et lui demanda :

— Accepteriez-vous de dîner avec moi un soir ?

— Je ne suis pas très branchée rencards.

La réponse sortit automatiquement avant que son cerveau ne se mette en route. Et merde.

Il y eut un long silence durant lequel ses beaux yeux se promenèrent sur le visage de Mallory, s'attardant sur son ecchymose de la veille. Il ne protesta pas, ne tenta pas de la faire changer d'avis.

— Ce fut un plaisir de vous rencontrer, agent spécial Rooney.

Sur ce, il s'en alla.

Elle serra les poings. Merde, pourquoi avait-elle dit non ?

Parce qu'elle ne s'autorisait pas de rencards.

Elle regarda Alex Parker monter dans sa voiture de sport au ras du sol et lui adresser un petit signe de la main avant de démarrer. Il disparut et un sentiment de manque s'empara d'elle, une douleur familière. Elle contracta la mâchoire, tourna les talons et retourna au travail.

Alex s'éloigna en essayant de ne pas se demander pourquoi Mallory Rooney n'acceptait pas de rendez-vous. En la voyant dans le rétroviseur, sa poitrine se serra. C'était dommage qu'une personne si jeune et si belle s'isolât ainsi. Certes, il n'aurait rien fait de plus que l'emmener dîner – *essaie de t'en persuader, mon pote* –, mais l'attirance avait été instantanée et inattendue.

Ce qui était vraiment ironique, c'était qu'il n'était pas branché rencards, lui non plus. Et il n'aimait pas les surprises.

La neige n'avait pas tenu. Elle se décollait de l'asphalte comme des morceaux de coton et se mélangeait avec la terre dans le caniveau. Il fut rattrapé par la triste réalité. Il n'aimait pas mentir, il n'aimait pas tuer. Il n'aimait pas la mort. Mais il n'avait pas le choix. Une fois sa dette remboursée, il passerait à autre chose et reconstruirait une vie dont il serait fier. D'ici là, il avait encore cinq cent quarante-deux jours à tirer et il n'avait pas le droit de penser à de jolies femmes aux yeux d'ambre mélancoliques. Son téléphone sonna et il répondit. Cette distraction était bienvenue. Le travail lui occupait l'esprit. Cela lui évitait d'avoir des regrets.

MALLORY RETOURNA DANS le bâtiment et se rendit directement dans la salle de briefing. Deux types en costume à la mine grave trônaient en bout de table, à côté de l'agent spécial responsable de la division de Charlotte. Il la regarda par-dessus ses lunettes et elle lui adressa un petit sourire. Maudit soit ce journaliste.

— Qui sont-ils ? murmura-t-elle à l'adresse de Lucas en s'asseyant à côté de lui.

— Agents spéciaux superviseurs Hanrahan et Frazer du DSC.

Ces types étaient de véritables légendes au FBI. Hanrahan avait les cheveux poivre et sel, le teint basané et le visage buriné. Il s'était entretenu avec des délinquants en série de tout le pays et avait écrit un livre sur le profilage de ces tordus. Mallory s'était toujours demandé à quel point on pouvait s'exposer face à ces gens sans que sa moralité en pâtisse. Frazer était beaucoup plus jeune. Avec ses cheveux blonds étincelants et ses yeux d'un bleu arctique, il était aussi beau que Ryan Gosling – si c'était votre type d'homme. C'était une vraie star dans le milieu. En Afghanistan, il avait traqué un tueur en série qui utilisait la guerre pour cacher ses crimes. Après quoi, il avait fait tomber une veuve noire qui en était à son quatrième mari – il s'agissait du milliardaire Robin Greenburg, le magnat des médias, propriétaire de chaînes dans le monde entier. Cela allait sans dire que Frazer n'avait jamais mauvaise presse. Il était poli et parfait. Rien que de le regarder lui faisait mal aux dents.

L'image d'Alex Parker s'insinua dans son esprit et elle regretta de l'avoir écarté. Il avait un côté viril qui lui plaisait. Mais elle n'avait pas eu le temps de sortir avec qui ce soit depuis qu'elle avait rejoint l'académie, et elle n'avait pas plus le temps à présent. Elle tambourina des doigts sur la table de conférence en bois, irritée et frustrée par son absence totale de vie personnelle.

La SSA Danbridge arriva avec ses bottes à talons noirs et ses longs cheveux blonds. Elle fusilla Mallory du regard. La jeune femme aurait voulu pouvoir s'enfoncer dans son siège. Mais elle ne bougea pas. Danbridge avait l'air plus tendue que d'habitude, bien qu'elle eût pris le temps d'enfiler un nouveau tailleur symbole de pouvoir. Le regard de Mallory se reporta vers les deux hommes. Elle venait de comprendre. *Pff.* Danbridge avait posé sa candidature à Quantico et espérait impressionner suffisamment ces types pour parvenir à ses fins. Sa gorge s'assécha, car elle n'avait rien à dire pour faire briller son chef.

Danbridge commença la réunion en exposant dans les grandes lignes les événements de la veille au soir.

— Comment avez-vous réduit la liste à Meacher ? demanda le SSA Hanrahan.

Il avait une belle voix. Mesurée, mais chaleureuse.

— Nous avons reçu un tuyau sur Meacher, hier à 18 h 15.

— Vous personnellement ? fit Hanrahan.

Danbridge la désigna du doigt. Mallory déglutit.

— Hmm… Le téléphone du bureau a sonné et j'ai décroché.

Mon Dieu, vraiment Mallory ? Tu as réussi à répondre au téléphone toute seule ?

— Et vous êtes… ? demanda Hanrahan.

— Agent spécial Rooney, monsieur.

— Je vous ai vue aux informations.

Quelques rires étouffés fusèrent derrière elle. Elle aurait voulu se retourner pour fusiller ses collègues du regard, mais elle ne bougea pas. Hanrahan la surveillait de ses yeux bleus vifs. *Bon sang.* Elle détestait être le centre d'attention ou un objet de curiosité. Ce regard clair lui laissait entendre qu'il savait tout sur elle, de son pedigree jusqu'à sa pointure. Elle aurait voulu disparaître sous terre. Malheureusement, ses pouvoirs d'invisibilité lui firent défaut.

— En temps normal, vous auriez probablement traité cette information le lendemain seulement. Pourquoi ne pas avoir attendu ?

Parce que je n'ai pas de vie.

— J'ai commencé à creuser un peu dans le passé de Meacher et j'ai réalisé qu'il correspondait parfaitement au profil établi par votre unité, monsieur. J'ai donc transmis l'information à la SSA Danbridge.

À ces mots, les yeux de son chef s'illuminèrent, car, *oui*, elles travaillaient toutes les deux tard, presque tous les soirs et tous les week-ends, et maintenant tout le monde le savait.

— Puis nous avons reçu un appel de la police de l'État qui s'inquiétait que le Kidnappeur ait fait une autre victime

Danbridge l'interrompit. Dieu merci.

— J'ai transmis l'information à l'agent spécial responsable et nous avons immédiatement pris des mesures en conséquence.

Le soulagement de savoir un tueur vicieux hors d'état de nuire était perceptible sur tous les visages.

— Où en êtes-vous concernant l'identification de l'informateur anonyme ? lui demanda Danbridge.

Et merde.

— L'appel a été passé à l'aide d'un téléphone portable intraçable et la voix a été déformée électroniquement. C'est une impasse.

Le SSA Hanrahan croisa le regard de Mallory. Si elle leur avait donné quelque chose d'utile, elle aurait peut-être souri, mais elle ne leur apportait rien d'exploitable.

Danbridge pinça les lèvres.

— Continuez. Ne laissez pas ces geeks de l'informatique lâcher l'affaire.

— Bien, madame.

Mallory voulait être impliquée dans l'enquête Meacher, pas dans une enquête sur un appel téléphonique anonyme, mais elle ne laissa pas paraître sa frustration.

Danbridge poursuivit le briefing.

— Nous avons trouvé des photographies prouvant vraisemblablement que Meacher aurait torturé quinze femmes différentes. En comparant ces photos à celles de femmes portées disparues ou assassinées, à l'aide d'un programme d'analyse faciale préliminaire du DSC, nous sommes presque sûrs d'avoir retrouvé les restes d'au moins dix victimes.

Ce qui laissait cinq victimes portées disparues – mortes, de toute évidence.

— Nous avons des équipes qui collectent l'ADN retrouvé à la ferme, et demain nous enverrons des chiens renifleurs pour rechercher les éventuels corps enterrés sur la propriété. Nous entrerons les échantillons d'ADN dans le CODIS. Et nous continuerons jusqu'à avoir identifié toutes les femmes figurant sur ces photos et vidéos.

Les articulations de son chef blanchirent.

— Meacher avait quarante-quatre ans et nous pensons qu'il tue depuis la fin de son adolescence, au début de la vingtaine. Là encore, nous basons nos déductions sur les photographies retrouvées et certains détails doivent être vérifiés. Nous savons qu'il a déménagé au moins quatre fois au cours des vingt dernières années et nous devons fouiller chacune de ces propriétés pour trouver des preuves potentielles.

Comment faire perdre de la valeur à votre maison.

Danbridge arrivait à la conclusion.

— Bien qu'il n'y ait pas de poursuites pénales à l'encontre de Meacher, nous devons veiller à ce que la scène soit passée au crible afin d'identifier son meurtrier et de permettre aux familles de toutes les victimes de faire leur deuil.

Les yeux de la femme s'embrasèrent.

— Nous traitons la mort de Meacher comme un homicide. L'agent spécial Randall sera chargé de cette enquête.

Mallory adressa un regard à Lucas. Il lui fit un clin d'œil. Il y avait de fortes probabilités que l'informateur et le tueur soient liés d'une manière ou d'une autre. Avec un peu de chance, cela signifiait qu'elle allait pouvoir l'aider une fois qu'elle aurait fini de déranger tous les techniciens informatiques qu'elle connaissait.

La réunion prit fin et Mallory se faufila derrière Lucas

pour se remettre au travail. On était en novembre et l'anniversaire de l'enlèvement de sa sœur approchait à grands pas. Sa mère ne manquerait pas de lui demander de poser pour des photos, comme chaque année.

Pas cette fois.

Payton était morte. Elle avait fini par l'accepter. C'était peut-être le lien particulier des jumelles, mais pendant des années après son enlèvement, elle avait senti que sa sœur était quelque part dans la nature. À présent, elle ne sentait plus qu'un vide froid et immense. Comment expliquer ce phénomène à sa mère ? *Impossible.*

De retour à son bureau, elle reçut un message de Mike Tanner lui disant qu'il avait réussi à localiser l'appel sur la côte est des États-Unis – une véritable avancée, étant donné que des millions de personnes y vivaient. Elle se renseigna sur différents appareils capables de modifier électroniquement la voix, mais elle ne parvint pas à déterminer lequel avait été utilisé. Selon Mike, la NASA ne le saurait pas davantage.

Mallory s'adossa dans sa chaise. Le tireur avait touché *exactement* le même endroit deux fois sur une cible mobile. Il visait comme un pro. Il avait également nettoyé derrière lui – pas de douilles. On aurait presque dit que ce type était un tueur à gages.

Mais ça semblait fou.

Elle fronça les sourcils et ouvrit le ViCAP. En saisissant « tueur présumé » et « neuf millimètres », elle obtint plusieurs milliers de réponses. Elle se frappa le front. *Très bien.* Elle entra « tueur présumé retrouvé mort ». Encore beaucoup de résultats. Elle fouilla certains dossiers. Il était question de suicides, de morts accidentelles. *Bon sang.* Elle se frotta les yeux. « Mort suspecte », « tueur présumé retrouvé mort ».

Encore beaucoup de résultats, mais c'était gérable. Elle fit un tour à la machine à café et se remplit une autre tasse. Le bureau était en effervescence, malgré le fait que la plupart des agents n'avaient pas fermé l'œil de la nuit. Elle étouffa un bâillement, retourna à son ordinateur et sortit son carnet de notes, parcourant chaque entrée à la recherche de similitudes avec Meacher.

Hmm. En avril dernier, un délinquant sexuel en série avait été retrouvé dans son appartement de Tampa avec une paire de balles de ce calibre fichées dans le crâne. Les flics n'avaient aucune idée de l'identité de l'assassin, mais ils avaient reçu un tuyau anonyme *après* sa mort suggérant qu'il s'agissait d'un violeur qu'ils pourchassaient.

Bingo.

Elle parcourut trente autres affaires où des criminels présumés avaient fait une overdose de méthamphétamine ou avaient été tués par des gangs rivaux. Ce n'était pas ce qu'elle cherchait. Puis elle trouva une autre affaire similaire à celle de Meacher. Un pédophile présumé. Une balle de neuf millimètres entre les yeux. Un informateur anonyme.

Mallory se redressa.

Nom d'un chien.

Un bâillement s'empara d'elle et lui déforma le visage. Elle sut qu'il était temps de rentrer chez elle avant de tomber d'épuisement. Certes, il n'y avait pas de preuves concrètes, et les affaires étaient tout juste assez différentes pour ne pas alerter le système, mais…

— Agent Rooney.

C'était la SSA Danbridge, debout, avec son manteau sur le bras.

Mallory sursauta. Les lieux étaient plongés dans la pénombre, à l'exception de son bureau.

— Vous nous donnez mauvaise conscience. Rentrez chez vous.

— Bien, madame.

Les paupières lourdes, elle saisit un dernier mot clé, « justicier », tout en enfilant son manteau et son écharpe. Le dossier était énorme et elle transféra les résultats sur sa boîte mail.

— Bonne nuit, chef.

Elle sortit par la porte d'entrée du bâtiment et émergea sous le ciel étoilé. Elle se rappela la teinte exacte des yeux d'Alex Parker lorsqu'il l'avait invitée à dîner. Elle serra les lèvres. Elle avait tout gâché.

Les étoiles lui parurent floues à travers ses larmes.

— Je suis désolée, Pay. Je suis vraiment désolée.

CHAPITRE TROIS

QUATRE HEURES DU matin, c'était une heure plutôt solitaire. L'obscurité conférait un sentiment de vide. Les arbres craquaient sous l'effet de la baisse de température. La brise glacée venait racler la peau exposée comme de la pierre ponce, provoquant des rougeurs maussades. La fine pellicule neigeuse rendait les environs plus lumineux. Plus froids. Plus solitaires.

Il mit son masque de ski, sortit de son SUV et vérifia qu'il n'y avait personne aux alentours. Il enfila ses gants, soufflant dans la paume de ses mains pour se réchauffer. Se débarrasser d'un corps était plus difficile qu'on pourrait le croire. Il était en bonne forme physique, et pourtant il avait du mal à extirper de sa voiture le cadavre de la femme et à le porter sur une certaine distance.

La housse mortuaire offrait peu de prise, mais il finit par réussir à la hisser par-dessus son épaule. Il ferma la portière en silence, prit sa lampe de poche et se dirigea vers les arbres.

Il avait repéré un endroit, au cours d'une randonnée l'été passé, à environ trois cents mètres d'un des sentiers balisés. Il était peu probable qu'elle soit retrouvée avant le printemps, et elle était suffisamment proche du ruisseau pour que des animaux puissent dénicher son corps et contribuer à détruire les preuves. Aussi prudent qu'il eût été, il n'était pas naïf au point de croire qu'il n'y avait plus rien susceptible de la relier à lui.

Il l'aurait bien enterrée, mais le sol était aussi dur que du béton. Il devrait s'en contenter.

Il sortit des sentiers battus, écrasant les détritus qui jonchaient le sol de la forêt. Il repéra l'endroit de ses souvenirs et regarda autour de lui, armé de sa lampe torche, à la recherche du meilleur moyen de dissimuler le corps. Il y avait un talus érodé sous un énorme érable à sucre. Il s'avança dans cette direction et jeta le lourd sac à terre, soulagé d'être débarrassé de son fardeau. Il délassa ses épaules pour soulager la douleur.

Il lui fallut un moment pour saisir la fermeture éclair avec ses doigts gantés, puis il fit rouler le corps comme une poupée désarticulée. À part les bleus, elle était aussi pâle que la neige. Il lui attrapa les poignets et la tira vers le haut du talus. Ses cheveux traînaient dans la terre, les feuilles s'emmêlant à ses mèches noires.

Cette femme, c'était une erreur.

Ses cheveux étaient de la bonne teinte, mais ses yeux étaient couleur boue plutôt que whisky. Sa mâchoire était trop carrée. Ses mains trop grandes. Sa bouche trop vulgaire. À la fin, elle l'avait rebuté. Il lui redressa les jambes et déplaça ses mains pour couvrir ses poils pubiens. Il avait brûlé ses vêtements, nettoyé son corps au désinfectant.

Il éprouvait une douleur sourde dans la poitrine. Un poids qui l'empêchait de respirer correctement. Il avait cru qu'elle pourrait être la bonne, mais il s'était trompé. Il effleura les initiales gravées au-dessus de son cœur, submergé par les regrets et la solitude. Il serra les poings.

Elle n'aurait pas dû mourir. Il n'aurait pas dû la perdre. *Ce n'était pas juste.*

Son souffle tremblait et il aurait voulu frapper quelque chose. Il observa les traits boursouflés de la fille et détourna le regard. Elle avait été une erreur, mais il savait qu'il ne pourrait pas cesser de chercher avant d'avoir trouvé une remplaçante. Il se releva, recouvrit le corps de feuilles, du bout du pied, le masquant aux yeux indiscrets et l'éloignant de sa vue. En quelques heures, la neige l'envelopperait, et lorsque le printemps arriverait, le ruisseau qui bouillonnait paresseusement inonderait la zone et l'emporterait comme un déchet. Il ramassa la housse mortuaire, balaya la zone du regard pour vérifier qu'il n'avait rien laissé derrière lui, et reprit la direction de sa voiture. Il lui fallut quinze bonnes minutes pour y arriver.

L'air froid lui brûlait les poumons et il frissonnait sous sa veste en peau de mouton. Il monta dans le SUV et démarra le moteur, allumant immédiatement le chauffage. Le fait d'enlever quelqu'un si près de chez soi présentait un risque à bien des égards, mais d'un autre côté, c'était une stratégie qui pouvait s'avérer payante et en dérouter plus d'un. Et il n'avait pas besoin de continuer à tuer… Il fallait juste qu'il trouve la bonne. Seulement, il n'avait pas conscience que ce serait si difficile.

Tu sais où la trouver…

Il agrippa son crâne à une main, ses genoux remontant automatiquement vers son ventre alors qu'il s'efforçait de garder le contrôle du SUV.

Il ne pouvait pas faire ça.

C'est la logique même.

Non, non !

Mais les traits de Mallory Rooney se superposèrent à ceux de sa dernière victime. Combien d'autres femmes devraient mourir à cause d'une loyauté obstinée et mal placée envers sa famille ?

Son estomac se retourna. S'il continuait comme ça, il finirait par se faire prendre. Ses doigts se crispèrent sur le cuir du volant et il se redressa sur son siège. Il n'y avait aucune chance qu'il se fasse prendre. Pas question.

ALEX SE TENAIT sur la plus haute marche du Lincoln Memorial. Il observait les gens se diriger vers le mémorial de la Seconde Guerre mondiale pour la cérémonie matinale de la journée des anciens combattants. Il était rentré de Caroline du Nord tard la veille. Il aurait dû dormir, au lieu de quoi, il était là.

Le tintement du harnais d'un cheval de la police résonna dans l'immensité du cadre. Des hommes âgés, souvent munis de cannes ou de fauteuils roulants, se faisaient aider par des parents ou amis. Ils assistaient au dépôt de couronnes au niveau du monument, à l'extrémité du miroir d'eau.

Il se souvenait du petit garçon qu'il avait été, debout à côté de son grand-père – un homme qui avait piloté des bombardiers au-dessus de l'Allemagne –, sans comprendre pourquoi ils étaient dehors par une froide matinée de novembre, vêtus de leurs habits du dimanche. Il se souvenait d'avoir glissé une main dans la paume de son grand-père et du sentiment de sécurité qui l'avait étreint à ce moment-là.

Une sensation de chaleur lui chatouilla la paume. Il recourba les doigts dans le vide.

C'était la raison pour laquelle il assistait à la cérémonie chaque année. Pour honorer les morts. Pour implorer leur pardon. Au fil des minutes, un silence respectueux s'installa. Une énergie et une fierté intenses, à la fois chargées d'émotion et d'un calme stoïque. Il se sentit fier d'être américain. Malgré sa trahison caractérisée, il aimait toujours son pays.

Le Réveil retentit dans la brume qui s'accrochait à l'herbe impeccablement tondue et aux élégants édifices de marbre. Les notes perçantes du clairon lui transpercèrent les os et le firent trembler comme une feuille. Son menton se redressa, ses épaules se raidirent. Ses doigts le démangeaient d'exécuter un salut, mais il n'en était pas digne.

Il travaillait dans l'ombre de la loi.

Son téléphone vibra dans sa poche.

Il avait perdu son libre arbitre en échouant lors de sa dernière mission et en laissant tomber son pays. Il s'éloigna donc de la foule et du digne hommage aux camarades tombés au combat. Sans le marché qu'il avait conclu, il serait encore en train de pourrir dans cette prison nord-africaine avec toutes les autres vermines. Il porta son téléphone à l'oreille.

— Je dois te voir au bureau.

Jane Sanders. Le laquais de la direction.

Il raccrocha et appela un taxi. Dix minutes plus tard, il se tenait devant la vieille bâtisse en grès rouge de Woodley Park. Une petite plaque en laiton à côté de la porte d'entrée indiquait « Cramer, Parker & Gray. Consultants en sécurité » en petites lettres capitales. Les rues étaient calmes. Comme au matin d'un jour férié. Il n'avait pas été suivi.

Jane sortit de sa voiture et monta les marches derrière lui. Ils n'échangèrent pas un mot.

Il déverrouilla la porte et entra. Le bâtiment avait tout d'une entreprise traditionnelle avec une réception, une rangée de chaises inconfortables, une table basse où s'étalaient des magazines sur papier glacé. Même si leur activité s'étendait au-delà des horaires de bureau habituels, lui et ses partenaires – Haley Cramer et Dermot Gray – géraient une entreprise de sécurité et de prévention des délits tout ce qu'il y avait de plus légale, qui les avait tous les trois enrichis. C'étaient les meilleurs amis du monde depuis le MIT.

Haley et Dermot savaient qu'il leur cachait des choses. Ils savaient qu'il avait été incarcéré au Maroc et ils s'étaient battus pour le faire libérer. Mais ils ignoraient certainement ce qu'il faisait pour le gouvernement à temps partiel. Et c'était là tout l'intérêt d'être un agent secret.

Bienvenue du côté obscur.

Il désactiva le système d'alarme et déverrouilla la porte de son bureau, invitant Jane à le précéder à l'intérieur. Elle tressaillit en entendant la serrure se verrouiller derrière eux. Son bureau était insonorisé et il vérifiait la présence de micros avant et après chaque rendez-vous. Non qu'il eût beaucoup de clients – juste assez pour faire croire qu'il gagnait sa vie de façon traditionnelle. À savoir sans effusion de sang.

Il activa le brouilleur de signal par précaution. Il ne l'utilisait que lorsque le bâtiment était vide. Jane Sanders avait également un travail à côté, mais c'était le Projet Gateway qui les réunissait.

Ce nom semblait tellement inoffensif, comme un jardin partagé ou une entreprise de construction. En réalité, ils s'efforçaient de propulser les tueurs en série et les pédophiles tout droit en enfer. Le Projet impliquait des personnes riches et très puissantes au plus haut niveau du gouvernement. Des personnes dangereuses. Impitoyables. Des gens qui auraient beaucoup à perdre si les choses tournaient mal. Ce travail était plus secret et facile à démentir que tous les assassinats qu'il avait commis à l'étranger et, moralement, il avait moins de problèmes avec ses cibles actuelles qu'avec ses anciennes cibles. C'était parce qu'il avait rencontré un souci par le passé qu'il avait pris ce nouvel engagement limité dans le temps.

Comme toujours, Jane fut incapable de soutenir son regard plus d'une fraction de seconde. Le fait qu'il soit assassin la rendait nerveuse, même si la seule femme sur laquelle il ait jamais tiré était vêtue d'un gilet pare-balles. Aucun ordre direct n'était nécessaire.

Il ne dit rien. Il s'affala simplement dans le fauteuil derrière son bureau. Se fondre dans le décor était l'un de ses meilleurs talents et il aurait menti en disant qu'il ne prenait pas de plaisir à chercher cette femme. Ils avaient à peu près le même âge, mais toute ressemblance s'arrêtait là. Elle était blonde et jolie, avec des airs de Barbie. Si elle était dotée de la faculté de penser par elle-même, cette dernière était éclipsée par le programme étouffant de leurs dirigeants. Elle l'observait du coin de l'œil comme on observe un lion apprivoisé – avec beaucoup, beaucoup d'attention.

Debout dans son tailleur noir coupé sur mesure, elle regardait à travers le voilage de la fenêtre. Elle était si belle qu'il se demandait pourquoi elle ne l'attirait pas le moins du monde.

Un simple contact de la main de Mallory Rooney avait électrisé sa peau, son cœur avait accéléré comme celui d'un ado sous speed. Bien sûr, elle ne savait pas ce qu'il faisait réellement pour le gouvernement, et elle l'avait quand même repoussé. C'était une femme intelligente.

— Un problème ? demanda Jane.

Là encore, il ne dit rien. Elle n'était pas sa supérieure et il avait horreur qu'elle se comporte comme telle. Elle était aussi complice que lui de la mort de ces personnes, mais elle ne se salissait jamais les mains. Ils n'étaient pas des camarades. Ils n'étaient pas des frères d'armes. Il aurait parié deux doigts de sa main gauche qu'elle n'avait même jamais vu de cadavre. Il ne savait pas pourquoi cela l'irritait autant.

— Tu as trouvé quelque chose… ?

Il attendit qu'elle établisse un contact visuel complet et il secoua la tête.

Elle se racla la gorge.

— Je suppose que tu es en colère parce que le timing n'était pas idéal, l'autre soir.

Il haussa un sourcil. Il avait dû faire appel à tous ses talents de magicien pour disparaître de chez Meacher sans être vu. Non pas qu'il se fût réellement inquiété. Le FBI suivait toujours la procédure, tandis que la CIA passait son temps à contourner les règles. Cela dit, Alex ne travaillait plus pour la CIA. Sur le papier, d'ailleurs, cela n'avait jamais été le cas. Mais il espérait que l'organisation respecterait sa part du marché. Une partie de son travail consistait ainsi à fournir en temps utile des informations critiques et précises sur les mouvements de certains membres des forces de l'ordre.

— Ma source m'a dit qu'il y avait eu des problèmes techniques…

— Ils ont merdé. Accidentellement ou volontairement, il l'ignorait. Si je tombe, j'entraîne tout le monde dans ma chute. Ne l'oublie pas.

C'était sa seule assurance de ne pas se faire doubler par ces gens. Il avait tiré des leçons du passé, à la dure.

Ses mains tripotèrent l'ourlet de sa veste, premier signe physique de véritable nervosité qu'il voyait chez cette femme.

— Ils ont dit qu'il y avait une sorte de zone morte.

Son regard inquiet croisa celui d'Alex.

Le silence s'étira, accentuant le malaise. Le sien.

— Qui a prévenu les flics ?

— Je ne sais pas…

— Quelqu'un les a appelés *avant* que je fasse le travail.

Les yeux de Jane s'écarquillèrent d'effroi, et il eut l'impression d'avoir mille ans.

Entre le tuyau prématuré concernant l'identité de Meacher et l'avertissement tardif selon lequel les flics étaient en route, l'opération avait failli être compromise. Alex passa ses mains sur son visage. Il était épuisé et ne voulait pas avoir à gérer la paranoïa de Jane en plus de la sienne.

— Oublie ça. Je tirerai les choses au clair.

Elle ouvrit une mallette et en sortit un dossier. Elle avait hâte de quitter la pièce. Elle faillit le lui remettre, mais changea d'avis et le fit glisser sur son bureau en bois de cerisier.

La peur avait du bon.

La peur tenait les gens à distance et c'était ce qu'il voulait. Sans qu'il ne sache pourquoi, Mallory Rooney lui revint à l'esprit, avec ses cheveux courts d'un noir de jais et ses yeux ambrés étincelants. Inutile de se mentir, il n'aurait vu aucun inconvénient à ce qu'il y ait un peu moins de distance entre lui et cet agent fédéral.

— Ils ont trouvé un autre corps, déclara Jane Sanders sans préambule.

— Où ça ?

— Dans une zone boisée reculée de Virginie, près de la frontière de l'État de Virginie-Occidentale. Un couple qui promenait son chien. Le tueur a pris la peine de cacher le corps.

Sa voix vibrait d'excitation.

— Je pense qu'il ne s'attendait pas à ce qu'on le retrouve avant le printemps prochain.

Alex se leva et ouvrit le dossier. Il regarda les photos en couleurs, encore une mort inutile. En plus d'éliminer les tueurs en série, ils essayaient également de résoudre une affaire classée. Il prit une photographie et fronça les sourcils.

— Le lien est un peu mince, tu ne trouves pas ?

Ses frêles épaules se soulevèrent et s'abaissèrent avec une assurance feinte, comme si elle n'était pas terrifiée d'être dans la même pièce que lui. Parce qu'*il* était la chose la plus effrayante qu'elle connaisse. Bien qu'agacé, il sourit. Elle avait peut-être raison. Il était plus dangereux que la plupart des monstres qu'ils traquaient.

Il examina la photographie. Ce tueur se débarrassait généralement des corps à l'air libre dans les fossés de drainage de régions éloignées. En quoi cette victime était-elle différente ? Ou était-ce simplement la première fois que les forces de l'ordre trouvaient un corps qu'il – ou elle – avait caché de cette façon ? Impossible d'en avoir la certitude.

— On a accès aux rapports de la police et du médecin légiste ?

Il n'était pas psychologue, mais il comprenait mieux les tueurs que la plupart des gens. Il ne comprenait pas leurs pulsions ni leur engouement, mais il maîtrisait leur mode opératoire, et c'était généralement ce qui les faisait trébucher. Tout comme le profil du FBI combiné aux données du téléphone portable de Meacher lui avait finalement permis d'atteindre son but.

— Pas encore, à moins de les pirater, mais on sait que la police locale a commencé à chercher dans le ViCAP. Ils ne tarderont pas à trouver un lien avec les autres corps. Les fédéraux vont bientôt s'occuper de l'affaire.

Ses yeux se posèrent sur sa carte murale des États-Unis. Les analyses de la police scientifique prenaient du temps. Trouver un tueur prenait du temps.

— J'ai d'autres rendez-vous plus urgents…

— La direction insiste…

— Ce n'est vraiment pas évident…

— Après toutes ces années, *rien* n'est évident.

Alex masqua sa réaction en regardant par la fenêtre. Ce n'étaient pas les fantômes des personnes qu'il avait tuées qui l'empêchaient de dormir la nuit. C'étaient les familles dévastées qu'il avait laissées derrière lui. Il avait toujours suivi les ordres. Jusqu'à cette dernière mission fatidique où il était sur le point de rompre le cou d'un trafiquant d'armes international. Puis la fille de l'homme, âgée de douze ans, était entrée dans la pièce et Alex s'était figé. Un meilleur assassin les aurait tués tous les deux, mais il en avait été incapable. Il leur avait laissé la vie sauve et s'était enfui.

Il avait eu tout le temps de regretter cette décision.

Ce qui le dérangeait le plus, c'était qu'il aurait toujours été incapable de tuer ce trafiquant d'armes devant sa fille. Alors même que le fumier avait exercé des représailles à son égard en prison. Peut-être qu'Alex l'avait mérité, après tout.

Jane rassembla ses affaires, visiblement pressée de s'éloigner de lui.

— Il y a autre chose, dit-elle en baissant la voix, murmurant presque. Quelqu'un impliqué dans l'enquête sur Meacher a commencé à fouiner.

Cela n'avait été qu'une question de temps.

— On doit revoir certaines de nos pratiques. Plus de suicides assistés et un peu moins de force létale.

— Pense à en informer les autres.

Il fronça les sourcils devant son léger hoquet de surprise. Croyait-elle vraiment qu'il ignorait que le Projet Gateway avait recruté deux autres assassins pour cette opération ? Il espérait qu'ils n'étaient pas aussi tordus que lui.

— Qui s'occupe de l'espionnage ?

Il avait mis sur écoute leurs téléphones portables et surveillait leurs e-mails.

— Je suis surprise que tu ne le saches pas déjà, dit-elle d'un ton cinglant qui le fit presque sourire. La direction veut que tu gardes un œil sur la situation.

Elle s'interrompit de nouveau, mais il aurait fallu plus qu'un silence bien choisi pour le faire craquer.

— La personne qui a commencé à fouiner est l'agent spécial Mallory Rooney, de la division de Charlotte.

Elle sortit sans un mot de plus, loin de se douter de la gifle qu'elle venait de lui administrer.

CHAPITRE QUATRE

L ES CHEVEUX DE Mallory étaient encore mouillés de sa
douche hâtive et le froid mordant lui glaça les oreilles
lorsqu'elle se précipita dans le bâtiment par une matinée
glaciale. Elle avait travaillé de chez elle la veille. Rien que de
très normal pour un jour férié, qu'elle avait passé lovée devant
sa cheminée. Elle monta les escaliers jusqu'à son étage, avec
une démarche plus légère qu'à l'accoutumée. Non seulement
elle avait réussi à dormir un peu et à courir cinq kilomètres ce
matin-là, mais elle était aussi convaincue qu'il existait un
justicier s'étant donné pour mission de cibler les criminels
violents. C'était peut-être une bonne chose, mais globalement,
Mallory croyait au système judiciaire – elle le devait.

Elle poussa la porte et vit un groupe de personnes rôder
devant le bureau de son chef. Des regards méfiants
l'accueillirent, rapidement détournés. Elle se renfrogna. Elle
pensait qu'ils auraient tourné la page du *Post*, bien qu'une
nouvelle version remaniée de l'article ait fait l'objet d'une
édition imprimée. Elle roula des yeux et s'approcha de son
bureau, jetant ses sacs avant de se diriger vers le bureau de
Lucas, mais il n'était pas encore arrivé. Il allait être l'officier en
charge de cette enquête, et si sa théorie s'avérait exacte, cela
promettait d'être une affaire un peu particulière.

La voix de la SSA Danbridge claqua comme le tonnerre

depuis le pas de sa porte.

— Agent spécial Rooney. Dans mon bureau.

Mallory avait cru qu'elles s'étaient quittées en bons termes lundi soir. Que s'était-il passé pour mettre fin à la trêve ? Elle referma la porte derrière elle.

— Madame ?

— Vous savez que j'ai postulé au DSC de Quantico ?

Mallory sourit.

— Vous avez eu le poste ? Félicitations !

Elle eut l'impression que des feux d'artifice éclataient dans sa poitrine tandis que sa voix intérieure chantait alléluia.

Les yeux bleus de Danbridge se réduisirent à deux fentes. Mallory recula d'un pas.

— Non, je n'ai pas eu le poste.

La SSA lui lança une feuille de papier.

— *Vous* l'avez eu.

La bouche de Mallory s'entrouvrit.

— Je vous demande pardon ?

Elle prit la feuille et la parcourut. Elle était transférée à Quantico ? Elle essaya de rendre la lettre, mais Danbridge refusa de la prendre.

— Ça ne peut pas être vrai. Il doit y avoir une erreur.

Son chef s'agrippa au rebord de son bureau comme pour se contenir physiquement. Sa voix portait et Mallory pouvait sentir l'intérêt de ses collègues à travers les murs comme des fléchettes dans sa chair.

— Il y a forcément eu une erreur. Il n'est pas possible que vous soyez la personne la plus qualifiée qui ait postulé. Vous n'êtes rien d'autre qu'une décrocheuse de Harvard.

— C'est faux, la corrigea Mallory. Je n'ai pas abandonné, madame. J'ai obtenu mon diplôme de droit avant de rejoindre le FBI.

Elle n'avait rien fait de mal et elle pouvait rectifier le tir.

— Nous savons toutes les deux que ce n'est pas votre diplôme de droit qui vous a permis d'obtenir un poste au DSC, cracha Danbridge.

— Il doit y avoir une erreur. Je n'ai même pas…

— Il n'y a pas d'erreur ! Je les ai appelés pour confirmer. Vous avez le poste. *Vous* avez décroché le putain de meilleur boulot du FBI.

Danbridge se pencha plus près, les muscles de sa mâchoire se contractant par spasmes.

— Vous l'avez eu parce que votre mère est sénatrice au Capitole.

— Ma mère n'a aucun pouvoir sur le FBI.

Mallory serra les dents. Il devait s'agir d'une erreur administrative.

Les lèvres de Danbridge se retroussèrent, accentuées par son rouge à lèvres couleur sang.

— Elle ne devrait pas en avoir, c'est certain. Ne vous attendez pas à ce que votre mère vous sauve la mise quand vous aurez besoin de soutien. J'ai beaucoup d'amis à Quantico.

Des rides marquées creusaient le bord de ses yeux. Sa voix était grave et mauvaise.

Était-ce une menace ? Mallory tourna les talons et retourna à son bureau. Elle appela Quantico, mais n'obtint rien d'autre qu'un discours laconique – « les ordres sont les ordres » – et un refus catégorique de la laisser parler à quelqu'un de plus haut placé dans la hiérarchie. Le transfert prenait effet immédiatement. Elle envoya un SMS à Lucas pour lui dire qu'elle devait lui parler dès que possible, mais il ne répondit pas. Un sentiment d'échec l'enveloppa tel un linceul froid et humide.

Remplir ses derniers rapports et débarrasser son bureau lui prirent l'essentiel de la journée. Il ne lui restait de son séjour à Charlotte que deux cartons et trois sacs en plastique d'effets personnels. Plus quelques membres de gangs derrière les barreaux et un tueur en série mort, se rappela-t-elle. Elle pensa à Janelle Ebert en sortant ses affaires par la porte principale et en passant devant les arbres blanchis par le givre. Peut-être qu'un jour, elle se souviendrait de son passage ici et saurait qu'elle avait fait la différence. Elle jeta ses cartons dans le coffre et le ferma violemment. Elle avait l'impression d'être une marionnette suspendue à des ficelles. Le FBI imposait la musique, et elle se contentait de danser.

———

ALEX POUSSA UN juron en passant devant la petite maison à étage de Mallory Rooney, dans la banlieue de Clanton Park. En général, elle ne rentrait du travail que tard dans la nuit, mais la voilà qui se débattait avec un tas de cartons devant sa porte d'entrée. Ce changement d'habitude foutait en l'air ses plans. Il allait devoir rectifier sa copie.

Il se gara quelques rues plus loin et s'approcha de la forêt qui bordait l'arrière de sa propriété. Puis il se hissa sur un chêne américain noueux, soulagé de porter des gants en cuir. Ses muscles le brûlaient, mais il parvint à enjamber une branche à plus de quatre mètres de hauteur. Il se percha ainsi pour regarder, par-dessus sa clôture, la cour plongée dans la pénombre. Il y avait un cabanon et un rectangle d'herbe bien tondue. La maison voisine, côté sud, était obscure. Les voisins du côté nord semblaient regarder la télévision, les images scintillant à travers les rideaux comme des flashes. De la lumière filtrait par la cuisine de Mallory. Elle apparut dans son champ de vision lorsqu'elle vint fermer les volets de la pièce. Ses traits étaient tirés et fatigués. Il se demanda quel genre de journée elle avait passé et quel genre de femme choisissait de lutter contre le crime alors qu'elle pourrait se permettre de vivre dans un luxe oisif.

Le vent agita les branches autour de lui. L'arbre grinçait et gémissait sous son poids. Il devait partir. L'idée d'entrer par effraction pendant son sommeil ne lui plaisait pas. Il ne voulait pas lui faire peur si elle se réveillait, et si pour une raison quelconque elle voyait son visage, elle serait en mesure de l'identifier. Il serait alors bel et bien foutu.

Mallory Rooney représentait une complication dont il n'avait pas besoin. Depuis sa conversation avec Jane Sanders, il s'était fait un devoir d'apprendre tout ce qu'il y avait à savoir sur l'agent spécial, et son attirance initiale avait monté d'un cran. Il aimait les femmes intelligentes.

Une lumière s'alluma à l'étage. Il était sur le point de descendre de l'arbre quand une ombre apparut derrière l'abri de jardin. Alex se figea lorsque l'ombre se saisit d'un pied-de-biche et força la porte arrière. Il entendit à peine le craquement silencieux depuis son perchoir.

Il hésita, alors que la silhouette se glissait à l'intérieur. *Merde.* Il ne bougea pas. Ce serait un risque énorme de pénétrer dans la maison. Il vivait dans un château de cartes qui pouvait s'effondrer d'un seul coup.

Ses yeux se fixèrent sur la fenêtre de l'étage. Mallory avait-elle entendu le type entrer par effraction ? Avait-elle son arme sur elle ? Était-elle prête à affronter ce salopard ? Probablement.

Mais si ce n'était pas le cas ?

Et si elle avait posé son arme et écoutait de la musique ou la télévision ? Et si le type la prenait au dépourvu lors d'une attaque éclair ? Alors quoi ?

Il se laissa tomber au sol et descendit son masque de ski devant son visage. Il sauta la clôture et traversa la pelouse à la hâte avant de se glisser silencieusement dans la maison.

La première chose qu'il remarqua fut le bruit de l'eau dans les tuyaux. Mallory se faisait couler un bain ou prenait une douche. Elle était vulnérable. Inconsciente du danger.

Il utilisa tous ses sens pour localiser l'intrus. Qui que ce fût, il savait qu'il y avait une femme dans la maison et il était tout de même entré par effraction. Les cheveux se dressèrent derrière sa tête, sous son bonnet en laine. Un escalier grinça. Alex accorda quelques secondes d'avance à l'intrus avant de le suivre. Il sortit un couteau de sa botte et entra dans le salon. Il laissa dans son holster le pistolet M1911 qu'il avait toujours sur lui. L'arme était trop bruyante et trop mortelle pour résoudre ce problème. Il ne voulait pas qu'on le trouve sur les lieux, et encore moins armé. Il ne voulait pas tuer de personnes non identifiées par le Projet Gateway. Mais il ne pouvait pas abandonner une femme à un danger dont il avait connaissance.

Progressant rapidement dans la maison, il monta les escaliers, évitant soigneusement l'entrée, et jeta un œil dans la chambre principale. Comme il s'y était attendu, le type – grand et mince, vêtu de noir de la tête aux pieds, tout comme Alex – se tenait devant la porte de la salle de bains. Aucun signe évident d'arme, mais un renflement apparaissait sous la veste noire, et quelque chose lui disait que l'homme ne transportait pas des paquets de gâteaux dans ses poches. Aucun signe de

Mallory. Elle était probablement derrière la porte de la salle de bain. C'était déjà *ça*. Le seul avantage de ce satané fiasco.

À présent, Alex devait s'employer à faire déguerpir ce connard sans que Mallory sache qu'elle avait reçu des hôtes indésirables. L'intrus posa sa main sur la poignée de la porte. C'est alors qu'Alex remarqua ses gants chirurgicaux. Il sentit ses tripes se tordre sous l'effet de la haine à l'idée que cet homme voulait faire du mal à une femme, et l'avait probablement déjà fait auparavant. Ce type était le genre de délinquant que le Projet Gateway cherchait à éliminer, mais ce n'était pas à Alex de choisir ses cibles. Il ne faisait qu'exécuter les ordres.

Rapide comme l'éclair, il plaça son couteau sous la gorge de l'agresseur potentiel avant qu'il ne puisse ouvrir la porte. Derrière le masque, les yeux s'élargirent, puis se mirent à briller. De sa main gauche, Alex désigna l'escalier à l'intrus.

Tout aurait fonctionné à la perfection si le type n'avait pas décidé de faire les choses à sa manière. Il projeta son coude vers le visage d'Alex. Ce dernier esquiva. Il ne comptait laisser aucune trace d'ADN. Le type était légèrement plus grand que lui, et il se servit de cet avantage physique pour l'entraver. Alex parvint à se libérer de son étreinte et s'écarta de l'homme sur la pointe des pieds, décrivant un arc de cercle devant lui avec le tranchant de sa lame. À présent, ils se faisaient face.

La porte cliqueta soudain. Mallory apparut, enroulée dans une serviette bleue, en position de tir, serrant son Glock 21 à deux mains. Si elle voyait son visage, sa vie était finie. Alex fit disparaître son couteau. Avant qu'elle ne puisse réagir, il lui arracha le pistolet des mains. Un coup de feu partit et la balle vint se loger dans le mur. Leurs mains jointes encaissèrent le recul, avant qu'il ne récupère l'arme et n'écarte Mallory. Du coin de l'œil, Alex vit l'autre enfoiré s'enfuir. Cinq secondes plus tard, la porte d'entrée s'ouvrit à la volée. L'homme avait déguerpi.

Bon sang. La soirée ne s'était pas déroulée comme prévu. Si on le surprenait dans cette maison, on le qualifierait de cambrioleur, de voyeur, peut-être même de violeur. La réputation de son entreprise serait ternie, ses amis se sentiraient trahis. Voilà pourquoi il insistait toujours pour avoir la preuve des crimes commis par sa future cible avant de s'en prendre à elle. Les preuves circonstancielles n'étaient pas suffisantes.

Les yeux de la jeune femme formaient deux immenses lacs d'ambre. Il y lisait de la peur, mais aussi de la colère, bien compréhensible au vu de la situation. Il se retourna vers la fenêtre et l'ouvrit en grand, ôtant la moustiquaire qu'il jeta sur le lit.

— Qu'est-ce que vous comptez faire ? lança-t-elle d'une voix rauque.

Il n'osait pas parler. Les voix pouvaient s'imprimer dans le subconscient des gens et il ne pouvait pas courir le risque d'être identifié. Et il ne comptait pas se retrouver impliqué dans une fusillade avec l'agent spécial Mallory Rooney. Il pointa l'arme vers le sol et enjamba le rebord de la fenêtre.

Elle croisa les mains sur sa poitrine. Pinça les lèvres. Plissa les yeux.

— On est au premier étage.

Imbécile, semblait-elle sous-entendre.

Il jeta son Glock derrière lui sur la pelouse, se baissa autant que possible au niveau de la fenêtre avant de se laisser tomber dans l'herbe du haut des trois mètres restants. Elle tendit les bras vers lui, mais trop tard. Lorsqu'il toucha le sol, il roula comme après un saut en parachute et se releva sans dommages. Elle lui hurla de s'arrêter, mais il était déjà loin. Vingt secondes plus tard, il courait comme un lévrier au beau milieu de la forêt, le visage fouetté par les branchages. Il retira son bonnet et sa polaire noire, révélant une chemise et une cravate. Enfin, il arrêta de courir en atteignant le trottoir et retourna calmement à sa voiture de location. Il monta à l'intérieur et fourra ses vêtements sous le siège passager. On aurait dit le premier quidam venu, de retour du travail.

Il quadrilla rapidement les rues et les ruelles voisines à la recherche de l'intrus, mais ne vit personne. Il renonça et retourna à l'aéroport, où il connaissait un pilote qui l'emmènerait là où il devait aller sans poser de questions et sans demander de paperasse. Il essaya de chasser de son esprit l'image de Mallory Rooney debout dans sa serviette de bain, avec son arme au poing, seule et vaillante, mais en vain.

Si jamais elle découvrait qui il était, elle le tiendrait vraiment en joue. Et il devrait prendre une décision.

LE DÉPARTEMENT DES sciences du comportement, loin d'être cantonné aux profondeurs du sous-sol, se trouvait dans des bureaux bien agencés aux cloisons grises omniprésentes. Mallory se dirigea vers la réception avec la nette impression d'être un imposteur. Elle avait fait ses valises la veille, tandis qu'elle faisait remplacer sa porte par un modèle plus robuste et installer un système d'alarme. Puis elle avait pris la route de Washington. Aucune information sur les agresseurs, et les experts locaux n'avaient trouvé aucune empreinte digitale ou palmaire susceptible d'être présente dans le système. Les entrées par effraction n'étaient pas rares dans l'une des villes des États-Unis à la plus forte croissance, mais ce qui était plus inhabituel – sans être inédit – c'était le fait que les deux individus portaient des masques de ski. Comme elle était un agent fédéral, les inspecteurs et les experts de la police scientifique avaient été minutieux, mais rien n'avait été volé et, *Dieu merci*, le type qui avait sauté par la fenêtre n'avait pas embarqué son arme au passage. La facilité avec laquelle il l'avait désarmée la rendait rouge d'indignation.

Elle était sur le point d'entrer dans la douche lorsqu'elle avait aperçu des ombres sous la porte. Heureusement, elle portait toujours son arme de secours, car son arme principale était en bas dans le tiroir habituel. Elle essayait de ne pas penser à ce qui se serait passé si les hommes n'avaient pas paniqué et fui lorsqu'elle les avait confrontés. Elle chassa cette pensée. Sa formation et sa connaissance du terrain avaient joué en sa faveur et il n'y avait pas lieu de s'inquiéter de ce qui aurait pu advenir.

Une entreprise était venue récupérer ses effets personnels, qu'elle conserverait dans un box. Elle avait décidé de se contenter de l'essentiel, pour l'heure : des vêtements, des produits de toilette, son ordinateur et ses dossiers sur sa sœur. Elle avait emménagé dans l'appartement de son père à Washington en attendant de savoir si ce poste serait bien permanent. Cela représentait un trajet de quarante-cinq minutes, ce qui était correct. En tant que juge fédéral, son père passait le plus clair de son temps en Virginie-Occidentale et il avait acheté cet appartement lorsque sa mère et lui s'étaient séparés, mais faisaient toujours semblant d'être en couple. Il le gardait désormais pour sa retraite.

Mallory attendait, mal à l'aise, à la réception de Quantico, consciente des nombreux regards curieux qu'elle attirait. Elle se mordit la lèvre en pensant que tout le monde avait dû voir à son langage corporel qu'elle était terrifiée. Il fallait qu'elle se reprenne en main. Elle fit un pas hésitant vers le bureau d'une secrétaire.

— Agent spécial Rooney.

L'aboiement la fit sursauter et elle fit volte-face, serrant sa besace contre sa poitrine. Le SSA Hanrahan, aux cheveux argentés, s'avança vers elle. Il avait la mine sévère et ses manières n'étaient pas particulièrement accueillantes. Son cœur manqua un battement.

— Suivez-moi.

Elle s'empressa de le suivre, trottant docilement derrière lui comme un gentil toutou. Sa mère lui avait assuré qu'elle n'était pour rien dans cette nomination, mais il n'y avait pas d'autre explication plausible. Elle n'avait donc pas ressenti la moindre culpabilité en refusant de participer au battage médiatique de cette année et avait même refusé l'invitation à dîner de sa mère pour le soir même. Si elle se sentait mal de ne pas être avec elle en cet anniversaire particulier, c'était compensé par la rage sourde qui bouillait en elle. Elle détestait être manipulée.

Elle suivit le SSA Hanrahan dans le couloir impersonnel qui menait à son bureau. Elle espérait pouvoir le faire changer d'avis et le convaincre de confier cette mission à quelqu'un de plus méritant.

La pièce était ornée de bibliothèques. Elle comportait un grand bureau, deux fauteuils et deux ordinateurs avec de grands écrans. La fenêtre donnait sur le parking. Le parcours du combattant, qui avait eu raison d'elle à plusieurs reprises, se dressait dans les bois voisins.

— Fermez la porte et asseyez-vous.

Elle obtempéra, croisant les jambes et les décroisant, puis les croisant à nouveau.

— Bon sang. Détendez-vous. Vous me donnez le vertige.

Hanrahan détacha son regard de ses jambes. Mais ses yeux bleus n'avaient rien de lubrique, au contraire, ils exprimaient une forme de pitié.

— Je vois que votre coquard a disparu. Vous avez dû avoir une semaine chargée.

Elle acquiesça. Il l'avait bien évidemment tenue à l'œil, et cela la mettait mal à l'aise.

— Je ne sais pas ce que je fais ici, avoua-t-elle. Je n'ai même pas postulé.

Un sourire accentua les rides de son visage.

— Je le sais bien.

— Je ne veux pas être ici juste parce que ma mère a fait jouer ses relations.

— C'est ce que vous croyez ?

L'intensité de son regard était déconcertante.

— Oui

Il parut soulagé.

— Et si je vous disais que votre mère n'a rien à voir avec votre nomination ?

Elle se pencha en avant.

— Alors je dirais que vous êtes un très bon menteur. Sinon, je ne comprends pas.

— Et si je vous disais que j'ai été tellement impressionné par votre performance au briefing de lundi dernier que j'ai décidé que je voulais vous avoir ici avec moi ?

Elle secoua la tête. Elle risquerait de se faire virer en étant trop honnête.

— Je dirais que votre réputation doit être usurpée ou que

vous avez récemment subi un traumatisme crânien. Je suis passée pour une abrutie pendant ce briefing.

Il s'appuya contre le dossier de sa chaise et soupira.

— Pas du tout. Je ne suis pas doué pour toutes ces manœuvres politiques et autres.

Mallory ferma les yeux et pria pour que le sol l'engloutisse.

— Je vois.

— Je ne pense pas, non.

— Alors, dites-moi ce qui se passe.

Il pinça les lèvres et la regarda fixement comme s'il cherchait ce qui n'allait pas chez elle – de la même façon qu'il l'avait dévisagée pendant le briefing.

— *Dites-moi* ce qui se passe.

Sa voix reflétait ses émotions. Elle était sur les nerfs et contrariée.

— Je ne voulais pas faire ça aujourd'hui… commença-t-il.

Mallory tressaillit.

— Parce que c'est mon premier jour ou parce que c'est l'anniversaire de la disparition de ma sœur ?

Une fois de plus, il resta silencieux tandis que ses yeux la sondaient. À quoi cela rimait-il ?

Finalement, il prit la parole.

— Vous avez cherché des meurtres commis par des justiciers sur le ViCAP.

Elle s'était préparée à de nombreuses réponses, mais celle-là n'en faisait pas partie. Elle acquiesça.

— Je pense avoir trouvé plusieurs affaires qui présentent suffisamment de points communs pour justifier une enquête plus approfondie.

— Qu'avez-vous trouvé exactement ?

Elle lui parla de plusieurs tueurs présumés, de délinquants

sexuels et de pédophiles retrouvés morts dans des circonstances suspectes.

— Ils ont été dénoncés par des informateurs anonymes que l'on n'a pas retrouvés.

— Peut-être que personne n'a vraiment essayé ?

— *Moi*, j'ai essayé. Et *Mike Tanner* a essayé.

Elle le regarda fixement. Tout le monde savait que Mike Tanner était l'un des meilleurs. Elle croisa les bras sur la poitrine, puis réalisa soudain quelque chose.

— Comment savez-vous que j'ai commencé à enquêter sur des justiciers ?

— J'ai mis en place des alertes pour certains mots clés. *Justicier* et *informateur anonyme* en font partie.

Elle ne savait pas quoi dire.

— Avez-vous parlé à quelqu'un de vos soupçons ?

Bon sang ! Elle aurait aimé qu'il ne la regarde pas de la sorte, comme s'il cherchait à disséquer son esprit. Ce type avait affaire à des tueurs en série. Pensait-il vraiment qu'elle pouvait lui cacher quelque chose ? Ou qu'elle en avait l'intention ?

— J'ai essayé de contacter l'agent spécial Lucas Randall qui dirige l'enquête sur la mort de Meacher, mais je n'ai pas réussi à le joindre.

Elle avait supposé qu'il était en colère contre elle, comme tous les autres. Frustrés qu'elle ait obtenu un poste en raison de ses relations plutôt que de ses qualités professionnelles. Mais à présent, elle n'était plus du tout certaine de l'implication de sa mère…

— Vous n'en avez pas parlé à votre meilleure amie ou à un proche ?

Elle secoua la tête. Elle lut alors quelque chose dans le regard de Hanrahan. De la satisfaction ? Du soulagement ?

— Dites-moi ce qui se passe.

— À votre avis ?

Son rythme cardiaque s'accéléra. Elle fut prise d'un soudain accès de colère.

— On dirait le psy de mon enfance.

Une expression de tristesse apparut sur le visage de Hanrahan.

— Je suis vraiment désolé pour votre sœur.

Elle hocha mollement la tête. Quelle personne saine d'esprit ne serait pas désolée ?

Elle comprit alors qu'il attendait qu'elle rattrape son retard. Elle était censée avoir déjà compris où il voulait en venir.

— Alors, vous pensez aussi qu'il y a une histoire de justicier ?

La bouche de l'homme n'était plus qu'un trait pincé.

— En effet.

— Dans ce cas, pourquoi ne pas m'avoir laissé ouvrir une enquête à Charlotte ?

Il inspira profondément par le nez. Même sa respiration semblait contrôlée et patiente.

Les pièces du puzzle s'imbriquèrent enfin et Mallory se redressa.

— Parce que vous pensiez qu'il le découvrirait. Vous pensez que le justicier, quel qu'il soit, a accès au ViCAP ? Qu'il ou elle a le même type d'alerte que vous sur ce mot clé ?

— Je suis presque certain qu'il a mis en place une sorte de système d'alerte précoce, mais qui que ce soit, il cache bien ses traces. Mon informaticien n'a rien découvert, pourtant c'est le meilleur du FBI.

— Mais dans ce cas, l'informateur est déjà au courant de mes soupçons…

Il fit un signe de tête.

— Si vous ne poursuivez pas vos recherches après votre transfert ici, l'informateur relâchera sa garde et supposera que vous êtes passée à autre chose.

— Et ce sera le cas ?

— Absolument.

— Vous m'avez fait venir ici pour quoi exactement ? Pour me protéger ?

Il eut un rire amusé.

— Vous êtes un agent fédéral. Vous pouvez vous protéger vous-même.

Il se pencha en avant sur son bureau.

— L'informateur semble avoir accès aux mêmes informations que nous, y compris aux profils criminels.

C'était une pensée effrayante. Mallory déglutit bruyamment. Elle venait de comprendre ce qui l'inquiétait.

— Vous pensez qu'il a une source au sein du FBI ?

Il soutint son regard.

— Pire que ça. Je pense qu'il a une taupe au sein du DSC. L'un des nôtres est corrompu. Si j'ouvre une enquête, je risque d'envoyer cette personne au tapis et nous ne l'attraperons jamais. Sans parler du fait que si ça s'ébruite, cela portera atteinte à la réputation d'un groupe d'individus très motivés qui consacrent leur vie à attraper les criminels.

Il ferma les yeux et pinça l'arête de son nez.

— Les autorités policières des États-Unis préféreraient se passer de nos conseils. Nous ne pouvons pas nous le permettre. Les habitants de ce pays ne peuvent pas se le permettre.

Mallory passa la langue sur ses lèvres sèches et craquelées.

— Alors vous m'avez fait venir ici pour quoi, au juste ? Espionner les autres ?

Elle n'aimait pas l'idée de trahir les gens à qui elle confiait sa vie.

— J'ai profité du fait que vous avez une mère puissante pour vous faire entrer dans mon équipe sans que personne ne se doute de rien. Personne ne doit le savoir. Ni vos amis ni votre famille. Il est impératif que cela reste un secret.

Il plongea ses yeux dans les siens.

— Je veux que vous y alliez, dit-il en indiquant la porte, que vous vous fassiez des amis, que vous commettiez des erreurs, que vous ayez l'air inoffensive et que vous vous immisciez dans leur travail et leur vie. Cela va prendre du temps – des mois, voire des années. Vous devrez participer à la prochaine session de formation. Cela demandera un peu de temps, mais vous permettra d'acquérir de l'expérience et des contacts.

Ses mots la frappèrent comme la grêle, chacun la blessant un peu plus.

— Je vous mets dans une position très délicate. Que nous attrapions cette personne ou non, vous allez vous faire attaquer de tous les côtés.

— Ai-je droit à une augmentation ?

Il plissa les yeux et elle comprit que la plaisanterie était malvenue.

— Je ne sais pas si vous réalisez à quel point c'est sérieux.

Elle en était malade.

— Oh, je crois que j'ai compris. Quand ce sera fini, si nous avons tort et qu'il n'y a pas de justicier, je serai perçue comme une bleue qui a obtenu son poste parce que sa mère est sénatrice et je n'aurai aucune crédibilité. Si nous appréhendons une taupe, je serai considérée comme une personne indigne de confiance qui balance ses collègues.

Elle l'avait dans l'os, dans tous les cas de figure. Elle était prise au piège.

Son sourire en coin la prit au dépourvu.

— Si cela peut vous consoler, j'ai *réellement* été impressionné par votre travail à Charlotte.

Elle haussa un sourcil, l'air dubitatif. *Mais bien sûr.*

— Pensez-vous que cette taupe et ce justicier soient une seule et même personne ?

— Non, j'ai retracé les mouvements des agents du bureau lors des meurtres. Ils ont tous des alibis, bien que les alibis soient rarement infaillibles.

— Pensez-vous que l'informateur et la taupe soient dangereux ? demanda-t-elle à voix basse.

— Le justicier est très certainement un assassin entraîné, que je qualifierai donc de dangereux. Les employés de ce bureau, en général, ont travaillé longtemps et dur pour en arriver là, fit-il en haussant ses sourcils broussailleux. L'informateur ne se laissera pas avoir sans se battre, ajouta-t-il en pinçant les lèvres.

Fantastique.

— Alors, vous êtes partante ?

— Ai-je le choix ?

— Vous pouvez dire non et je vous réaffecterai, mais je ne pense pas que vous le ferez.

Il avait raison. Bien qu'il se trompât probablement sur ses motivations. Bien sûr, elle voulait faire tomber les délinquants. Mais ici, au cœur du DSC, elle aurait l'occasion de côtoyer des personnes qui vivaient et respiraient au rythme des tueurs en série et des enlèvements d'enfants.

Même si elle détestait l'idée d'espionner ses collègues, elle n'aurait jamais de meilleure chance d'enquêter sur la disparition de sa sœur. Elle lui tendit la main.

— C'est d'accord.

Hanrahan sourit, mais Mallory se sentit submergée par une soudaine solitude. Sa quête de réponses ne cesserait jamais. Pour la première fois depuis qu'elle avait été acceptée à l'académie du FBI, elle se demanda si elle avait fait le bon choix. Plutôt que de chasser les ombres, peut-être aurait-elle rendu un meilleur hommage à sa sœur en menant une vie heureuse. Alors que Hanrahan la conduisait hors de son bureau pour lui montrer le sien, elle réalisa autre chose. Elle devait présenter à sa mère ses plus plates excuses.

CHAPITRE CINQ

LE BAR SE trouvait dans un hôtel chic de Washington, à un pâté de maisons de l'appartement de son père. Elle s'était autorisée à sortir, à se saouler et à passer le week-end à se reposer, ce qu'elle n'avait pas fait depuis la fin de ses études de droit. C'était un vendredi soir de novembre. L'endroit était faiblement éclairé et rempli de probables ingénieurs en séminaire. Mallory avisa un tabouret libre à l'extrémité du bar. Elle ôta son manteau et le drapa sur ses genoux, puis commanda un shooter de McClelland.

— Merci.

Elle leva son verre, portant un toast à sa sœur, et but cul sec. Elle s'était maquillée et avait enfilé une robe de cocktail noire pour que l'on pense qu'elle avait rendez-vous pour dîner et que l'on soit moins enclin à la jeter dehors avant qu'elle n'atteigne sa limite. Elle avait besoin d'oublier, et rester seule dans son appartement avec une bouteille de scotch semblait encore plus pathétique que de s'entourer d'inconnus. Elle avait des amis en ville, mais elle ne voulait voir personne, pas ce soir.

Dix-huit ans plus tôt, elle s'était couchée et au moment où elle s'était réveillée, sa vie, et celle de beaucoup d'autres, avait été détruite. Pourquoi ce salaud avait-il enlevé Payton et pas elle ? Avait-elle dit ou fait quelque chose qui aurait mis sa sœur en danger ? Était-ce sa faute ou juste le hasard ?

Mallory était somnambule : était-elle absente lors de l'arrivée du ravisseur ? Puis était-elle retournée dans son lit et avait-elle continué à dormir en oubliant tout ? Avait-elle déverrouillé la porte d'entrée ? Laissé entrer quelqu'un dans la maison ? Elle n'en savait rien. Il lui était impossible de se souvenir. Sa mémoire lui refusait tout accès à cette nuit-là. Tout ce dont elle se souvenait, c'était son réveil et l'absence de Payton. Elle leva le doigt vers le barman qui lui fit un signe de tête tandis qu'il s'occupait d'un autre client.

Des lumières festives scintillaient et Michael Bublé chantait *Jingle Bells*. Si elle avait eu son arme, elle aurait fait exploser le système de sonorisation en mille morceaux.

Elle sirota son nouveau verre, qui lui brûla la gorge. Lorsqu'elle l'eut terminé, elle passa à un vin blanc pétillant avant que le barman ne l'interrompe. Elle voulait se saouler, mais elle ne voulait pas être inconsciente. Pas encore, en tout cas.

En l'espace d'une semaine, sa belle progression ordonnée dans les rangs du FBI avait été totalement chamboulée. Elle avait été cambriolée, avait réussi à contrarier sa mère et avait été promue dans le but exprès d'espionner ses collègues et de découvrir si l'un d'entre eux était de mèche avec un tueur et donc un candidat potentiel pour le couloir de la mort.

Super.

Ce n'était pas une façon de se faire des amis et Mallory manquait cruellement d'amis ces derniers temps. Quelqu'un l'effleura en prenant le tabouret à côté d'elle. Elle serra les dents et plissa les yeux en regardant les bulles de son vin. Si quelqu'un essayait de la chercher, il n'allait pas être déçu.

— Je ne m'attendais pas à vous voir à Washington, agent spécial Rooney.

Elle se retourna et tomba nez à nez avec Alex Parker, assis à côté d'elle. Elle cligna des yeux sous l'effet de la surprise. Son cœur se mit à battre plus vite. Pas maintenant. Pas ce soir.

Mais pourquoi pas ce soir ? Tout s'écroulait autour d'elle.

Après tout, que craignait-elle ? Elle leva son verre pour le saluer et prit une longue gorgée.

— Mes plans ont changé de façon inattendue. Vous venez souvent ici, Monsieur Parker ?

Son ton était amer. Elle était ravie de le voir, mais elle ne voulait pas de compagnie ce soir-là. Elle voulait juste sombrer dans l'oubli. Sans témoin.

— De temps en temps.

Il haussa les épaules. Il avait l'air différent, cette fois. Toujours aussi beau, mais pas dans le sens commercial. Son T-shirt noir faisait ressortir ses muscles bien dessinés et un jean ajusté moulait le reste. Elle le scruta tandis qu'il commandait une bière. Un tatouage apparaissait au bord de sa manche. Il ressemblait au soldat qu'il avait été plutôt qu'au consultant en sécurité qu'il était désormais. Il croisa son regard, la mine sérieuse.

— Ça vous dérange si je m'assieds ici ?

Elle secoua la tête. Au fond, elle était tiraillée. Elle voulait apprendre à connaître ce type et penser à autre chose, pour changer. Mais parler n'était pas aussi satisfaisant que de noyer son chagrin pendant quelques heures ou quelques jours.

— Ça n'enfreint pas votre règle de non-rencard ?

Sa bouche devint sèche.

— Non, vous asseoir à côté de moi ne viole pas la règle de non-rencard.

Les yeux d'Alex devinrent noirs comme du charbon.

— Et parler ? Est-ce que ça enfreint cette règle ?

Elle sentit le vin frais couler le long de la gorge. Mais une petite flamme s'alluma dans son estomac et ses muscles commencèrent à se détendre. L'alcool faisait enfin son travail.

— Parler ne va pas non plus à l'encontre de cette règle, mais je n'ai pas grand-chose à dire, en réalité. En fait, je ne suis pas de très bonne compagnie.

Autant être honnête. Il semblait être un type bien et elle n'aimait pas manipuler les gens. Malheureusement, au travail, elle n'aurait pas vraiment le choix. *Formidable.* Elle était pathétique et elle détestait ça. Elle prit une autre gorgée de vin.

— Je ne suis pas très bavard non plus.

Un sourire naquit sur ses lèvres et elle sentit une pulsion sexuelle descendre jusqu'à ses orteils. L'homme avait une bouche qui invitait au péché. Des lèvres pleines et une petite fossette au menton. Et il sentait bon. Il avait l'odeur du savon au bois de santal qui rencontre une peau masculine.

— Quelque chose de particulier à célébrer ce soir ?

Il inclina sa bouteille de bière et elle observa les muscles de sa gorge travailler pendant qu'il buvait.

Puis elle prit conscience d'une chose.

Il ne savait pas.

Il ne connaissait pas son passé tragique.

Grand Dieu.

Un profond sentiment de soulagement explosa en elle : il y avait au moins une personne dans l'univers qui ne la regarderait pas avec pitié. Elle finit son vin et commanda un autre whisky.

— Mettez-en deux, dit Alex au barman.

Ils restèrent assis en silence, à siroter leurs boissons, écoutant Michael Bublé chanter *All I want for Christmas Is You*. La mélancolie de cette période de l'année planait au-dessus d'elle comme un nuage. La semaine précédant Thanksgiving marquait l'enlèvement de sa sœur. Noël représentait un vide immense dans la vie de sa famille. Un siège vide à table. Des années de paquets non déballés.

Mallory n'était plus d'humeur à prendre des shooters. Sa tête lui tournait légèrement et une énergie nouvelle envahissait ses cellules. Sans qu'elle sache pourquoi, cette stupide chanson sentimentale de Noël lui rappelait qu'elle n'avait pas fait l'amour depuis plus de deux ans et que le type assis à côté d'elle était non seulement bien bâti, mais qu'il lui avait aussi demandé de sortir avec lui. Ce n'était pas un inconnu, c'était l'un des meilleurs amis de Lucas Randall, et Lucas ne supportait pas les connards. Elle se surprit à se pencher plus près de lui. Il sentait si bon. Ses biceps se contractaient, faisant ressortir le tatouage, chaque fois qu'il buvait et elle ressentait un drôle de petit frisson rien qu'en le regardant. Son regard se posa sur les cheveux courts de sa nuque, ses larges épaules et son ventre musclé. Même ses bottes étaient sexy. Elle détourna les yeux, mais croisa son regard dans le miroir derrière le bar. Il lui adressa un sourire en coin. Il l'avait vue le reluquer, et la chaleur dans ses yeux gris parlait d'elle-même.

Le désir tissait sa toile. Elle regarda son verre, mais elle n'avait plus soif.

Sa peau était hypersensible. Ses tétons pointaient sous la soie noire de sa robe, rendant son excitation évidente. Elle sentit ses yeux sur elle. Le poids de l'intérêt. Une vague de chaleur parcourut son corps. Elle ressentit un frisson entre les jambes et serra les cuisses.

L'envie. Le désir.

Elle s'humecta les lèvres et il cessa de la regarder dans le miroir pour se tourner vers elle. Il avait l'œil vif. Elle nota une certaine gravité dans son regard. Ce gars était incroyablement sexy. Un visage parfaitement symétrique. Une mâchoire forte. Des yeux à tomber et cette satanée bouche. Il y avait d'autres moyens d'oublier…

Elle récolta une goutte de liquide ambré à l'extérieur de son verre et porta son doigt à sa bouche. Elle entendit un grognement grave, presque imperceptible, et sourit. L'idée de l'exciter ne la laissait pas indifférente. C'était comme si elle s'était mise dans la peau de quelqu'un d'autre. Elle n'avait jamais fait ça. De sa vie, elle n'avait jamais dragué un type dans un bar, mais dire que sa vie sentimentale s'apparentait à une longue traversée du désert était un euphémisme.

Techniquement, coucher avec quelqu'un n'était pas *sortir* avec lui.

Elle se tortilla sur son siège. Michael Bublé ne l'ennuyait plus autant qu'avant. *Désolé, Michael. Tout est pardonné.* Une image de Payton chantant des cantiques de Noël lui traversa l'esprit, mais le souvenir de sa sœur lui rappela son besoin éperdu d'oublier ce que représentait réellement cette soirée.

Elle posa sa main sur sa cuisse. Ses muscles étaient durs comme la pierre.

— Et si nous allions dans un endroit plus calme ?

Son regard soutint le sien. Ses yeux étaient presque noirs désormais. L'effet du désir ? Elle n'en savait rien. Il retira sa main de sa cuisse et lui serra les doigts.

— Je suppose que ça enfreindrait la règle de non-rencard.

— Seulement si nous nous embrassons, dit-elle.

— Quoi ? fit-il d'un ton bourru.

Et s'il disait non ? Elle ne voulait pas qu'il dise non.

— J'ai réfléchi. Nous n'enfreignons cette règle que si je vous embrasse.

— Si *vous* m'embrassez ?

Bon sang, elle adorait voir ses yeux s'assombrir de la sorte.

— C'est exact.

Elle fit un signe de tête et se raccrocha au bar. *Oups.* Son premier verre la rattrapait. Elle se sentait plus légère, et c'était agréable de cesser de s'inquiéter pour tout. Mais elle était un agent fédéral, elle ne voulait pas se donner en spectacle. Elle laissa de l'argent sur le bar et glissa du tabouret. Son manteau tomba par terre. Alex le ramassa et l'aida à l'enfiler. La caresse du satin froid contre ses bras nus était délicieuse, mais ce fut le contact de ses doigts qui la fit frémir.

— Je vous raccompagne.

Cela signifiait-il qu'il n'était pas intéressé ? Ou bien était-il seulement poli et ne voulait-il pas la prendre pour acquise ?

Ils étaient sortis du bar et se tenaient sur le trottoir. Le vent froid lui coupa le souffle. La morsure de la glace vint meurtrir son visage et ses jambes. Elle se blottit dans son manteau.

— Oh mon Dieu, mais pourquoi ai-je mis des bas nylon ?

Elle claquait des dents malgré le long manteau de laine et tapait des pieds dans ses stupides talons.

Alex regarda ses jambes.

— En effet, *pourquoi* avez-vous mis des bas nylon ? Il doit faire moins un.

Pourtant, il ne portait qu'une veste légère et n'avait pas l'air d'avoir froid.

— Parce que…

Elle lui attrapa le bras lorsque les lumières commencèrent à danser derrière lui…

— On vous sert généralement plus à boire dans ces bars si vous n'avez pas l'air d'un clochard.

Ils se mirent à marcher sur le large trottoir et elle se blottit contre lui. Les étoiles brillaient dans la nuit glaciale, bien qu'il fût difficile de les voir en raison de la pollution lumineuse de Washington. Elle avait oublié à quel point elle aimait cette ville, et combien il était bon d'être avec un homme qui vous attirait.

— Et vous vouliez boire plus parce que... ?

Malgré la tête qui lui tournait, cette question lui fit mal. Bon sang. Elle cligna des paupières pour chasser les larmes, mettant sa réaction sur le compte du vent violent dans ses yeux. Elle avait besoin d'un autre verre ou d'un baiser. Elle l'arrêta en tirant sur son bras, se retourna pour lui faire face et posa les mains sur son torse. L'homme semblait taillé dans du granit et il dégageait une telle chaleur qu'elle aurait voulu pouvoir se glisser dans sa peau. Comment les hommes pouvaient-ils produire autant de chaleur ? C'était injuste. Elle passa les bras autour de son cou et sentit ses mains se poser sur sa taille. Le désir qu'elle ressentait était presque une souffrance. Ses seins étaient pressés contre son torse et elle aurait juré pouvoir sentir son cœur battre à travers l'épaisseur de son manteau. Il l'observait avec une certaine méfiance. Elle se pencha pour goûter à ses lèvres, mais il recula alors qu'elle n'était plus qu'à un centimètre de lui.

Elle sentait son souffle chaud sur son visage.

— Vous oubliez votre règle.

— Vraiment ?

Il devenait un peu flou sur les bords, mais le sentiment de sécurité qu'il lui inspirait l'enveloppait comme un manteau. Elle recula à son tour, puis agita le doigt.

— C'est *exact*.

Elle avait oublié cette règle, mais il faisait si froid dehors...

Plus vite ils arriveraient à son appartement, plus vite elle saurait à quoi ressemblaient les muscles qu'elle avait sentis sous son T-shirt. Elle claqua des dents et il remit son bras autour d'elle.

— Vous tremblez.

Il la serra contre lui.

Pendant des années, cette nuit n'avait été remplie que de souvenirs douloureux. Elle voulait conjurer le sort. Elle voulait effacer tout souvenir de ces dîners chez sa mère et de tout ce chagrin inutile et sans fin.

Que faisait sa mère en ce moment ?

La culpabilité tenta de s'immiscer en elle, de la faire changer d'avis sur Alex, mais ce qu'elle ressentait, ainsi serrée contre lui, était nettement préférable à l'agonie de revivre le pire jour de sa vie. Enfin, ils se retrouvèrent devant son immeuble – *comme par magie.*

Elle chercha son portefeuille dans sa poche, mais ne parvint pas à le sortir.

— Laissez-moi faire.

Il glissa sa main à l'intérieur de son manteau et ils sursautèrent tous deux lorsqu'il effleura le haut de sa cuisse. Il se figea, ouvrit la bouche comme pour s'excuser. Elle prit alors son visage entre ses mains et l'embrassa. *Au diable ces règles stupides !*

Ses lèvres étaient étonnamment douces, sa bouche avait des accents de whisky et de bière. Il était follement sexy. Aussitôt, il prit le contrôle du baiser qui s'intensifia. Sa langue vint jouer avec la sienne. Elle se sentit fondre de l'intérieur. Elle se retrouva plaquée contre la façade vitrée de l'immeuble, une main d'Alex toujours enfouie dans sa poche, l'autre maintenant l'arrière de la tête.

Son corps s'imbriquait parfaitement avec le sien. Elle n'avait plus froid. Elle avait l'impression que sa peau était sur le point de s'embraser. Un grognement résonna dans sa poitrine, bien que la main dans sa poche ne bougeât pas. Elle sentit la frustration monter : elle aurait désespérément voulu qu'il la touche. Elle éloigna sa bouche de la sienne, reprenant son souffle, réalisant soudain qu'ils étaient dans un lieu public.

— Allons à l'intérieur.

Sa voix était haletante et sensuelle.

Il s'écarta d'elle, sortit son portefeuille de sa poche et produisit la carte magnétique. Puis il ouvrit la porte du hall d'entrée. Elle entra en le tirant par la main, mais il ne bougea pas.

— Je ne peux pas, Mallory.

Son regard semblait tourmenté.

— Quoi ?

Après ce baiser, il n'y avait absolument aucun doute qu'il avait envie d'elle.

— Je ne peux pas monter, répéta-t-il.

— Pourquoi ? Vous êtes marié ?

La déception dans sa voix l'aurait fait grimacer en temps normal. Mais cette journée n'avait rien de normal. C'était le jour de la marmotte, avec un rebondissement. Les choses changeaient enfin. Si elle devait se déshabiller dans la rue, qu'à cela ne tienne. Elle comptait bien renverser la tendance ce soir, et Alex Parker était l'homme qu'il lui fallait.

Il rit, mais le désespoir dans sa voix était perceptible.

— Je ne suis pas marié et je ne vois personne d'autre en ce moment, mais… Vous avez trop bu. Vous n'avez pas les idées claires. Je ne veux pas que vous regrettiez demain matin.

Le désarroi bouillonna en elle.

— Je ne suis pas si saoule que ça.

Il n'avait pas l'air convaincu.

— Je suis sérieuse.

Ne changez pas d'avis, je vous en prie.

Elle se mordit la lèvre et vit ses pupilles se dilater. Les signaux étaient clairs. *Très bien.* Elle allait devoir séduire ce type. Elle fronça les sourcils. Comment séduisait-on un homme ? Si elle l'avait su un jour, elle avait oublié. Il lui lâcha la main et elle profita de ce mouvement pour se glisser hors de son manteau. Il tomba par terre et, alors qu'Alex se penchait pour le ramasser, la porte du hall se referma derrière lui. En souriant, elle se dirigea vers l'ascenseur, s'assurant de ne pas vaciller sur ses foutus talons. Elle était un peu pompette, et alors ? Était-ce illégal ? Oh que non, certainement pas.

Maintenant la porte de l'ascenseur ouverte, elle ôta ses chaussures et les laissa pendre au bout de ses doigts. Il se tenait là, l'air anxieux et incertain, sa carte magnétique dans une main et son manteau dans l'autre.

— Je sais ce que je fais, Monsieur Parker.

Un côté de sa bouche se releva alors et ses yeux se mirent à briller.

— Je vois ça.

Elle s'appuya contre la paroi de l'ascenseur et relâcha le bouton. Il regarda la porte derrière lui comme une sortie de secours, et elle se dit qu'il allait rester planté là pendant que les portes se refermaient entre eux. L'instant d'après, il était dans l'ascenseur à ses côtés. Elle ne l'avait même pas vu bouger.

———

IL OBSERVAIT LA garce éméchée depuis l'intérieur sombre de sa voiture. Quand le salaud la plaqua contre le mur de son immeuble, il eut envie de sortir son arme et de leur coller une balle à tous les deux. Aujourd'hui plus que tout autre jour, il s'attendait à un peu plus de respect pour la mémoire de sa sœur. La fureur électrisa tout son corps. Elle n'arrivait pas à la cheville de Payton. Elle aurait eu honte de voir ce que sa sœur était devenue : une pute, une salope bon marché.

Il vérifia son pistolet. Il saisit la poignée de la porte au moment où ils entraient dans le bâtiment. *Et merde.*

Il resta à observer l'immeuble pendant un moment. Il attendait qu'une lumière s'allume quelque part, mais cela n'arriva pas. Une image d'eux en train de baiser tournait en boucle dans son cerveau. Même si elle n'était pas Payton, il avait l'impression de voir sa bien-aimée le tromper et il ne pouvait pas supporter cette idée. Son cœur se mit à battre plus vite. Il s'imagina prendre son couteau et graver le nom de sa sœur sur son front. Mais elle n'en était même pas digne. Ses mains tremblaient lorsqu'il démarra le moteur. Il aurait plutôt gravé *salope.*

Il regarda par-dessus son épaule et s'éloigna, quittant la ville en direction de la Route 66. Les choses ne s'étaient pas déroulées comme prévu. Il s'attendait à trouver Mallory seule, peut-être même en train de l'attendre. Un sourire lui tordit le visage. Il allait devoir l'éduquer à ses attentes. Payton n'avait jamais eu besoin de leçon. Il n'avait même jamais eu à hausser le ton. Elle était parfaite. Toujours heureuse de le voir.

L'autoroute était calme, même s'il n'était pas si tard que ça. Il travaillait le lendemain, il devait donc rentrer dans tous les cas. C'était tout aussi bien qu'il ne l'ait pas ramenée ce soir. Il allait devoir trouver un plan pour savoir exactement comment s'occuper de cette femme, qui ressemblait à s'y méprendre à celle qu'il avait aimée, mais qui se comportait comme une prostituée. Une idée lui vint : il devait lui rappeler sa sœur, il devait l'obliger à s'en soucier. Il était presque sûr de savoir comment faire.

Ses yeux distinguèrent une silhouette solitaire au bord de la route. Une femme. De type caucasien. Aux cheveux noirs.

Ne t'arrête pas. Le bon sens tentait de combattre la tentation. *Continue ta route.*

Il mit son clignotant, ralentit et s'arrêta. *Et merde !* Il baissa la vitre.

— Où allez-vous ?

La jeune femme, âgée d'une petite vingtaine, fit un pas hésitant.

— Gainesville.

Ses yeux inspectèrent l'intérieur du véhicule. Ses dents claquaient et elle se recroquevillait dans son sweat à capuche. La température était bien inférieure à zéro degré, et la neige était au rendez-vous.

— Sans vouloir vous offenser, je ne fais du stop qu'avec d'autres femmes.

Il haussa les épaules.

— Pas de problème, mais bonne chance pour qu'une femme s'arrête pour vous prendre à cette heure de la nuit.

Il fit mine de remonter la vitre, mais après avoir jeté un rapide coup d'œil à l'autoroute déserte, elle agrippa le haut de la portière. Son sourire était mal assuré.

— Attendez ! Vous avez raison. Je veux bien monter, si ça ne vous dérange pas.

Il lui sourit. Elle semblait être une gentille fille, beaucoup plus proche de Payton que Mallory, en fin de compte.

— Montez.

Elle grimpa dans le véhicule et posa son sac à dos sur ses genoux. Il reprit la route. Pour la première fois depuis des heures, il se sentait bien. Il jeta un rapide coup d'œil au profil de la fille. Elle avait un visage doux. Des yeux noisette…

Peut-être était-elle la bonne ? Pas Mallory, mais cette fille inconnue ?

Il avait l'impression que c'était un test.

Il se redressa sur son siège. Après réflexion… Il faudrait du temps, de la patience et de la détermination. Aucun problème. Il disposait des trois, et Mallory Rooney ne risquait pas de lui échapper.

———————————

C'ETAIT UNE ERREUR. Un fiasco total. Mais il devait s'assurer que Mallory était en sécurité dans son appartement. Ensuite seulement, il partirait. Oui, c'était un vrai boy-scout. Toujours là pour aider les vieilles dames à traverser et descendre les tueurs en série.

Mais c'était peut-être l'occasion qu'il attendait. Le moyen d'entrer et de sortir rapidement, bien que son corps demandât tout autre chose.

S'il avait accès à son ordinateur portable, il pourrait y charger un logiciel qui lui permettrait de surveiller ses moindres faits et gestes. Il pourrait aussi placer dans son bureau ou son salon la petite caméra qu'il avait dans la poche. Il l'observa dans l'ascenseur et résista à l'envie de lui caresser le visage.

Bon sang, personne n'était dupe ! Il avait envie d'elle. Mais il n'y avait aucune chance que cela arrive. Elle était ivre et elle souffrait.

Quand il l'avait suivie dans ce bar, il savait qu'elle était au bord d'un précipice. Il comprenait la signification de cette date et le désastre que cela pouvait représenter pour une personne habituellement sensée et sobre. Il était intervenu en voyant deux hommes la lorgner comme de la chair fraîche. Il s'était dit qu'il la regarderait se saouler, qu'il effraierait les types, plus grands et plus poilus que lui, qu'il la ramènerait chez elle et qu'il s'assurerait qu'elle se couche en toute sécurité. Seule. Il avait beau être un assassin expérimenté, le gène de la courtoisie était bien présent dans son ADN.

Allez comprendre.

Il pouvait encore mener son plan à bien. Tant qu'il ne pensait pas à la rejoindre. Bien que sa direction lui eût ordonné de garder un œil sur l'agent spécial, cela n'impliquait probablement pas de lui enfoncer sa langue dans la bouche ni d'aller vérifier ses amygdales.

Mallory s'adossa contre les parois métalliques de l'ascenseur et fit courir son pied déchaussé le long de son mollet. Elle était tellement sexy qu'il aurait voulu arrêter de faire semblant et l'embrasser jusqu'à ce qu'ils n'en puissent plus.

Aucune chance.

Quelques nuits auparavant, il la rencontrait dans sa chambre, manquant la faire mourir de peur, et voilà qu'il l'embrassait ? À l'évidence, il jouait avec le feu. Ce soir, elle semblait fragile et avait besoin de protection. Le simple tintement de l'ascenseur semblait pouvoir la faire éclater en morceaux. Il l'imagina alors en train de jouir et secoua la tête. Qu'est-ce qui clochait chez lui ? Et pourquoi cette femme lui faisait-elle perdre la tête ?

Avant de foutre en l'air la mission marocaine, il était sorti avec de nombreuses femmes magnifiques qui ne signifiaient rien pour lui – il ne se souvenait même pas de leurs noms. Mallory était différente. Tout en elle était différent, y compris le fait qu'elle était un agent du FBI qui le clouerait au mur si jamais elle découvrait ce qu'il était réellement.

Il n'y avait pas que son physique qui l'attirait, même si ses yeux légèrement inclinés lui donnaient un regard de lutin qui ne le laissait pas de marbre. Elle possédait une lueur intérieure qui l'appelait. *Redescends, mec.* Il ne pouvait pas se permettre ce genre d'attachement. Il ne pouvait pas se permettre de penser à autre chose qu'à remplir son engagement envers le Projet Gateway. Quoi que l'on pût penser, c'était un homme de parole qui payait ses dettes et tenait ses promesses – encore cinq cent trente-huit jours et il serait quitte.

Il garda ses distances pendant le trajet en ascenseur, mais la fragrance subtile de son parfum fleuri et le bruit de sa respiration irrégulière le mettaient à fleur de peau. Ils montèrent jusqu'au cinquième étage et il la suivit à la porte de l'appartement de son père, en essayant de ne pas contempler son corps largement dévoilé par sa robe.

— C'est là que vous habitez ? demanda-t-il.

Comme s'il ne le savait pas.

— C'est l'appartement de mon père, mais il vit en Virginie-Occidentale.

Il la suivit à l'intérieur. Les lumières étaient éteintes, mais les rideaux étaient ouverts, offrant une vue magnifique sur la ville illuminée pour les fêtes de fin d'année. Il eut une soudaine prise de conscience lorsque la porte se referma derrière lui. Voilà, elle était bien rentrée chez elle. Il posa son manteau sur le dossier du canapé et la regarda s'éloigner. Sa seule vue le rendait fou. Il envisagea de faire machine arrière. Il s'introduirait dans l'appartement une autre fois pour placer les micros, quand elle ne se tiendrait pas devant lui, délicieusement baisable. Il était temps de partir.

— Je vous sers un verre ?

Il repéra son ordinateur portable et hésita. Il y avait peu de chances qu'une telle occasion se présente deux fois, car elle l'emportait presque partout avec elle et, en tant qu'agent fédéral, elle était bien protégée contre les logiciels malveillants. Il pourrait les contourner, mais cela risquerait de laisser des traces.

— Avec plaisir.

Le fait qu'elle ait été transférée à Quantico avant d'avoir eu le temps de faire davantage de recherches sur les justiciers était à la fois un soulagement et un motif d'inquiétude. Leur taupe la surveillait de près, mais comme Lucas Randall était l'agent chargé de l'enquête sur le meurtre de Meacher, il y avait une chance que Mallory fasse part de ses soupçons à son ami à un moment donné. Alex devait savoir si cela se produisait, et quand.

Il détestait mentir à son ami et il détestait mentir à cette femme qui prenait son travail au sérieux, mais l'alternative était bien pire. Déjà que le Projet Gateway n'opérait pas au grand jour en temps normal, cette surveillance renforcée avait fait plonger tous ses membres dans l'ombre plus profondément encore. Alex ne savait pas jusqu'où une organisation gouvernementale clandestine comme celle-ci irait pour protéger ses secrets, mais étant donné les conséquences que ses actes pouvaient avoir, il se dit que l'organisation ne reculerait probablement pas devant l'élimination de quelques agents gênants des forces de l'ordre, si besoin. Aucune chance qu'il laissât cela se produire.

Mallory ne courait certainement pas de réel danger du côté de leur opération, mais pour l'instant, il n'était pas sûr qu'elle fût à l'abri d'elle-même.

— Vous réalisez que vous avez fait entrer un quasi-inconnu chez vous ? Et si j'étais un malade ?

— Ce n'est pas le cas.

— Comment le savez-vous ?

— Lucas sait bien cerner les gens et il est évident qu'il vous apprécie.

Elle se pencha pour allumer la chaîne stéréo, sa petite robe remontant juste assez pour lui faire avoir une attaque. Malgré la quantité d'alcool qu'elle avait consommé, avec l'efficacité d'un marin en permission sur le continent, elle se déplaçait avec la grâce d'une danseuse.

— Je n'aurais pas ramené n'importe qui chez moi.

Elle tendit un doigt dans sa direction.

— En plus, j'ai une arme.

Elle n'était certainement pas armée à cet instant, car sa robe n'aurait pas pu cacher une pièce de vingt-cinq cents, encore moins un pistolet.

— Et j'ai des amis au trésor public. Alors si vous *êtes* un malade, je ferai de votre vie un enfer dès mon réveil lundi matin.

Malgré sa tentative d'humour, l'idée du lundi matin la déprimait visiblement. Pourquoi donc ? Un poste au DSC était le rêve des agents du FBI, et elle n'était à Quantico que depuis un jour. Elle n'avait même pas encore eu le temps de défaire ses cartons et encore moins d'énerver qui que ce soit.

Elle se dirigea vers le meuble où son père gardait ses bouteilles et commença à farfouiller. Elle trouva le single malt, le brandit avec un sourire triomphant, et leur servit un verre à tous les deux. Il lui prit des mains les verres en cristal avant qu'elle ne puisse boire une gorgée.

— Doucement. Vous allez vous rendre malade.

Il posa les verres sur la table basse, essayant de la dissuader de s'autodétruire.

Des larmes jaillirent de nulle part et le clignement frénétique de ses cils émut une part de lui-même qu'il croyait morte depuis longtemps.

— Je m'en fiche. Je bois pour oublier ce soir, Alex. Et croyez-moi, je suis bien loin d'avoir assez bu pour y parvenir.

— Alors, vous voulez vous mettre minable et me baiser sans préambule pour ne pas avoir à vous souvenir ?

Il avait espéré que ces mots crus la ramèneraient à la réalité, mais il vit son âme se noyer dans ses grands yeux ambrés.

— Oui, répondit-elle simplement.

CHAPITRE SIX

C E SIMPLE MOT lui fit l'effet d'une décharge électrique. Il fit alors quelque chose de stupide. Il l'embrassa, tentant un plongeon d'environ trois cents mètres de haut pour atterrir dans un glissement de langues soyeux. Elle avait le même goût que lorsqu'ils s'étaient embrassés sur le trottoir, un goût de whisky, savoureux, sophistiqué. Il sentit son corps s'embraser. Son pouls s'emballa et il recula, la respiration haletante. Il ne pouvait pas faire ça. Ce n'était pas honnête. Si elle découvrait qu'il lui avait menti une fois qu'ils auraient fait l'amour, surtout un soir comme celui-ci, elle serait furieuse. Elle méritait mieux que de se faire baiser par un minable comme lui.

Il lui écarta les cheveux sur le front et elle frémit.

— Je dois y aller.

Les lèvres pincées, elle s'extirpa de ses bras.

— Bien.

Puis elle le contourna, prit son manteau sur le canapé et se dirigea d'un pas résolu vers la porte.

— Où allez-vous ?

Il connaissait déjà la réponse.

Elle était pieds nus, mais ne semblait pas s'en apercevoir en se débattant dans son grand manteau de laine.

— Je retourne au bar. Je vous l'ai dit, je veux juste oublier pour une nuit.

— Oublier quoi ?

Sa bouche devint sèche, comme s'il s'étouffait avec sa propre supercherie. Il pourrait peut-être la convaincre de rester en la poussant à se confier.

— *Tout.*

Bon sang. D'un côté, il aurait voulu la secouer, lui faire comprendre les risques qu'elle prenait en buvant trop, sans parler de séduire un inconnu. D'un autre côté, en tant qu'assassin, la sermonner sur ses choix de vie lui paraissait trop hypocrite.

Elle garda la tête haute, mais des larmes brillaient dans ses yeux.

Voilà qu'elle se sentait mal à cause de lui. *Formidable.* L'appréhension le gagna. L'appréhension et un étrange sentiment de défaite. L'excitation de son corps lui mettait les nerfs à vif. Il pouvait ignorer ses propres besoins, mais c'étaient ceux de Mallory qui le terrassaient. Il regarda le whisky sur la table, prit un verre et le descendit, puis un autre. *Si tu ne peux pas vaincre tes démons, embrasse-les…*

Il comprenait le besoin d'oublier, de mettre sous scellés de vastes pans de vie. Il aurait donné jusqu'à son dernier sou pour effacer certains souvenirs, la mort de ses camarades en Afghanistan, les tortures infligées au Maroc, les visages des hommes qu'il avait éliminés pour rendre le monde meilleur. Malheureusement, il n'y avait pas assez d'argent dans le monde pour effacer certaines choses.

Elle se tenait près de la porte, à l'observer. D'un air triste et douloureux.

Elle ne demandait ni amour ni romance. Simplement du sexe. Et il n'avait pas eu de rapport sexuel depuis si longtemps qu'il se souvenait à peine de ce que l'on ressentait. En cet instant, il le voulait, *la* voulait, avec une intensité qui aurait dû l'effrayer. Il avait trop de secrets pour s'engager avec qui que ce soit, et encore moins avec l'agent spécial Mallory Rooney, mais il semblait qu'avec cette femme, il prenait mauvaise décision sur mauvaise décision.

Un coup d'un soir.

Cela risquait de détruire le peu d'âme qu'il lui restait, mais il avait le sentiment que ça en valait la peine.

Il enleva sa veste et retira son T-shirt, qu'il jeta à travers la pièce. Les yeux de Mallory s'écarquillèrent de surprise devant son corps, zébré de cicatrices. Il y avait une chance qu'elle soit si dégoûtée qu'elle le mette à la porte, ce qui résoudrait leurs problèmes à tous les deux.

Mais ce qui brillait dans ses yeux n'était pas de la répulsion. C'était de l'empathie. De la compassion. De la luxure, aussi.

Bon, eh bien...

— Afghanistan ? demanda-t-elle.

— Certaines.

Il ne pouvait pas lui dire la vérité, mais il lui était tout aussi impossible de mentir, même si elle était ivre et qu'elle ne se rappellerait probablement pas un traître mot de cette conversation le lendemain. Cette notion le fit tressaillir.

Ce soir, elle avait besoin de quelqu'un pour l'aider à oublier et il allait se dévouer comme un bon petit soldat. Quel mal cela pourrait-il bien faire ? Ça répondrait à un besoin qui faisait rage dans ses veines et il serait parti en moins d'une heure. Elle serait chez elle, en sécurité et endormie, et elle aurait survécu à un autre anniversaire déchirant.

Tout le monde y gagnait.

Il se dirigea vers elle, sous son regard attentif. Elle inspira profondément et ses petits seins vinrent se presser contre la soie noire. Alex sentit ses doigts le démanger. Ils savaient tous les deux ce qui allait se passer. Ils étaient d'accord avec la direction que prenait la soirée. Parce qu'il ne s'agissait pas de lui. Elle avait juste besoin d'un corps chaud. *N'importe quel* corps. Il pourrait faire l'affaire. Il pouvait être n'importe qui, tant qu'il n'était pas *quelqu'un*.

Il s'arrêta devant elle et elle laissa tomber son manteau sur le sol. Alors, il caressa du doigt la délicate saillie de sa clavicule. Elle retint son souffle. Sa peau était douce comme des pétales de rose, bien plus érotique que la soie noire. Il sentit son cœur gonfler dans sa poitrine. En la touchant, il se souvint de ce que l'on ressentait face au peloton d'exécution. Il sentit sa bouche s'assécher immédiatement sous l'effet de la panique.

— Respire, dit-il, s'adressant autant à elle qu'à lui-même.

Elle aspira une grande goulée d'air et il ne put résister à l'envie d'engloutir ses seins sous ses paumes. Il fit glisser ses pouces sur ses mamelons, une fois, puis deux, les voyant se dresser sous le tissu soyeux de sa robe. Les yeux de la jeune femme s'assombrirent avec excitation. Elle laissa aller sa tête contre le mur, la bouche ouverte, les yeux clos. C'était la plus belle femme qu'il ait jamais vue. Elle poussa un gémissement et il se sentit durcir instantanément. Il se redressa, avança son genou entre ses cuisses et remonta sa robe, dévoilant des jambes longues de plusieurs kilomètres dans ses bas ourlés de dentelle. Il en eut l'eau à la bouche. Il n'avait jamais rien touché d'aussi tendre que l'intérieur de sa cuisse.

Il embrassa ses lèvres roses parfaites, merveilleusement douces et généreuses, qui lui donnèrent envie de gémir. La langue de Mallory toucha la sienne avec tant de sensualité qu'Alex sentit son cœur battre comme un coup de feu en pleine poitrine. Ses lèvres trouvèrent le cou gracile et il mordilla sa peau d'albâtre. Avec une infinie précaution, il effleura la courbe de ses seins, le creux de ses hanches et le galbe parfait de ses fesses. À son tour, elle passa les doigts sur sa nuque et remonta dans ses cheveux, le rapprochant d'elle. Lentement, si lentement que c'en était presque douloureux, il glissa un doigt dans sa culotte et se lova dans sa chaleur moite et volcanique. Elle se hissa sur la pointe des pieds et s'agrippa à ses épaules, les yeux et la bouche grands ouverts sous l'effet de la surprise. Sans résister plus longtemps à ses lèvres, il l'embrassa à nouveau, impatient de goûter chaque parcelle de son corps, et pourtant incapable de se soustraire à ce baiser. Il se retira et se glissa à nouveau à l'intérieur, imprimant un rythme régulier jusqu'à ce qu'elle se frotte contre sa paume. Elle était serrée et se mit à haleter lorsqu'il insista.

— C'est trop ?

Sa propre voix lui parut étrangère. Il avait déjà entendu cette variante par le passé, dans cette prison au Maroc. Son côté animal avait pris le dessus, mais cette fois, c'était le plaisir qui le faisait ressortir, et non la douleur.

Elle secoua la tête et enfonça ses ongles dans ses épaules.

— Vas-y, l'encouragea-t-elle.

Puis elle lui embrassa le cou, le mordant assez fort pour lui arracher un ricanement.

Elle pouvait le marquer à tout moment.

Son souffle lui brûlait la peau et il souffrait presque à l'idée qu'elle glisse sa jolie bouche sur le reste de son corps comme il voulait faire glisser ses lèvres sur le sien. Il parcourut l'humidité de son intimité et appuya sa paume contre les nerfs sensibles de son clitoris. Elle fut prise de spasmes. Ses jambes tremblèrent. À moins que ce soit lui. Il retira sa main et souleva Mallory plus haut, lui écartant les jambes pour se faire de la place, tout en se balançant contre son corps à un rythme qui propulsa son pouls. Il sentit une vague de chaleur le traverser. Ses veines étaient en feu.

Il l'embrassait avidement. Elle lui rendait son baiser, prise d'une frénésie aveugle. Quelque chose céda en lui. Le contrôle absolu qu'il avait perfectionné au fil des ans se brisa. Il ne voulait pas s'arrêter. Il ne voulait pas faire preuve de noblesse, la laisser jouir et se retirer. C'était mal, mais rien d'autre n'importait : il voulait posséder cette femme. Il sortit son portefeuille de sa poche arrière et fouilla à l'intérieur, laissant tomber cartes et pièces de monnaie jusqu'à trouver le petit carré qu'il cherchait. Abandonnant son portefeuille, il détacha ses lèvres des siennes pour déchirer l'emballage avec les dents. Elle tâtonna sa braguette, mais il la fit patienter, reposant ses pieds par terre tandis qu'il enfilait le préservatif qui les protégerait tous les deux.

Elle tendit la main vers lui, mais il suspendit son geste.

— Si tu me touches, c'est fini. Je n'ai jamais eu autant envie de faire l'amour qu'avec toi à cet instant.

— Tant mieux. Dépêche-toi.

Ses yeux impatients avaient la couleur du whisky qu'ils avaient bu.

Il voulait lui arracher ses vêtements, l'allonger sur un lit et la prendre tout entière. Il voulait lui faire l'amour jusqu'à ce qu'elle perde connaissance. La chambre était trop éloignée. Il retroussa sa robe jusqu'à sa taille puis, respirant bruyamment à son oreille, il agrippa sa culotte en soie.

— Tu es sûre que c'est ce que tu veux, Mallory ?

Elle fit un signe de tête et il arracha le sous-vêtement délicat. Aussitôt, elle enfonça ses ongles dans ses biceps. Il s'en fichait. Elle passa une jambe autour de sa hanche, son bas satiné sur sa peau. Enfin, il se positionna contre son intimité et, incapable de se retenir plus longtemps, glissa en elle. Le plaisir fut instantané, tout comme la panique, la certitude qu'il était fichu.

— Tu es tellement serrée.

Et il la prenait contre un mur. *Quel abruti.*

— Je te fais mal ?

Il allait se retirer, mais elle l'étreignit plus fort.

Elle secoua la tête, se trémoussant pour se rapprocher.

— Continue, exigea-t-elle en lui dévorant la mâchoire.

Ses ongles lui griffaient le dos, laissant des marques sur sa peau, le genre de douleur qui l'excitait plus qu'il ne l'aurait imaginé. Il enroula sa main autour de son autre jambe et les bloqua toutes les deux autour de sa taille. Puis chaque centimètre de son corps se retrouva imbriqué en elle, absorbé par cette chaleur humide et veloutée.

— C'est bon ? demanda-t-il.

Bon était bien en dessous de ce qu'il ressentait. Il était quasiment certain qu'il n'existait pas de mot pour décrire une telle béatitude.

— Oh, oui.

La sueur perlait sur son front tandis qu'il allait et venait en elle. Plaquée contre la porte par son corps, elle se cambrait en réponse à ses coups de reins. Le cerveau d'Alex était sur le point d'imploser. Plus rien n'existait que sa chaleur et ses yeux, et l'emprise qu'elle exerçait sur tout son être par sa seule existence. Il se laissait happer de plus en plus profondément par le vortex qu'était Mallory Rooney, souhaitant que cet instant dure éternellement. Elle finit par jouir, et toutes les pensées, les images positives accumulées dans son inconscient, explosèrent dans son cerveau comme des feux d'artifice alors qu'elle criait son prénom d'une voix étranglée. Encore deux coups de reins et l'orgasme de Mallory déclencha le sien. Il jouit avec tant de puissance qu'il faillit tomber à genoux, un frisson primitif déchirant son être, son cœur réveillé en sursaut dans sa poitrine de béton.

Il avait l'impression d'avoir pris une décharge. Il lui sembla qu'il n'arriverait plus jamais à reprendre son souffle. Ce fut à ce moment qu'elle fondit en larmes.

———————

LE MONDE SE mit à tournoyer. Au début, Mallory crut que c'était l'alcool, même si elle commençait à reprendre ses esprits bien trop vite à son goût. Elle était dans sa chambre. Alex cherchait la fermeture éclair de sa robe. Il la fit glisser de ses épaules pour la déshabiller. Elle était surprise qu'il ne se soit pas enfui de l'appartement en hurlant.

Séduit par la folle. *Approchez, approchez.*

Elle ferma les yeux pour refouler les larmes brûlantes qui faisaient d'elle une épave émotionnelle alors que tout ce qu'elle voulait, c'était oublier. Quoi qu'elle fasse, cette journée se terminait toujours dans les pleurs. Pendant tout le temps où Alex et elle avaient fait l'amour, elle avait pu ignorer cette date et ce qu'elle représentait. Dès qu'ils avaient fini, en revanche, la culpabilité lui était revenue en pleine face comme un boulet de démolition.

Il avait pris ses distances. Quoi de plus naturel ? Il devait penser qu'elle était une délurée et qu'elle avait un grain. Mais elle ne pleurait pas parce qu'Alex pourrait avoir une mauvaise opinion de sa personne. Payton et elle avaient un lien particulier. Quand on l'avait enlevée, c'était comme si elle avait perdu un membre. Sa sœur lui manquait. Elle lui manquait terriblement. Et des deux, c'était elle la plus chanceuse.

Les larmes continuaient de couler. Des larmes qui la vidaient de toute son énergie et de toute sa lumière. Un sentiment de honte s'empara d'elle. Pas à cause du sexe. Le sexe n'avait aucune importance, comparé à la perte ou à la mort d'une jeune fille. Elle avait honte de ne pas avoir résolu le mystère, de n'avoir jamais pu retrouver sa jumelle malgré leur lien quasi psychique. Elle aurait voulu se glisser sous la couette et y rester tout le week-end, ou se noyer dans une bouteille, mais c'était plus dangereux. Elle se cacha les yeux derrière ses mains.

— Mon Dieu, je suis vraiment désolée.

— Tout va bien.

Les paumes sur ses épaules, il déposa un baiser sur sa joue. Elle chercha à accentuer le contact. Il lui enleva son soutien-gorge, puis ses bas. Cela aurait dû la gêner d'être nue, mais elle s'en fichait. S'il lui avait fait tout oublier plus tôt, il pourrait peut-être lui faire oublier à nouveau.

Elle passa les mains sur son torse. Il avait le corps le plus épatant qui soit et l'explorer était un million de fois plus réjouissant que de penser à ce qu'un taré avait pu faire à une fillette de neuf ans, dix-huit ans auparavant.

Elle dessina le contour d'une cicatrice. Comment avait-il eu toutes ces blessures ?

Il lui saisit les mains.

— Laisse-moi me débarbouiller et on discutera.

Puis il se rendit dans la salle de bain.

Parler était bien la dernière chose qu'elle voulait faire. Elle retourna dans le salon pour prendre un autre verre, mais Alex l'en empêcha.

— Laisse-moi tranquille.

Elle essaya de se défaire de son étreinte.

— Peut-être que je ne veux pas.

Ses bras s'enroulèrent autour de sa taille et il la serra contre lui.

— Alors, tu es fou.

— On fait la paire, bébé. On fait la paire, murmura-t-il dans ses cheveux.

— Tu restes ?

Elle retint son souffle. Elle voulait vraiment le retenir.

Elle sentit son soupir soulever sa cage thoracique.

— Je ne peux pas.

Les doigts de Mallory resserrèrent leur prise sur les poignets d'Alex alors qu'il venait glisser son nez dans son cou, par-derrière. Il était à nouveau dur. Elle le sentait contre sa hanche, mais elle n'allait pas le supplier.

— Je ne suis pas encore prête à rester seule.

Il la prit dans ses bras et la porta jusqu'au lit, lui enleva ses bottes et vint se lover derrière elle. Il la serra fort contre lui, la réconfortant par une étreinte chaleureuse. C'était agréable d'être dans les bras d'un homme fort. Plus agréable que dans ses souvenirs. Mais il la traitait comme une enfant fragile, et elle n'était plus une enfant depuis bien longtemps.

— Je suis désolée d'avoir pleuré sur ton épaule tout à l'heure.

Elle s'attendait à une plaisanterie en réponse. Au lieu de ça, il la retourna sur le dos.

— Ne t'excuse pas, dit-il d'un ton déterminé. Tu n'auras jamais à t'excuser devant moi.

Il s'installa entre ses cuisses comme si c'était sa place attitrée et elle inclina le bassin pour qu'il soit plus à l'aise. Une expression alarmée apparut sur le visage d'Alex. Ils savaient tous les deux que s'il n'avait pas porté de jean, il aurait été en elle de nouveau, et c'était exactement ce qu'elle voulait.

Une petite cicatrice barrait son sourcil droit. Elle ne l'avait pas remarquée avant, mais de près, on aurait dit le genre de blessure infligée aux boxeurs. Elle leva un doigt pour la caresser. Une lueur vacilla dans les yeux d'Alex. Puis il ferma les paupières et posa son front contre le sien.

— Je n'ai pas réussi à te faire oublier tout ce que tu voulais oublier.

Elle effleura sa barbe de trois jours sous sa paume.

— C'est faux. Quand tu étais en moi, j'ai tout oublié. Je devrais te remercier.

Il ferma les yeux. Il avait presque l'air de souffrir.

— Je devrais y aller.

Son souffle chaud lui chatouilla l'oreille et ses mains lui agrippèrent les épaules si fort qu'elle en aurait des bleus le lendemain. Elle s'en fichait.

— D'accord.

Elle lui lécha la lèvre inférieure parce qu'elle voulait qu'il reste et que, malgré les mots qui sortaient de sa bouche, il ne semblait pas pressé de s'en aller. Elle pressa sa bouche contre la sienne et l'embrassa plus passionnément encore. La présence d'Alex lui permettait d'échapper à la réalité, et la réalité était nulle.

Elle fit glisser ses mains le long de son dos musclé alors qu'il lui rendait son baiser. Sa peau était lisse et chaude, ses muscles contractés sous ses doigts.

Sa bouche s'aventura jusqu'à ses seins et elle se cambra sur le lit tandis qu'une déferlante de plaisir la traversait. L'odeur d'Alex lui donnait faim. Le contact de sa bouche et de ses mains l'empêchait de penser à quoi que ce soit. Sauf au sexe. Le sexe. Tout de suite. Cette pulsion primaire. Elle défit les boutons de sa braguette et le libéra de son pantalon.

— Une capote, dit-il entre ses dents.

Merde, c'est vrai.

Elle ouvrit le tiroir de la table de chevet, soulagée de trouver une boîte. Alex se délesta de son jean, mit le préservatif et s'enfouit entre ses jambes. Elle referma les cuisses autour de ses hanches et toute pensée s'envola aussitôt. Il n'y avait plus que les sensations et le plaisir de ces corps harmonieusement unis, tendant vers la jouissance, cherchant à atteindre cet endroit où rien d'autre n'avait d'importance.

Puis, juste au moment où elle pensait qu'ils allaient franchir la ligne d'arrivée, Alex ralentit la cadence.

Il caressa les mèches de cheveux sur son front et s'enfonça plus profondément en elle, soutenant son regard. Ses coups de reins reprirent, sans se presser, et à chaque fois un fabuleux coup de fouet la traversait. C'était incroyable, de ces sensations que l'on ne voudrait jamais voir cesser, bien qu'elles ne puissent pas durer éternellement. Elle ondula sous son corps, amplifiant le mouvement, le faisant tressaillir sans qu'il ne la quitte des yeux. Elle s'approchait de plus en plus de l'extase et il laissait monter la sensation en elle, tout doucement, faisant durer le plaisir. Elle se cramponna à ses épaules, pantelante, et s'abandonna enfin au plaisir, perdant tout contrôle sans ressentir la moindre gêne.

— Putain, Mallory.

Il accéléra le mouvement et gémit en atteignant l'orgasme à son tour, véritable décharge électrique qui se propagea dans tout son corps.

Puis ils restèrent là, immobiles, la peau moite, leurs cœurs se répondant à travers leurs cages thoraciques.

Il fit mine de s'éloigner. Elle le serra fort.

— Reste.

— Je ne peux pas.

Mais il ne bougeait pas. Il passa les bras autour d'elle et les fit basculer sur le matelas, la plaquant sous son corps.

Comblée et satisfaite, elle commença à s'endormir.

— Tu es un homme bon, Alex Parker.

Il l'embrassa sur les cheveux.

— Non. Mais tu me donnes l'impression que je pourrais l'être.

CHAPITRE SEPT

Aㅤ LEX SE GLISSA hors du lit et s'habilla, en faisant attention à ne pas faire de bruit. Mallory se reposait enfin. Il était resté éveillé pendant une bonne heure, à la tenir dans ses bras pour s'assurer qu'elle dormait bien. Il roula des yeux. Il n'était rien de plus qu'un tueur de sang-froid, et plus vite il s'en souviendrait, mieux ça vaudrait.

Traversant son salon tranquille, il s'arrêta un instant, essayant d'ignorer la douleur de la solitude. La pièce était décorée de couleurs neutres, attrayante, luxueuse, elle manquait de caractère. Contrairement à Mallory, qui avait un tel caractère qu'il était impossible de l'ignorer. Il ramassa ses chaussures en souriant.

Satanés talons. Satanée robe. Un corps parfait et des yeux tragiques.

Il posa les chaussures en douceur et se rappela qu'il avait un travail à accomplir. Coucher avec Mallory était juste un moyen d'y arriver plus efficacement. *C'est ça, crétin.* Il démarra son ordinateur portable et attendit la connexion Internet. Deux minutes plus tard, il avait installé le logiciel dont il avait besoin pour savoir ce qu'elle saisissait sur son clavier, mais également pour avoir accès à tous ses e-mails entrants et sortants, ainsi qu'à la caméra et au micro. Il effaça du système toutes les preuves du téléchargement et referma l'ordinateur.

Puis il ramassa sa veste, en boule sur le sol, et chercha dans sa poche la caméra et le micro qu'il avait apportés. S'il l'avait suivie au bar initialement, la veille au soir, c'était pour savoir combien de temps elle y resterait, afin de pouvoir entrer par effraction et mettre son appartement sous surveillance. Il s'était retrouvé pris dans un piège de sa propre fabrication.

Il se pencha pour récupérer son portefeuille et ses affaires éparpillées près de la porte où ils avaient fait l'amour pour la première fois. Il ferma les yeux et compta jusqu'à dix. S'il continuait à penser à leurs ébats, et ils avaient été nombreux, il finirait par la rejoindre au lit dans l'espoir de marquer un dernier but. Et cela ne se reproduirait plus jamais.

Une pointe de regret s'insinua en lui.

Il ne faisait aucun doute qu'il était très attiré par Mallory et qu'il aurait aimé la revoir. Mais si elle savait ce qu'il était vraiment, et les activités illégales qu'il menait pour le compte de certaines personnes au sein de leur gouvernement, elle serait dégoûtée. Il ne voulait pas qu'elle désire une personne qu'il n'était pas, mais il n'y avait aucun moyen pour lui d'avouer la vérité. Il était donc plus judicieux de la laisser tranquille avant qu'elle ne se réveille.

Alors, pourquoi cette esquive lui semblait-elle si mal ?

En outre, la direction ne serait peut-être pas très contente de savoir à quel point il s'était rapproché de sa cible, la veille au soir. Le contact physique n'était probablement pas ce qu'ils avaient à l'esprit en lui donnant cet ordre. Cinq cent trente-sept jours de plus et il en aurait définitivement fini avec toute cette merde. Étrangement, cette idée ne parvint pas à l'apaiser comme à l'accoutumée.

Il sortit la caméra de sa poche et la plaça sous une table, à côté de la porte d'entrée. Elle offrait un grand-angle du salon et un aperçu de la cuisine. Il inséra le micro dans une lampe, de l'autre côté de la pièce. Il y avait une grande boîte bleue sur la table de la salle à manger. Curieux, il souleva le couvercle et découvrit une pile de dossiers et de coupures de journaux sur l'enlèvement de sa sœur. Il serra la mâchoire. Que ressentait-on lorsqu'une personne que l'on aimait disparaissait pour toujours ? Il ne le savait pas, mais cela lui rappela combien sa mission était importante.

Il contribuait à mettre des monstres hors d'état de nuire.

En enfilant sa veste, il tenta d'ignorer la culpabilité qui le dévorait. Il se dit qu'il avait donné à Mallory ce dont elle avait besoin : quelques heures de plaisir et un sommeil réparateur.

Un véritable héros.

Il y avait bien longtemps qu'il n'avait pas éprouvé un tel réconfort. Il lui fallut mobiliser toute sa volonté pour ne pas retourner dans le lit. Au lieu de quoi, il passa la porte d'entrée sans bruit et s'éloigna en direction du sud-ouest. S'il poursuivait sa route assez longtemps, il échapperait peut-être à toutes les erreurs qu'il avait commises dans sa vie – un autre rêve impossible. Bien que, comme Mallory, il fût parvenu à tout oublier l'espace d'un instant, la nuit précédente.

Sachant qu'il était resté injoignable pendant trop longtemps, il alluma son téléphone au niveau de Dupont Circle. Il étouffa un juron en lisant ses messages. Une cyberattaque majeure avait été lancée durant la nuit contre une banque importante, qui avait dans un premier temps consulté Cramer, Parker & Gray, Consultants en Sécurité, avant de décréter que leurs services étaient trop coûteux pour faire affaire avec l'un de leurs concurrents meilleur marché.

On a le service qu'on paye, songea-t-il. Bien qu'on ne soit jamais à cent pour cent protégé contre les pirates informatiques, une banque devait être en mesure de détecter les attaques et de se défendre, a minima.

Alex était heureux de cette distraction. Ses collègues avaient multiplié interventions et contrôles durant toute la nuit, c'était son tour. Mieux valait penser code et stratégie que de se souvenir de la tête brune qui s'était blottie contre son cœur pendant son sommeil.

Incapable de s'en empêcher, il lui envoya un message.

— Urgence au travail. Je dois y aller. Profite du reste du week-end.

Alors même qu'il appuyait sur « envoyer », il secoua la tête et rangea le téléphone dans sa poche. C'était officiel, il avait perdu la raison.

MALLORY AVAIT ETE affectée à l'équipe de l'agent spécial superviseur Frazer au DSC-4, qui s'occupait des meurtres en série impliquant des adultes et d'autres crimes extraordinaires. L'homme ignorait la mission particulière que le SSA Hanrahan lui avait confiée. Elle assista à sa première réunion d'équipe à neuf heures, le lundi matin. Elle avait beau savoir pourquoi elle était là, elle était enthousiaste à l'idée de travailler avec ces personnes.

Les visages de ses collègues l'étaient nettement moins. Distraits ou réservés, ils étaient parfois même ouvertement hostiles. Un type semblait vouloir s'envoyer en l'air avec elle. Le regard de Frazer, quant à lui, était calculateur. Malgré ses cheveux blonds éclatants, cette fois, il ne lui fit pas penser à une star de cinéma. Il avait l'air sévère et strict, lui rappelant plutôt un puissant agent de la force publique qui portait à la fois un badge et une arme, et prenait ses fonctions très au sérieux. Impossible qu'il contourne les règles et travaille avec un justicier, *n'est-ce pas* ?

Frazer la présenta.

— L'agent spécial Rooney nous vient de la division de Charlotte. Elle a beaucoup travaillé sur l'affaire Meacher.

Le DSC-4 avait fini son travail sur l'enquête Meacher. Toutes les vidéos avaient été copiées et les originales conservées comme preuves. L'identification des victimes était en cours, mais incomberait principalement aux agents de terrain et à la police scientifique de Charlotte.

Mallory hocha la tête et resta muette. Elle ne pouvait pas avouer qu'elle s'était contentée de répondre au téléphone si elle voulait conserver une once de crédibilité, mais elle détestait mentir.

— Pourquoi ne suit-elle pas la formation habituelle ? demanda une femme aux cheveux noir corbeau et aux yeux tout aussi sombres.

Mallory se balança, mal à l'aise. Les agents qui rejoignaient le DSC suivaient une formation de seize semaines en classe avant de passer dans chacune des unités d'analyse comportementale pour acquérir une large expérience. Cela pouvait prendre jusqu'à deux ans. Pas étonnant que ces personnes soient méfiantes et sur la défensive.

— Elle va la suivre, mais la prochaine session ne commence pas avant fin janvier, donc elle restera avec nous jusqu'à cette date.

L'agent aux cheveux noirs renifla.

— Je sais que nous travaillons tous sur nos propres dossiers en ce moment, mais on nous a demandé de l'aide pour une nouvelle affaire, et ce doit être une priorité, poursuivit

Frazer.

Dieu merci, elle commençait à transpirer à force d'être ainsi scrutée.

— Au cours de l'année passée, nous avons assisté à une série de meurtres de jeunes femmes, âgées de la fin de l'adolescence à la fin de la trentaine.

Il afficha les photos de six jeunes femmes souriantes, toutes plus ou moins brunes. Sous chacune d'elles, il plaça une photographie de leur corps sur la scène de crime. Mallory fit la grimace. Leurs visages portaient de sévères contusions et on aurait dit qu'elles avaient été étranglées.

— Les preuves suggèrent que les femmes ont toutes été enlevées sur l'autoroute. Nous travaillons avec l'agent spécial Tate de l'HSK, la *Highway Serial Killings Initiative*, sur ce sujet.

Il désigna de la tête l'homme qui avait fixé Mallory comme si elle était son parfum de glace préféré.

Elle n'était pas du tout attirée par ce type, mais elle se souvint instantanément d'Alex et de ce qu'ils avaient fait, vendredi soir. Elle déglutit péniblement. Découvrir à son réveil qu'il était parti avait été à la fois un soulagement et une déception. Le texto qu'il lui avait envoyé avait provoqué de drôles de sensations dans son cœur – des choses qu'elle ne pouvait pas se permettre de ressentir. Cette soirée de vendredi avait été une anomalie. Un événement unique qui ne se reproduirait jamais. Et cette pensée la déprimait.

Le visage impassible, elle écoutait Frazer. Elle prenait son travail au sérieux, même si lui ne semblait pas la prendre très au sérieux pour l'instant. Il n'y avait aucune chance qu'elle se lie d'amitié avec un collègue, mais – son estomac se noua – c'était probablement un bon angle d'approche pour son *autre* enquête. Sans aller jusqu'à flirter, peut-être se montrer plus amicale qu'elle n'en avait vraiment envie, bien qu'elle soit résolue à ne jamais réellement vendre son âme, pour quelque raison que ce soit. Elle avait besoin de se raccrocher à un semblant de dignité.

— Qu'y a-t-il sur la poitrine des victimes ?

Elle se pencha plus près pour essayer de mieux voir les images, mais elle ne réussit pas à distinguer ce dont il s'agissait. Les femmes étaient nues, mais posaient presque comme des enfants, les mains sur le pubis.

Le SSA Frazer pinça les lèvres.

— Le tueur grave quelque chose sur le sein gauche de ses victimes.

Frazer sortit une autre photo du dossier de l'affaire et l'afficha sur le tableau blanc.

— C'est écrit AR ou AK ? interrogea l'agent du HSK.

Frazer afficha les mutilations en gros plan et Mallory sentit chaque cellule de son corps se figer.

— Le travail est assez brouillon chez les premières victimes, mais il a fini par affiner sa technique. Nous sommes presque sûrs qu'il représente les lettres PR dans un cœur.

Son rythme cardiaque s'accéléra. PR. Payton Rooney ? Ou autre chose ?

Frazer soutint son regard comme s'il attendait une réaction. Elle refusa de laisser transparaître ses émotions.

— Nous ne savons pas encore quelle est la signification de ces lettres.

— Ante ou post-mortem ? demanda la femme aux cheveux noirs.

Mallory se prépara psychologiquement et poussa un soupir de soulagement lorsque Frazer répondit :

— Post-mortem.

— Des traces d'agression sexuelle ? fit l'un des gars.

— Oui. Les victimes semblent avoir été maintenues en vie pendant un certain temps et avoir subi des agressions sexuelles répétées.

— Un rapport avec les meurtres de Meacher ? intervint Mallory.

Il y avait des similitudes, ainsi que des différences évidentes.

— Rien de probant pour l'instant. La dernière victime a été retrouvée deux jours après lui et le médecin légiste situe l'heure du décès après la mort de Meacher. Mais ces affaires ont eu lieu dans les États de Caroline du Nord, de Virginie, de Virginie-Occidentale – les terrains de chasse de Meacher – c'est pourquoi je n'exclus pas un lien quelconque. Je veux que vous examiniez les dossiers en gardant cela à l'esprit.

Il n'avait pas l'air convaincu, mais les bons agents des forces de l'ordre gardaient l'esprit ouvert.

— Donc, à moins que Meacher n'ait eu un complice, c'est probablement un autre criminel.

Mallory réfléchit à la théorie du *complice qui se serait retourné contre son partenaire* par opposition au *justicier*. Elle devait examiner les dossiers de plus près et en parler à Lucas, à Charlotte. Elle lui avait laissé des messages, mais il n'avait pas encore répondu. Cela avait été un coup dur de réaliser qu'elle ne pouvait pas lui faire part de sa théorie du justicier, car Hanrahan lui avait fait prêter serment de garder le secret. Elle avait horreur de ça. Peut-être cette théorie était-elle le fruit des trop nombreuses séries policières qu'elle regardait à la télévision et de tous les fous qu'elle devait écouter, adeptes de la théorie du complot.

— J'ai entendu dire que tu avais joué un grand rôle dans

l'affaire Meacher, Rooney, fit une deuxième femme avec un sourire narquois. Ton ancienne patronne m'a tout raconté.

Mallory croisa le regard acéré de l'agent mal fagotée, et la catalogua comme l'une des copines de Danbridge.

C'était bon à savoir.

— Le fait que le tueur ait étranglé ses victimes de ses mains suggère que c'est personnel, poursuivit Frazer, ignorant l'interruption. Tout comme les sévères contusions au niveau du visage. Comme s'il les punissait et essayait de les rendre méconnaissables. La police de l'État de Virginie et plusieurs bureaux de shérifs de Virginie-Occidentale nous ont demandé de les aider et de leur fournir un profil. Je prévois de rendre visite aux forces de l'ordre locales la semaine prochaine pour voir les corps. Nous savons tous qu'en raison de restrictions budgétaires, certaines forces de police ne signalent même pas les meurtres ou les enlèvements, alors Rooney, je veux que vous commenciez à appeler les municipalités et les bureaux de shérifs pour voir s'il y a d'autres victimes qui n'ont pas été ajoutées au ViCAP…

— J'ai entendu dire qu'elle était douée au téléphone, fit d'un ton sarcastique la copine de Danbridge.

Frazer ne réagit pas, se contentant d'observer attentivement l'échange.

— J'aurais probablement dû présenter tout le monde. Rooney, voici les agents spéciaux Moira Henderson, Felicia Barton, Darsh Singh.

Il fit le tour de la table.

— Bradley Tate, Matt Lazlo, et le meilleur pour la fin, Jed Brennan.

Bien qu'il fût en réunion, l'agent spécial Brennan travaillait clairement sur autre chose. Grillé, il leva les yeux et lui adressa un sourire en coin.

— Ravi de vous rencontrer, agent Rooney.

— L'agent Brennan travaille sur l'affaire du tueur arc-en-ciel. Une série de meurtres particulièrement macabres visant de jeunes homosexuels.

Frazer posa sur l'homme un regard indulgent.

— Il est parfois un peu obsédé par son travail.

Brennan fit une grimace à Mallory quand Frazer détourna le regard, lui arrachant un sourire.

Le chef poursuivit :

— Sam Walker compte également parmi nos agents, mais il est sur le terrain. Il sera de retour dans quelques jours.

Mallory avait l'impression que son cœur pesait une tonne. Jusqu'à ce qu'elle ou Hanrahan puissent prouver le contraire, ils étaient tous des suspects potentiels.

Frazer sourit, mais ses yeux disaient tout autre chose.

— Bienvenue dans l'équipe.

CHAQUE VIRAGE LE rapprochait de chez lui, dans les collines reculées. Il gara son SUV devant sa cabane, celle qu'il avait héritée de son oncle. Il entra dans sa chambre et se changea, enfilant un jean, des bottes, une chemise à carreaux et un bonnet en laine. Il prit sa hache à côté de la porte d'entrée et s'enfonça dans les bois. Il s'était toujours demandé si ses parents savaient pour les déviances de son oncle, mais ils n'en avaient jamais parlé. Il aurait voulu le tuer quand c'était lui qui subissait les sévices. Il se serait tiré d'affaire en plaidant la légitime défense et sa vie n'aurait pas tourné au vinaigre.

Payton lui manquait tellement qu'il en souffrait.

Sa mère était une sénatrice américaine, son père un juge fédéral. Il aurait aimé pouvoir leur expliquer que leur fille avait été en sécurité et qu'il avait pris soin d'elle. À l'exception des deux premiers mois, elle n'avait pas souffert – et il s'était assuré de faire payer son oncle pour la souffrance qu'il lui avait causée. Son cerveau n'avait pas guéri comme il l'avait espéré, sans quoi il l'aurait laissée partir, volant à sa rescousse comme un ange vengeur. Mais elle ne s'était jamais complètement remise de ce que son oncle lui avait infligé. Elle avait quand même réussi à trouver le bonheur, après coup. Et elle était toujours contente de le voir.

L'émotion lui serra la gorge. Il fut submergé par le chagrin et la solitude provoqués par le deuil. Il aurait aimé pouvoir expliquer à la famille Rooney à quel point Payton et lui s'étaient aimés. L'image de la jeune femme, vêtue d'une longue robe de mariée blanche et descendant l'allée au bras de son père, s'imposa dans son esprit. Il pouvait voir le sourire que l'homme lui envoyait, comme s'il comprenait vraiment à quel point il avait protégé Payton avec acharnement. Il avait même tué pour elle.

Il s'arracha à sa rêverie. Ils n'auraient pas compris. Ce genre de conte de fées n'était pas pour les gens comme lui, et la seule façon de ne pas devenir fou de chagrin était de trouver quelqu'un pour la remplacer, ne serait-ce que physiquement.

L'auto-stoppeuse, Kari, s'était avérée discrète et gentille, mais il pouvait s'agir d'un simple vernis. Il ne l'avait pas encore touchée. Le temps lui dirait s'il avait eu raison. Et peut-être que le juge méritait un dernier Noël avec son autre fille. Il avait déjà trouvé le moyen de lui rappeler son lien avec sa sœur, mais il ne voulait pas aller trop vite en besogne au risque de commettre une erreur. Il fallait du temps pour planifier les choses. Il n'y avait aucun mal à faire preuve de patience et de prudence.

À environ quatre cents mètres de là, dans la forêt isolée, non loin de l'entrée de son repaire, il avait commencé un tas de bois. Son antre était entouré au nord, à l'est et à l'ouest par des ronces qu'il avait laissées pousser des années auparavant. Il appuya la hache contre les rondins. De l'herbe avait poussé sur la trappe. Il fit glisser le loquet métallique. Il avait ajouté un véritable escalier en bois depuis que son oncle avait creusé cet abri. Il y avait installé une télévision et une radio, et même des toilettes sèches. Il y avait un canapé et un lit double. Il s'était approvisionné en eau et en nourriture. Ce n'était pas un taudis. On pouvait y vivre pendant plusieurs mois.

Il faisait froid à cette période de l'année, mais il y avait un chauffage d'appoint au gaz pour les nuits très froides, ainsi que de nombreuses couvertures. Le sol retenait mieux la chaleur qu'à la surface, de sorte que l'on ne risquait pas de mourir de froid.

Il ferma la trappe derrière lui et prit la lampe de poche qu'il laissait toujours en haut de l'escalier.

Kari était allongée sur le lit. Ses yeux étaient rougis par les pleurs, sa bouche tordue. Il l'avait menottée à une longue chaîne boulonnée à un bloc de ciment qui se trouvait sous le lit. Elle pouvait atteindre tout ce dont elle avait besoin, mais elle ne pouvait pas partir.

— Pourquoi me faites-vous ça ?

Sa voix était enrouée. Plutôt mignonne.

Il lui remplit un verre d'eau à la carafe et le lui tendit.

Elle le saisit à deux mains et il s'assit à côté d'elle pendant qu'elle prenait une gorgée. Il écarta de son visage les cheveux collés à ses joues par les larmes.

— D'après toi ?

Ses yeux étaient ronds, expressifs. Elle avait peur.

— Je pense que vous voulez me violer.

— Est-ce que j'ai l'air d'un type qui doit recourir au viol pour avoir une femme ?

Elle scrutait désespérément son visage.

— Non, vous êtes beau, très beau même. Si vous ne voulez pas me violer, que voulez-vous ? Me faire du mal ?

Elle fit mine de s'éloigner de lui, mais il la ramena contre son corps. Elle lui correspondait bien.

— Je ne veux pas te faire de mal non plus.

Il secoua la tête.

— Ne t'est-il jamais venu à l'esprit que je cherchais peut-être juste quelqu'un… à aimer ?

Elle entrouvrit les lèvres sous l'effet de la surprise. Il retint son souffle. Les deux dernières femmes avaient ri à cette annonce, prouvant qu'elles n'étaient pas les bonnes. Mais elle ne rit pas. Elle lui sourit timidement et il passa son pouce sur sa lèvre inférieure, appréciant sa douceur. Puis il se pencha en avant et l'embrassa, plaquant sa bouche sur la sienne. Son cœur sembla s'arrêter pendant un long moment.

Au début, il ne se passa rien. Il sentit la déception l'envahir. Mais finalement, sa langue toucha la sienne. Peut-être, en fin de compte, était-ce vraiment la bonne.

ALEX PRENAIT UNE douche, essayant de se réveiller. Il lui avait fallu des jours pour contrer la cyberattaque et sécuriser le système. Deux autres clients avaient subi des intrusions similaires. Sécuriser les données, changer les mots de passe et les protocoles de messagerie des employés, combler les failles des logiciels et trouver les responsables était un processus laborieux. Le serveur semblait situé en Corée du Nord, mais Alex doutait qu'ils aient des pirates ou des systèmes suffisamment sophistiqués pour mener à bien cette attaque. La Corée du Nord semblait être un leurre et il avait horreur de tomber dans le piège de l'évidence. La Chine était généralement impliquée. Il savait que des pirates informatiques soutenus par l'État travaillaient notamment dans un bâtiment de Shanghai. Mais les grandes entreprises n'osaient pas blâmer la Chine de peur de perdre un partenaire commercial important. Le vol de propriété intellectuelle coûtant aux États-Unis environ trois cents milliards de dollars par an, c'était le moment idéal pour travailler dans la cyber sécurité.

Il avait envoyé des agents aux sièges sociaux à New York et à Londres, puis dans la Silicon Valley et à Hong Kong. Depuis son incarcération au Maroc, son équipe savait exactement comment opérer sans lui, et parfois il avait l'impression d'être plus un prête-nom que le patron. Mais cela faisait du bien de faire autre chose que de tuer. Ces derniers jours, il s'était autorisé quelques siestes express et il avait passé son temps libre à vérifier en cachette le téléphone portable et les e-mails de Mallory. Il n'avait pas encore eu l'occasion de consulter les flux vidéo ou audio, et il hésitait à franchir cette ligne. C'était vraiment stupide. Il avait fait bien plus qu'envahir sa vie privée ce vendredi soir, mais au moins, le plaisir avait été authentique et partagé.

Il ferma le robinet d'eau chaude et se força à rester immobile tandis que l'eau froide coulait sur sa peau jusqu'à ce que tout son corps soit engourdi.

C'est ça, crétin, ne pense plus à vendredi soir.

Il sortit de la douche, se sécha et enfila un jean. Son appartement donnait sur l'immeuble du Watergate, qui lui rappelait toujours le pouvoir de la surveillance, mais aussi de l'ego, surtout lorsqu'il s'agissait de traiter avec des politiciens. Il avait vérifié qu'il n'y avait pas de micros en rentrant. Il prit une bière dans le réfrigérateur et se prépara un sandwich.

Il aurait voulu se mettre au lit et dormir toute la journée, mais il devait d'abord vérifier que la caméra et le micro de l'appartement de Mallory fonctionnaient bien. L'idée qu'il puisse avoir besoin d'y retourner pour les remplacer le rongeait, comme un adolescent travaillé par ses hormones, trouvant n'importe quelle excuse pour parler à son béguin de lycée. Quand le son et l'image lui parvinrent aussi clairement qu'une chaîne du satellite, il secoua la tête.

La regarder lui laissait un goût amer dans la bouche. Elle ne pourrait pas être à lui. Jamais. Elle était hors de portée à tous égards. Il se sentait mal à l'aise à l'idée de l'espionner, comme s'il commettait la pire des trahisons. Et c'était le cas. Mais s'il devait choisir entre la surveiller, lui, et laisser un autre agent s'en charger, il n'y avait pas photo. Personne d'autre ne pourrait s'approcher de cette femme. Elle avait été blessée trop souvent pour qu'il puisse envisager que son organisation lui fasse encore du mal, même par inadvertance.

Il se figea en la voyant assise à la table, la boîte bleue ouverte devant elle. Il bascula sur son ordinateur portable. Sur sa webcam, elle se mordillait la lèvre tout en effectuant une recherche sur le web. Elle avait l'air fatiguée, sans maquillage, sans gloss, et pourtant elle avait l'un des visages les plus exquis qu'il ait jamais vus. Peut-être parce qu'elle n'était pas maquillée, justement, sa beauté irradiait de l'intérieur.

Elle passait tout son temps libre à enquêter sur

l'enlèvement de sa sœur.

C'était inutile. Les chances que l'on découvre ce qui était arrivé à Payton Rooney étaient presque nulles, à moins que le coupable ne passe aux aveux. Et l'idée que Mallory soit en train de gâcher sa vie pesait lourdement sur ses épaules. Il se redressa en voyant précisément ce qu'elle cherchait. Des articles de journaux sur les enlèvements dans l'ensemble des États-Unis, dans une fourchette de deux ans avant et après l'enlèvement de Payton Rooney.

C'était une bonne idée. Parce que les crimes n'étaient pas toujours enregistrés dans les bases de données de la police.

Mais il lui faudrait des semaines, voire des mois, pour trier toutes ces informations. Elle bâilla et se frotta les yeux, ramenant Alex à sa propre fatigue. D'une certaine manière, il doutait que Mallory soit plus en forme.

Une idée naquit dans son cerveau. Mais il aurait été idiot de s'en mêler. Elle bâilla à nouveau et il sut qu'il était foutu. Il allait l'aider, que ce soit judicieux ou non. Il avait les outils nécessaires pour réduire toutes ces informations à des fragments exploitables.

Son téléphone sonna au même moment et il décrocha.

— Parker.

— Alex. C'est Lucas Randall.

— Qu'est-ce que je peux faire pour toi, vieux ?

Alex était sur ses gardes. Lucas enquêtait sur le meurtre de Meacher, il devait faire preuve de prudence.

— Les informaticiens du FBI ont du mal à isoler les données des téléphones portables de l'antenne la plus proche de chez Meacher et je me demandais si…

Et merde.

— Si je pouvais récupérer ces informations pour toi ?

Il ne voulait pas s'impliquer dans cette enquête, pas plus qu'il ne voulait garder un œil sur Mallory. Les deux supposaient une trahison, et s'il y avait quelque chose qu'il comprenait, c'était bien à quel point la trahison pouvait faire mal.

— Je doute de pouvoir trouver plus d'infos que tes gars.

Lucas baissa la voix.

— Tu peux faire ça pour moi ? Je n'arrive à rien dans cette enquête et ma patronne est tellement imbuvable que je suis sur le point de la tuer et de la jeter à la Ferme aux Cadavres. Je pense que personne ne m'en voudra.

Alex se prit la tête entre les mains. Il connaissait ce type depuis leur formation initiale et avait combattu à ses côtés en Afghanistan. Un sentiment de culpabilité lui noua l'estomac. Il détestait qui il était et ce qu'il faisait.

— Envoie-moi les fichiers, mais je dois faire face à un cauchemar à l'international et je ne sais pas quand je pourrai les consulter.

Évidemment, les relevés de téléphone portable ne donneraient rien. Les signaux des appareils que Jane et lui utilisaient pour communiquer dépassaient de loin les normes de chiffrement militaires. Il avait créé l'illusion électronique d'un téléphone jetable. Son ordinateur portable, vers lequel tout était transmis, était également intraçable. S'ils essayaient, ils aboutiraient sur une petite île au milieu du Pacifique Sud. Quoi qu'il en soit, il n'aimait pas s'impliquer dans l'enquête. Bien sûr, cela lui permettait de garder un œil sur leurs découvertes, mais si on le piégeait…

Et merde. Il n'aimait pas ça du tout. Il n'aimait pas les pièges. Il n'aimait pas la manipulation. Il se souvenait de la prison. De la nouvelle hiérarchie qui lui avait été imposée, de ce costume si blanc qu'il lui avait fait mal aux yeux. Le sien était sale et débraillé. Il avait essayé de rester actif, mais la maladie, le manque d'eau potable et de nourriture l'avaient épuisé. Les coups l'avaient laissé faible et émacié. Il savait dès le début que personne n'exigerait sa libération si la situation tournait mal. C'était une chose de le savoir, mais c'en était une autre de se prendre cette réalité brutale en pleine face. Aucune reconnaissance pour les services rendus. Pour sa loyauté.

Le Projet Gateway lui avait fait une proposition qui lui avait permis de s'échapper de cet enfer. Il leur était redevable. Mais il ne se faisait pas d'illusions : il subirait le même sort s'il se faisait prendre sur le sol américain.

— Envoie-moi les infos, mais je ne te promets rien.

Il prit une profonde inspiration.

— Je suis tombé sur Mallory Rooney, à Washington.

— Mallory Rooney ? *Ma* Mallory Rooney ?

Alex fut surpris par son intonation possessive.

— Elle m'a dit qu'elle avait été transférée à Quantico.

Le ton de Lucas prit des accents de grand frère protecteur.

— C'est le cas. Ce n'est pas le genre de fille à se laisser embobiner, Alex. Ne tourne pas autour d'elle, parce que si tu lui brises le cœur, je te casserai la gueule.

— On ne sort pas ensemble.

Il essaya de ne pas penser à ce qu'ils avaient fait, ce fameux vendredi soir, et détourna volontairement le regard pour ne pas la voir s'endormir sur son ordinateur.

— Elle ne sort avec personne, grogna presque Lucas.

— Alors, de quoi tu t'inquiètes, bordel ? fit Alex, sortant de ses gonds.

En tant qu'ami, Lucas aurait dû l'encourager à avoir une vie sociale et non à travailler sans relâche.

Le silence s'étira, chargé de tension.

— Écoute, elle a vécu des choses difficiles. Je ne veux pas la voir souffrir. D'ailleurs, ça me rappelle que je dois l'appeler.

Il avait des sentiments pour elle, comment avait-il pu passer à côté ? Parce qu'il avait été lui-même ébloui, tout en essayant de s'assurer qu'il ne se retrouverait pas en état d'arrestation pour meurtre au premier degré.

— Envoie-moi les données des portables, Lucas, mais je ne te promets rien.

— Merci, mon pote.

— C'est ça, un soi-disant pote qui n'est pas assez bien pour sortir avec ton amie, marmonna-t-il.

— Ce n'est pas ce que tu crois…

— Mais oui, raconte-toi ce que tu veux.

Alex raccrocha. Trois secondes plus tard, il vit Mallory décrocher son téléphone portable. Son visage s'illumina. C'était Lucas. La jalousie le heurta en pleine face comme une massue. Furieux contre lui-même, Alex éteignit son ordinateur portable et sortit dans la nuit. Il ne voulait pas entendre ce que Lucas Randall disait de lui au téléphone, mais c'était exactement le genre de conversation qu'il devait surveiller. Il l'écouterait plus tard, à tête reposée.

Il lui fallut plusieurs heures et il était minuit passé lorsqu'il termina de compiler toutes les informations dont il avait besoin. Manipulant le papier et l'enveloppe avec des gants en latex, il imprima les informations et utilisa l'une de ses nombreuses fausses identités pour faire livrer le paquet au bureau de Mallory, le lendemain. Il ne serait peut-être jamais plus qu'un souvenir flou pour elle, mais il pourrait alléger un peu son fardeau. Il était prêt à saisir toutes les chances de rédemption possibles.

CHAPITRE HUIT

QUAND ARRIVA LE vendredi soir, Mallory avait passé la majeure partie de la semaine à compulser des dossiers et à appeler divers services de police pour parler aux inspecteurs de la criminelle, aux adjoints de shérifs et aux médecins légistes jusqu'à en avoir mal à la mâchoire. Elle avait tenté de faire d'une pierre deux coups à chaque appel en demandant s'il y avait eu des cas d'enlèvements d'enfants non signalés quinze ou vingt ans auparavant. La chance pourrait lui sourire, après tout.

Mais la chance ne souriait pas.

Elle leva les yeux et prit conscience qu'elle était toute seule dans l'espace qu'elle partageait habituellement avec huit autres agents. Ils étaient tous partis en rendez-vous, tandis qu'elle restait là, à se bercer d'illusions. Elle regarda autour d'elle. Le bureau était vide. Il n'y avait plus personne.

Son pouls martelait ses tempes.

La véritable raison de sa présence en ces lieux lui traversa l'esprit, suivie par des papillons dans le creux de son estomac, qui tournoyaient comme des vautours. Seuls le bourdonnement du système de chauffage et le murmure de voix lointaines lui parvenaient. Elle se leva et observa les bureaux les plus proches. Moira Henderson ou Felicia Barton ? Henderson était la copine de Danbridge, elle décida donc de s'y attaquer en premier.

Elle alla fouiller dans ses tiroirs. Menottes, munitions, agrafeuses, Post-it, crucifix cassé – rien d'utile. Il y avait des photos accrochées aux parois du box d'Henderson : un portrait de famille avec deux enfants. Mallory regarda par-dessus son épaule quand elle entendit des pas, mais ils disparurent dans un claquement de porte. Il y avait une pile de dossiers sur le côté gauche du bureau d'Henderson. Mallory jeta un coup d'œil dans le premier et tomba sur une photo d'elle-même et certains de ses documents personnels. Bon sang, cette femme tenait un dossier sur elle.

Ses petits cheveux se dressèrent sur sa nuque lorsqu'elle entendit une autre porte s'ouvrir et se refermer dans le couloir. Rapidement, elle regarda dans le dossier suivant et trouva des informations sur Edgar Meacher. Les pas se rapprochèrent et Mallory retourna sur la pointe des pieds à son bureau, le cœur battant à tout rompre tandis que l'agent spécial Henderson entrait dans la pièce.

La femme la regarda d'un air suspicieux, mais Mallory n'aurait pas pu croiser son regard même si elle y était contrainte. Henderson retourna à son bureau et décrocha le téléphone. Soupçonnait-elle la véritable raison de la réaffecta-tion de Mallory ? Pourquoi avoir un dossier sur Meacher ?

En même temps, Meacher était le genre de tueur sur lequel elle enquêtait quotidiennement, alors pourquoi n'aurait-elle pas de dossier sur lui ?

Un brin parano ?

L'agent Barton entra avec un paquet Fedex.

— C'est pour toi, Rooney. Le service courrier a vérifié s'il contenait des substances suspectes, mais n'a rien trouvé. Personne n'essaie de te tuer… pour l'instant.

La femme aux cheveux noirs lui tendit le colis avec un rictus. Mallory lui adressa un sourire de remerciement, mais elle se heurta à un mur. L'agent la regardait avec attention. Henderson lui parla et Barton passa à autre chose. Mallory tressaillit. Et ces personnes étaient censées être de son côté ?

Merci, SSA Hanrahan.

Le carton faisait moins de dix centimètres de haut. Quand elle l'ouvrit, elle fut stupéfaite par son contenu. Des coupures de vieux journaux sur des enlèvements d'enfants en Virginie-Occidentale, dans l'Ohio, en Pennsylvanie, en Virginie et dans le Kentucky, vingt-cinq ans auparavant.

Bon sang, mais qui savait qu'elle enquêtait sur ce genre de choses ?

L'agent Frazer lui avait donné l'idée lors de la réunion du lundi matin, mais elle n'en avait parlé à personne… sauf à tous les services de police qu'elle avait eus au bout du fil ces cinq derniers jours. De plus, n'importe qui dans le bureau aurait pu entendre ses questions. Elle se gratta la tête. Quelqu'un lui avait fait une énorme faveur, elle aurait simplement aimé savoir qui et pourquoi. Elle chercha les informations de retour et découvrit une adresse à Washington. Elle essaierait de remonter jusqu'à un nom.

Elle posa le carton par terre. Elle l'emporterait chez elle le soir même. Tout son week-end lui était dicté par une source anonyme et elle n'était pas sûre d'aimer ça. Adossée dans sa chaise, elle regarda la carte qu'elle avait accrochée au mur de son box. On y voyait les endroits où les jeunes femmes auraient été enlevées et où leurs corps avaient été retrouvés. Son regard fut attiré par l'État où elle avait passé les dix premières années de sa vie. La propriété familiale de son père, Eastborne, à Colby, en Virginie-Occidentale.

Après l'enlèvement de Payton, elle avait été obligée de fréquenter un pensionnat à Washington, mais elle avait passé plusieurs étés là-bas. Payton lui manquait. Elle traînait avec Lucas et ses sœurs, qui vivaient à proximité. Elle n'était pas revenue souvent depuis l'université. Virginia Tech, puis la faculté de droit de Harvard. Ces deux dernières années, sa carrière avait été sa priorité absolue et elle avait rarement du temps libre. Elle avait passé ses rares vacances à Washington, où elle pouvait voir ses deux parents à la fois. Malgré le divorce, ils s'entendaient bien. En fait, son père voulait qu'ils montent tous une dernière fois à Eastborne pour Noël. Il mettrait ensuite la propriété en vente.

Cette idée l'attristait, même si elle n'avait jamais voulu y vivre. Les liens qui la liaient à cette belle maison ancienne étaient aussi profonds que des puits de mine et solides comme de l'acier, mais il était dommage qu'une si belle demeure reste vide, à l'exception de la gouvernante, la majeure partie de l'année.

Ses yeux se reportèrent sur la carte. L'une des dernières victimes du tueur en série était de Greenville, à moins de vingt-cinq kilomètres de Colby.

Son téléphone bipa. C'était un SMS de sa mère l'invitant à dîner ce week-end. Elle lui envoya une réponse rapide pour lui dire qu'elle allait y réfléchir, puis resta à fixer l'écran de son téléphone. Le fait qu'elle ait gardé le texto d'Alex montrait à quel point elle était pathétique. Pour la centième fois, son doigt plana au-dessus du clavier afin de lui demander si sa crise était réglée. Ce besoin impérieux lui fit secouer la tête avec frustration. Elle rangea le téléphone dans sa poche. Elle n'avait pas le temps d'avoir une relation, aussi fort qu'elle eût envie de le revoir.

— Un problème ?

Elle fit un bond sur sa chaise et son cœur fit un saut périlleux.

— Non, monsieur.

Frazer la regardait fixement, comme un aigle regarde une souris, se demandant si cela en valait la peine. Ce type avait toujours l'air impeccable alors qu'elle avait réussi à renverser du café sur son chemisier blanc et que le maquillage qu'elle avait appliqué ce matin-là avait disparu depuis longtemps. À le voir, elle en vint à se demander si les épinards qu'elle avait mangés au déjeuner n'étaient pas restés coincés entre ses dents de devant. Elle y passa la langue, mais ne sentit rien de plus que l'émail.

L'homme eut un petit sourire et elle plissa les yeux.

Bon sang, il la déstabilisait vraiment.

Les agents spéciaux Barton et Henderson s'approchèrent de son bureau pour ajouter leur grain de sel.

— Du nouveau du côté des autres services de police ?

— Pas encore, mais j'ai encore beaucoup d'appels à passer et j'ai commencé à m'intéresser à certains États voisins.

Il fit un brusque signe de tête.

— Bien. Que pensez-vous du profil géographique ?

Il montra la carte qu'elle avait accrochée au mur. Mallory fronça les sourcils.

— Il opère dans une zone assez étendue, mais la forte concentration de victimes en Virginie suggère qu'il s'agit de sa zone de confort.

Elle indiqua l'endroit où se concentraient la plupart des points.

— C'est ce qu'on apprend à l'académie, Rooney ? demanda Barton.

— Vu qu'elle en sort à peine, probablement.

Henderson ne prit pas la peine de cacher son mépris, mais Frazer n'essaya pas de la défendre.

Mallory se hérissa. Avant qu'elle puisse ouvrir la bouche, son chef l'interrompit.

— Je vais me rendre à Greenville, en Virginie-Occidentale, lundi. Vous avez grandi à proximité, n'est-ce pas, Rooney ?

Elle acquiesça.

— Je veux que vous veniez avec moi.

Mallory resta bouche bée.

— Je dois vous prévenir que nous allons également nous rendre au bureau du médecin légiste de Manassas pour voir les corps de trois victimes avant qu'elles ne soient enterrées.

— J'ai déjà assisté à quelques autopsies, mais merci de m'avoir prévenue…

— Je pensais que j'allais vous accompagner, intervint Henderson, les traits tirés.

Elle semblait consternée.

Son enthousiasme à la perspective d'une petite excursion venait de voler en éclats.

— Vous m'avez bien fait comprendre à quel point l'agent Rooney était sous-qualifiée, agent Henderson. En m'accompagnant, elle pourra observer et apprendre.

Son visage était impassible, mais Mallory comprit qu'il remettait l'autre femme à sa place pour avoir été odieuse. Cela ne voulait pas dire qu'il la préférait à Henderson, mais au moins, Mallory se sentait mieux.

Il haussa les sourcils.

— De plus, l'agent Rooney a une expérience personnelle de la Virginie-Occidentale que vous n'avez pas. N'est-ce pas ?

Abattue, l'autre agent hocha la tête.

— Nous partons d'ici à huit heures précises, ne soyez pas en retard.

Il fit un signe de tête à Mallory et s'en alla.

Elle vit Henderson prendre une inspiration si profonde que ses poumons parurent sur le point d'éclater. Puis elle tourna les talons et s'éloigna. Barton la regarda avec une lueur étrange dans le regard, comme si l'on venait de bousculer toutes ses certitudes. *Bienvenue au club.* Puis elle quitta également la pièce.

Mallory s'abstint de brandir le poing en l'air et rassembla tout ce dont elle pourrait avoir besoin pour le week-end. C'était fantastique. Elle espérait pouvoir faire progresser son enquête, même s'il ne s'agissait que de briser la glace avec les forces de l'ordre locales, qui seraient plus heureuses de traiter avec l'une des leurs qu'avec un « étranger » de Virginie. Cela la rendait malade de s'enthousiasmer à l'idée que ce tueur ait gravé « PR » sur ses victimes, mais c'était la première piste qu'elle pouvait suivre concernant la disparition de sa sœur depuis des années. Et les chances d'aboutir à quelque chose étaient encore extrêmement minces. Elle prit son ordinateur portable, son manteau, sa mystérieuse boîte, et se dirigea vers le parking glacial. Il faisait nuit. En théorie, la circulation n'aurait pas dû être trop dense, car elle faisait le trajet inverse de la plupart des automobilistes de la région de Washington. Mais pour une raison quelconque, la théorie et la pratique venaient souvent à diverger.

Elle longea les rangées de voitures et finit par retrouver la sienne, à l'emplacement où elle l'avait laissée, à la lisière de la forêt. Elle ouvrit la portière passager pour jeter ses affaires sur le siège avant. Puis elle fit le tour du coffre et remarqua que la voiture penchait curieusement.

Elle n'avait pas un pneu à plat, mais deux. *Et merde !* Elle avait envie de hurler sa frustration, mais ça aurait fait mauvais genre. Elle se raidit en voyant l'agent spécial Henderson passer lentement devant elle au volant de son SUV. La femme baissa sa vitre.

— Un problème ? demanda-t-elle.

Mallo mit les mains sur ses hanches.

— Pas le moindre.

Avec un rictus, la femme poursuivit sa route. Henderson avait-elle délibérément crevé ses pneus ? Les agents du FBI étaient connus pour se faire des farces les uns aux autres, mais cela tenait plus de la malveillance que de l'amusement. Elle sentit une sensation de malaise la gagner. Un frisson remonta le long de ses omoplates et elle jeta un regard vers la forêt.

Ne sois pas stupide, Mallo, tu es entourée par le Corps des Marines des États-Unis. Comme si elle avait besoin de s'inventer des ennemis imaginaires alors qu'elle avait le choix parmi un large éventail d'ennemis réels.

Elle sortit son téléphone portable et composa le numéro de son assurance. Après avoir raccroché, elle resta à regarder le message d'Alex.

Elle écrivit : « J'espère que tu as réglé ton urgence. Merci pour vendredi soir. »

Cela semblait banal et insuffisant, mais elle n'allait tout de même pas écrire : « Merci de m'avoir laissé foutre en l'air ton cerveau. » *Bon sang.* Ses doigts hésitèrent entre envoi et suppression pendant trente bonnes secondes avant d'appuyer finalement sur le bouton d'envoi. *Mince.* Ce n'était pas parce qu'*elle* pensait constamment à *lui* qu'il en était de même de son côté. Elle se mordit la lèvre. Cela n'avait plus d'importance.

Elle regarda la forêt et frissonna. Elle ne savait pas ce qui l'effrayait le plus : se faire attaquer par un croque-mitaine inconnu ou tomber amoureuse d'Alex Parker.

———

SON TÉLÉPHONE SONNA. Un texto de Mallory. Son pouls s'accéléra. Agent froid et impartial, tu parles. De toute façon, il avait perdu ce titre lorsqu'il s'était retrouvé face à cette jeune fille, le bras enroulé autour du cou de son père, et qu'il s'était dégonflé à l'idée de tuer cet enfoiré.

« J'espère que tu as réglé ton urgence. Merci pour vendredi soir. »

Il sourit. Cela ne ressemblait pas du tout à Mallory et il était certain qu'elle avait mis une éternité à choisir ses mots.

Il vérifia les coordonnées de son téléphone. Elle était encore à Quantico. Pas dans le bâtiment lui-même, mais dans le parking. Il n'était qu'à dix minutes de là, sur la 95, coincé dans les embouteillages habituels aux heures de pointe, après une réunion à Fredericksburg. Elle devait être sur le chemin du retour.

Il reçut une notification sur son ordinateur l'informant que Mallory avait passé de nouveaux appels téléphoniques. Il serra les dents en écoutant. Le son de sa voix lui rappelait ses lèvres, et le souvenir de ses lèvres lui rappelait combien ses baisers étaient chauds, et combien ses yeux étaient tristes, et combien il avait atrocement trahi sa confiance.

Puis il se concentra sur ce qu'elle disait. Deux pneus crevés ? Il jeta un coup d'œil aux données de suivi et s'assura qu'elle était toujours sur le parking de Quantico. *Merde.* Il consulta sa montre et entendit son assurance lui répondre qu'ils lui enverraient une dépanneuse dès que possible – pas avant une bonne heure. Il n'aimait pas ça. Il composa son numéro.

— Allô ?

— C'est Alex. La réponse à ta question est oui.

— Ma question ?

Sa voix était hésitante.

— Mon urgence est plus ou moins réglée. Quant à la deuxième partie de ton message, tout le plaisir a été pour moi.

Elle renifla, mais il entendit une pointe de tension dans sa voix alors qu'il manœuvrait son Audi dans la circulation dense.

— Tout le plaisir n'a pas été que pour *toi*.

— Ne contredis pas un homme affamé. Qu'est-ce que tu fais, là ?

Il voulait la garder au téléphone. Il craignait qu'elle soit vulnérable, même entourée de fédéraux et de Marines. C'était fou. C'était une obsession. Mais deux pneus crevés, c'était inhabituel.

— Je travaille tard.

Elle ne comptait pas le lui dire.

— Ça te dirait d'aller dîner ?

Il dépassa un tracteur de bûcheron et remonta l'autoroute en direction de Quantico et Washington.

— À moins que tout ce qui a trait à la nourriture enfreigne la règle de non-rencard ?

— Je pense que ma règle de non-rencard a besoin de quelques ajustements.

Il entendit le sourire dans sa voix, il aurait aimé le voir. Pied au plancher, il aurait de la chance s'il n'était pas arrêté par la patrouille routière, mais le besoin de la retrouver était trop fort et il ne ralentit pas.

— Grands dieux, non.

— Tu dis ça parce que je t'ai sauté dessus…

— Ça, c'est clair.

Elle soupira.

— Mais quoi qu'il en soit, je suis coincée au travail pendant au moins une heure de plus. Ma voiture a deux pneus crevés et j'attends le dépanneur.

— Deux pneus crevés ? On les a tailladés ? Où es-tu ? Tu es en sécurité ?

Il voulait obtenir le plus d'informations possible.

— Je suis à Quantico, lourdement armée dans ma voiture, alors je pense que je suis en sécurité. Les pneus ne sont pas crevés, quelqu'un a juste laissé sortir l'air.

— Sérieusement ?

— Disons simplement que je n'ai pas fait bonne impression à certains de mes nouveaux collègues.

— Je suis à cinq minutes de ton bureau, laisse les clés au dépanneur et je te ramène.

Elle demeura silencieuse. Trop silencieuse. Il la sentait s'éloigner.

— Je ne m'attends pas à ce qu'on remette ça, Mallory. Je veux juste m'assurer que tu rentres bien chez toi.

Mais après tout, pourquoi devrait-elle lui faire confiance ?

Il lui sembla entendre des larmes dans sa voix, mais cela devait être le fruit de son imagination.

— J'aimerais dire oui, Alex, tu n'as pas idée. Mais je dois dire non. Je ne suis pas en mesure de commencer une relation en ce moment, tout simplement… J'aimerais dire oui, mais je ne peux pas.

Il prit à gauche vers la partie de Quantico réservée au FBI

et s'arrêta à un point de contrôle.

— Si tu n'acceptes pas que je te ramène, je vais passer pour un idiot devant tous ces crétins.

— Tu es déjà là ?

Elle raccrocha et il montra sa carte d'identité au garde. On le laissa passer, ce qui suggérait qu'elle avait eu pitié de lui et les avait appelés pour se porter garante.

Il tourna dans le parking et vit Mallory debout à côté de sa voiture, sortant une boîte qu'il reconnut, suivie de son ordinateur portable et de son sac à main. Elle ouvrit son coffre et y jeta ses affaires. Il en profita pour mettre son portable sur silencieux et le glisser dans sa poche. Elle ouvrit la portière, la mine sévère, les yeux pétillants.

— Monsieur Parker.

— Agent spécial Rooney.

Il lui adressa un signe de tête solennel. Il était attiré par elle, par son odeur. Elle sentait la menthe.

— Il faut qu'on arrête de se voir comme ça.

Elle monta dans la voiture.

Son regard se porta sur elle. Chaque fois qu'il la voyait, elle le touchait davantage et il ne savait pas pourquoi.

— Y a-t-il des lois contre ce genre de choses ? demanda-t-il prudemment.

— Seulement si on remet ici même, sur le parking de l'académie du FBI, ce qu'on a fait vendredi.

Il démarra dès qu'elle eut bouclé sa ceinture de sécurité.

— Tu étais obligée de le dire à haute voix ? Tu ne pouvais pas faire comme si je ne t'avais pas vue toute nue ?

Son expression s'assombrit l'espace d'un instant.

— Je ne suis pas du genre à faire semblant. Du moins, en général.

Que voulait-elle dire, au juste ?

— Mais je n'essaie pas de te mener en bateau. Je n'ai vraiment pas le temps d'avoir une relation…

— Qui a dit que je cherchais une relation ?

Ce n'était pas le cas. Vraiment pas.

Elle pencha la tête sur le côté et se mordit la lèvre.

— Peut-être que je continue à le dire dans l'espoir de me convaincre autant que j'essaie de te convaincre.

— Tu es du genre à jouer cartes sur table, pas vrai ?

— J'aime l'honnêteté, convint-elle.

Sa bouche se dessécha.

— Et si on arrêtait de se prendre la tête et qu'on faisait simplement connaissance ?

Bon sang, d'où sortait-il ça ? Il voulait juste qu'elle soit en sécurité chez elle. Rien de plus. Pas « faire connaissance ». *Quel idiot.*

— Parle-moi de ta famille, proposa-t-elle.

— Il n'y a pas grand-chose à dire.

Elle haussa les sourcils d'un air interrogateur tandis qu'il tournait sur la route principale.

— Ma mère est morte.

Il ne parlait jamais d'elle, en temps normal.

— D'un cancer, quand j'avais quatorze ans. Je n'ai personne d'autre.

— Je suis désolée.

La douleur dans sa voix n'était pas feinte.

— C'était il y a longtemps.

Ses doigts se crispèrent sur le volant. Par moments, il était sûr que l'esprit de sa mère lui avait rendu visite dans cette affreuse prison. C'était ce qui lui avait permis de tenir.

— Elle t'aurait bien aimée.

Mallory poussa un profond soupir.

— Tu n'as vu que les bons côtés, et encore… Vive l'alcool !

— Ma foi, je n'ai rien à redire. Mais ce n'est pas pour ça qu'elle t'aurait aimée.

Ils croisèrent une dépanneuse aux feux jaunes clignotants qui avait dû faire le trajet en un temps record.

— Je me souviens qu'elle m'a dit avant de mourir de faire quelque chose de ma vie. Je ne suis pas sûr d'y être parvenu, mais toi oui. Tu devrais en être très fière.

Elle le regarda d'un air ironique.

— Peut-être qu'un jour, j'y arriverai.

Elle détourna le regard comme si la conversation était trop intime. C'était probablement le cas. Il sembla vouloir lui donner plus de légèreté, car il ajouta :

— Mon père était un joueur professionnel aux casinos de Reno.

Elle le dévisagea.

— Sans blague ? Il arrivait à en vivre ?

— Oh que non !

Elle rit.

— Il se rendait de ville en ville en autocar, ce qui n'est pas le signe d'un homme d'affaires prospère. Lorsqu'il venait nous rendre visite, c'était généralement parce qu'il n'avait nulle part où aller. Maman le laissait dormir à la maison. Je ne pense pas qu'elle l'aimait, elle avait juste de la peine pour lui. C'était un toxico et il était accro au jeu.

— Que lui est-il arrivé ?

— Il a eu de la chance un jour, à Carson City, et il a gagné cent mille dollars.

— À en juger par le ton que tu emploies, ça ne s'est pas bien fini.

— Il a été poignardé dans une ruelle. Sans doute en essayant de se procurer assez de speed pour tenir éveillé le temps de dilapider ses gains.

Il haussa les épaules. Parler de son père ne lui faisait pas aussi mal que penser à sa mère. Ils n'avaient pas d'autre lien que l'ADN.

Ils croisèrent une seconde dépanneuse.

— Waouh, on dirait que je ne suis pas la seule à avoir des problèmes ce soir.

— Tu n'as pas laissé la clé de ton appartement ni ton adresse dans ta voiture, n'est-ce pas ?

— Non. La société a mon adresse, mais elle a accepté de la remorquer jusqu'à mon garage habituel.

Elle lui adressa un regard lourd de sous-entendus.

— Je ne suis pas stupide, Alex.

Il hocha la tête, mais quelque chose l'inquiétait. Il sentait que ce n'était pas normal. Après tout, Mallory était assise en sécurité à côté de lui et il ne laisserait personne lui faire du mal.

— Lucas m'a dit que tu étais consultant sur l'enquête Meacher ? fit-elle.

L'atmosphère se refroidit instantanément.

— Il m'a envoyé les données de l'antenne-relais, mais il n'y a rien à en tirer.

— Peut-être que celui qui a tiré sur Meacher n'avait pas de portable ?

— Peut-être. Tu as une idée de qui est derrière tout ça ?

Il s'efforça d'adopter un ton détaché.

— Je ne travaille plus sur l'affaire et Lucas n'a rien dit à ce sujet.

Elle haussa les épaules, mais se redressa comme si son

cerveau s'était mis en marche. Cela lui rappela qu'elle avait été le seul agent à suspecter un tueur à gages professionnel. Elle avait un bon instinct. Il devait être prudent.

— Il n'avait pas l'air de progresser quand je lui ai parlé hier soir. Avec Danbridge qui ne le lâche pas d'une semelle, ce n'est pas évident.

— Vous êtes proches ?

Elle lui fit de gros yeux.

— Amis, rien de plus. Ne va pas croire que tu as marché sur les platebandes d'un pote, parce que ce n'est pas vrai. Lucas est comme un grand frère surprotecteur. La simple idée de l'embrasser… *Beurk.*

Elle frémit, exprimant un dégoût apparent qui convint tout à fait à Alex. Il fallait espérer que Lucas Randall ressente la même chose.

Ils restèrent silencieux pendant le reste du trajet. Il aurait pu l'assaillir de questions, mais il voyait à ses lèvres pincées et à l'affaissement de ses épaules qu'elle était épuisée. Il savait pertinemment jusqu'à quelle heure elle veillait chaque nuit. Elle s'endormit vers Dale City. Il était heureux de partager son véhicule avec elle. Quelque chose chez Mallory Rooney l'apaisait. Peut-être son dévouement sans failles envers sa sœur. Peut-être son absence de fourberie, dans un monde rempli de secrets dangereux. Ou peut-être était-ce sa tendance masochiste. Il s'arrêta devant son immeuble et resta un moment à l'observer, baignée de lumière. *Imbécile.* Très doucement, il lui caressa la joue.

— On est arrivés, agent spécial Rooney.

Elle cligna des yeux en émergeant, puis fit une grimace.

— Désolée. J'espère que je n'ai pas ronflé ou bavé.

Elle détacha sa ceinture, se pencha vers lui et déposa un

chaste baiser sur ses lèvres. Il perçut son haleine mentholée. Elle sentait si bon qu'il aurait voulu la dévorer toute crue. Chaque cellule de son corps l'exhortait à insister, mais il s'accrocha à ses bonnes intentions, aussi insoutenable que ce soit.

Des doigts pâles s'enroulèrent autour de sa main bien plus grande et bronzée.

— Merci de m'avoir ramenée.

La vue de sa peau contre la sienne déclencha quelque chose en lui. Il lui prit le visage dans les mains et l'embrassa fougueusement, goûtant la passion qu'elle cachait sous son image de bourreau de travail. Il l'attira contre lui et elle lui rendit son baiser, s'imprégnant de son odeur tandis que sa langue dansait avec la sienne un duo endiablé. Il sortit son chemisier de son pantalon et passa la main sur son soutien-gorge en dentelle alors qu'elle se plaquait contre lui. Mais ce n'était pas suffisant. Il fit rouler son mamelon entre ses doigts jusqu'à ce qu'elle lui grimpe presque sur lés genoux. Cette satanée voiture n'était pas faite pour les préliminaires : il lui en fallait une nouvelle, avec une banquette. Il brûlait d'excitation, comme si on l'avait aspergé d'essence et que l'on avait craqué une allumette.

Un coup sur la vitre les fit sursauter. Un agent de la circulation les regardait d'un air désapprobateur. Et merde. Mallory sembla comprendre ce qui se passait avant que le cerveau d'Alex ne se remette en marche. Bien sûr, elle n'avait pas à raisonner une autre partie de son corps.

Elle baissa la vitre.

— Désolée officier, nous n'avons pas réfléchi.

— Sans blague, grommela-t-il. Dégagez de là.

— Je suis un agent du FBI. Je vis ici et je sors tout de suite.

— Cette ville est pleine de fédéraux, de politiciens et de diplomates. Vous avez trente secondes avant que je vous arrête pour attentat à la pudeur.

— Merci, monsieur l'agent.

Le type tourna les talons et retourna à sa moto.

Les lèvres de Mallory murmurèrent contre les siennes :

— Je dois y aller. Tu n'imagines pas à quel point j'ai envie de te faire rentrer.

Au vu de l'érection qui pressait contre son pantalon, il en avait au contraire une très bonne idée.

— Vas-y. Avant que ce type ne s'énerve.

Il pouvait remercier le flic de les avoir arrêtés, car il n'avait certainement pas l'intention de remettre ça. Elle ouvrit la portière de la voiture, le chemisier à moitié sorti de son pantalon et ses cheveux courts ébouriffés.

Il saisit sa main au dernier moment.

— Si jamais tu as besoin de moi, tu sais où me trouver.

Les yeux couleur ambre de Mallory s'élargirent. Elle déglutit et lui adressa un petit sourire.

— Ne m'attends pas, Alex.

Il avait l'impression d'avoir déjà attendu toute une vie. Cela n'avait aucun sens. Elle récupéra ses affaires dans le coffre et adressa un signe à l'agent de la circulation, qui secoua la tête et sortit une remarque sans doute très raffinée qui eut le mérite de la faire rire.

Une fois qu'elle fut en sécurité dans son immeuble, il rentra chez lui. Cette nuit-là, il rêva de deux petites filles poursuivies par des méchants. Et le méchant, c'était lui.

———————

LA RAGE LUI brouillait la vision. Comment avait-elle encore pu lui échapper ? Malgré toute cette planification ? Une journée entière perdue à préparer une embuscade ? Le risque qu'il avait pris en dégonflant ses pneus ? Il avait hésité à prendre sa voiture et à l'abandonner dans les broussailles par pure méchanceté, mais il ne voulait pas éveiller les soupçons. Au lieu de ça, il avait fait demi-tour et avait dit au garde qu'il s'était trompé de lieu de prise en charge, puis il était parti. Pas vu, pas pris.

Elle était comme un chat à neuf vies.

Il n'avait aucune idée de l'identité de l'autre type quand il s'était introduit chez elle à Charlotte. Il avait failli avoir une attaque quand l'homme lui avait mis le couteau sous la gorge.

Il était rentré chez lui dans l'obscurité, évitant de se faire arrêter ou d'attirer l'attention.

Une silhouette solitaire au bord de la route tendait le pouce, tentatrice. Une colère froide l'envahit. Il la klaxonna et elle lui fit un doigt d'honneur. Salope. À quoi s'attendait-elle en traînant dans les rues comme ça ? Putain, certaines femmes étaient tellement stupides.

Payton, elle, était intelligente. Puis son oncle lui avait éclaté la tête contre le sol. Il avait provoqué des lésions dans son cerveau. Il le savait. Son oncle était une ordure, un malade et un vicieux qui n'aurait pas dû être autorisé à s'approcher à moins d'un kilomètre d'un enfant. Il sentit une boule se former dans sa gorge. S'il pouvait revenir en arrière et changer cette nuit fatidique, il le ferait, mais Payton était morte et ne reviendrait jamais.

Inspirant profondément, il se souvint de ce qui l'attendait chez lui et se sentit plus léger à mesure que l'impatience le gagnait. Il était possible que l'auto-stoppeuse soit la bonne.

Mais il en avait toujours après Mallory. Elle l'avait énervé, et l'idée d'avoir deux femmes à la fois s'était enracinée en lui. Il sourit en allumant la radio. C'était une chanson d'Aerosmith. La vie était belle. Mallory Rooney s'était offert un autre week-end de liberté, mais ce ne serait plus très long. Il avait une bonne idée de l'endroit où il la garderait. Pas le bunker. Non loin de là, il y avait un vieux puits de mine dans lequel se trouvait un hangar de stockage. Il le renforcerait et l'enchaînerait là-bas. Il déciderait de son sort après l'avoir regardée dans les yeux et lui avoir dit qui il était. Il voulait voir s'il y avait quelque chose de sa douce sœur au sein de cette enveloppe sophistiquée. Il avait hâte de l'entendre implorer sa pitié. L'idée même suffisait à l'exciter. Il appuya sur l'accélérateur, impatient de rentrer chez lui.

CHAPITRE NEUF

L E LUNDI MATIN, elle partit trente minutes plus tôt que d'habitude. Le trajet lui prenait généralement quarante-cinq minutes, mais un accident sur la 95 l'obligea à courir du parking au bureau pour s'assurer d'arriver à l'heure à son rendez-vous avec l'agent spécial superviseur Frazer.

Elle avait passé le week-end à faire des recherches sur Internet, à propos de vieilles histoires qui avaient fait les gros titres. Lorsqu'elle cessait de penser à la cruauté avec laquelle les humains pouvaient se traiter les uns les autres, c'était pour rêvasser au baiser brûlant qu'elle avait échangé avec Alex Parker. Elle ne se souvenait pas de la dernière fois qu'elle avait été aussi attirée par quelqu'un, ni autant en conflit avec une décision personnelle.

Elle progressait d'un pas rapide sur le linoléum gris du couloir. Des têtes se levaient sur son passage, puis se détournaient. Pas de bonjour souriant, pas de signe de la main. Cette situation au travail la rendait de plus en plus mal à l'aise. Elle passa devant la porte ouverte de Hanrahan et s'arrêta. Il leva la main en guise de bonjour et lui adressa un sourire en coin. Elle ouvrit la bouche pour dire quelque chose, mais il secoua la tête. *Bon, très bien.* Elle faillit rentrer dans Frazer qui sortait de son bureau.

Il ferma sa porte à clé.

— Parfait. Vous êtes à l'heure. Allons-y.

À peine le temps de reprendre son souffle. Elle fit demi-tour, reprenant le couloir qu'elle venait de parcourir en sens inverse.

Frazer portait un costume rayé gris clair. Il avait impeccablement peigné ses cheveux brillants, et son menton était rasé à la perfection. C'était étrange qu'il ne provoque pas en elle la moindre attirance, même s'il avait tout d'un Viking aux yeux bleus. Non qu'elle soit attirée par beaucoup d'hommes. Sans l'étincelle qu'elle avait ressentie avec Alex, elle aurait presque oublié qu'elle était un être sexué. Elle se demanda à nouveau si elle ne commettait pas une énorme erreur en le repoussant. Combien de fois dans une vie était-on amené à ressentir une telle connexion avec quelqu'un ?

— Vous avez examiné les dossiers ?

Elle cessa de s'interroger sur sa vie amoureuse. Elle avait du travail à faire.

— Oui, monsieur.

Il lui tint la porte et elle croisa son regard froid qui la jaugeait. Frazer pourrait-il être de mèche avec un justicier ?

Il ne dit rien de plus avant de s'installer au volant d'une grosse Lexus noire – son véhicule professionnel, ce qui signifiait qu'il avait des relations haut placées. Elle s'attacha. Il fut un temps où ce genre de luxe faisait partie de son quotidien. Après avoir changé de carrière, passant du droit à l'application de la loi, ses parents lui avaient coupé les vivres pour lui donner une leçon. Cela s'était retourné contre eux, car elle avait découvert à quel point il était agréable d'être financièrement indépendante. Bien entendu, elle disposait de suffisamment d'argent pour payer ses meubles et son prêt, mais elle n'avait pas cherché à revenir vers eux pour obtenir de l'aide. Elle avait appris à économiser et à vivre selon ses moyens. Elle tirait une satisfaction ridicule de cette indépendance relative.

— Que pouvez-vous me dire sur ces affaires ?

Il s'agissait d'un test et Mallory voulait prouver qu'elle n'était pas complètement incompétente. Elle s'éclaircit la gorge.

— Au cours des douze derniers mois, ce tueur a enlevé de jeunes femmes caucasiennes aux cheveux bruns et longs. Il les viole, les bat et les étrangle, puis il dépose les victimes dans des endroits reculés où il sait que les corps seront découverts, mais pas immédiatement. Il se donne du temps pour s'éloigner.

Elle se mit à réfléchir à haute voix.

— Sauf que Lindsey Keeble a été déposée dans un endroit où il était peu probable qu'on la retrouve avant le printemps. On a eu de la chance. C'est probablement notre meilleure occasion d'attraper ce type.

— Elle n'est peut-être pas une exception. Nous n'avons aucune idée du nombre de femmes qu'il a tuées et dont il s'est débarrassé dans des endroits vraiment reculés. Lindsey est peut-être la seule que nous ayons trouvée.

— C'est vrai.

C'était une pensée écœurante. Combien de corps se trouvaient encore dans la nature ? Elle chassa ces pensées et poursuivit, car Frazer semblait attendre la suite.

— Les voitures des victimes ont parfois été retrouvées dans des zones reculées, généralement loin de la route, dans les broussailles. On pense que certaines de ces femmes ont été enlevées en faisant du stop. Personne n'a rien vu de suspect.

— Ce qui laisse entendre… ?

Mallory fronça les sourcils.

— Qu'il a un véhicule. Il passe beaucoup de temps sur les petites routes. Il joue peut-être le rôle du bon samaritain si elles tombent en panne. Ou il trafique leurs voitures pour qu'elles tombent en panne et il se présente pour offrir de l'aide à ce moment-là.

Elle pensa à ses pneus crevés, la veille au soir, et fit une grimace. Elle préférait avoir Henderson au cul plutôt qu'un tueur en série.

— Ou bien il pourrait se faire passer pour quelqu'un qui a besoin d'aide, ajouta Frazer.

Il semblait accorder du crédit à sa contribution, bien qu'elle soit si peu qualifiée que c'en était risible. Elle avait étudié la criminologie et la psychologie criminelle à l'université et à l'académie, et elle avait passé en revue une multitude d'affaires à la recherche d'indices sur l'enlèvement de Payton. Mais tout de même.

Frazer s'arrêta pour acheter du café. Mallory avait bien besoin d'un coup de pouce caféiné. Elle chercha de la monnaie dans son portefeuille lorsque Frazer lui tendit une tasse de café noir fumant.

— Cadeau de la maison, dit Frazer.

— Merci.

Elle prit le café et apprécia sa chaleur bienfaisante face au froid mordant. Frazer ne semblait pas vouloir allumer le chauffage, et c'était une nouvelle journée froide et terne de novembre. Elle frissonna.

— Heure du décès ?

— Difficile à dire avec précision. La plupart des corps étaient dans un état de décomposition trop avancé. Mais la dernière victime, Lindsey Keeble, a été tuée dans les douze heures précédant la découverte de son corps. Elle a été enlevée le vendredi soir et son corps a été découvert le dimanche matin. Il l'a donc gardée en vie pendant une journée environ avant de la tuer.

— Il dispose donc d'un véhicule ou d'un endroit où il peut emmener ses victimes et leur faire ce qu'il veut. Un endroit assez isolé, où il n'a pas peur d'être découvert.

Elle repensa à la ferme de Meacher, à la périphérie de Fleet. En allant vers le nord, ils passèrent devant des maisons identiques qui parsemaient la campagne. Sa bouche devint sèche.

L'idée de passer autant de temps entre les mains du mal incarné lui retournait l'estomac. Qu'est-ce qui leur faisait croire qu'ils avaient le droit de faire cela à un autre être humain ? Combien de temps Payton avait-elle souffert ? Elle mordit les jointures de ses doigts, tenant le café avec précaution de l'autre main. *Ne t'écroule pas, Mallo. Fais ton travail.*

— Cause de la mort et circonstances du décès ?

Elle prit une gorgée de café pour essayer de faire passer la boule dans sa gorge.

— Les victimes ont été défigurées, mais ce ne sont pas les coups qui les ont tuées. La cause de la mort est l'asphyxie résultant d'une strangulation à mains nues. On n'a pas trouvé d'empreintes digitales sur les corps ni d'ADN. La décomposition était généralement trop avancée. Il – ou *elle*, ce qui est peu probable, mais pas encore totalement exclu – passe également les victimes à l'eau de javel avant de s'en débarrasser. Le médecin légiste a pris des échantillons sur Lindsey Keeble qui pourraient fournir des traces d'ADN exploitables.

— Ce qui nous avancera seulement s'il est dans la base de données ou si nous avons un suspect.

Ce serait totalement inutile pour arrêter le type, dans le cas contraire.

— Une signature ?

— Les causes et circonstances du décès font vraisemblablement partie de sa signature. Mais le fait de graver PR sur la poitrine des victimes semble être la marque de l'agresseur.

— Je vois que vous avez fait vos recherches. Pour établir un lien avec l'enlèvement de votre sœur ? demanda-t-il.

Elle contracta la mâchoire.

— C'est pour ça que j'ai rejoint le FBI. Donc oui, en effet.

— Est-ce pour cela que votre mère a fait jouer ses relations pour vous faire entrer au DSC ? Dans l'espoir que vous puissiez mystérieusement résoudre une affaire sur laquelle nous planchons depuis des années ?

Mallory se figea en prenant une gorgée de café. Il lui avait tendu une embuscade. Elle décida de jouer franc jeu.

— Honnêtement, je ne sais pas comment j'ai atterri au DSC.

— Vous avez bien postulé, n'est-ce pas ?

Son ton était si railleur qu'elle ne prit pas la peine de le contredire. Ce n'était pas comme si elle pouvait lui dire la vérité.

— Évidemment, c'est un rêve de travailler avec les agents du DSC.

Hanrahan ne suspectait probablement pas l'agent dont il était le plus proche, mais dans ce cas, pourquoi ne s'était-il pas confié à lui ?

— Vous écopez des affaires les plus intéressantes, et je sais qu'elles sont souvent aussi les plus horribles.

— Pensez-vous être capable de le supporter ? demanda-t-il, des lasers à la place des yeux.

Elle soutint vaillamment son regard perçant.

— Je ne sais pas, agent spécial superviseur Frazer. Je l'espère, mais pour l'instant, je ne fais que suivre les ordres.

Son expression se radoucit, comme à contrecœur, et il reporta son attention sur la route.

— Je pense qu'aucun d'entre nous ne le sait vraiment, agent Rooney. Pas même après des années de pratique. Certaines affaires nous touchent de manière inattendue.

Le silence s'installa pendant quelques minutes, la Lexus avalant les kilomètres qui les séparaient de Manassas.

— L'affaire de votre sœur, commença-t-il.

Elle se rencogna dans son siège.

— Oui ?

— Pensez-vous que les initiales que ce tueur grave sur la poitrine des femmes soient liées d'une quelconque manière à la disparition de votre sœur ?

— Non.

Cherchait-il une raison pour la faire exclure de l'équipe ? Si oui, pourquoi ? Parce qu'il pensait qu'elle était incompétente, ou parce qu'il savait qu'elle avait commencé à enquêter sur les justiciers et qu'elle avait ensuite été transférée dans son bureau ?

Il y avait un léger sourire sur ce beau visage auquel elle ne faisait pas confiance.

— Quoi ? demanda-t-il.

Elle fronça les sourcils. C'était clairement un homme habitué à obtenir ce qu'il voulait. Mais elle avait grandi entourée de personnes puissantes et manipulatrices. Elle détourna le regard.

— Rien. J'ai froid, c'est tout.

Il alluma le chauffage. C'était déjà ça de pris. Mais cela lui rappelait les techniques d'interrogatoire à l'ancienne. *Faire quelque chose pour eux. Leur montrer que c'est vous qui avez le contrôle.*

— C'était un enlèvement sophistiqué qui exigeait une grande planification. Avez-vous des souvenirs de cette nuit-là ? demanda-t-il.

Elle se mordit la lèvre et sentit ses sourcils se rapprocher. Qu'en était-il des rêves qu'elle faisait depuis peu ? S'agissait-il de souvenirs ? Ou étaient-ils fondés sur la peur et la culpabilité ? Elle secoua la tête.

— Je ne m'en souviens pas.

— Avez-vous essayé l'hypnose ?

Sa mère avait essayé de la forcer à suivre des séances, mais son père avait refusé.

— Non.

— Voulez-vous que je m'en charge ?

Elle posa sa tasse de café dans le support et se tourna pour lui faire face.

— Pourquoi cet intérêt soudain ?

Un sourire sardonique apparut sur ses lèvres.

— J'ai travaillé sur cette affaire, fit-il en haussant les épaules. D'où mon intérêt.

— Je vous demande pardon ?

Elle se redressa. Elle n'avait vu son nom sur aucun des rapports.

— J'avais vingt-cinq ans. Après l'université, j'ai passé quelques années dans la police de l'État du Wisconsin et j'ai rejoint le FBI en 1995.

L'année où Payton avait disparu. Il avait donc la quarantaine. Elle n'avait pas réalisé qu'il était beaucoup plus âgé qu'elle.

— J'étais un agent de terrain dans la division de

Pittsburgh. L'enlèvement de votre sœur a été l'une de mes premières affaires, ajouta-t-il, les lèvres pincées. Je me souviens d'ailleurs de vous avoir vue, petite fille, à la veillée.

C'était comme une gifle.

— Vous étiez à la veillée ?

Elle ne savait pas pourquoi cela la choquait autant. Elle se sentit exposée. Vulnérable. C'était ce qu'elle ressentait depuis des années. C'était peut-être la véritable raison pour laquelle elle avait rejoint le FBI. Pour reprendre le contrôle. Son plan ne fonctionnait pas très bien.

— On m'a dit de me fondre dans la masse. De voir si quelqu'un semblait suspect.

— Et vous avez vu quelqu'un ?

— Personne ne sortait du lot.

Il la regarda à nouveau et Mallory résista à l'envie de se tortiller.

— C'était assez effrayant de voir une petite fille qui ressemblait tant à celle que nous recherchions, on aurait dit un fantôme.

Les gens chuchotaient la même rengaine depuis des années. Dommage qu'ils ne l'aient pas chuchoté plus doucement.

— Le FBI n'a jamais trouvé de suspect crédible, laissa-t-elle échapper sur un ton de reproche.

— C'était un enlèvement élaboré et bien planifié, sans aucun signe d'effraction, mais il n'y a jamais eu de demande de rançon.

— Les flics n'ont cessé d'hésiter entre proche de la famille ou acte aléatoire perpétré par quelqu'un de passage en ville. En ne voyant aucune demande de rançon arriver, ils ont supposé que Payton avait été enlevée par un pédophile.

Un froid arctique la glaça jusqu'aux os. Il pinça les lèvres et secoua la tête.

— Ce que j'ai du mal à croire... Si c'était un pédophile, il vous aurait enlevées toutes les deux. Des jumelles identiques en tous points ? Une fois que le gars en aurait eu fini avec son fantasme, il aurait pu vous vendre pour des centaines de milliers de dollars...

— Garez-vous !

Elle mit une main sur sa bouche et, de l'autre, s'appuya contre le tableau de bord. Elle étouffait, mais parvint à sortir de justesse avant de vomir.

Le SSA Frazer quitta le véhicule et l'observa par-dessus le toit de la voiture.

— Vous allez bien ?

Elle cracha en hochant la tête.

— Je vais... hmm... reprit-il. Je vais peut-être jeter un coup d'œil aux cadavres tout seul.

— C'est inutile.

Elle prit son café dans le porte-gobelet, se rinça la bouche et cracha de nouveau. Elle jeta le reste du liquide sur l'herbe marron au bord de la route et écrasa la tasse dans sa main.

— Ça va aller. Nous devrions peut-être éviter de parler du possible viol et meurtre de ma sœur de neuf ans alors que nous sommes dans un véhicule en mouvement.

Il hocha la tête d'un air impassible, mais elle ne pouvait s'empêcher de se demander si ce n'était pas son intention depuis le début. La secouer et voir ce qui en résulterait.

Le meilleur job du FBI.

LA MORGUE ETAIT située près du Campus Prince William de

l'Université George Mason. Dans une salle d'observation près de la salle d'autopsie principale, on avait apporté trois brancards à roulettes et recouvert les corps des victimes de draps blancs pour préserver leur dignité. Il faisait aussi froid que dans un réfrigérateur et Mallory plongea ses mains dans les manches de sa veste pour essayer de se réchauffer. Une forte odeur de produits chimiques lui monta au nez, ainsi que quelque chose de suspect rappelant la viande avariée.

Heureusement, son estomac s'était calmé et Frazer n'avait plus fait de commentaires.

Le médecin légiste était un homme imposant qui dépassait largement les cent dix kilos. Lorsqu'il entra dans la pièce, Mallory ne put cacher sa surprise à l'idée qu'une personne aussi corpulente puisse effectuer un travail aussi délicat.

— Agent Frazer, agent Rooney ? Je suis le docteur Ross Avery.

Il leur serra la main. Sa peau était presque brûlante en comparaison avec le froid de la pièce.

— C'est la première femme que nous avons examinée. Lucy Fairfax, trouvée près de Woodstock. Ils l'ont amenée en mai dernier, mais nous ne l'avons identifiée que récemment, lorsque ses parents ont importé son ADN dans la base de données nationale.

Mallory regarda les longs cheveux bruns de la victime. Son visage était méconnaissable, sa peau noire et boursouflée par la décomposition. Des animaux s'en étaient pris à son corps avant qu'on ne le découvre.

— Nous n'avons pas obtenu grand-chose de Lucy avant d'avoir examiné la victime suivante.

Il se rapprocha du second brancard et souleva le drap.

— Nous avons constaté des similitudes entre les deux.

Alors, j'ai effectué quelques comparaisons. Kendra McCloud a été retrouvée le 11 juillet ; elle a disparu à la fin du mois de juin. Elles se ressemblaient beaucoup physiquement, c'étaient toutes les deux des brunes aux yeux foncés, minces et de taille moyenne. Toutes les deux ont été agressées sexuellement, ont subi un grave traumatisme facial et sont mortes par asphyxie provoquée par une strangulation manuelle. C'est un tueur très impliqué.

— Et la toxicologie ? demanda Frazer, les bras croisés sur sa poitrine.

— Rien qui sorte de l'ordinaire. Aucune trace d'alcool ou de drogue visible dans les tissus, mais le temps joue contre nous pour ce genre de tests. Nous savons qu'il les nettoie avec une sorte de solution désinfectante qui contient de l'eau de javel.

Le docteur Avery leva les yeux du brancard. Il semblait peiné.

— Quand Lindsey Keeble est arrivée, j'ai demandé à ce qu'on accélère son analyse toxicologique, mais c'était la même chose. Il n'a pas utilisé de drogue pour les contraindre, ou s'il l'a fait, il a employé une substance qui a agi si rapidement qu'il n'y avait plus de trace dans le sang ou les tissus quand nous avons fait les tests. Mais Lindsey m'a révélé plus de choses que les autres victimes.

Il tira le drap pour dévoiler ses pieds.

Mallory eut un choc en voyant ses orteils au vernis argenté : à ce moment-là, Lindsey Keeble devint une vraie personne. C'était une femme, qui avait pris le temps de se faire de jolis orteils peu de temps avant sa mort. Elle sentit sa gorge se nouer à cette pensée.

— Vous voyez les marques sur sa cheville gauche ?

Frazer et elle se penchèrent. Il y avait des marques rouges d'abrasion sur le bas de sa jambe.

— Elle était entravée ? demanda Frazer.

Le docteur Ross acquiesça.

— C'est ce que je soupçonne. Avec des sortes de menottes métalliques.

Un frisson parcourut Mallory. Que devait-on ressentir en étant enchaînée comme un animal ? Elle sentit la rage monter en elle. Elle repensa à l'intrus dans sa maison. Cela aurait pu être elle, allongée là, avec ses ongles de pieds vernis.

— Une idée de la façon dont il les soumet s'il ne les drogue pas ? demanda Frazer.

Le médecin légiste fit un signe de tête.

— Je suis passé à côté au début, mais je crois que j'ai compris.

Il remonta le drap sur la poitrine de Lindsey et dévoila son flanc gauche.

— Vous voyez cette petite marque ?

Mallory se tordit le cou, mais ne parvint à rien distinguer sur le corps tacheté de violet.

— Pas vraiment.

— C'est difficile à voir à cause de la lividité, puisque la couleur du corps est caractéristique de l'asphyxie, mais il y a quelques petites brûlures cachées. L'analyse des images le confirme.

— Un taser, dit-elle à mi-voix.

Frazer hocha la tête comme si cela venait confirmer ses soupçons. Ce devait être grisant d'être infaillible.

— Merci, Docteur. Vous avez été très utile.

— Je peux remettre les corps aux familles ?

Frazer resta aussi impassible qu'un masque.

— Tant que vous avez documenté tout ce que vous nous avez dit aujourd'hui, vous pouvez leur rendre les corps. Les familles ont assez attendu.

———————

ALEX ETAIT ASSIS sur un banc à regarder les pandas géants. Le zoo n'était pas très loin de son bureau et c'était là qu'il venait quand il avait besoin de réfléchir. Il avait passé le week-end à regarder Mallory travailler seize heures par jour, rechercher et étudier des affaires similaires à l'enlèvement de sa sœur. Cela le déprimait de la voir si motivée.

Même s'il ne l'espionnait pas, il n'aurait pas pu la faire sortir de son esprit. Il n'arrêtait pas de rejouer dans sa tête le baiser du vendredi soir. Le sentiment d'impatience, le besoin impérieux de finir ce qu'ils avaient commencé, était comme une démangeaison sous sa peau. Mais il n'osait pas se gratter. Ça le rendait fou de la vouloir à nouveau. Il ne voulait pas se jouer d'elle ni lui embrouiller l'esprit, mais *bon sang*, le besoin d'être avec elle, de l'appeler et de lui *parler*, était presque insoutenable. Il pourrait l'aider…

Elle a assez souffert.

Le banc grinça lorsque Jane Sanders s'assit à côté de lui, vêtue d'un costume qui coûtait probablement assez cher pour nourrir les pandas pendant un an. L'astre du jour était si brillant qu'il l'aveuglait. Il ferma les yeux, profitant du soleil froid sur son visage, et souhaita pour la millionième fois pouvoir revenir sur certaines décisions cruciales de sa vie. Des décisions comme celle de travailler pour la CIA en tant que privé, pensant naïvement sauver ses compatriotes américains.

— La direction n'est pas très contente de toi.

Il ouvrit les yeux. Jane avait lâché ses cheveux, qui lui tombaient sur les épaules. Ils étaient d'un blond presque blanc. Sans avoir pourquoi, il ne la méprisait plus autant qu'auparavant. Il s'adoucissait avec l'âge. À moins que s'envoyer en l'air le rende moins con. L'un ou l'autre.

Elle lui tendit une photographie. Gerry Rodman, un homme qu'il avait reçu l'ordre d'éliminer samedi soir, y violait un garçon d'environ huit ans. Il avait refusé, parce qu'il ne faisait pas confiance à leur taupe au sein du FBI et qu'il ne lui faisait pas confiance à elle. Ce petit garçon en avait payé le prix.

Il sentit la nausée le gagner.

— Le côté positif, dit Jane d'un ton léger, c'est que les flics ont reçu un tuyau anonyme et l'ont arrêté pour avoir fourni de la drogue à des mineurs. Ils ont aussi trouvé de la pornographie infantile sur son ordinateur portable. Il ira donc en prison. Et ils ont découvert une quantité considérable de méthamphétamine, d'armes et d'argent dans son appartement.

Son sourire était aussi froid qu'un fjord norvégien.

— Quand ces photos circuleront dans certains secteurs de la population carcérale… eh bien, ils s'en chargeront et plus aucun enfant ne sera blessé.

Il soutint son regard en lui rendant la photo. C'était peut-être pour le mieux. La justice carcérale pouvait être plus brutale que tout.

— Qui a appelé les flics ?

Jane haussa les épaules. Elle restait à bonne distance sur le banc. Bien qu'elle se soit quelque peu réchauffée, elle semblait encore froide et inaccessible, un peu comme lui. C'était pour cela qu'il était si attiré par Mallory : elle ne lui ressemblait pas du tout. Elle était vive et chaleureuse, et la tenir dans ses bras lui donnait l'impression d'essayer de s'accrocher au soleil.

— J'ai retracé l'informateur anonyme dans l'enquête Meacher, lui dit-il.

Elle étendit ses orteils dans ses talons chics à bout ouvert.

— Qui était-ce ?

— Ça venait de ton téléphone.

Ses yeux d'un bleu électrique se mirent à briller et son visage devint livide.

— Quoi ? Qu'est-ce que tu as dit ?

— Le tuyau anonyme venait de ton téléphone.

Elle secoua la tête.

— Ce n'est pas possible.

Il la dévisagea attentivement. Serait-elle capable de trahir l'organisation ? Peut-être. Si on y mettait le prix.

— Alors, tu me dis que ce n'était pas toi ?

Ses traits étaient tirés, marqués par la peur.

— Je sais ce qui se passe quand on se fait prendre, répondit-elle. Je n'ai aucune envie d'aller en prison.

— Si tu te fais prendre, crois-moi, la prison sera le dernier de tes soucis.

Elle le prit comme une menace et tout son corps trembla. Alex n'aimait pas jouer les monstres, mais c'était son rôle dans ce cauchemar.

— As-tu quitté ton téléphone des yeux ce soir-là ?

Elle allait secouer la tête, mais s'interrompit.

— Je le laisse sur mon bureau quand je vais aux toilettes.

— Et pour quelle raison ?

Elle déglutit. Alex vit la colonne pâle de sa gorge tressauter.

— J'ai peur que tu m'espionnes.

— Je ne suis pas un pervers.

Un éclat brilla dans ses yeux.

— Et moi, je ne suis pas une exhibitionniste.

— Je ne m'amuse pas à espionner les femmes, sauf si notre direction me le demande. Ne laisse plus ton téléphone sans surveillance, sinon nous finirons tous les deux par le regretter.

Les pouvoirs en place ne les laisseraient pas, Jane ou lui, témoigner contre eux. Elle aurait de la chance si elle parvenait à tenir vingt-quatre heures en prison.

Heureusement, il avait une idée assez précise de la personne qui avait passé l'appel et de ses motivations. Tout ce gâchis n'était peut-être pas tant un sabotage qu'un mauvais timing et un mauvais jugement.

— Ton informateur au FBI doit faire plus attention à ses communications. Une erreur passe encore, mais si cela se reproduit… il aura affaire à moi.

Il se sentait plus que fatigué. Il avait peut-être besoin de vacances, tout simplement, de quelques semaines de paix, de calme, de sable chaud et de vagues fraîches. Il était toujours permis de rêver. Ce dont il avait vraiment besoin, c'était de démissionner, mais il s'était engagé. Il lui restait cinq cent vingt-huit jours. Sans possibilité de libération conditionnelle.

Elle s'éclaircit la voix.

— La direction se demandait s'il y avait du nouveau sur cette autre affaire impliquant les fédéraux…

Alex repensa aux bas ourlés de dentelle et à leurs ébats contre la porte.

— C'est sous contrôle.

Ils restèrent assis en silence pendant un moment. Une petite fille passa en courant, sa mère ou sa nounou sur les talons. Jane tressaillit. Alex fit semblant de ne pas le remarquer.

— Ça signifie que tu vas reprendre le travail ou tu es toujours en pause ?

Son instinct lui disait que quelque chose clochait.

— Je pense qu'on devrait calmer les choses pendant un certain temps, déclara-t-il. Apporter un peu de changement.

— Vous me quittez, Monsieur Parker ?

Elle parvint à soutenir son regard.

— Non, mais on devrait passer un peu de temps l'un sans l'autre et profiter d'une compagnie différente pendant quelques semaines. Sauf en cas d'urgence.

Par « urgence », il entendait la preuve irréfutable de l'identité d'un tueur en série représentant une menace imminente pour la vie d'autrui.

Elle joua avec l'ourlet inférieur de sa jupe, sur ses genoux.

— En fait, la direction veut que…

Elle pinça les lèvres un instant avant de poursuivre :

— Que je *persuade* un ami à toi de sortir avec moi.

— Un ami à moi ? fit-il avant d'étouffer un juron. Ne déconne pas avec Lucas Randall.

— Ce pourrait être notre meilleur moyen d'accéder aux informations sur l'enquête Meacher.

— Et tu es censée le baiser aussi ?

Elle cligna des yeux comme un hibou.

— Je ne pense pas que tu sois le mieux placé pour me faire la morale, Alex.

Il haussa les sourcils : elle avait enfin eu les couilles de s'adresser à lui par son prénom. Était-elle au courant de sa nuit avec Mallory ou faisait-elle référence à ses activités habituelles pour le compte de l'organisation ? Il n'en savait rien et s'en moquait éperdument. Mais il se souciait de ses amis. Et il tenait à Mallory, c'est pourquoi il ne l'appellerait plus, même s'il le voulait.

Il se pencha vers l'oreille de Jane, regardant son pouls bondir à cause de leur proximité soudaine.

— En ce moment, l'enquête Meacher n'avance pas. Mais si tu fais du mal à Lucas Randall, de quelque manière que ce soit, je me retournerai contre toi et cette organisation sans vous laisser le temps de dire « enquête sénatoriale ».

Il croisa ses grands yeux bleus et soutint son regard.

— On s'est bien compris ?

Elle lui fit un signe de tête et il l'embrassa. Comme un homme qui disait au revoir à une ancienne amante. Ses lèvres étaient froides et ce baiser ne lui fit aucun effet.

— Sois prudent, Alex, lui lança-t-elle tandis qu'il s'éloignait. Les choses ne sont pas toujours ce qu'elles semblent être.

CHAPITRE DIX

M ALLORY ET FRAZER arrivèrent à Greenville juste après le déjeuner. La vue des corps ne l'avait pas autant retournée que l'indélicatesse de Frazer. Étant donné qui il était et ce qu'il avait fait, elle avait du mal à croire qu'il n'avait pas planifié cette pique afin de juger de sa réaction et la mettre sur la touche.

Pour cela, encore eût-il fallu qu'elle soit vraiment dans la partie.

La ville lui était familière. Quand elle était petite, les excursions à Greenville étaient de grandes aventures. Ils s'y rendaient pour les défilés du 4 juillet et les sodas à la crème glacée. Le bureau du shérif était situé dans la rue principale, en face d'un cinéma à l'ancienne où Payton et elle se rendaient à l'occasion. L'odeur du pop-corn qui flottait dans la rue raviva des souvenirs précis de sa sœur en train de rire aux éclats. La tristesse chercha à s'insinuer en elle, mais elle repoussa son assaut. Elle était là pour travailler, pas pour se souvenir. Elle suivit Frazer dans le hall du bureau du shérif, consciente d'être dévisagée.

— Je suis l'agent spécial superviseur Frazer et voici l'agent spécial Rooney, nous sommes ici pour voir le shérif Williams, déclara Frazer à l'adjointe à la réception.

— Vous êtes du FBI ?

Son accent était typique de la Virginie-Occidentale, et pendant un instant, Mallory eut le mal du pays.

— Oui, madame.

Frazer usait de son charme avec l'adjointe.

Ce qui était certain, c'était qu'il n'aurait plus aucun pouvoir sur Mallory. Elle avait compris au cours des dernières heures qu'il lui avait demandé de l'accompagner pour pouvoir l'interroger en privé pendant le trajet. Ses soupçons à lui avaient éveillé ses soupçons à elle, bien qu'il faille plus de quelques heures en voiture pour cerner un homme aussi intelligent que Frazer.

Elle prit conscience qu'elle ne connaissait même pas son prénom.

Le shérif Williams sortit de son bureau et les jaugea avant de venir à leur rencontre. Un adjoint les interrompit alors qu'ils se serraient la main.

— Accident de la route sur l'autoroute 3 impliquant un bus scolaire, shérif. Pas de passagers. Les deux conducteurs présentent des blessures légères.

La moustache du shérif se hérissa au-dessus de sa lèvre supérieure charnue.

— Le chauffeur de bus, c'était Ray James ?

— Affirmatif.

L'adjoint était grand, avec une attitude presque militaire. Son regard ne cessait de glisser vers elle comme si elle était une sorte de bête curieuse. C'était tout naturellement que les gens du coin la reconnaissaient, tant en raison du récent article du *Post* que de la campagne télévisée annuelle de sa mère. Elle fit semblant de l'ignorer et s'intéressa aux avis de recherche sur le mur.

— Assurez-vous d'obtenir un échantillon de sang des deux

conducteurs, adjoint Chance. Si ce maudit James a bu au travail, je veux le savoir. La sécurité des enfants de ce comté est ma priorité, je me fiche de savoir qui est son oncle.

— Oui, monsieur.

L'adjoint s'éloigna.

Mallory reporta son regard sur le shérif qui l'observait attentivement. Il lui adressa un signe de tête et les conduisit ensuite vers une salle de conférence à l'arrière du bâtiment.

Son téléphone sonna. Elle regarda qui l'appelait. C'était Lucas Randall. Elle l'envoya sur le répondeur.

Le shérif s'installa en bout de table et les invita à prendre place.

— Si vous me permettez, agent Rooney, je suis heureux de vous revoir après toutes ces années. Je me souviens de vous quand vous n'étiez encore qu'une petite fille.

Finalement, ce serait quand même un jour marqué par le sceau du souvenir. Elle hocha la tête, consciente du fait que Frazer la regardait comme s'il la disséquait, attendant qu'elle se plante.

— La police de Greenville a toujours été très bonne pour ma famille et moi, shérif. J'apprécie tout ce que vous avez fait.

Sa mère nourrissait encore beaucoup de ressentiment envers les forces de l'ordre pour ne pas avoir résolu l'affaire, mais elle ne comptait pas le mentionner.

Il cligna des yeux pour chasser une larme.

— Eh bien, nous avons tous été secoués par ce qui est arrivé à votre sœur. À notre connaissance, rien de tel n'est jamais arrivé depuis. L'affaire la plus proche est celle de cette pauvre fille, Lindsey Keeble. Les affaires n'ont pas grand-chose à voir, mais nous constatons le même genre de panique au sein de la communauté. Non pas que je blâme les gens.

Et si c'était bien le même gars ?

L'idée lui trottait dans la tête.

— Que pouvez-vous nous dire sur la victime, shérif ? Avait-elle un petit ami ? demanda Frazer, menant l'interrogatoire.

— Pas de petit ami. Tous ses camarades de classe disent qu'elle était déterminée à faire quelque chose de sa vie et qu'elle n'avait pas le temps de sortir avec des garçons. C'était une brave enfant. Intelligente. Elle a travaillé dur pour gagner de l'argent afin de payer ses études.

— Depuis combien de temps travaillait-elle à la station-service ?

— Elle avait commencé cet automne. Son père nous a dit que c'était le seul job qu'elle ait trouvé lui permettant d'aller à l'école sans impliquer un bar.

— Elle était contre l'alcool ?

— Sa mère était alcoolique. Elle a passé la majeure partie de l'enfance de Lindsey dans les bars du coin.

Le visage du shérif se crispa.

— Elle est morte il y a quelques années. Hypothermie. Elle s'est retrouvée prise dans une tempête de neige et elle était trop ivre pour retrouver le chemin de la maison.

Il releva les yeux.

— Je pense que ça a été une bénédiction pour le reste de la famille.

— Il ne reste plus que le père ?

Le shérif acquiesça.

— Bryce Keeble.

Les yeux de Mallory s'élargirent et le shérif capta son expression.

— Vous vous souvenez de lui ?

— Vaguement.

— Il travaillait comme homme à tout faire sur la propriété de vos parents.

— Il a été interrogé et blanchi concernant l'affaire Payton Rooney, n'est-ce pas ? fit Frazer.

Le shérif acquiesça et parut mal à l'aise en s'adressant à Mallory.

— Votre mère l'a quand même renvoyé. Je sais que la perte de son emploi a été un coup dur pour la famille Keeble. C'est à peu près à la même époque qu'est née Lindsey et il a eu du mal à trouver du travail.

Oh, maman. Mallory posa ses doigts sur le bureau.

— La disparition de Payton nous a tous touchés, shérif, mais surtout ma mère. Elle n'a pas toujours fait des choix rationnels.

Autant de billes que ses adversaires politiques se feraient un malin plaisir d'utiliser contre elle.

— Toute personne ayant des enfants peut comprendre sa réaction, mais…

— Qu'y a-t-il ? demanda Frazer.

— Vous allez rendre visite à Bryce après ?

Frazer hocha la tête. Un sentiment d'effroi s'empara de Mallory.

— Gardez à l'esprit que c'est lui qui a perdu un enfant, cette fois-ci. Il se peut qu'il ne fasse pas non plus de choix rationnels.

Frazer lui donna les quelques informations dont ils disposaient sur les affaires. Ce n'était pas grand-chose.

— Dès que nous aurons un profil, nous vous l'enverrons et nous vous aiderons par tous les moyens.

Ils se levèrent pour partir.

Le shérif l'arrêta un instant devant la porte de la salle de conférence tandis que Frazer sortait.

— C'est bon de voir que vous allez bien, agent Rooney.

Il plissa les yeux.

— Vous devez compter parmi les plus jeunes agents de l'histoire du DSC.

Mallory se força à sourire.

— Je crois que je pourrais bien avoir cet honneur, en effet, shérif. Pour l'instant en tout cas, ajouta-t-elle à voix basse.

En regagnant le hall, elle croisa le regard d'un autre adjoint qui semblait la fixer. Elle fronça les sourcils et s'arrêta, puis elle tendit le doigt vers lui.

— Je me souviens de toi.

Il lui adressa un sourire timide, s'avança vers elle et lui tendit la main.

— On jouait ensemble quand on était enfants. Je n'en reviens pas que tu m'aies reconnu. Tu te rappelles sans doute le petit Seany Kennedy, dit-il avec une grimace embarrassée. C'est Adjoint Sean Kennedy, maintenant.

— Je me souviens qu'on allait nager dans la carrière en été.

— Eh bien, madame, je ne comptais pas vous rappeler que je vous avais vue nue, mais puisque vous le mentionnez…

Elle rit.

— On avait quoi ? Cinq ans ?

— Je crois que j'avais peut-être même six ou sept ans, Miss Mallory.

Elle désigna son insigne d'un geste ostentatoire.

— C'est *Agent* Rooney désormais, *Adjoint* Kennedy. Appelle-moi juste Mallory.

Elle se souvenait de Sean comme d'un enfant potelé au cœur tendre. Il avait un peu maigri.

— Je croyais que tu allais devenir avocate.

Il s'appuya contre son bureau.

— Mes parents aussi.

— Ils ont dû être ravis, fit-il en croisant les bras sur son large torse. Au moins, ce qui est arrivé à Payton a eu du bon, quelque part.

Le fait qu'il ait prononcé le nom de sa sœur à haute voix, le fait qu'il l'ait *connue* était incroyablement émouvant. Certains jours, c'était comme si Payton n'était rien d'autre qu'une photo sur un rapport de police. Mais ce n'était pas la vraie Payton. La vraie Payton était douce et généreuse, elle adorait *Scooby Doo*, la natation, les films Disney et les glaces. Peu de gens s'en souvenaient.

— Tu as rejoint le FBI et moi le bureau du shérif. On combat les méchants du mieux qu'on peut.

— Et ce ne sont pas les méchants qui manquent.

— N'est-ce pas ?

Frazer l'attendait à la porte, manifestement agacé. Elle devait partir.

Sean suivit la direction de son regard et se redressa.

— C'était vraiment sympa de te revoir après toutes ces années. C'est bon de voir que la vie peut continuer même après une tragédie.

— Ça m'a fait plaisir de te voir aussi.

Elle sentit sa gorge se nouer en lui serrant la main. Elle aurait voulu le prendre dans ses bras, mais elle parvint à se retenir. Sa mère n'aurait pas approuvé de telles manifestations incontrôlées d'émotion, et son supérieur non plus.

— On devrait aller boire un verre pour rattraper le temps perdu, un de ces quatre, dit-elle. Papa veut qu'on passe Noël ici, une dernière réunion de famille avant qu'il ne vende

Eastborne.

— Je ne savais pas qu'il vendait. C'est dommage, mais ce n'est pas vraiment surprenant.

Il pinça les lèvres et lui adressa un signe de tête triste.

— J'adorerais rattraper le temps perdu à Noël, *Agent* Mallory.

Elle rit, lui tendit sa carte et s'empressa d'aller retrouver Frazer. Elle n'avait pas réalisé à quel point la disparition de sa sœur avait affecté toute cette communauté et tous les gens qui avaient travaillé sur l'affaire, y compris le glacial SSA Frazer. Elle aurait dû venir parler à ces gens des années auparavant. Peut-être se serait-elle souvenue de ce qui s'était passé exactement cette nuit-là.

LES KEEBLE VIVAIENT dans une maison délabrée en bordure de Greenville, à deux pas de la voie ferrée. Elle aurait eu besoin d'une bonne couche de peinture, le porche avant s'était légèrement affaissé côté nord-ouest, mais le terrain était propre et sans détritus. Une couronne décorait la porte d'entrée, et Mallory aurait parié tout ce qu'elle avait qu'elle savait qui l'avait mise là. Un chien, moitié pit-bull, moitié braque, sommeillait dans la boue. Il se réveilla suffisamment pour se mettre à aboyer quand ils se garèrent et sortirent de la voiture.

Mallory regarda le vieux chien avec méfiance. Un cri provenant de l'intérieur de la maison fit grogner le molosse. Il se recroquevilla dans la boue. Elle aimait les chiens, mais n'était pas rassurée par la lueur malveillante qu'elle voyait dans ses yeux opaques. Frazer la surprit en se penchant pour gratter la tête du cabot. Le chien tendit le cou, acceptant plus de caresses.

Ça alors.

Un homme apparut dans l'embrasure de la porte. Leurs regards se croisèrent et elle vit dans ses yeux qu'il la reconnaissait. Elle se souvint très clairement de lui en le revoyant. Il les avait portées sur ses épaules, Payton et elle, les avait emmenées faire des balades à l'arrière de sa moto et les avait taquinées sans relâche, à grand renfort de plaisanteries.

Son visage était plus vieux et plus large, ses traits plus grossiers que dix-huit ans auparavant. Payton et elle le trouvaient beau à l'époque. Ce n'était plus le cas aujourd'hui. Le blanc de ses yeux était pourpre. Ses iris noirs et son visage tacheté de rouge laissaient entendre que l'homme n'était pas en bonne santé. Enfin, ses cheveux bruns brillants étaient désormais poivre et sel.

Frazer s'approcha, la main tendue.

— Monsieur Keeble ? Agent spécial superviseur Frazer. Et voici l'agent spécial Rooney.

Bryce Keeble serra la main de Frazer sans quitter Mallory du regard.

— Que faites-vous ici ?

— Nous enquêtons sur le meurtre de votre fille. Nous aurions quelques questions à vous poser.

Son regard passa de l'un à l'autre.

— Vous êtes des fédéraux ? Vous savez qui a fait ça ?

Frazer secoua la tête.

— Nous n'avons pas encore de suspect déterminé pour le moment.

La tête de Bryce Keeble dodelina lorsqu'il leva le menton.

— Vous venez me mettre ça sur le dos ? Vous n'avez pas

honte de faire souffrir un homme en deuil ?

Il laissa échapper un rire creux, ouvrit la porte d'entrée et leur fit signe d'entrer.

— Je n'en ai rien à foutre de toute façon.

Il ne faisait aucun doute que cet homme souffrait, son monde entier s'était effondré. Cela ne voulait pas dire qu'il était innocent, mais il était loin d'être en tête de la liste de suspects.

Frazer pénétra dans le salon. Trop bien habillé, il ne semblait pas à sa place. Il y avait des photos de Lindsey partout. L'endroit était propre, mais en désordre. Des tasses vides jonchaient la pièce. Une odeur de cigarette pesait lourdement dans l'air.

— Elle ne me laissait jamais fumer dans la maison. Lindsey.

Sa voix se brisa.

— Je n'avais le droit de fumer qu'à l'extérieur, et encore, elle me cassait quand même les pieds quand elle me surprenait.

Mallory regarda les cendriers qui débordaient.

— C'était une fille intelligente. Toutes mes condoléances, Monsieur Keeble.

Il la regarda fixement pendant un moment, les narines dilatées, les yeux soudain larmoyants.

— On n'arrête pas de me dire ça.

Il prit une cigarette dans une boîte, à côté d'un vieux fauteuil de relaxation usé, l'alluma et inhala la fumée comme si c'était de l'oxygène. Il souffla un épais nuage de fumée qui la fit tousser.

— *Toutes mes condoléances* ? Qu'est-ce que je suis censé répondre à ça ? Ça va ? Merci ? Je veux dire, qu'est-ce qu'on est censé faire quand les gens nous disent ça ?

Ses yeux étaient rivés sur les siens, dans l'attente d'une réponse. Il voulait savoir comment faire face à la terrible réalité d'avoir perdu la seule chose qui comptait vraiment.

Une sombre vérité s'échappa des tréfonds de son être, alors qu'elle soutenait son regard.

— Les gens ne le disent pas pour vous. Pas vraiment. Ils ont de bonnes intentions, mais ces mots leur permettent de reconnaître la tragédie et de passer à autre chose. Les gens comme vous et moi, nous ne pouvons pas tourner la page, pas tout de suite. Perdre quelqu'un à cause d'un crime violent n'est pas un deuil ordinaire. Notre chagrin est différent de celui des autres. Nous *haïssons* différemment.

L'émotion rendait sa voix rauque.

Ses yeux se plantèrent dans les siens. Il savait à présent qu'elle le comprenait parfaitement.

— Cette haine peut nous consumer ou nous forcer à aller de l'avant.

Quel chemin avait-elle choisi ? Elle ne le savait pas encore.

— La seule chose qui fonctionne pour apaiser la souffrance, c'est le temps.

Les yeux de l'homme brûlaient d'un rouge ardent.

— Je suppose que vous l'avez entendu assez souvent.

Elle avait perdu le compte.

— J'aimerais voir la chambre de Lindsey si possible, intervint le SSA Frazer.

Il avait analysé l'échange comme le profileur qu'il était. Il en avait probablement appris plus sur elle que sur Bryce Keeble.

— Je vous en prie, mais ne prenez rien sans demander.

— C'est noté.

Il regarda Mallory d'un air caustique.

— L'agent Rooney peut vous faire du thé ou du café.

Ses yeux s'écarquillèrent, mais elle hocha la tête. Elle était au moins bonne à ça. Elle se rendit dans la cuisine en essayant de ne pas grimacer. Même si ce n'était pas sale à proprement parler, il y avait une forte odeur provenant des ordures et du tas de vaisselle sale dans l'évier.

Comme il n'y avait pas de cafetière, elle remplit la bouilloire sur la cuisinière électrique, ouvrit le lave-vaisselle et commença à le remplir avec précaution. Autant se rendre utile, puisqu'elle avait reçu un signal clair de Frazer lui demandant de disparaître. Elle se sentit observée depuis l'entrée. Bryce Keeble l'avait suivie.

— Je suppose que c'était Lindsey qui tenait la maison ?

La honte se manifesta sur son visage et il se redressa, affalé qu'il était contre le cadre de la porte.

— Je ne suis pas un flemmard, d'habitude, mais j'ai juste… du mal à m'en préoccuper.

Elle fut frappée par la peine qu'elle lisait dans ses yeux.

— Elle ne voudrait pas que cela vous détruise, Monsieur Keeble. Elle vous aimait. D'après ce que j'ai entendu dire, Lindsey était une jeune femme coriace et déterminée.

Elle essaya de ne pas penser à son cadavre sous ce drap blanc.

Des larmes coulaient sur son visage et il les essuya contre son épaule.

— C'est vrai, elle était coriace et déterminée. Quand sa mère l'a laissée tomber, elle a appris à prendre en main son propre destin… Quelqu'un lui a arraché ça.

Il déglutit à plusieurs reprises.

— J'imagine qu'elle ne s'est pas laissé faire et qu'il a dû lui faire encore plus de mal. Et elle attendait que je vienne à son secours.

Il laissa échapper un sanglot. Mon Dieu, comme elle comprenait ce genre de culpabilité.

— J'aurais dû la sauver.

Son souffle était laborieux, il avait du mal à respirer.

— Je veux retrouver le fumier qui a fait ça et le mettre en pièces à mains nues.

Ses poings témoignaient de son intention.

— La vengeance n'est pas la solution, tenta-t-elle de le calmer. Ne trahissez pas la mémoire de votre fille en vous retrouvant en prison. Laissez-nous faire notre travail.

— Comme les flics l'ont fait pour votre sœur, vous voulez dire ?

Son expression était devenue cinglante et amère.

— Ils ont cru que c'était moi, vous le saviez ?

Il fit un pas vers elle. Il était trop près, dans la cuisine étriquée. Après sa rencontre avec ces intrus dans sa propre maison, elle était plus sur la défensive qu'auparavant. Cela l'agaçait.

— Quand ils ont compris que ce n'était pas moi, votre salope de mère m'a quand même viré parce que quelqu'un lui a dit que je vous emmenais à l'arrière de ma moto. « C'est trop dangereux », fit-il, imitant la voix de sa mère. Je n'ai jamais fait de mal à personne, mais les flics ne m'ont jamais fait de bien.

Le ton montait, son langage corporel devenait de plus en plus agressif. Elle s'efforça de ne pas mettre la main sur son arme parce qu'elle savait à quel point il souffrait.

La colère sur son visage disparut pour laisser place à la détresse.

— Je viens de réaliser autre chose. Si une personne aussi

haut placée que votre salope de mère ne peut pas obtenir justice, un type comme moi n'a aucune chance.

— La loi n'a pas de prix.

Bryce ricana.

— Et vous continuez à vous raccrocher à cette idée…

Il fit volte-face, s'approcha d'un panneau de liège près de la porte arrière et arracha une vieille coupure de journal. Il la brandit vers son visage et elle le stoppa d'une main, prête à le neutraliser s'il s'approchait davantage. Il n'en fit rien et s'éloigna. Elle observa le morceau de papier. Il s'agissait d'une coupure de l'un des premiers articles écrits sur la disparition de Payton. Elle présentait une photo des jumelles sur la pelouse d'Eastborne avec leur chien couché entre elles.

— Je l'ai gardée pour me rappeler de ne jamais cesser de chercher votre sœur, mais elle est morte, tout comme ma Lindsey, et nous ne saurons jamais ce qui est arrivé à l'une ou l'autre.

Le dégoût dans ses yeux lui coupa le souffle. Il la détailla de la tête aux pieds.

— Je ne sais pas si je dois envier vos parents ou les plaindre. D'un côté, ils ont encore une enfant qui ressemble exactement à la fille qu'ils ont perdue. D'autre part, ce rappel constant a dû être une véritable torture au quotidien.

Elle avait vu cette douleur dans leurs yeux. Une vague d'émotion brute voulut la submerger, mais aucune des deux affaires n'était sa faute.

— Je ne suis pas ma sœur, Monsieur Keeble. On se ressemblait seulement.

Frazer apparut dans l'embrasure de la porte alors que la bouilloire se mettait à siffler.

— Tout va bien ?

Bryce Keeble se traîna jusqu'à la gazinière pour l'éteindre.

— Oui. Je m'en occupe.

À son grand soulagement, il commença à remplir l'évier d'eau chaude et de liquide vaisselle. Peut-être qu'il s'en sortirait. Peut-être.

— Nous restons en contact, Monsieur Keeble, déclara Frazer.

Il se retourna sur le perron, les mains sur les hanches.

— Qu'est-ce que c'était que ça ?

Elle serra ses lèvres en l'ignorant. Elle ne pouvait pas parler. Le chien remua la queue devant Frazer, mais la regarda avec suspicion. Sans prêter attention au cabot, il monta dans la Lexus. Elle avait cessé de se soucier de savoir si elle impressionnait ou non le SSA Frazer. Elle aplanit la coupure de journal et la posa sur ses genoux, observant le fragile papier jauni. Keeble avait raison. La vie avait été bien difficile pour ses parents depuis l'enlèvement de Payton. Ils n'avaient jamais obtenu justice. Ils n'avaient jamais pu tourner la page. Sa sœur avait été enlevée et personne n'avait jamais su pourquoi. Elle voulait prouver que Keeble avait tort à propos des flics. Elle voulait croire au système. Elle voulait que justice soit faite pour Lindsey et son père en deuil. Alors, peut-être y aurait-il encore une lueur d'espoir. Peut-être obtiendrait-elle justice pour sa famille. Ils le méritaient tous.

———

IL DESCENDIT LES marches en sifflant. C'était presque Thanksgiving et il avait de nombreuses raisons d'être reconnaissant. Il avait envoyé un petit cadeau à Mallory Rooney par la poste le matin même et se sentait bien mieux que ces derniers mois. La fille s'assit sur le lit.

— Comment te sens-tu aujourd'hui ?

Elle sourit nerveusement.

— Ça… ça va. J'ai un peu mal.

Ils avaient fait l'amour deux fois. Rien d'aventureux. Rien de brutal. Il y était allé doucement, tel un amant attentionné. Il avait utilisé un préservatif : il n'était pas encore prêt à s'engager, mais il envisageait l'idée de fonder une famille. Il regarda autour de lui. Impossible d'élever un enfant dans cet endroit, mais il y réfléchissait sérieusement. C'était son plus grand regret avec Payton. Ne pas avoir eu de bébé avec elle.

— Je t'ai apporté de quoi te changer.

Il lui tendit les vêtements qu'il avait achetés dans une grande surface du comté voisin, lorsqu'il s'était arrangé pour envoyer son colis.

Elle les prit.

— Merci.

Ses ongles étaient sales. Elle aurait bien besoin de prendre un bain.

— Tu veux que je fasse chauffer de l'eau pour que tu te laves avant d'enfiler tes nouveaux habits ?

Elle s'éclaircit la gorge.

— Je veux bien, merci.

Bien élevée et avec de bonnes manières. Sa mère aurait approuvé.

Il posa une casserole d'eau sur la cuisinière à propane intégrée au plan de travail. Quand il se retourna, elle était encore assise sur le lit. Sa timidité l'amusa.

— Il faut que tu te déshabilles.

Ses mains se crispèrent sur ses nouveaux vêtements. Il fronça les sourcils. Il était naturel d'être mal à l'aise avec les hommes, mais il lui avait prouvé qu'il ne lui ferait pas de mal. Il s'était donné beaucoup de mal pour s'assurer que cela lui plaise aussi.

— Ne sois pas timide.

La rudesse de son ton la fit sursauter et elle commença à défaire les boutons de son chemisier. Elle le plia et posa son soutien-gorge dessus. Puis elle enleva son jean et ses chaussettes, gênée dans le mouvement par la chaîne autour de sa jambe. Il s'agenouilla et défit ses fers pour lui permettre de se changer. Un jour, ils n'auraient plus besoin de la chaîne.

Elle se tenait devant lui, nue, la tête penchée en signe de soumission.

— C'est mieux.

Il trempa le gant de toilette dans l'eau chaude et lui leva le menton. Il nettoya la saleté et la crasse autour de sa bouche et de ses joues. Ses lèvres étaient d'un rouge vif naturel. Ses cheveux étaient fins et presque noirs. Il lui nettoya le cou, soulevant ses longues tresses pendant qu'il opérait. Elle frissonna, ses mamelons durcis formant des pics rouges sur sa peau pâle comme du lait. Elle était maigre, mais elle avait de la poitrine. Ses seins étaient plus gros que ceux de Payton, mais il devait admettre qu'il les aimait quand même. Des veines bleues étaient visibles sous la peau translucide. Il se sentit durcir, mais il se força à la laver entièrement, car il le lui avait promis. Il nettoya ses bras, ses mains, ses doigts, ses ongles.

— Tourne-toi.

Il rinça le gant et lui lava le dos, les fesses, les jambes, les pieds. Le temps qu'elle se retourne à nouveau, il était déjà à l'étroit dans son jean.

— Écarte.

Il désigna ses jambes et elle obéit sans hésitation. À genoux, il fixa son visage, mais elle évita son regard. Il aimait qu'elle fasse ce qu'on lui disait, même si elle était inexpérimentée.

Il passa le linge chaud sur l'une de ses chevilles délicates, à l'intérieur d'une jambe, puis l'autre. Les fers lui avaient entamé la cheville et il se promit mentalement de lui donner des chaussettes plus longues.

Quand elle fut propre, il se pencha vers elle et lui embrassa le ventre. Elle fit mine de faire un pas en arrière.

— Ne bouge pas, l'avertit-il.

Il croisa son regard. Ses yeux étaient si obscurs qu'il n'aurait pas pu dire de quelle couleur étaient ses iris s'il ne l'avait pas déjà su.

— Allonge-toi sur le lit.

Elle obéit et il sourit en la voyant allongée là, tremblante, les jambes serrées l'une contre l'autre. Elle n'était peut-être pas Payton, mais elle faisait ce qu'on lui demandait. Peut-être qu'un jour, elle essaierait de lui faire plaisir de la même façon que Payton. Un jour.

— Écarte les jambes pour moi.

Elle les ouvrit légèrement.

— Plus que ça, ordonna-t-il d'un ton impérieux.

Elle obéit immédiatement.

— C'est mieux, ma chérie.

Elle avait besoin de savoir qui était le chef. Mais il devait se rappeler qu'elle était apeurée et nerveuse, et qu'il devait lui laisser le temps. Elle n'était pas comme les autres. Ou comme la sœur délurée de Payton.

— Si tu continues à me faire plaisir comme tu l'as fait, tout va bien se passer. Je vais bien m'occuper de toi. Je te le promets.

CHAPITRE ONZE

ELLE ECOUTAIT *BLOW Me* de P!nk sur son iPod en rentrant chez elle. Elle aussi avait eu une journée de merde. En fait, sa deuxième semaine au DSC avait été si catastrophique que les maux de tête dus au stress qui lui martelaient les tempes étaient encore préférables à ses journées de travail. Elle avait travaillé jusqu'à Thanksgiving en promettant à ses parents qu'elle se rattraperait à Noël. Les joies du service public.

Elle aurait voulu se glisser sous la couette et dormir pendant deux jours d'affilée.

On n'avait signalé aucun nouvel enlèvement ni aucun nouveau corps retrouvé avec PR gravé sur la peau, ce qui était une bonne nouvelle. Ils n'avaient pas encore reçu les résultats des échantillons possibles d'ADN que le médecin légiste avait envoyés au laboratoire. Il y avait donc encore une chance que le tueur ait laissé sa trace et se retrouve dans le système.

Elle avait senti un léger dégel dans ses relations avec quelques membres de l'équipe du DSC : la secrétaire et le concierge. La veille, à Thanksgiving, elle avait pu fouiller les bureaux de Barton et Singh, et n'avait rien trouvé. Pour l'heure, ses résultats ne risquaient guère d'épater Hanrahan, mais il avait insisté sur l'importance d'être patient et furtif. Des gens aussi intelligents ne laisseraient pas de preuves incriminantes à la vue de tous.

Moira Henderson s'était abstenue de dégonfler de nouveau ses pneus et n'était plus aussi ouvertement hostile. Jusqu'à présent, Mallory n'avait rien vu qui puisse la faire douter de l'intégrité de ses collègues. Ils se dévouaient corps et âme à la traque de monstres.

Le plus effrayant, c'était qu'au fond d'elle-même, elle comprenait le justicier. Au fil des ans, elle s'était souvent demandé ce qui se passerait si elle retrouvait l'homme qui avait enlevé sa sœur. Elle s'imaginait lui mettant un pistolet sur la tempe, exigeant de savoir où se trouvait la dépouille de Payton. Mais ensuite, tout devenait flou. Presserait-elle la détente ? Ou bien lui lirait-elle ses droits et l'arrêterait-elle ?

Elle ne le savait pas et détestait être si faible.

L'affaire Lindsey Keeble la hantait. Le chagrin de son père était dévastateur et sa famille avait encore ajouté à son fardeau. Elle se souvenait du jeune homme intrépide qui les emmenait à la piscine sur sa moto tout terrain et du sourire contagieux qu'il arborait à l'époque. Ce sourire avait disparu. Il ne le récupérerait probablement jamais.

Il aurait pu enlever Payton... Mais c'était sans doute une autre victime de ce triste épisode. Il aimait manifestement sa fille.

Le trafic était dense. Sa petite berline traversa un carrefour très fréquenté. Un vendredi soir typique à Washington, la ville parée de son éclat festif. Elle chassa de son esprit Alex Parker. Ce soir, elle avait prévu de rester chez elle à ne rien faire. Rien du tout. Elle ne devait surtout pas l'appeler pour remettre ça, bien que ce soit tentant ne serait-ce que d'entendre sa voix.

Elle s'était portée volontaire pour assister à l'enterrement de Lindsey Keeble la semaine suivante, même si elle détestait les enterrements – probablement parce que sa sœur n'en avait jamais eu. Il n'y avait pas de pierre tombale où déposer des fleurs. Pas de tombe à venir entretenir. Mais elle avait une dette envers Bryce Keeble, à la fois en raison de ce que sa famille lui avait fait subir et de son rôle d'enquêtrice sur la mort de sa fille.

Frazer avait sauté sur la suggestion et à la fin de la conversation, il semblait s'être persuadé que c'était son idée. *Ah, les hommes !* Elle leva les yeux au ciel en tournant dans le parking. Elle se gara sur sa place attitrée, coupa le moteur et se détendit.

Elle ferma les yeux et s'enfonça dans son siège.

Le silence. Un silence béni.

Deux semaines auparavant, à cette même heure, tout ce qu'elle voulait, c'était oublier. À présent, il lui semblait impératif de tenter de se souvenir. Il y avait tant de choses dont elle ne se souvenait pas concernant cette période de sa vie. Le voyage à Greenville, la rencontre avec Bryce Keeble et cet adjoint, Sean Kennedy, lui avaient fait réaliser qu'elle devait creuser plus profondément dans le passé, car les réponses étaient peut-être encore là, à l'attendre.

Elle pensa à Alex, à la façon dont elle l'avait laissé tomber et à quel point elle aurait aimé pouvoir revenir en arrière.

— Bordel, Pay. Pourquoi a-t-il fallu que tu m'abandonnes ?

Son mal de tête monta d'un cran, lui martelant les tempes tandis qu'elle sortait de sa petite berline couleur argent. Elle prit son ordinateur portable sur le siège passager et se dirigea vers l'ascenseur. Elle avait l'impression qu'il pesait une tonne. Il serait peut-être bon qu'elle prenne sa soirée. Histoire de reposer son cerveau et de rendre visite, comme promis, à sa pauvre mère qu'elle avait négligée. Elle regarda sa boîte aux lettres et y trouva un colis d'Amazon légèrement abîmé. Sa mère et son père commandaient souvent sur Internet, peut-être pour compenser leur manque d'unité familiale. Elle le mit sous son bras et se dirigea vers l'appartement de son père. Dans l'ascenseur, elle n'arrêtait pas de repenser à ce vendredi soir et à l'homme qui avait bouleversé son monde. Elle frissonna en songeant à la sensation de ses mains sur sa peau. Son pouls s'accéléra.

Mais on ne pouvait pas repousser quelqu'un indéfiniment sans qu'il s'éloigne pour de bon. Elle sentit les larmes monter, mais elle refusa de les laisser couler. Elle n'était pas si faible. Elle n'avait pas besoin d'un homme dans sa vie en ce moment, c'était trop compliqué.

Elle réussit à déverrouiller la porte tant bien que mal et pénétra dans l'appartement. Il était froid et calme. Elle augmenta le chauffage et posa ses affaires près de la porte d'entrée, puis elle enleva ses bottes et suspendit sa veste dans le placard, avant de déposer son Glock et son holster dans le tiroir à côté de la porte. Mallory posa le paquet sur la table basse, se versa un grand verre d'eau et alla chercher des cachets contre les maux de tête dans l'armoire à pharmacie de la salle de bains. Elle se mit à errer sans but dans la cuisine. Elle allait bientôt devoir aller faire des courses, sans quoi elle finirait par mourir de faim.

De retour dans le salon, elle retourna le paquet et appuya dessus. Son contenu semblait léger et souple. Un T-shirt, peut-être ? Son père avait un curieux sens de l'humour et lui envoyait souvent des chemises qu'il ne pouvait pas porter lui-même. Elle déchira lentement l'emballage pour faire durer la surprise. Elle en sortit le contenu et fronça les sourcils, incapable de traiter l'information pendant trois bonnes secondes. Puis son cœur se mit à battre à tout rompre et elle laissa tomber les vêtements dans le plastique, comme si elle venait de ressentir une douleur cinglante. Elle chercha son portable à tâtons et composa machinalement le dernier numéro. La stupeur empêchait son cerveau de fonctionner.

— Mallory ?

Elle cligna des yeux, hébétée. Elle pensait avoir fait le numéro du travail, mais dès qu'Alex répondit, elle sentit qu'elle avait besoin de lui.

— Il s'est passé quelque chose. Est-ce que tu peux venir ? Je suis à l'appartement.

— J'arrive dans cinq minutes.

Pas de questions. Pas d'histoires.

La main devant sa bouche, elle regarda fixement le pyjama d'enfant qu'on lui avait envoyé. Elle se pencha au-dessus du paquet, consciente qu'elle ne devait plus toucher l'emballage à mains nues, mais cherchant des indices sur son authenticité. Les motifs du pyjama étaient des chevaux violets sur un fond blanc. Les poignets étaient également violets et plus épais. C'était exactement le type de vêtements qu'elles portaient toutes les deux la nuit de l'enlèvement, mais s'agissait-il réellement du pyjama de Payton ? Elle l'examina minutieusement et trouva finalement la réponse : la manche gauche avait été reprisée à la main. Sa mère avait utilisé du fil bleu parce qu'elle n'en avait pas de violet. Mallory se laissa tomber sur le sol, loin du vêtement, loin de la preuve qu'ils cherchaient depuis toutes ces années. La preuve que quelqu'un, quelque part, savait exactement ce qui était arrivé à sa sœur.

On frappa à sa porte. Elle se releva et courut vers l'entrée, jetant un coup d'œil au judas avant de tirer le verrou pour se jeter dans les bras d'Alex. Ils se refermèrent autour d'elle comme un étau. Un sentiment de force, de robustesse, de sécurité émanait de lui. Il était manifestement en train de faire son jogging quand elle l'avait appelé. Il était trempé de sueur et son cœur battait fortement contre son oreille, ce qui apaisa son pouls rapide. Il la fit rentrer, ferma la porte avec son talon et la conduisit sur le canapé, où il l'attira sur ses genoux et se mit à la bercer. Elle se laissa aller, si secouée, si déchirée entre espoir et désespoir qu'elle ne pouvait plus parler. Elle serra son T-shirt dans son poing. La chaleur de sa peau à travers le tissu se propagea en elle, lui offrant un tel réconfort que, pendant un instant, elle eut du mal à respirer. Il sentait divinement bon. Sa sueur exhalait cette pointe de santal qui semblait faire partie intégrante de son être.

Il finit par lui demander, la tête contre ses cheveux :

— Que s'est-il passé ?

Elle poussa un profond soupir. Elle n'était généralement pas aussi émotive, mais les récents événements l'avaient bouleversée.

— J'ai reçu un cadeau par la poste.

Il la déplaça légèrement pour pouvoir se pencher en avant. Elle essaya d'échapper à ses bras, parce qu'après tout, elle était un agent fédéral, pas une mauviette, mais il ne la laissa pas partir. Il était infiniment plus fort qu'elle ne l'avait imaginé.

Il l'étreignit plus résolument encore.

— Reste là. Tu m'as fait une peur bleue au téléphone. Donne-moi juste une minute.

Elle ferma les yeux et serra ses bras autour de lui.

Enfin, il regarda l'enveloppe et les vêtements emballés dans du plastique.

— Qu'est-ce que c'est ?

Elle lui parla rapidement de l'enlèvement de sa sœur.

— Il appartenait à Payton.

Puis elle se libéra, échappant à ses bras. Cette fois, il la laissa faire, dardant sur elle un regard perçant.

— Tu veux dire que ce sont les vêtements que portait ta sœur quand elle a été enlevée ?

Elle hocha la tête, la gorge trop serrée pour parler.

— Et on te les a envoyés ? Ici ? À ton domicile ?

Elle acquiesça. Les traits de son visage se durcirent.

— Tu ne peux pas rester seule ici, Mallory.

Elle le regarda sans rien dire. Elle n'avait même pas pensé à ce que cela impliquait.

— Et s'il s'en prend à toi ?

— Alors, je saurai enfin ce qui est arrivé à ma sœur, fit-elle sans retenir une larme.

— Même si ça te coûte la vie ? demanda-t-il d'une voix douce.

— Je dois savoir, Alex. Ça me tue de ne pas savoir.

Elle croisa les bras sur sa poitrine.

— De toute façon, je ne suis plus une petite fille. Je suis prête à affronter ce salaud s'il tente quoi que ce soit.

Il hocha lentement la tête, comme s'il avait pris une décision.

— Très bien. Trouve de quoi emballer ça et je te conduis immédiatement à Quantico.

C'était la meilleure chose à faire.

— Ensuite, on passera chez moi pour que je récupère quelques affaires…

— Hein ? Quoi ?

Sa mâchoire se contracta.

— Hors de question que je te laisse toute seule. Pas avant d'être certain que tu es en sécurité. Pas avant que ce tordu de fils de pute soit enfermé, ou mort.

— Ça pourrait prendre des mois, voire des années…

— On trouvera une solution, mais en attendant, si tu restes ici, tu es coincée avec moi.

Elle avait du mal à réaliser ce qu'il était prêt à faire pour elle, mais après tout, c'était un consultant en sécurité. Peut-être se doutait-elle de sa réaction, au fond. Ce qui faisait d'elle une lâche, parce qu'elle avait besoin de lui et qu'elle n'avait pas eu le courage de le lui dire simplement. Elle se tordit les mains. Elle se sentait petite, minable et déboussolée.

— Je suis désolée de ne pas avoir répondu à tes textos.

Il rit en se levant. Il était vêtu d'un short de sport noir et d'un T-shirt d'entraînement bleu/noir qui lui donnait un regard charbonneux et sombre. Il lui attrapa la main et caressa ses articulations avec son pouce.

— Je me fiche que tu m'aies écrit ou non. Je ne suis pas un adolescent. Tu m'as dit dès le début que tu ne voulais pas de relation, mais tu as appelé quand tu as eu besoin de moi. Merci.

Il écarta sa frange et ajouta :

— Quoi qu'il arrive à l'avenir, quoi qu'il se passe entre nous, sache que je serai toujours là pour toi si tu as besoin de moi. Toujours.

Elle fut saisie d'un frisson. La dernière fois qu'elle avait ressenti ce genre de lien avec quelqu'un, elles partageaient exactement le même ADN. Ce qu'elle et Alex ressentaient l'un pour l'autre allait bien au-delà de la normale, et elle savait qu'il en était conscient.

— Je ne veux pas t'entraîner dans ma folie.

Un sourire illumina son beau visage.

— Je dépasse *de loin* ton niveau de folie, chérie. La vérité, c'est que tu es peut-être la chose la plus normale qui me soit arrivée.

———————

IL ÉTAIT PRÈS de minuit quand ils retrouvèrent l'appartement de Mallory. Il avait couru chez lui récupérer quelques affaires ainsi que son arme. Pas celle qu'il utilisait pour ses missions, celle qu'il possédait en toute légalité et qu'il avait le droit de porter sur lui.

Il avait attendu devant Quantico. C'était plus facile que d'essayer d'obtenir un laissez-passer de visiteur si tard dans la nuit, et il s'était dit qu'elle serait en sécurité à la base. Elle avait remis les preuves à son patron, qui l'avait retrouvée sur place. Le SSA Frazer avait envoyé les vêtements et l'enveloppe directement au laboratoire de police scientifique et avait pris sa déposition.

De retour dans son appartement, Mallory était si pâle qu'Alex avait peur qu'elle s'évanouisse. Elle n'avait rien mangé. Il lui toucha la joue.

— Va te coucher. Tu es en sécurité. Je vais dormir sur le canapé.

Elle secoua la tête et le tira par la main jusque dans la chambre plongée dans la pénombre.

— Dors avec moi.

Elle lui lâcha la main et se déshabilla sans chercher à le séduire et sans réfléchir, puis elle enfila une chemise de nuit. Il la regardait, veillant à ne pas laisser transparaître ses pensées.

Il avait envie d'elle.

Même si elle était fatiguée et bouleversée. Il avait envie d'elle. Et il ne comptait pas lui révéler quel genre de type il était vraiment.

Elle se glissa sous les couvertures. Il s'assit au bord du lit et lui caressa les cheveux. Les yeux fermés, elle prit sa main dans la sienne. Elle s'endormit aussitôt. Elle lui accordait une immense confiance et cette découverte le terrassa.

Elle était un agent fédéral qui vivait pour faire respecter la loi.

Et lui, il était un tueur prêt à risquer sa vie pour la protéger.

Il poussa un soupir. Ses mains tremblaient. C'était lui qui avait décidé de rester, mais il n'avait pas dormi avec qui que ce soit depuis longtemps, à l'exception de la prison où il partageait une cellule avec dix personnes, innocents et coupables confondus.

Il ne savait pas s'il *pouvait* dormir avec quelqu'un. Mais il ne pouvait pas la laisser aussi vulnérable, avec cette ordure en liberté, qui cherchait à la provoquer à propos de sa sœur. Elle avait besoin de réconfort et il avait besoin de savoir qu'elle était en sécurité. *Et merde.* Il retira son haut et le jeta sur une chaise. Il ne pourrait pas s'en sortir indemne, mais après des semaines à penser à cette femme, peut-être que cela n'avait pas d'importance. Peut-être que sa sécurité était la seule chose qui comptait vraiment.

Et peut-être qu'il ne voyait pas la situation comme il l'aurait dû. Quel meilleur moyen de se tenir informé des avancées du FBI que de rester proche de cette femme, tout en assurant sa sécurité ? Cela ressemblait à une trahison, mais lui offrait une bonne justification. Il devait la protéger, il devait remplir son engagement envers le Projet Gateway. Il gagnait à être là sur tous les tableaux. Il allait devoir s'y faire.

Ils n'auraient peut-être même pas à faire l'amour. Elle n'en aurait sûrement pas envie. Elle cherchait juste le réconfort et le sentiment de sécurité que l'on ressent lorsqu'une personne de confiance surveille nos arrières. Et elle pouvait lui faire confiance. Il ne laisserait personne lui faire de mal.

Il enleva ses chaussures et ses chaussettes, et ôta son pantalon, mais garda son boxer. Puis il s'allongea sur le lit en fixant le plafond. Décidément, il était dans une merde royale.

Par deux fois, il se leva pour partir et fut incapable de passer la porte de la chambre. Il ne voulait pas qu'elle se réveille en pensant qu'elle était seule. Ou qu'il n'était avec elle que pour le sexe.

Mallory frissonna dans son sommeil et il remonta la couette sur ses épaules, ses doigts s'attardant sur la peau douce de son bras. Il avait fait une erreur de jugement en cherchant à la fréquenter, car elle était désormais dans son organisme comme de l'héroïne, et il était accro.

C'était un menteur professionnel, mais il ne se racontait pas d'histoires. Il était content que ce salaud lui ait envoyé ces reliques, car il avait maintenant une excuse pour rester à proximité.

Et merde.

C'était tellement tordu.

Il aurait dû s'éclipser avant son réveil. Aller dormir sur le canapé comme un type bien. Mais ses membres étaient soudés au lit et son corps refusait obstinément de bouger. Il avait l'impression d'avoir le crâne fendu et la conscience mise à nu, et il ne savait pas comment gérer la situation.

Quelque chose en lui était en train de changer.

Des années à raconter des mensonges et à cacher des choses aux personnes qu'il aimait avaient érodé l'homme qu'il était. Le séjour dans la prison marocaine l'avait achevé – ou du moins, c'était ce qu'il avait cru. Les coups, l'abandon de son pays et son propre échec pathétique lui avaient donné envie de mourir. Au moment où le Projet Gateway était intervenu, il pensait être irrécupérable, mais l'esprit humain était incroyable. La volonté de survivre l'emportait sur toutes les autres considérations. Il avait donc accepté leur offre. Il avait accepté de travailler à nouveau pour les gens qui l'avaient laissé pourrir dans ce trou à rats.

Quelque chose chez Mallory le touchait comme personne d'autre n'avait su le faire. Elle lui donnait envie de découvrir s'il restait quelque chose de l'ancien Alex Parker. Quelque chose du garçon qui tenait la main de son grand-père lors de cette journée glaciale des anciens combattants, tant d'années auparavant. Quelque chose du soldat qui avait été recruté par la CIA après la mort de ses compagnons d'armes, trahis par quelqu'un dans leur propre camp. Et pendant des années, il avait fait une différence. Il devait s'en persuader. Il n'avait pas seulement tué de sang-froid. Il avait neutralisé les menaces qui pesaient sur les États-Unis dans le monde entier.

Alors, pourquoi avait-il l'impression d'être un vulgaire assassin ? Et s'il ne faisait que suivre les ordres, pourquoi n'avait-il pas tué le trafiquant d'armes ? Ou Gerry Rodman ? Et s'il ne suivait pas les ordres, alors à quoi jouait-il ? Il s'autorisait le droit de choisir qui méritait de vivre et de mourir de la même façon qu'un tueur en série. Cette idée le fit suer à grosses gouttes.

Mallory se retourna et passa son bras en travers de son torse. Cela aurait dû lui procurer une sensation d'enfermement, réveiller sa claustrophobie, mais ce ne fut pas le cas. Au contraire, il se sentit apaisé. Il entremêla ses doigts aux siens.

Il avait dû s'assoupir, car il se réveilla en sursaut. Il faisait sombre, mais il reconnut immédiatement le parfum de Mallory, chaud et enivrant. Des lèvres douces vinrent se poser sur une cicatrice à son côté droit – souvenir d'un couteau et de ce fumier à qui il aurait dû briser la nuque.

Il la laissa jouer avec son corps, l'embrasser alors que ses yeux s'accoutumaient à la pénombre. Mallory mordillait fiévreusement sa peau chaude, remplie de désir. Elle ignorait que personne d'autre ne l'avait touché depuis son incarcération.

Bon sang.

Elle avait le pouvoir de le détruire. Et si jamais elle découvrait qui il était et ce qu'il faisait, elle n'hésiterait pas à le faire. D'une certaine manière, Mallory Rooney avait un contrôle total et absolu sur lui. Tout ça parce que sa sœur avait été enlevée, qu'elle l'avait regardé de ses grands yeux ambrés et avait *vu* qui il était vraiment. Pas l'assassin, pas l'homme d'affaires, mais l'essence d'un homme que personne d'autre ne semblait plus voir.

Les tendres baisers de Mallory taquinaient son corps et remuaient ses entrailles. Il avait l'impression d'être brûlé vif de l'intérieur et libéré en même temps. Les sentiments qu'elle évoquait le terrifiaient et il en tremblait.

Il n'était pas amoureux. Ce n'était pas le genre d'homme qui pouvait se permettre d'aimer. Trop de secrets. Trop de morts.

Les lumières de la ville filtraient à travers les rideaux, baignant la chambre d'une douce lueur. Une langue vint lui lécher l'intérieur de la cuisse. Il gémit en sentant le glissement sensuel de la chair humide contre sa peau tendue. Puis elle enroula ses doigts autour de lui et il ferma les yeux pendant qu'elle le prenait en bouche.

— Mallory, gémit-il, désirant ardemment une chose qu'il ne pouvait même pas nommer. Tu n'es pas obligée de faire ça.

— Et si j'en ai envie ?

Son sourire était empreint d'un désir brûlant. Le spectacle de cette femme qui lui prodiguait une petite gâterie était l'expérience la plus érotique qu'il ait jamais vécue. Chaque muscle de son corps se raidit sous l'effet du plaisir. Il était à sa merci. Elle raffermit son emprise à la base de sa verge et entreprit de l'aspirer entre ses lèvres.

C'était un tueur impitoyable et elle le tenait littéralement dans la paume de sa main.

Impossible de refuser tout ce qu'elle lui offrait. Elle se mit à sucer plus fort. Il sentit la pression monter en flèche. Il était à deux doigts de se laisser aller quand un recoin isolé de son cerveau s'activa. Il la repoussa tout doucement.

— Mais… fit-elle.

Il posa son doigt sur ses lèvres gonflées.

— Pas encore.

Elle lui mordit le doigt.

Il lui enleva sa chemise de nuit et s'allongea à côté d'elle sur le lit, traçant du doigt le cercle rose de ses mamelons.

— Qu'est-ce que tu aimes, Mallory ?

Son regard se fit curieux.

— Comment ça ?

— À l'évidence, tu sais ce qui marche pour moi.

Sa présence dans la même pièce que lui semblait suffire à le faire durcir.

— Qu'est-ce qui marche pour toi ? lui demanda-t-il au creux de l'oreille.

— Je pense que personne ne m'a jamais demandé ça. Le classique : que tu jouisses en moi.

Elle rit, et son rire lui fit l'effet d'un coup de poing dans le ventre. Elle passa l'index le long de sa cicatrice, sur l'arcade sourcilière.

— Crois-le ou non, mais je n'ai pas une grande expérience en la matière.

La température monta d'un cran. Il l'embrassa lentement, la titillant et la mordillant jusqu'à ce qu'elle se détende sous son corps. Il lui lécha le lobe de l'oreille.

— Tu as envie d'essayer quelque chose ?

Ses yeux s'arrondirent.

— Je ne sais même pas. Je ne suis pas trop branchée perversions, en tout cas. La douleur et le bondage, ce n'est pas mon truc.

Elle jeta un coup d'œil sur ses cicatrices, à peine visibles à la lumière de l'aube.

— Ce ne sont pas des jeux sexuels qui m'ont valu ces cicatrices, Mallory.

C'était la première fois qu'il était amusé par ces marques.

— Tu as dit que certaines venaient d'Afghanistan, hésita-t-elle. Comment tu les as eues ?

— J'ai été torturé. Je ne veux pas en parler.

Putain.

Il aurait suffi qu'elle lui pose la bonne question et il aurait tout aussi bien pu rentrer chez lui et se faire sauter la cervelle.

Son cœur se serra en voyant la tristesse sur son visage, cette tristesse qu'elle ressentait pour lui. Personne ne s'en était soucié depuis longtemps. Incapable de résister, il l'embrassa plus langoureusement en lui tenant le menton. Il voulait la toucher dans les moindres recoins, lui donner du plaisir et lui faire oublier le monde extérieur. Il lui palpa la poitrine et passa un pouce calleux sur ses tétons roses et durs jusqu'à ce qu'elle se cambre contre lui.

— Tu aimes ça ? Dis-moi ce que tu aimes.

Ses doigts s'enfoncèrent dans ses cheveux.

— Seulement si tu me le dis, toi aussi.

À l'idée que Mallory veuille lui faire plaisir, il se sentit humble, indigne et plus excité que jamais.

— Toi d'abord, reprit-il d'un ton bourru.

— Et si on restait au lit tout le week-end à faire l'amour ?

Tout un week-end à découvrir les limites de Mallory, c'était tentant – même s'il savait déjà qu'elle lui en apprendrait plus que lui. Bien sûr, il pourrait lui montrer de nouvelles positions, mais elle lui avait déjà appris à éprouver de nouveau des émotions. Cet exploit aurait dû être impossible, comme un homme à la colonne vertébrale sectionnée qui réapprendrait à marcher.

— Tu essaies de me tuer.

Il prit un mamelon dans sa bouche, attisant sa peau sensible jusqu'à ce qu'elle serre les draps dans ses mains.

— Ce serait la meilleure façon de partir.

Il recula et lui sourit.

— Je ne suis même pas doué, l'avertit-il. La dernière fois, tu étais trop ivre pour le remarquer, mais tu n'as même pas joui…

— Menteur.

Elle prit son visage dans ses mains et l'attira vers elle pour l'embrasser.

— Je n'étais pas si saoule, et si ta performance te dérange tant que ça, tu peux te rattraper maintenant.

Ses yeux ambrés espiègles lui firent un coup au cœur.

— Tu ne me connais même pas.

Sa voix était râpeuse. Elle lui toucha la joue.

— Je veux apprendre à te connaître.

Il glissa sur elle, puis en elle, épaté par le plaisir aigu de ce contact peau contre peau. Bon sang, elle était tellement mouillée et prête à le recevoir qu'il avait l'impression que c'était une évidence.

Il s'écarta pour prendre un préservatif dans le tiroir.

— Tu me fais oublier. Tout.

Il ne pouvait pas se permettre de baisser sa garde, mais un week-end avec Mallory ne lui ferait sûrement pas de mal. Cela donnerait aux fédéraux le temps de traiter les preuves et peut-être de trouver l'ordure qui jouait avec elle. Elle avait certainement plus besoin que lui de cette évasion.

Il enfila le préservatif et s'enfouit en elle. Attrapant ses deux mains, il les retint au-dessus de sa tête tandis qu'il pénétrait son corps brûlant de désir. Il ne lâcha pas ses mains ni ses yeux du regard, tout en accentuant ses mouvements. Elle gémissait et bougeait en rythme, l'accueillant aussi profondément que possible.

Ce fut à ce moment précis qu'il sut qu'il était complètement foutu. Coucher avec cette femme l'avait fait éclater en morceaux. Mallory l'avait mis en pièces, éviscéré. Il ne restait plus que ses os, son sang. Elle lui donnait l'impression qu'il pouvait être tout ce qu'il voulait.

Peut-être faisait-il une dépression. Peut-être devenait-il fou. Tout ce dont il était sûr, c'était qu'elle avait détruit celui qu'Alex Parker était censé être. Le nouvel Alex Parker ne se souciait que de son plaisir *à elle*, de son bien-être *à elle*. Tous les autres habitants de la planète, y compris lui-même, pouvaient aller se faire voir.

MALLORY SE REVEILLA en sursaut. Elle avait encore fait ce même rêve. Elle était piégée dans un espace restreint, terrifiée à l'idée que quelqu'un la recherche, mais incapable de bouger pour l'affronter ou s'enfuir. De la sueur perlait sur sa lèvre supérieure, bien qu'il fasse frais dans la pièce. Son cœur martelait ses tempes alors qu'elle essayait de contrôler sa respiration.

Prenant conscience qu'elle n'était pas seule dans son lit, elle regarda Alex qui dormait. Son visage était plus détendu et plus juvénile que lorsqu'il était éveillé et conscient. Après avoir passé la majeure partie de la nuit à la rendre folle, il devait être épuisé. Un sentiment de chaleur remplaça la terreur du rêve. Quelque chose à son sujet la touchait vraiment sans qu'elle sache de quoi il s'agissait. C'était peut-être parce qu'elle avait dû le travailler au corps pour le mettre dans son lit ou parce qu'il s'était montré si attentionné une fois qu'il l'y avait rejointe.

En fait, le sexe était un bonus.

Il la traitait comme si elle comptait pour lui. Comme si ses pensées importaient. Après des années à côtoyer des gens qui pensaient la connaître parce qu'ils avaient eu vent de son drame familial, c'était très agréable de trouver quelqu'un prêtant réellement attention à elle.

Mallory se glissa doucement hors des couvertures et enfila sa robe de chambre. Elle se servit un verre d'eau et consulta ses e-mails sur son ordinateur portable, posé dans un coin du salon. Pas de nouvelles de Frazer. Elle savait qu'elle devrait parler du pyjama à ses parents, mais Frazer avait suggéré d'attendre de voir si le laboratoire trouvait quelque chose avant de leur donner de faux espoirs.

Il avait raison. Ils avaient vécu un tel enfer.

Elle sortit les dossiers sur l'affaire de sa sœur. Quiconque aurait regardé la photo de la première page aurait eu l'impression de voir Mallory jeune, mais son nez était trop droit, ses yeux légèrement trop grands. Elle effleura la vieille image, un portrait d'école où elles étaient toutes deux affublées de robes bleues identiques avec des nattes assorties, sur l'insistance de leur mère. Mallory s'était rebellée à l'école, et le temps que le photographe prenne le cliché, ses cheveux étaient couverts d'herbe et lâchés sur ses épaules.

Payton avait toujours été la petite fille modèle. L'enfant obéissant. Mallory, elle, était la fauteuse de troubles, la fillette espiègle, la casse-pieds. Certaines choses ne changeaient pas.

Elle sentit une boule dans sa gorge. Il lui était impossible de rester objective concernant l'enlèvement de sa sœur. Qu'espérait-elle accomplir si elle ne pouvait même pas regarder la première page sans pleurer ?

— Bonjour.

Les journaux s'envolèrent.

— Oh, mon Dieu. Tu m'as fait peur, Alex.

— Tu n'as pas l'habitude d'avoir des hommes bizarres dans ton appartement ?

Ses yeux brillaient. Il avait enfilé un jean et un T-shirt, mais ses pieds étaient nus. C'était sexy.

— Je ne suis pas habituée à avoir qui que ce soit chez moi.

Un léger sourire dansa sur sa bouche magnifique.

— Moi non plus.

Il s'accroupit tandis que le cœur de Mallory faisait des sauts périlleux dans sa poitrine. En regardant ce sourire, elle sut qu'elle était tombée amoureuse de lui. Ce n'était pas bon…

— Qu'est-ce que c'est ? demanda-t-il en fronçant les sourcils, désignant la photo et les journaux.

Il passa son pouce sur l'image.

— Le dossier de ta sœur ?

Il releva les yeux.

— Une copie, acquiesça-t-elle.

Elle était trop bouleversée pour parler. Il lut une partie du dossier.

— Alors, ce que tu voulais oublier l'autre soir, c'était l'anniversaire de sa disparition ?

— Ça fait dix-huit ans déjà.

Sa gorge était à vif à cause de ses émotions refoulées. Il lissa les pages et les remit proprement dans le dossier.

— C'est à cause d'elle que tu as rejoint les fédéraux ?

Combien de fois avait-elle répondu à cette question dernièrement ? Et chaque fois, elle se sentait de plus en plus nulle. Elle lui prit le dossier des mains et le posa sur le bureau.

— J'ai enquêté sur la disparition de Payton, sur mon temps libre, mais je n'ai rien trouvé de plus que les agents de l'époque.

Il prit ses mains dans les siennes. La chaleur de sa peau gagna ses doigts. Elle n'avait pas réalisé à quel point elle avait froid avant de le toucher. Il y avait quelque chose dans ses yeux qui lui donnait envie de tout lui raconter.

— Est-ce la raison pour laquelle tu n'acceptes pas les rencards ?

Ses yeux plongèrent dans les siens, exigeant des réponses.

— Non.

Mais cela ressemblait à un mensonge.

— Peut-être, admit-elle finalement. Je n'ai pas le temps de sortir avec des hommes. Je passe tout mon temps libre à essayer de comprendre ce qui s'est passé.

— Elle n'aurait pas voulu que tu renonces à ta vie pour

elle.

Était-ce ce qu'elle avait fait ? Renoncer à sa vie ? Elle n'en avait pas l'impression, mais peut-être Alex avait-il raison. Comment pouvait-elle continuer à vivre normalement alors que sa sœur jumelle avait été kidnappée ? Comment pouvait-elle passer à autre chose, et faire comme si cela ne s'était jamais produit ?

Elle secoua la tête.

— Je n'arrive pas à me remettre de n'avoir rien pu faire…

Des pensées sombres et pessimistes l'assaillaient de toutes parts. Elle essaya de s'éloigner, mais il s'obstina.

— Tu étais une enfant. Tu n'aurais rien pu faire.

Les larmes lui montèrent aux yeux et elle dut lutter pour réprimer les émotions qui cherchaient à remonter à la surface.

— Elle avait neuf ans, Alex. C'était ma sœur. Ma meilleure amie.

Sa voix se brisa. Trop de chagrin. Trop de douleur.

Alex l'attira à lui et lui dit, les lèvres contre ses cheveux :

— Tu ne peux pas changer le passé. Et tu ne peux pas non plus laisser ce trou du cul ruiner ta vie.

Pourtant, elle voulait tellement attraper ce type. Elle ne pouvait pas laisser tomber, surtout pas maintenant, avec ces nouveaux indices. Elle se laissa aller dans ses bras et le regarda dans les yeux.

— Je ne pourrai pas retrouver une vie normale tant que ce tueur ne sera pas mort ou en prison. Ce n'est peut-être pas sain, mais je ne peux pas appuyer sur un bouton et faire comme si ça n'était jamais arrivé. Je n'ai pas beaucoup de temps pour les dîners et les films, alors tu ferais mieux de chercher une femme normale et sympa avec qui sortir.

— Qu'est-ce que je ferais avec une femme normale ?

Il l'embrassa sur le front, lui donnant l'impression qu'il la comprenait totalement.

— De toute façon, comme je te l'ai dit, j'accepte tout à fait tes règles de non-rencard.

— Très amusant.

— Très excitant, corrigea-t-il.

Un rire inattendu bouillonna en elle, faisant éclater sa mélancolie.

— Tu m'as fait dérailler, dit-elle.

— À ton service.

Il soutint son regard. Il sentait toujours aussi bon, et avec sa tête au saut du lit, cela lui donnait envie de passer le week-end sous la couette, à l'épuiser. C'était ce qu'elle lui avait promis la veille au soir. Mais savoir que l'assassin de sa sœur était quelque part dans la nature la rendait folle. Elle se sentit coupable de s'amuser alors que Payton était morte… mais Payton ne reviendrait pas, même si Mallory était malheureuse, et cela ne changerait rien à sa douleur.

— Mallory fit-il d'une voix patiente, plus patiente qu'elle ne le méritait. Je vois bien que tu essaies de faire machine arrière et que tu as un million de regrets, mais je n'irai nulle part tant que ce type n'aura pas été attrapé. On n'a pas besoin de se monter la tête.

Son regard la fit frissonner.

— Mais je pensais ce que j'ai dit hier soir. Il est possible que tu sois en danger en restant seule ici. Ce type sait où tu habites. En tant qu'expert en sécurité, je te demande de me faire confiance sur ce point.

Elle lui serra les doigts.

— Merci d'avoir été là pour moi, hier soir.

Une lueur nouvelle s'alluma dans ses yeux et il détourna le

regard.

— Je serai toujours là pour toi, Mallory, mais il faut que tu saches autre chose. Je ne suis pas doué pour les relations. Je les fous en l'air. Je déçois les gens. Et je ne veux pas te faire de mal.

Elle eut un pincement au cœur, mais le sentiment de regret fut tempéré par son expérience. Elle n'avait pas besoin de promesses inutiles. Elle préférait une vérité, même précaire. Personne ne savait ce que l'avenir lui réservait. Seul l'argent était tangible et concret, et encore, on pouvait vous le voler.

Elle regarda le dossier de sa sœur.

— Nous laissons tous tomber des gens, tôt ou tard.

Puis une idée lui vint.

— Je devrais peut-être engager ta société.

— Pour quoi faire ?

— Trouver des informations. Ton entreprise doit faire appel à des pirates informatiques.

Il inclina la tête.

— Rien d'illégal, sauf si le gouvernement nous demande d'entrer par effraction.

— Ils vous demandent d'entrer par effraction ?

— Ils doivent généralement choisir entre nous et les Chinois, alors oui, ils nous le demandent. Ils nous paient grassement pour ça, et doublent même notre salaire si nous passons outre leurs mesures de sécurité sans nous faire repérer.

Son sourire laissait entendre que son entreprise l'avait fait plus d'une fois.

— Alors, déterrer des relevés téléphoniques d'il y a dix-huit ans devrait être du gâteau.

Aussitôt, il modéra ses ardeurs. Elle ne pouvait pas lui en vouloir.

— Sauf que c'est illégal et que tu travailles pour le FBI.

Mallory se mordit la lèvre.

— Je sais. Mais j'ai épuisé tous les moyens légaux. Ma dernière carte à jouer consiste à envahir la vie privée des gens. Sans oublier ces vieux articles sur les enlèvements d'enfants.

Il ne lui avait pas échappé que l'expéditeur de la boîte de journaux et du pyjama pouvait être une seule et même personne. Mais le colis avait été envoyé à son travail, pas à son domicile, et aucun des articles n'avait encore fait apparaître de lien précis. En tous les cas, elle avait manipulé les coupures à plusieurs reprises. Elles étaient probablement inexploitables sur le plan matériel.

— Je me heurte sans cesse à des murs.

— Et tu passes *tout* ton temps libre à faire ça ?

Elle leva la tête et croisa son regard charbonneux. Un côté de sa bouche s'étira en un rictus.

— Plus ou moins. Passionnant, hein ?

— Ça remonte à quand, la dernière fois que tu as pris un jour pour toi ?

Ses doigts s'agrippèrent au dossier assez fort pour plier le carton.

— Quand je pars en vacances, je ne peux pas m'empêcher de penser à elle. À ce qui a bien pu lui arriver.

Il ferma son ordinateur portable et lui prit la main.

— Tu dois prendre du recul avant que toute cette histoire ne te bouffe complètement.

— Je crois que c'est déjà trop tard. Je ne saurais pas quoi faire d'autre…

Il l'embrassa. Un baiser intense. Fougueux. Lorsqu'il décolla ses lèvres, elle tremblait.

— Tu n'as pas dit que tu voulais passer le week-end avec

moi ?

— Si. C'est le cas.

Elle jeta un coup d'œil au dossier de sa sœur et la culpabilité familière s'immisça dans son cerveau.

— Bien.

Tirant sur son bras, il la conduisit jusqu'à la salle de bains et ouvrit le robinet de la baignoire.

— On va se prendre un week-end à nous et faire semblant d'être des gens normaux, dit-il en faisant glisser la robe de chambre sur ses épaules.

— Mais…

Quand le vêtement se retrouva autour de ses bras, il le serra, la piégeant dans son étreinte, et l'embrassa à nouveau. Elle sentit le désir monter et ses lèvres restèrent plaquées aux siennes lorsqu'il tenta de reculer.

— Ta sœur ne t'en voudrait pas d'avoir vécu à fond un week-end de ta vie, Mallo. Si elle te ressemblait un tant soit peu, elle aurait voulu que tu sois heureuse.

Il enleva son propre haut, se délesta de son jean et la porta jusqu'à la baignoire comme si elle était aussi légère qu'une plume. Lorsqu'elle fut trempée et le supplia de la prendre, une infime partie de son cerveau finit par accepter qu'elle avait le droit d'oublier, ne serait-ce qu'un bref instant.

CHAPITRE DOUZE

Vingt-quatre heures plus tard, Alex tirait Mallory vers sa porte d'entrée.

— Je t'assure qu'on va sortir, même si je dois te traîner dehors.

L'ironie de la situation ne lui échappait pas. Il aimait sa solitude, en véritable bourreau de travail, mais il préférait passer l'après-midi à se balader à Washington avec Mallory plutôt que de faire autre chose.

Depuis sa sortie de prison, il avait retrouvé le goût de l'air frais et de la marche. Après trente-six heures d'enfermement, ou presque, il avait besoin de retrouver l'extérieur, de faire sortir Mallory de l'appartement et de la reconnecter avec le monde réel. Peut-être pourrait-il avoir un impact positif sur elle, à court terme.

— D'accord.

Elle leva les yeux au ciel en riant. Ce bruit lui réchauffa le cœur. Il ne se rappelait plus à quand remontait la dernière fois qu'il avait apprécié la compagnie d'une autre personne. Il s'était préparé à un désastre, mais plus il passait de temps avec elle, plus il était déterminé à faire de son mieux pour l'éloigner de son obsession envers la disparition de sa sœur. L'arrestation de ce monstre serait le moyen le plus efficace de la libérer. Il espérait que le laboratoire du FBI trouverait quelque chose d'utile sur cette nouvelle preuve.

— On fera quelques courses sur le chemin du retour.

Ses placards étaient vides, à l'exception d'une bouteille de ketchup, de quelques briques de soupe et d'une boîte de biscottes rassies.

— Même les souris sont parties, dégoûtées.

— Attention, Monsieur Parker. Je vais commencer à penser que vous vous souciez de moi.

— C'est le cas.

Cet aveu lui parut étrange dans sa bouche, mais comme il le lui avait dit la veille, c'était vrai. Il l'attira et l'embrassa passionnément, puis il ajouta sur un ton volontairement léger :

— J'ai besoin de garder mes forces pour toi.

Elle se plaqua contre lui et il se sentit durcir à nouveau. Incroyable. Elle l'avait transformé en trique sur pattes et, franchement, ce manque de contrôle commençait à l'énerver. Il n'était pas un adolescent tracassé par la chose. Il avait trente-quatre ans et elle le rendait fou.

— On pourrait commander une pizza, murmura-t-elle sans quitter ses lèvres.

— On va sortir prendre l'air, sinon je vais commencer à penser que tu ne veux pas être vue en public avec moi.

Il sentit une boule d'émotion se loger au fond de sa gorge.

Mallory esquissa un sourire, mais elle dit d'un air très sérieux :

— Alex, tu es bien bâti, superbe et riche – l'homme parfait – et personne n'a jamais pris soin de moi comme tu l'as fait. Comment une femme pourrait-elle avoir honte d'être avec toi ?

Parce que je tue des gens ? Parce qu'il éliminait des cibles humaines comme la plupart des gens écrasaient une mouche ?

Il détourna le regard. La vérité était sombre et répugnante, malheureusement réelle. Mais elle n'en saurait rien. Elle en serait trop blessée et elle l'enverrait au diable. Hors de question. Il était aussi honnête qu'un agent secret pouvait se permettre de l'être.

Il ne pouvait pas emporter d'arme là où ils allaient, mais il ne pensait pas que ce fumier s'en prendrait à Mallory si elle avait de la compagnie. Alex était presque sûr qu'à eux deux, Mallory et lui pouvaient affronter la plupart des menaces. Il ouvrit la porte et s'arrêta net. *Sauf celle-là.*

La stupeur sur le visage de la femme valait presque le détour. Jusqu'à ce qu'elle tourne ce regard déçu vers Mallory.

— Maman, fit-elle.

Vêtue du sempiternel tailleur en laine épaisse des femmes politiques, avec des cheveux et des ongles parfaits, la sénatrice Margret Tremont respirait le pouvoir. Elle le détailla de haut en bas, et visiblement, ne l'estima pas à la hauteur.

— Qu'est-ce qui se passe ici ? demanda-t-elle.

— Maman, je te présente Alex Parker. Alex Parker, voici ma mère, la sénatrice Margret Tremont.

L'atmosphère autour d'eux était chargée de tension. Il se demandait si Mallory le ressentait aussi.

Il tendit sa main libre.

— J'ai beaucoup entendu parler de vous, sénatrice.

— C'est pour ça que tu n'es pas venue pour Thanksgiving ?

Elle ignora ostensiblement sa main tendue et il lui adressa un sourire froid. *Pas assez bien pour sa fille – ça, c'est fait.* Il n'était pas étonné.

— Non, maman. Je te l'ai dit. Je travaillais.

— Mallory !

L'accent de Virginie-Occidentale de la sénatrice était tout juste perceptible sous son ton d'acier.

— J'aimerais te parler seule à seule, s'il te plaît.

Mallory se tourna vers lui, puis vers sa mère. Elle avait retrouvé son regard dur. Finis les yeux rieurs.

— Maman, je suis occupée. Ça ne peut pas attendre ?

— C'est à propos de la disparition de ta sœur.

Ses yeux étaient aussi froids que des perles de verre.

— J'allais juste au Smithsonian avec Alex.

Mallory semblait sur la défensive et en colère. Elle avait décidé de ne pas parler du pyjama à ses parents avant que les techniciens du laboratoire de la police scientifique l'aient examiné. Le prix de la tromperie se mesurait à la culpabilité et Mallory en avait déjà accumulé suffisamment pour toute une vie.

— Ça ne peut pas attendre quelques heures ?

— Peut-être Monsieur Parker pourrait-il nous laisser un moment pendant que nous discutons de cette affaire familiale en privé.

La voix de la sénatrice était aiguisée comme un couteau.

Il avait passé sa vie à obéir aux ordres et tout ce que cela lui avait valu, c'était le mépris et la peur. Mais n'importe qui aurait compris qu'il venait de passer la nuit avec Mallory et cela n'était jamais bien vu par les parents. Elle avait le droit d'être contrariée.

La simple courtoisie exigeait qu'il leur laisse un peu d'intimité, mais alors qu'il allait s'éloigner, Mallory resserra sa poigne et refusa de lui lâcher la main. Il la lui serra en retour, essayant de la rassurer. Ce qu'il ressentait pour elle se transformait en un besoin de protection, y compris contre sa propre mère.

Le mépris de la sénatrice était évident.

— Entre, maman. Alex n'ira nulle part.

Ces mots l'enthousiasmèrent et le terrifièrent à la fois. Il jouait à un jeu dangereux. Ses sentiments pour cette femme ne cessaient de se renforcer, de s'intensifier. Il n'y avait pas que le sexe. Et il ne voulait pas faire de mal à quelqu'un qui avait déjà tant souffert.

La sénatrice franchit le seuil et jeta un coup d'œil inquiet à l'intérieur, craignant de trouver des preuves matérielles de leurs ébats. Il lâcha la main de Mallory.

— Et si j'allais servir un verre à tout le monde pendant que vous discutez ?

La sénatrice pinça les lèvres.

— Ne vous donnez pas cette peine, Monsieur Parker. Restez et écoutez-nous déballer tous les squelettes de la famille. Vous le saurez bien assez tôt, de toute façon.

Sur cette déclaration sinistre, elle se dirigea vers le canapé et s'assit sur l'accoudoir. Pour la première fois, il remarqua les rides aux coins de ses yeux et de sa bouche. Cela lui rappela que, si elle était une femme politique, elle était aussi une mère qui avait perdu un enfant.

— As-tu encore la chevalière que papa t'a donnée quand tu étais petite ? demanda-t-elle à sa fille.

Mallory fronça les sourcils, puis tourna les talons. Elle revint quelques instants plus tard avec une boîte à bijoux en bois qu'il avait repérée sur sa commode. Elle souleva le couvercle et en retira une petite bague argentée.

La sénatrice ouvrit sa mallette et lui remit un morceau de papier.

— On vient d'envoyer ça au rédacteur en chef du *Washington Mail.* Il m'en a gracieusement envoyé une photo.

Son ton dégoulinait de venin.

Mallory plaqua une main sur sa bouche et se laissa tomber sur le canapé à côté de sa mère.

— Oh, mon Dieu.

Alex s'avança et regarda l'image. Il s'agissait de la photographie d'une chevalière avec les initiales PR gravées au milieu d'un cœur. Son sang se glaça lorsqu'il inspecta la bague en détail. *Et merde.* C'était trop flagrant pour une coïncidence : l'apparition d'un tueur qui gravait les lettres PR dans un cœur sur la poitrine de jeunes femmes aux longs cheveux noirs et toutes ces nouvelles preuves qui apparaissaient dans l'affaire Payton Rooney, dix-huit ans plus tard ? Le pire scénario venait de devenir la réalité la plus probable.

— Ça vient *juste* d'arriver ? demanda-t-il.

— Le rédacteur en chef l'a reçue par la poste vendredi. Ils ont d'abord pensé à un nouveau tueur en série, mais la chevalière est si petite qu'ils ont compris qu'elle devait appartenir à un enfant. Puis il s'est souvenu de Payton et m'a appelée pour voir si je la reconnaissais.

— Vous pensez que c'est la vraie, ce n'est pas un canular élaboré ?

Elle lui montra une image du poinçon.

— C'est la vraie. La chevalière est en platine, pas en argent. À moins d'avoir eu accès aux archives du bijoutier, il ne pouvait pas le savoir. La police l'a toujours décrite comme une chevalière en argent, mais elle était en platine.

Elle reposa ses mains sur ses genoux.

Un sentiment de malaise s'insinua en lui. Il prit la photo des mains de Mallory et l'examina de plus près. Quand il croisa son regard, les ombres sous ses yeux étaient aussi sombres que des hématomes.

— Et qui a la chevalière maintenant ? demanda Mallory.

— Le rédacteur en chef l'a envoyée à tes collègues du FBI.

La sénatrice tremblait d'une émotion refoulée. Principalement de la colère, mais aussi du chagrin.

— Bien, fit Mallory.

Pour un week-end normal, c'est râpé.

— Les techniciens vont trouver quelque chose qui nous permettra de remonter jusqu'à ce type. Enfin.

— Ce n'est pas tout, reprit la sénatrice en sortant un journal plié de son sac pour le poser sur les genoux de Mallory.

Et merde. Mallory cligna des yeux.

— Ils ont déjà publié l'histoire ?

— Je suppose qu'ils n'ont pas voulu me laisser une chance de mettre mes avocats sur le coup.

Son ton était sec, mais cela pouvait être une bonne nouvelle. Après tout, quelqu'un savait quelque chose sur l'enlèvement de Payton Rooney et narguait les forces de l'ordre avec des miettes d'informations. L'attention de la presse pourrait alimenter cet ego monstrueux et le forcer à commettre une erreur.

Mallory déplia la première page et laissa échapper un gémissement. Alex poussa un juron. On y voyait une grande photo de Mallory dans son uniforme du FBI, à côté d'une autre photo d'elle et de sa sœur lorsqu'elles étaient petites. Il n'aimait pas voir les médias se focaliser autant sur Mallory. Il observa la sénatrice et constata qu'elle n'aimait pas ça non plus. Le fait qu'elle ait constamment propulsé la jeune femme sous les feux des projecteurs semblait pourtant contradictoire.

Alex n'avait aucun doute que la personne qui provoquait les Rooney était la même qui avait tué ces jeunes femmes et probablement la même qui avait enlevé leur petite fille, toutes ces années auparavant. Les initiales de cette chevalière, au milieu d'un cœur… Tout était trop précis pour qu'il s'agît d'une coïncidence. Le recours à la presse pour attirer l'attention ? Typique d'un tueur en série déterminé.

S'était-il retrouvé face à l'assassin de sa sœur dans la maison de Mallory à Charlotte, ce jour-là ? Cela paraissait un peu trop gros qu'elle se fasse cambrioler, elle plutôt qu'une autre, en de telles circonstances. S'il s'était moins soucié de sa propre peau, aurait-il déjà pu éliminer ce problème ?

Mallory prit la main de sa mère.

— J'ai quelque chose à te dire, maman. Je ne te l'ai pas dit avant parce que le FBI voulait d'abord être sûr, mais je pense qu'avec cette nouvelle donnée, c'est assez clair.

Mallory parla alors à sa mère du pyjama. La sénatrice ne put cacher sa colère. Elle était folle de rage à l'idée que sa fille ait gardé l'information pour elle.

— Ne sois pas fâchée.

Avec un sourire forcé, la sénatrice se leva en lissant sa jupe.

— Peut-être que nous obtiendrons enfin des réponses sur l'endroit où se trouve Payton. Je dois y aller. J'ai un rendez-vous pour un brunch avec un juge de la Cour suprême.

Elle s'interrompit.

— Je sais que tu penses que c'est moi qui t'ai obtenu ce nouveau poste à Quantico, Mallory, même si je t'ai dit que ce n'était pas le cas.

Alex vit Mallory tressaillir, probablement à cause de sa présence. Elle avait insisté et sa mère la punissait pour cela.

— Quoi qu'il en soit, j'espère que tu profiteras pleinement de cette occasion pour faire en sorte que le FBI intensifie ses efforts afin de retrouver Payton.

— Je ferai mon possible, maman, mais je ne peux rien te promettre.

Elle semblait découragée lorsqu'elle étreignit sa mère.

Margret Tremont plissa les yeux en le regardant par-dessus l'épaule de Mallory.

— Prenez soin de ma fille, Monsieur Parker. C'est tout ce que j'ai.

Puis elle l'étonna en lui serrant la main avant de partir.

Le téléphone sonna au même instant et Mallory regarda qui l'appelait.

— C'est le travail.

Il fit un signe de tête.

— Tu devrais répondre.

Une fossette apparut sur sa joue.

— Formidable comme premier rencard.

— Pas de rencard, tu te souviens ?

Il prit son visage dans ses mains et l'embrassa.

— Le Smithsonian sera encore là la semaine prochaine.

Il parvenait à lire le fond de sa pensée dans ses grands yeux expressifs.

— Tu seras là aussi, Mallory. Je ne laisserai personne te faire de mal.

Mais ses mots ne suffisaient pas à dissiper le nuage de doutes qui planait au-dessus de sa tête. Pendant les dix-huit dernières années, cette ombre avait hanté sa famille. À présent, l'assassin tuait des femmes qui ressemblaient à Mallory et à Payton Rooney. Alex était bien décidé à attraper ce fils de pute et à s'assurer que Mallory ne disparaîtrait pas comme sa sœur. Lorsqu'il retrouverait ce monstre, quoi qu'estime le Projet Gateway, il le mettrait définitivement hors d'état de nuire.

———————

MALLORY ETAIT ASSISE avec ses nouveaux collègues autour de la table de conférence. La seule différence, c'était qu'ils la regardaient maintenant comme un témoin plutôt que comme une collègue, et ils avaient l'air de préférer cette position.

— Vous pensez vraiment que la personne qui a tué ces femmes est la même que celle qui a enlevé Payton ? demanda-t-elle à nouveau.

Quel drôle de dimanche après-midi !

— Le mode opératoire a changé, concéda Barton.

— Il n'est pas passé à l'acte depuis dix-huit ans.

— Pas nécessairement.

Le SSA Frazer pointa un doigt vers elle et elle eut envie de lui en montrer un autre.

— Nous avons des informations lacunaires sur son activité, cela ne veut pas dire qu'il n'a pas tué durant cette période.

Un frisson remonta le long de son corps, mais Mallo refusa d'en tenir compte. Elle devait être suffisamment professionnelle pour pouvoir en discuter.

Frazer poursuivit.

— Il y a environ un an, il a dû se passer quelque chose qui a déclenché une série de meurtres dans cette région, tous avec la même signature. Et maintenant, je pense qu'ils sont liés à l'affaire Payton Rooney.

— Qui est probablement morte depuis dix-huit ans, ajouta Henderson.

La plupart des enfants qui se faisaient enlever étaient tués dans les deux premières heures.

Mallory croisa les bras sur sa poitrine, cherchant à cacher ce qu'elle pensait parce qu'elle savait comment son commentaire serait perçu, mais elle n'y parvint pas.

— Je pense qu'il l'a gardée en vie, dit-elle.

Frazer la regarda fixement.

— Qu'est-ce qui vous fait dire ça ?

Elle pinça les lèvres, mais ses collègues la prenaient déjà pour une idiote, alors qu'avait-elle à perdre ?

— Parce que je pouvais la *sentir*.

— Allons bon, tu es médium maintenant ?

Les sourcils dubitatifs d'Henderson disparurent sous sa frange démodée.

— Je ne suis pas médium. C'est un truc de jumeaux. Je ne peux pas vraiment l'expliquer, déclara Mallory en regardant le visage de ses collègues.

Dehors, la neige avait commencé à tomber. Alex était dans la voiture et l'attendait. Cela lui donna l'élan nécessaire pour continuer. Pour en finir avec cette situation.

— Durant toute notre enfance, nous avons partagé un lien. Je savais où elle était dans la maison, je savais quand elle avait faim et même ce qu'elle voulait. Je savais quand elle était triste et quand elle cachait un secret.

Elle enfonça ses ongles dans la paume de ses mains.

— Je ne peux pas l'expliquer, mais c'était comme si *nous* avions faim et que *nous* avions un secret. J'ignorais que ce n'était pas normal jusqu'à ce que je grandisse.

Elle passa la langue sur ses lèvres.

— Quand elle a disparu, j'ai encore ressenti ce lien pendant des années, même s'il était moins fort. Et ce lien s'est rompu aux alentours d'octobre dernier. Je me suis réveillée un matin et elle était juste… partie.

Henderson se pencha sur le bureau et brandit son stylo en direction de Frazer.

— Voilà pourquoi elle ne devrait pas être ici. Elle va influencer notre vision de l'affaire.

— Elle pourrait justement nous permettre enfin de la résoudre, rétorqua Frazer.

Il la fixa encore un long moment puis détourna le regard.

— C'est la première année que vous n'apparaissez pas à la télévision pour parler de l'enlèvement de votre sœur, n'est-ce pas ?

Elle acquiesça.

— Je pense que ça a énervé le tueur et qu'il a voulu attirer votre attention.

Frazer s'adressait à son équipe sans quitter Mallory des yeux.

— C'est pour ça qu'il vous a envoyé ces vêtements et a fait parvenir cette chevalière aux médias. Il veut que vous sachiez qu'il est là. Il veut que vous sachiez qu'il a enlevé Payton et tué ces autres femmes pour que vous ne l'oubliiez pas.

— Mais les affaires sont bien différentes pourtant…

Il pinça les lèvres.

— Peut-être. Mais pas nécessairement. *Si* vous avez raison et que votre sœur était restée en vie durant toutes ces années, alors peut-être qu'il avait tout ce qu'il fallait pour freiner cette envie de tuer.

L'idée que sa sœur soit restée en vie pendant tout ce temps lui retourna l'estomac. Si sa théorie était correcte, aurait-elle dû en parler au FBI des années plus tôt ? Aurait-elle dû creuser davantage ? Exhorter les autorités à poursuivre, même si elle savait qu'elles avaient déjà épuisé toutes les pistes ?

Les mains de Mallory tremblaient et elle les cacha sous la table. Quel contrôle ! Barton la regardait avec un soupçon de pitié, mais Henderson semblait se préparer à lui porter un coup fatal.

Mallory leva les yeux vers Frazer.

— Chacune des femmes qu'il tue serait un moyen de combler le vide créé par la mort de Payton ?

Frazer avait l'air mal à l'aise.

— C'est une théorie.

— Il cherche une remplaçante, déclara Barton.

— Dans ce cas, il y a un facteur évident que vous ne mentionnez pas, SSA Frazer, fit Henderson d'un ton sec.

Il la fusilla du regard, mais Mallory prit la parole.

— Il est évident que la parfaite remplaçante de ma sœur jumelle serait, en théorie, moi-même.

— Pourquoi seulement en théorie ? demanda Frazer avec insistance.

— Parce que nous avons - *avions* - des personnalités très différentes. Pay suivait toujours les règles. Elle était toujours polie, n'avait jamais un mot plus haut que l'autre. Elle était vraiment gentille. Je ne suis pas comme ça, fit-elle en croisant le regard d'Henderson.

— Si jamais ce type met la main sur toi, je te suggère de jouer le jeu et de lui donner ce qu'il cherche, lança sa collègue. Sinon, il va te tabasser et t'étrangler à mains nues, comme il a tué les autres filles.

— Je peux me débrouiller.

Elle pensa à Alex, si déterminé à s'occuper d'elle qu'il campait dans sa voiture sur le parking en ce moment même. Elle allait devoir trouver un moyen de le persuader qu'elle n'avait pas besoin d'un garde du corps en permanence, sauf que... elle aimait être avec lui. Mais elle devait se défendre et faire son travail. Ce détraqué lui avait déjà pris assez.

— Espérons ne pas en arriver là, dit Frazer en

s'éclaircissant la gorge. Il est possible qu'il ait déjà fait irruption dans votre vie. Avez-vous fait la connaissance de quelqu'un récemment ?

Sa gorge se serra.

— Vous plaisantez ?

— Je prends ça pour un oui. Son nom ?

Elle le regarda fixement.

— Ce n'est pas lui.

— Il n'y aura donc aucun mal à vérifier ses antécédents. Son nom ?

Elle rassembla ses papiers et rangea sa tablette dans son sac.

— Alex Parker.

Les yeux de Barton s'agrandirent légèrement, comme si elle reconnaissait son nom.

— C'est un consultant en sécurité. Il travaille pour le gouvernement, notamment le FBI.

Frazer lui adressa un sourire étriqué.

— Tant mieux. Nous devrions donc avoir un dossier sur lui. D'autres choses qui se sont produites dans votre vie récemment et qui pourraient être considérées comme suspectes ?

Bon sang, qu'est-ce qui n'était pas suspect dans sa vie en ce moment ?

— Il y a eu un cambriolage chez moi à Charlotte juste avant mon transfert, j'ai supposé que c'était une banale tentative de vol, précisa-t-elle, sentant sa peau perdre de sa chaleur. Mais deux hommes étaient impliqués… C'était probablement juste une coïncidence.

— À moins qu'il y ait deux tueurs associés ? suggéra Barton.

Frazer étouffa un juron en prenant des notes.

— Je vais parler à l'inspecteur qui travaille sur cette affaire. Autre chose ?

Elle fronça les sourcils en pensant à ses pneus dégonflés. Mais Henderson n'admettrait pas plus cette farce que le suspect ne se rendrait. Ce serait probablement une énorme perte de temps.

— Rien d'autre à signaler.

Dégoûtée, elle repoussa sa chaise.

— Une dernière chose, fit Frazer en pointant son stylo vers elle. Nous en avons discuté sur le chemin de la Virginie-Occidentale.

Avant ou après qu'elle ait vomi ?

— Je veux que vous suiviez des séances d'hypnose.

Elle vacilla.

— Il y a tout un tas d'informations inexploitées dans votre cerveau. Je veux y avoir accès.

Elle se leva.

— Très bien. Si ça peut vous faire plaisir, déclara-t-elle.

Elle ne cherchait plus à faire bonne impression à ces gens. L'idée de trouver qui était de mèche avec un justicier, s'il y avait bien quelqu'un, semblait de plus en plus ridicule.

— Quand ça ?

Frazer sourit et elle eut l'impression d'être tombée dans un traquenard.

— Pourquoi pas dès maintenant ?

———————

ALEX ÉTAIT ASSIS sur le siège passager de son Audi et travaillait sur son ordinateur portable. Il cherchait à mettre en parallèle les données des antennes-relais proches des lieux d'enlèvement et les données des portables à proximité des emplacements où l'on avait découvert les corps. Il voulait également avoir accès aux informations sur les téléphones des victimes. Leurs données de localisation. C'était plus facile à dire qu'à faire, car il devait d'abord pirater toutes les grandes compagnies de téléphone concernées et faire des recoupements. S'il trouvait quelque chose, comme un lien avec une personne spécifique, il suggérerait au FBI de demander des mandats afin de les utiliser au tribunal si besoin.

Il n'avait pas besoin de preuves recevables devant un tribunal. Il lui en fallait juste assez pour convaincre le Projet Gateway qu'il avait trouvé la bonne personne. Le problème était qu'il avait de plus en plus de mal à croire que le Projet Gateway était un meilleur moyen de faire tomber les criminels que le système judiciaire traditionnel.

Faites ce que l'Oncle Sam vous dit. Obéissez aux ordres et vous aurez la conscience tranquille, comme tout bon soldat. Mais être un soldat sur le sol américain, prendre les armes contre ses compatriotes, n'était pas légal. Devant un tribunal, ce serait *lui* qui serait inculpé pour meurtre. Il s'en était rendu *coupable.* L'absence de légitimité de l'organisation fantôme commençait à le gêner. Il savait qui paierait les pots cassés si leurs activités étaient découvertes, et il n'aimait pas se dire qu'il ne valait peut-être pas mieux que les monstres qu'il traquait.

Du coin de l'œil, il vit une femme s'approcher de sa voiture. Il ferma l'ordinateur portable et baissa la vitre.

— Alex Parker ?

— Oui, madame.

D'après les rides naissantes au coin de ses yeux quand elle

souriait, elle devait avoir la quarantaine. Cheveux noirs, yeux noirs. Svelte. Tonique. Était-ce elle qui avait dégonflé les pneus de Mallory ? Il avait fait quelques recherches, mais il n'avait pas encore eu le temps d'effectuer de vérifications plus approfondies.

— Je suis l'agent spécial Felicia Barton. L'agent Rooney va devoir rester plus longtemps que prévu…

— Elle va bien ? l'interrompit-il.

Elle lui adressa un sourire crispé et il comprit qu'il s'était trahi.

— Elle va bien, Monsieur Parker. Elle nous a dit que vous l'attendiez. J'ai pensé que vous aimeriez peut-être venir. Je vois que vous êtes habilité, ce n'est donc pas un problème, ajouta-t-elle.

— C'est très gentil de votre part.

Il garda une expression neutre. Un bon petit Américain altruiste. Il rangea son ordinateur portable dans sa sacoche et ouvrit la portière tandis qu'elle s'écartait. Il portait un jean, un pull noir et des rangers. Il entendait les Marines, au loin. Cela lui rappela l'époque où il portait l'uniforme. Le bon vieux temps.

Il ferma la portière et activa le verrouillage centralisé avec sa télécommande.

— Belle voiture, fit-elle d'un air admiratif. Le service public ne paie pas aussi bien.

— Mais nous vous apprécions tout autant.

Il lui fit un sourire.

— Tout comme j'apprécie les services que vous avez rendus à votre pays en tant qu'ancien combattant.

Ils se dirigèrent vers le bâtiment principal, non sans se prêter à une chorégraphie millimétrée. Chacun savait ce qu'il fallait dire. Et ce qu'il ne fallait pas dire.

— Vous avez servi en Afghanistan ?

— Et en Irak.

— Vous avez reçu une croix pour service distingué. C'est assez impressionnant.

— Vous semblez en savoir beaucoup sur moi, agent Barton.

Un sourire furtif passa sur son visage.

— C'est mon travail, Monsieur Parker. Ne le prenez pas personnellement.

— Mon ego n'est pas aussi surdimensionné, madame.

Il la suivit dans le bâtiment, jusque dans l'ascenseur. Quand ils descendirent, il chercha Mallory du regard, mais ne la vit pas. Barton le fit entrer dans un vaste espace agencé en box et bureaux. Il y avait un bureau vide près d'une fenêtre à côté d'une photocopieuse.

— Ce n'est pas grand-chose, mais c'est mieux que de rester assis dans une voiture toute la journée.

— Merci.

Elle hésita. Elle n'en avait manifestement pas encore terminé avec lui et cherchait un moyen d'obtenir plus d'informations.

— J'ai perdu un frère dans l'opération Tempête du désert.

À ses yeux, difficile de déterminer si elle disait la vérité ou non. Peut-être perdait-il la main.

— Je suis navré de l'apprendre.

Elle déglutit et parut sur le point de fondre en larmes.

— J'ai un autre frère qui s'est engagé après la mort de Phil. Pendant tout le temps où il était là-bas, j'étais terrifiée à l'idée qu'il se fasse tuer à cause d'une culpabilité du survivant mal placée.

La bouche d'Alex devint sèche.

— La culpabilité du survivant est un puissant facteur.

— En avez-vous souffert ? Quand les hommes de votre unité sont morts ?

— C'était bâclé, agent Barton. Je m'attendais à une meilleure transition de la part d'un agent de votre calibre.

Il se redressa de toute sa hauteur et la regarda fixement. Elle ne sembla pas intimidée.

— Si vous voulez m'interroger, pourquoi ne pas le faire à l'ancienne ? suggéra-t-il.

— Des tuyaux en caoutchouc ? fit-elle, tout sourire.

— Je pensais plutôt à une pièce avec un magnétophone.

— Oh, comme c'est ennuyeux.

Elle rit et lui fit signe du doigt.

— Suivez-moi. Je vais accepter votre offre, car lorsque l'agent Rooney découvrira que j'interroge son petit ami, elle trouvera probablement un moyen de me faire virer...

L'expression « petit ami » lui provoqua une sorte de frisson adolescent, même si c'était ridicule. Il ne se laissa pas distraire.

— Vous n'aimez pas Mallory ?

— Je l'aime bien. Mais je n'aime pas que les gens arrivent là où ils sont grâce à leurs relations.

— Vous pensez que c'est son cas ?

L'agent spécial Barton le regarda par-dessus son épaule. Elle était rusée, mais il ne savait pas à quel point. Pour ce qu'il en savait, l'agent spécial Barton pourrait être la taupe du Projet Gateway, cherchant à voir s'il retournerait sa veste sous la pression. Il connaissait déjà la réponse à cette question. S'ils le trahissaient, il n'aurait aucun scrupule à les faire tomber. S'ils tenaient leurs promesses, il emporterait leurs secrets dans la tombe.

Il la suivit. C'était l'occasion de mieux cerner cette femme. L'essentiel, à l'heure actuelle, était de protéger Mallory de toute personne mal intentionnée. Et cela incluait ses collègues du DSC.

CHAPITRE TREIZE

MALLORY ENTRA DANS le bureau de Frazer, aussi détendue qu'un serpent à sonnettes qu'on titillerait avec un bâton pointu. Il y avait un canapé dans le coin, où son supérieur dormait parfois, à en juger par l'oreiller et la couverture soigneusement pliée. Les étagères regorgeaient de plantes et de livres. L'espace était exigu, mais il n'était pas encombré de bibelots. Son bureau était vide, à l'exception d'un seul dossier blanc brillant avec l'écusson du FBI en relief.

— Où est-ce que je m'installe ? demanda-t-elle d'un air mesquin.

Elle était sur la défensive.

Il se retourna après avoir fermé les stores.

— Je peux vous hypnotiser sans que vous soyez détendue, mais comme nous devons travailler ensemble, il serait peut-être préférable que vous essayiez de me faire confiance.

Elle haussa les sourcils et il leva les mains en signe de reddition.

— Certes, je ne suis pas charmant et chaleureux comme le SSA Hanrahan, mais je suis un bon agent. Nous sommes dans la même équipe et je l'ai fait un million de fois avec beaucoup de réussite.

Mallory poussa un soupir.

— Autant en finir tout de suite.

— C'est l'idée.

Son humour pince-sans-rire la fit sourire. Il mit une musique de fond. Le chant des oiseaux, le bruit du vent dans les arbres. Elle frissonna soudain.

— Allongez-vous sur le canapé et fermez les yeux. Je promets de ne pas vous faire imiter le canard pour poster la vidéo sur YouTube.

— Ça me rappelle vaguement ce que j'ai vécu après ma remise de diplôme à Harvard.

Elle se déchaussa et s'allongea, posant la tête sur un coussin de velours vert en fixant le plafond.

— Je veux vous faire revivre un souvenir heureux.

Elle pensa à Alex et sourit.

— Non, pas ce genre de souvenir.

— Ah.

Elle ferma les paupières.

— Quand ce sera fini, j'aurai le droit de vous interroger sur votre vie privée, agent spécial superviseur Frazer.

— Il n'y a rien à savoir. Mon travail, c'est ma vie. J'ai une ex-femme pour le prouver.

Elle ne pouvait pas dire grand-chose à ce sujet. Le divorce était courant dans les services de police. Une autre raison de profiter de ce qu'elle et Alex partageaient, tant que cela durait. Barton avait proposé d'aller le chercher sur le parking et de l'installer dans son bureau. Mallory savait qu'elle allait lui soutirer des informations, mais elle était convaincue de ne pas avoir couché avec un monstre.

— Il a une croix du mérite pour service distingué.

— Quoi ?

— Mon…

Petit ami ? Amant ?

— Alex a reçu une médaille pour son héroïsme. Il a fait la guerre. Donc à moins qu'il y ait plus d'un kidnappeur, en supposant que Payton ait *bien* été vivante pendant toutes ces années et retenue contre son gré, il est impossible que ce soit notre type. Il n'aurait pas pu laisser Payton seule pendant qu'il servait notre pays.

Les mots sortirent d'un trait et une vague de soulagement la submergea. Non qu'elle ait pensé qu'Alex puisse être impliqué, mais c'était encore mieux avec des preuves tangibles.

— J'espère que vous avez raison.

Elle ouvrit les yeux et le regarda. Il avait rapproché une chaise du canapé et se trouvait à moins d'un mètre d'elle. Il tenait un dictaphone.

— Puis-je ?

— Allez-y.

Elle serra les lèvres. Elle se sentait stupide.

— Très bien. Je vous promets que ça ne fera pas mal. Au cours de cette session, *vous* êtes ma priorité et je veillerai à ce que rien ne puisse vous arriver. Prenez une profonde inspiration. Et expirez lentement.

Ils répétèrent ensemble quelques exercices de respiration. Elle se sentait stupide, mais il fit les exercices avec elle, et lentement la tension dans ses muscles s'estompa. Elle sentit ses membres s'engourdir. Elle n'avait pas beaucoup dormi, ces derniers jours.

— Vous êtes dans un endroit heureux, un endroit sûr où personne ne peut vous faire de mal.

La voix de Frazer se fit plus grave lorsqu'il commença à lui poser des questions. On aurait dit qu'il était très loin.

— Aviez-vous un animal de compagnie quand vous étiez jeune ?

Un souvenir joyeux lui revint. Elle aurait voulu sourire, mais ses lèvres ne voulaient pas coopérer. Elle était trop fatiguée.

— Nous avions un épagneul qui s'appelait Taffy. Elle rendait maman folle parce qu'elle dormait dans nos lits. Alors, elle a décidé de l'enfermer dans le vestibule la nuit.

— C'est dommage. Taffy aurait pu faire assez de bruit pour attirer l'attention de quelqu'un si elle avait été là.

Une immense vague de tristesse s'abattit sur elle, mais avant qu'elle ne l'entraîne, Frazer demanda :

— Vous souvenez-vous de la couleur des murs de votre chambre quand vous étiez petite ?

— Bleu, bleu ciel. Les boiseries des fenêtres étaient peintes en blanc et nous avions des rideaux jaunes. Le jaune était la couleur préférée de Payton.

Ces rideaux étaient aveuglants dans son souvenir. Lumineux et gais comme le soleil.

— Vous partagiez une chambre avec votre sœur ?

— Oui. Nous n'aimions pas dormir séparément.

Le rire de sa sœur jaillit dans son esprit. Elle aurait voulu le saisir et le retenir, mais quelque chose était tapi dans l'obscurité et elle avait peur.

— Je suis somnambule.

Elle plaqua sa main contre sa bouche, comme si elle venait de lui révéler un grand secret.

Elle entendit un bruissement, Frazer qui bougeait sur sa chaise.

— J'étais somnambule, moi aussi. Une fois, je me suis retrouvé sur la grande route. Ma mère a failli mourir de peur, lui confia-t-il. Avez-vous fait une crise de somnambulisme la nuit où Payton a disparu ?

— Non.

Elle secoua la tête. Une image lui traversa l'esprit. Elle disparut si vite qu'elle ne put la saisir ni comprendre ce que cela signifiait.

— La nuit où elle a disparu, avez-vous vu quelqu'un entrer dans votre chambre, Mallory ?

Ses mots semblaient lointains, très lointains. Elle l'entendait à peine par-dessus les feuilles qui s'agitaient dans les arbres.

Elle acquiesça. L'enthousiasme de Frazer était palpable.

— Était-ce un homme ou une femme ?

— Un homme.

— Savez-vous qui c'était ?

— Non.

— Pouvez-vous le décrire ?

Elle chercha paresseusement des indices dans son esprit, mais tout était flou et vague.

— Ses pieds…

— Que voulez-vous dire par « ses pieds » ? Vous avez vu ses pieds ?

— Oui.

— Pouvez-vous décrire ses pieds ?

— Il porte des Converse vertes. Il a de grands pieds.

Sa voix avait changé. C'était la voix de la petite fille de l'époque.

— Tu es *sous* le lit, Mallory ?

Elle opina.

— Je dors souvent sous le lit.

Elle ne s'en était pas souvenue jusqu'à présent. *C'était pour cela* qu'il ne l'avait pas enlevée.

— Pourquoi dors-tu sous le lit ?

Son pouls tressaillit. Même dans cet état de relaxation, elle sentait le sang battre dans ses tempes.

— Parce que j'ai peur des monstres.

Il y eut un long silence.

— L'homme a-t-il dit quelque chose ? Est-ce qu'il te cherchait aussi ?

Elle fronça à nouveau les sourcils.

— Je ne sais pas. Je me suis réveillée lorsqu'il était près du lit de Pay. J'ai fermé les yeux parce que j'avais peur. Quand je les ai rouverts, il était parti.

Des larmes lui brûlaient les paupières.

— Je ne savais pas qu'il l'avait emmenée. Je ne savais pas qu'il l'avait enlevée. Je me suis juste rendormie.

L'émoi montait en elle, cherchant à la tirer de sa léthargie. Frazer s'adressa à la fillette d'une voix apaisante.

— Ce n'était pas ta faute, Mallory. C'est très bien que tu arrives à te souvenir de tout ça. Où étais-tu quand tes parents ont découvert la disparition de Payton ?

— C'est moi qui leur ai dit qu'elle avait disparu quand je me suis réveillée le matin. Ils étaient au lit.

— Ensemble ?

— Oui. Ils dormaient toujours ensemble.

— Quelqu'un a-t-il montré un intérêt particulier pour Payton, un jour ?

— Tout le monde aimait Payton. Elle était gentille avec tout le monde, même avec les gens qui n'étaient pas gentils avec elle.

— Qui n'a pas été gentil avec elle ?

Elle se mordit la lèvre.

— Je n'ai pas toujours été gentille avec elle. Une fois, je me suis assise sur son dos et j'ai tiré ses nattes. Elle ne l'a pas dit à maman ou à papa parce qu'elle ne voulait pas me causer d'ennuis.

— Il est normal que les frères et sœurs se disputent. Ce n'est pas ta faute si on l'a enlevée, Mallory.

Ses yeux étaient remplis de larmes, mais elle n'avait pas l'énergie nécessaire pour les essuyer.

— Y avait-il quelqu'un qui la suivait partout ? Ou qui la surveillait ?

— Peut-être...

Elle revit l'image fugace d'un homme et d'un garçon, à l'orée des bois jouxtant leur propriété, mais elle disparut aussitôt. Elle tenta de s'en souvenir, mais ne vit que de vagues silhouettes, au loin.

— Je ne m'en souviens pas.

Le poids de l'ignorance pesait sur sa poitrine et son souffle devint rauque. Elle lutta pour prendre une bouffée d'air.

— Une dernière question...

En l'entendant, elle en oublia de respirer.

— Vous ne vous en souviendrez pas à votre réveil.

Elle se figea tandis que la pression dans ses poumons augmentait.

— Pourquoi travaillez-vous au DSC ?

Des sirènes d'avertissement lui vrillèrent le cerveau, qui s'ébroua comme un chien mouillé au sortir d'un lac. Finalement, elle prit une profonde inspiration, ouvrit les yeux et le regarda bien en face.

— Pour que justice soit faite. Et vous, pourquoi êtes-vous là ?

———————

ALEX ETAIT ASSIS en face de l'agent spécial Felicia Barton, dans une salle de conférence lumineuse qui offrait une vue magnifique sur la campagne environnante. Il aimait la Virginie. Son histoire. Les paysages calmes et verdoyants de cet État. Il aimait les changements de saison. Même en cette fin d'automne, la Virginie n'était pas dénuée d'une certaine beauté.

— J'ignore pourquoi vous m'interrogez, dit-il avec circonspection.

— J'ai juste quelques questions à vous poser.

Elle sortit un dictaphone de sa poche et nota plusieurs informations, comme son nom et sa date de naissance.

— J'aimerais savoir comment vous avez obtenu votre croix pour service distingué, Monsieur Parker.

Ce jour-là avait marqué un tournant dans sa vie. Il n'en parlait jamais. Cinq de ses meilleurs amis étaient morts au combat, deux autres en étaient sortis grièvement blessés, et il n'avait pas eu une seule égratignure.

Il martela le bureau de ses doigts. La culpabilité du survivant. Il savait ce que c'était.

— Avez-vous demandé mon dossier à l'armée ?

— J'ai envoyé une demande, mais ce ne sera pas immédiat. Et puisque vous êtes là, cela me ferait gagner du temps.

Il passa une main dans ses cheveux courts.

— La majeure partie est encore classée.

— Pourquoi ?

Parce que la CIA avait merdé. Lorsqu'il les avait défiés, ils lui avaient renvoyé l'ascenseur et lui avaient offert un emploi pour voir s'il pouvait faire mieux. Et il avait fait mieux, jusqu'à ce marchand d'armes.

— Question de sécurité nationale.

Elle se concentra sur lui.

— Je pense que vous vous doutez que je suis habilitée.

Il plissa les yeux.

— Dans ce cas, ils vous enverront le dossier. Étant donné que je risque d'être poursuivi pour avoir révélé les secrets de mon pays si vous mentez, agent Barton, je déclinerai respectueusement votre demande d'informations sur cette mission.

Il ne comptait absolument pas en parler. Les muscles de sa bouche se contractèrent et Barton reprit :

— Quand êtes-vous rentré au pays ?

— J'ai quitté l'armée en 2005. J'ai créé une société de sécurité avec deux amis…

— Quel genre de sécurité ?

— Un peu de tout. Protection personnelle avec gardes du corps, systèmes d'alarme et de surveillance, conseils pour protéger les infrastructures des grandes installations et cybersécurité.

— Ça, c'est votre domaine, non ?

Il fit un signe de tête sans cesser de tambouriner sur le bureau.

— Les gars qui travaillent pour moi sont les vrais cerveaux de l'opération. Je me contente de faire bonne figure.

— Et de conduire la voiture de luxe.

— L'un de mes employés roule en Maserati. Vous avez envie de changer de job, agent Barton ? Ou simplement de voiture ? Je suis presque sûr que je peux vous aider.

Un brasier s'alluma dans ses yeux.

— Vous vous souvenez de ce que j'ai dit sur les gens qui trouvent du travail grâce à leurs relations ?

Il sourit et elle ajouta d'un ton glacial :

— Alors, je vais décliner, mais merci.

— Faites-moi savoir si vous changez d'avis, lui dit-il.

Son expression lui laissait entendre qu'il pouvait toujours courir. Elle prit un moment pour se calmer, comme si elle venait de réaliser qu'il avait détourné son interrogatoire.

— Donc, vous ne me dites pas comment vous êtes devenu un soldat décoré, et vous êtes un peu vague sur la nature exacte de votre travail…

Il se pencha en avant.

— C'est faux. Je pourrais vous en parler en détail, mais vous ne comprendriez pas.

Ses narines se dilatèrent. Elle n'aimait pas qu'on lui dise qu'elle n'était pas assez intelligente. Cette femme présentait de nombreux angles exploitables.

— Pouvez-vous me dire comment vous avez rencontré l'agent spécial Rooney ?

— Bien sûr. Un vieux copain de l'armée m'a demandé d'assister à un briefing du groupe de sensibilisation au contre-espionnage de la division de Charlotte du FBI. L'agent spécial Lucas Randall.

Il jeta un œil à ses notes et rectifia :

— Randall avec deux L.

Il l'entendit grincer des dents.

— Randall m'a présenté à Mallory qui travaillait avec lui là-bas et qu'il connaissait depuis l'enfance.

— Connaissiez-vous Randall ou Rooney quand vous étiez enfant ?

— Non.

Il fronça les sourcils. Il commençait à comprendre où elle voulait en venir. Il ne s'agissait pas de ses activités de justicier, mais il pouvait encore trébucher s'il n'était pas prudent. Il était idiot de ne pas s'y être attendu.

— J'ai grandi dans le Midwest. J'ai rencontré Randall en Afghanistan. Je viens de vous dire quand et comment j'ai rencontré Mallory.

— Vous avez trente-quatre ans, c'est bien ça, Monsieur Parker ?

— Oui, madame.

— Vous aviez donc, quoi, seize ans, en 95 ?

— En 95 ? Mon Dieu, je me rappelle à peine où j'étais en 95. Au lycée, sans doute. Où voulez-vous en venir ?

Ses yeux noirs se plongèrent dans les siens.

— Êtes-vous déjà allé en Virginie-Occidentale, Monsieur Parker ?

— Je n'en ai jamais eu l'occasion.

Il savait exactement où elle l'emmenait, mais il n'avait pas l'intention de lui faciliter la tâche.

— Vous avez de la famille ?

La bouche d'Alex devint sèche. Il ne se souciait pas de sa propre réputation, mais il ne laisserait personne abîmer celle de ses proches.

— Ma mère est morte quand j'avais quatorze ans. Mon grand-père est mort un an plus tard. Après quoi, j'ai été pupille de l'État jusqu'à l'université.

Il se pencha en avant, soutenant son regard.

— Ni ma mère ni mon grand-père n'ont mis les pieds en Virginie-Occidentale, et aucun d'eux n'a enlevé Payton Rooney.

La femme commençait à paraître excédée.

— Vous devez comprendre qu'à présent que Mallory est ciblée par quelqu'un « d'impliqué » – elle accentua le mot – dans l'enlèvement de Payton Rooney, nous devons vérifier avec qui elle entretient des relations étroites. Surtout depuis peu.

— Je n'ai rien à comprendre si vous prévoyez d'impliquer ma famille. Je devrais peut-être appeler mon avocat.

Ses yeux s'agrandirent et elle sembla comprendre qu'il n'était pas tout à fait le boulet auquel elle s'attendait.

— Bien, mettons tout cela au clair dès maintenant. Où étiez-vous le dimanche 9 novembre ?

La nuit où Lindsey Keeble avait été enlevée. Cette même nuit où il avait tiré sur Meacher.

— En quoi cela doit-il mettre les choses au clair ?

Il n'était pas censé connaître le parcours du tueur aux initiales.

— Répondez simplement à la question, Monsieur Parker.

— J'étais à Washington. Je suis allé dîner avec un ami. Il est parti à quatre heures du matin pour se rendre à Charlotte, pour la fameuse réunion.

Les données de son GPS et de son téléphone portable confirmeraient ses dires, ce qui prouvait que si l'on prenait quelques précautions, on pouvait être à deux endroits à la fois.

— Une petite amie ?

Il ne répondit pas. En théorie, Jane et lui entretenaient une relation pour justifier leurs rencontres.

Elle attendait avec impatience

— Un nom et une adresse seraient les bienvenus.

Merde. Il écrivit le nom, l'adresse et le numéro de téléphone de Jane Sanders sur un morceau de papier. Il ne voulait pas que Mallory l'apprenne. Il lui sembla soudain qu'il faisait 50 °C dans la pièce. Les choses se compliquaient salement. Il leva alors les yeux vers la porte et aperçut Mallory. Elle avait l'air furieuse.

Barton regarda par-dessus son épaule.

— Je vais devoir confirmer votre alibi, Monsieur Parker. Ne le prenez pas personnellement.

Il ne quittait pas Mallory des yeux.

— Pourquoi me vexerais-je ? Vous ne faites que votre travail, n'est-ce pas ?

— Allons-y, Alex. Je suis désolée que tu aies dû subir ça, fit Mallory.

Il repoussa sa chaise en ignorant Barton.

— La seule chose qui m'importe, c'est toi, dit-il. Et je veux m'assurer que ce connard se fasse prendre.

Lorsqu'il franchit la porte, il se retourna vers Barton qui griffonnait encore des notes.

— Tant que tes collègues sont sur la même longueur d'onde, tout va bien.

L'expression des sourcils de Mallory ne laissait aucun doute. Elle lui toucha le bras et se pencha vers son oreille.

— Si je devais dire en qui j'ai le plus confiance, toi ou eux…

Ses lèvres lui effleurèrent l'oreille, lui envoyant une décharge dans tout le corps.

— Je suis relativement certaine que tu l'emporterais, conclut-elle.

Barton les regarda partir. Il savait qu'elle allait continuer à creuser. Quels que soient ses doutes sur Jane et Mallory, il ferait mieux de s'assurer que son alibi tenait la route.

CHAPITRE QUATORZE

ELLE ETAIT AVEC lui depuis plusieurs semaines, à présent. Elle avait réussi les tests et avait tenu beaucoup plus longtemps que les autres. Il commençait à se dire que c'était peut-être la bonne. Il s'était douché, avait mis de l'eau de Cologne, enfilé son bonnet en laine et sa veste en peau de mouton, puis il avait récupéré les fleurs qu'il avait achetées.

Il avait eu de grosses journées au travail, ces derniers temps, et il n'avait pas pu aller prendre de ses nouvelles. Elle avait de la nourriture et de l'eau, mais si elle tombait malade comme Payton…

Il pressa le pas, ses bottes écrasant les feuilles mortes du sous-bois. Il faisait nuit, mais il connaissait si bien la route qu'il n'avait même pas besoin de lampe de poche tant que la lune brillait.

C'était lui qui avait retrouvé la voiture de Lindsey Keeble, ce qui avait valu à l'officier de nombreux éloges au sein du service. Il s'était dit que ce n'était qu'une question de temps avant que quelqu'un ne la trouve et qu'il pouvait tourner cela à son avantage. Lindsey était une salope, tout juste bonne à proférer des paroles cinglantes. Il aurait préféré ne pas l'avoir enlevée. Trop de problèmes. Trop proche de chez lui. Mais peut-être son sort avait-il été scellé pour une autre raison, car Mallory Rooney allait assister à son enterrement le lendemain.

Devait-il en profiter pour la kidnapper ?

L'idée d'avoir deux femmes en même temps hantait désormais ses fantasmes. Rien d'inhabituel à ce qu'un homme veuille baiser deux femmes en même temps, mais c'était plus risqué. Il devait garder Mallory sous contrôle, physiquement et mentalement. Peut-être la rendre accro à l'héroïne. Qu'elle dépende de lui pour ses doses. Cela pourrait la rendre malléable.

Cette idée lui plaisait.

Il n'aurait jamais envisagé de garder deux femmes avec lui quand Payton était en vie, mais il devait trouver un moyen de continuer à vivre sans sombrer dans la folie.

Il trébucha sur une racine.

— Merde !

Voilà ce qui arrivait quand on ne faisait pas attention. Peut-être devrait-il se contenter de tuer Mallory. L'idée qu'elle ne respecte pas la mémoire de sa sœur le faisait fulminer. Mais il ne pouvait pas la tuer sans lui donner au moins une chance de se racheter, car Payton aimait tant sa sœur. Et peut-être qu'elle était comme Kari, qu'elle avait juste besoin d'un bon coaching.

Il avait fixé un anneau métallique dans le mur de la mine abandonnée. Il avait prévu une chaîne pour la garder captive, mais il devait encore renforcer la porte du hangar. Tant qu'il ne montrait pas son visage à Mallory, il pouvait la retenir ainsi prisonnière. Mais Kari allait devoir rester dans la cavité. Si jamais elle s'échappait, elle pourrait l'identifier et il était hors de question qu'il renonce à sa liberté.

Kari était gentille. Le confort spartiate ne semblait pas trop la déranger et il pourrait essayer d'embellir les lieux. Si elle avait un bébé, il aviserait. Il pourrait s'installer dans un endroit reculé où il construirait une sorte d'enclos… à moins qu'il ne rejoigne une de ces milices, avec Kari comme épouse ?

C'était réglé. À partir de ce soir, il allait essayer de la mettre enceinte. Inutile d'attendre plus longtemps.

Cette idée l'excitait tellement que son sexe lui faisait mal.

Il s'approcha du tas de bois et attendit un moment pour s'assurer qu'il n'y ait personne aux alentours. Sa prudence lui avait permis de passer inaperçu pendant toutes ces années.

La forêt était inhabituellement silencieuse, ce soir-là. La morsure de l'hiver commençait à se faire sentir. Après avoir fait glisser le verrou, il souleva la trappe et tendit la main vers la lampe de poche à l'intérieur. Il appuya sur le bouton, mais rien ne se passa. L'ampoule avait probablement grillé. Il l'agita et quelque chose bougea à l'intérieur du plastique. De la camelote.

Il faisait sombre dans la pièce. Nuit noire. *Qu'est-ce que c'est que ce bordel ?* La lampe à pétrole était-elle à court de carburant ?

— Tout va bien en bas ?

Il descendit les escaliers à tâtons dans l'obscurité. Le silence le faisait paniquer. Merde, est-ce qu'elle allait bien ? Il tendit la main vers l'autre lampe de poche, qu'il posait généralement sur une étagère contre le mur. Il n'y trouva que des livres et une tasse. Où était ce putain de truc ? Pourquoi ne répondait-elle pas ?

Soudain, un objet contondant vint s'écraser contre sa tempe et il reçut un coup de genou dans les parties. La douleur le plia en deux. Il lâcha les fleurs, dévala les marches tel un bloc de béton et se cogna la tête sur le bord du lit. Il se recroquevilla en position fœtale. *Putain de merde.* La douleur était atroce. Son corps se couvrit de sueur tandis qu'il haletait.

Il entendit des bruits de pas derrière lui. Celui de la chaîne était curieusement absent. *Bon Dieu.* Elle s'était libérée. Elle lui avait tendu un piège. La petite salope. S'il ne bougeait pas son cul, elle allait le piéger là et courir tout raconter aux flics comme la sale pleurnicheuse qu'elle était.

Il se releva tandis qu'elle grimpait l'échelle et il coinça son épaule dans l'ouverture au moment où elle essayait de refermer la trappe.

— Reviens ici ! cria-t-il d'une voix étranglée.

Et merde. Ses couilles lui faisaient mal.

Il tenta d'attraper sa cheville, mais elle bondit, échappant à sa poigne. Son cri de peur le fit rugir. Puis il l'entendit s'enfuir en courant. *Menteuse, putain de traîtresse.* Il gravit l'échelle, ferma la trappe derrière lui et se lança à ses trousses. Il marchait à pas mesurés et prenait de grandes inspirations pour se calmer alors même que sa colère montait en flèche, menaçant de le submerger.

Il avait été stupide. Elle l'avait piégé. Il avait fini par lui faire confiance, mais il n'aurait pas dû.

Elle hurlait dans l'obscurité, produisant assez de bruit pour permettre à un aveugle de la suivre à la trace. Elle se dirigeait vers le nord-ouest. Il aperçut l'éclat de sa peau claire dans l'obscurité et se mit à courir.

Il avait grandi dans ces bois. Il en connaissait chaque parcelle, chaque saison. Elle n'avait aucune chance.

Il gagnait du terrain, mais il décida de la contourner pour arriver face à elle. Il la dépassa et attendit derrière un arbre, tapi dans la pénombre. Toutefois, ses bruits de pas semblaient à présent plus distants. Elle avait tourné vers l'est. *Et merde.* Elle avait dû voir la lumière de la propriété des McCafferty à la lisière de la forêt. Il se mit à courir plus vite, sans se soucier du terrain accidenté ni des branches qui lui griffaient le visage.

Il se prit le pied dans un trou et heurta violemment le sol. Son menton percuta le sol et il vit des chandelles. Son cœur battait la chamade. *Dieu tout puissant.* La peur envahit son esprit, réduisant en poussière ses plans soigneusement élaborés.

La salope.

La putain de salope !

Il se leva, testa sa cheville. Il avait mal, mais elle n'était pas cassée. Il se mit à marcher rapidement. Il boitait, mais il était tellement furieux qu'il ne ressentait pas la douleur. La rage sans limites qui le traversait suffisait à l'alimenter.

Il y eut un bruit de martèlement. Un coup de poing désespéré contre du bois.

— Au secours ! À l'aide !

Pourvu qu'ils ne soient pas là. Pourvu qu'ils ne soient pas là. Pourvu qu'ils ne soient pas là. Il était à moins de cinq mètres du chalet quand la porte s'ouvrit. Kari se retourna vers lui et il croisa son regard désespéré et épouvanté dans l'obscurité. Il ne s'arrêta pas. Elle se faufila derrière Madame McCafferty et essaya de fermer la porte derrière elles, mais la vieille femme résista.

— Aidez-moi. Aidez-moi ! Il m'a enlevée et m'a violée. Aidez-moi, je vous en supplie !

— Qui êtes-vous ? Sortez de ma maison.

L'instant d'après, il était là. Il entra sans hésiter dans la modeste cabane.

— Tout va bien, Madame Mac. Vous êtes en sécurité. Je vais la ramener en détention maintenant.

— Il ment !

Kari avait les yeux exorbités. Elle lui échappa pour attraper le téléphone fixé au mur.

— Dieu merci, vous êtes là, fit la vieille dame avant de demander, la gorge nouée : C'est une fugitive ? Elle a l'air dangereuse.

— Ne vous inquiétez pas.

Il arracha le téléphone de la main de Kari et elle se recroquevilla, tremblante de froid et de terreur. Elle ouvrit la bouche comme pour demander de l'aide, mais aucun son n'en sortit.

— Monsieur Mac est à la maison ? J'aurais bien besoin de son aide.

— Il est en ville. Il voulait écouter le groupe de country qui jouait ce soir au bar. J'avais mal à la tête, alors je lui ai dit d'y aller seul. Qui est-ce ?

Madame McCafferty fit un signe de tête en direction de Kari, qui la regardait avec une expression d'horreur.

— Une rôdeuse ?

Le ton de la vieille femme était plein de mépris – ironique, vu la piété qu'elle affichait à l'église chaque semaine.

Il regarda le bloc à couteaux et en sortit un, testant le tranchant de la lame sur son pouce.

— C'est une dangereuse criminelle, mais vous n'avez pas à vous inquiéter.

— Oh, mon…

Sans crier gare, il enfonça le couteau dans l'abdomen de Madame McCafferty et l'inclina brusquement vers le haut. Il la soutint tandis qu'elle s'affaissait contre son corps, s'agrippant mollement à ses vêtements alors qu'elle se tordait de douleur, prise de spasmes. Le sang chaud traversa sa chemise, son jean, entra en contact avec sa peau. C'était pour cela qu'il n'aimait pas les couteaux. Trop salissant. Trop de preuves.

— Tu vois ce que tu as fait ? grogna-t-il, s'adressant à Kari. Je connais cette femme depuis que je suis enfant, et à cause de toi, elle est morte.

La jeune femme était plantée au beau milieu de la cuisine, les yeux fixes et la bouche ouverte, tandis que Madame McCafferty se vidait de son sang dans ses bras. *Stupide salope.*

— Et quand les flics la trouveront… Ils t'accuseront.

Il laissa le corps de la vieille dame glisser doucement sur le sol. Il se lava les mains, puis effaça ses empreintes et son ADN des robinets et du téléphone.

Il se tourna vers elle, déçu. Elle avait tout gâché. La garce secoua la tête et essaya de s'éloigner de lui, mais il n'y avait nulle part où aller dans la petite cuisine. Il s'approcha et la frappa à la tempe avec le manche du couteau. Elle s'effondra sur le sol. En fouillant dans le tiroir, prenant soin de ne pas laisser d'empreintes, il trouva du ruban adhésif et lui attacha les poignets dans le dos. Il lui tira la tête en arrière par les cheveux et regarda ses yeux. Elle était inconsciente.

Il enroula du ruban adhésif autour de sa bouche. Il n'en avait pas encore fini avec elle, il allait lui donner une leçon sur le prix de la trahison. Mais il devrait attendre. Il devait s'assurer que les prochaines vingt-quatre heures se dérouleraient exactement comme prévu, car il ne comptait pas tomber pour meurtre. Il préférait mourir ici et maintenant plutôt que d'être enfermé avec les rebuts de la société.

Il verrouilla la porte de la cuisine, éteignit toutes les lumières et retira l'ampoule du couloir. Il saccagea ensuite la maison à la manière d'un cambrioleur, à la recherche d'argent et de biens facilement identifiables qu'il abandonnerait dès qu'il en aurait l'occasion. Au bout de trente minutes, il entendit une voiture dans l'allée. Le sang avait séché, s'était incrusté sur sa peau et le démangeait comme jamais.

Le vieux McCafferty passa la porte, visiblement éméché – il n'aurait pas dû conduire dans cet état –, mais avec un peu de chance, cela rendrait la suite moins douloureuse. Alors que le vieil homme essayait d'ôter sa lourde veste d'hiver, il l'attrapa par les cheveux et tira sa tête en arrière.

— Désolé, murmura-t-il.

Puis il lui trancha la gorge.

Un jet de sang chaud lui gicla au visage et ruissela le long de son cou. Le vieil homme était mort avant de toucher le sol.

Il ferma la porte d'entrée, puis fouilla dans les poches du vieillard pour lui dérober son portefeuille. La vue du corps lui noua l'estomac. À l'aide d'un essuie-tout, il nettoya le couteau et pressa les doigts de Kari sur le manche avant de le laisser tomber à côté du corps de McCafferty. Il fourra le papier dans sa poche tout en se dirigeant vers la cuisine, évitant du mieux possible de marcher dans les grandes flaques de sang. Ses empreintes étaient visibles, mais s'il essayait de les nettoyer, cela semblerait suspect. Il se débarrasserait des chaussures en même temps que des vêtements. Il les réduirait en cendres ailleurs que dans ces bois. Il poussa un soupir. Il connaissait ces gens depuis toujours. Ils avaient construit ce chalet quelques années auparavant seulement, pour leur retraite. C'étaient des gens bien. Un vrai gâchis.

Il allait devoir s'assurer que son repaire était bien caché, au cas où les flics commenceraient à fouiller les bois, même s'il comptait essayer de détourner leur attention. Il retourna dans la cuisine et hissa Kari par-dessus son épaule. Elle était inerte. Il espérait vraiment qu'il ne l'avait pas tuée, parce qu'il voulait lui faire regretter d'avoir voulu lui échapper. Lorsqu'il en aurait fini avec elle, elle regretterait de ne pas être morte.

Ensuite, si elle avait de la chance, il la tuerait.

———

QUATRE JOURS APRÈS Thanksgiving, ce n'était pas le moment idéal pour enterrer son enfant. Mais il n'y avait jamais de bon moment.

Il s'agissait d'une église méthodiste. Elle avait un beffroi à clocheton et un toit en étain vert. Le portique de la façade était soutenu par quatre colonnes blanches. Les branches dégarnies de trois érables l'enveloppaient d'un écrin protecteur.

Le cimetière se trouvait à l'arrière de l'église. Rangée après rangée, s'étendaient de vieilles concessions familiales marquées de simples croix blanches.

Bryce Keeble se tenait à côté du cercueil blanc de Lindsey, voûté comme un vieillard. Le blanc de ses yeux était encore rougi par les pleurs. Il avait la peau grise. Le deuil était gravé sur son visage comme des graffitis. Certaines vérités étaient trop dures à encaisser pour s'en sortir indemne.

Il était entièrement focalisé sur sa fille bien-aimée.

Le pasteur récitait des prières pour que Lindsey repose en paix, mais Mallory était certaine que son âme ne courait aucun danger. C'était une fille bien. Une jeune femme à l'aube d'une vie meilleure. Personne n'avait le droit de lui voler cela. Personne n'avait le droit de détruire quelque chose d'aussi précieux, inestimable.

En regardant ce cercueil, Mallory dut affronter la dure réalité. Aussi douloureuses que soient ces funérailles, aussi affreuse que soit la perte d'un être cher, il était pire de ne pas pouvoir l'enterrer. Il était inconcevable de voir ses proches disparaître sans jamais savoir ce qu'ils étaient devenus. L'idée que les restes de Payton soient abandonnés quelque part lui faisait l'effet d'un ulcère.

Mais elle ne comptait pas s'étendre sur le sujet, surtout pas aujourd'hui. Il s'agissait de *leur* deuil. *Leur* perte. La sienne était ancienne, elle avait eu le temps de s'enraciner. Leur blessure était encore une plaie ouverte.

Elle se tenait en retrait des proches de la défunte, frissonnant malgré son épais manteau de laine. L'herbe craquait sous ses bottes en cuir. L'hiver était rude dans l'État des montagnes. Elle ne laisserait pas cet élément freiner leur enquête, mais cela pourrait ralentir le tueur en série.

Peut-être s'accrochait-elle désespérément à un semblant d'espoir.

Elle était arrivée tôt et avait pris des photos depuis l'intimité de sa voiture tandis que les gens arrivaient pour la cérémonie. Elle n'avait reconnu personne, à l'exception de certains policiers dont elle avait fait la connaissance, la semaine passée. Elle comptait leur parler après la cérémonie. Voir s'ils avaient du nouveau.

Alex se tenait à ses côtés, lui offrant un soutien silencieux comme s'il avait toujours fait partie de sa vie. Il avait refusé d'écouter ses arguments selon lesquels elle travaillait, et lui avait proposé de l'accompagner pour la conseiller sur ses faiblesses en matière de sécurité personnelle. C'était une bonne idée, bien qu'elle n'en ait pas touché un mot à ses collègues de Quantico.

Elle ne savait pas trop où ils allaient en tant que couple, mais pour l'instant, elle était prête à tenter quelque chose, n'importe quoi, qui lui offrirait un moment de répit dans le désastre de sa vie – passée et présente. Elle ne savait pas ce qu'Alex ressentait pour elle, elle savait juste qu'après s'être fait interroger par Barton la veille, il n'avait pas semblé en colère et n'avait craché sur personne.

Il était inébranlable.

Elle était presque sûre de tomber amoureuse et cela ne lui était jamais arrivé auparavant. Bien sûr, elle avait eu des petits amis à l'université, mais elle n'avait jamais eu l'impression de bringuebaler sur des montagnes russes émotionnelles.

Ça lui fichait une trouille bleue.

D'un côté, elle voulait s'accrocher et voir où cela les mènerait. Mais de l'autre, elle aurait aimé prendre le temps et l'espace nécessaires pour essayer de comprendre exactement ce qui se passait. Si elle avait appris une chose au fil des ans, c'était que le temps et l'espace n'apportaient pas toujours de réponses.

Tout ce dont elle était sûre, c'était qu'Alex était magnifique, sexy, génial au lit et tout simplement *gentil.* C'était presque trop beau pour être vrai. Comme elle le lui avait dit plus tôt, il avait beaucoup à lui offrir et elle avait décidé que, malgré sa responsabilité envers sa sœur, elle serait idiote de ne pas donner une chance à cette étincelle, car la vie n'offrait pas souvent de telles opportunités.

De toute manière, elle n'aurait pas pu s'en défaire, même si elle l'avait voulu. Mallory ne pensait pas ce tueur capable de kidnapper un agent fédéral en plein jour. Étant donné qu'elle était formée aux arts martiaux et qu'elle portait un Taser, deux Glock ainsi qu'un insigne du FBI, elle se sentait un peu mal à l'aise à l'idée qu'il l'accompagne. Mais comme elle ne savait pas à quels collègues du FBI elle pouvait faire confiance, il était bon de savoir que quelqu'un veillait sur elle. Le psychopathe en liberté lui donnait la chair de poule, mais c'était aussi une opportunité à saisir.

Bryce Keeble sanglota bruyamment lorsqu'on descendit le cercueil de Lindsey dans la fosse. Cachés dans les plis de leurs épais manteaux, les doigts d'Alex retrouvèrent les siens, lui offrant un soutien silencieux. Elle cligna des paupières pour chasser ses larmes. Elle était là en tant que professionnelle, et aussi déchirante que soit la situation, elle voulait faire de son mieux pour Lindsey et les autres victimes du tueur.

Se sentant observée, elle leva les yeux vers le shérif Williams et deux de ses adjoints, tous trois tête baissée. Sean Kennedy croisa alors son regard et elle lui adressa un signe de tête. Il lui rendit son salut, mais il y avait une impatience dans son geste, une tension sur son visage qui suggérait qu'il s'était passé quelque chose, au-delà du meurtre de sang-froid dont avait été victime la pauvre défunte.

Elle éprouva un frisson d'adrénaline. Ils avaient peut-être commencé les interrogatoires ou identifié un suspect.

Le pasteur en vint à sa conclusion et elle commença à danser d'un pied sur l'autre. Alex lui lâcha la main et la glissa dans sa poche. Sa chaleur lui manqua immédiatement.

Alors que les proches endeuillés commençaient à s'éloigner, elle s'attarda sur place et rejoignit le shérif Williams qui l'attendait.

— Agent spécial Rooney. C'est gentil à vous d'avoir fait tout ce chemin, dit-il en souriant.

Mais il savait que c'était la procédure habituelle de venir observer l'assistance lors des funérailles d'une victime de meurtre non résolu. Ils étaient là pour la même raison.

— Shérif. Adjoint Kennedy. Adjoint Chance.

Elle fit un signe de tête aux adjoints qu'elle reconnut de sa visite la semaine passée et présenta Alex comme consultant du FBI, sans s'attarder sur son rôle.

— Vous avez du nouveau ?

— Il y a eu un incident, mais je ne sais pas encore s'il y a un rapport avec le meurtre de Lindsey Keeble. Vous savez qu'on a retrouvé sa voiture ?

Mallory secoua la tête.

— Le labo a trouvé des empreintes ?

— Ils planchent toujours dessus. Il faudra quelques jours avant d'avoir des nouvelles.

Comment s'y prenait le tueur pour les attirer hors de leur voiture ?

— Quel est l'incident dont vous parliez ? demanda Alex à côté d'elle.

Le shérif le dévisagea de haut en bas, puis reporta son attention sur Mallory.

— Double homicide.

— Vous ne pensez pas qu'il y a un lien ? s'enquit Alex du même ton froid et autoritaire que Frazer.

Il devait y avoir un gène pour cela.

— Il est trop tôt pour en être sûr, mais le crime est totalement différent. On dirait un cambriolage qui a mal tourné. Aucun signe d'agression sexuelle. Deux personnes âgées poignardées à mort. Leur nièce les a trouvées ce matin.

— Je peux voir la scène de crime ? demanda Mallory.

— Bien sûr, je dois justement y retourner.

On parla dans sa radio et il baissa le volume.

— C'est assez macabre. Préparez-vous psychologiquement. C'est un véritable bain de sang.

Mallory acquiesça, mais elle avait déjà l'estomac retourné. Cela faisait partie de son travail.

— On a trouvé des empreintes sur l'arme du crime. Elles sont examinées en ce moment même.

— Avec un peu de chance, elles seront dans le système. On va vous suivre jusque là-bas, ajouta-t-elle.

Les proches de la défunte étaient partis depuis longtemps et les fossoyeurs commençaient à jeter des pelletées de terre sur le cercueil de Lindsey. Le bruit sourd résonnait dans la poitrine de Mallory. La mort était si définitive. L'audace du tueur la frappa avec une nouvelle intensité.

Alex et elle montèrent dans sa voiture et suivirent le shérif sur des routes de campagne qu'elle n'avait jamais empruntées auparavant. Alex ne chercha pas à faire la conversation. Elle savoura ce silence. Ils étaient entourés d'arbres sans feuilles et de collines. Les monts Allegheny se préparaient pour l'hiver. De rares maisons étaient disséminées, çà et là, au milieu des arbres. Il ne serait pas bien difficile à un tueur de se cacher dans cet État si peu peuplé. Le rire de sa sœur fusa dans son esprit.

Le pyjama et la chevalière que le tueur avait envoyés contenaient des traces de l'ADN de Payton – l'ADN de Mallory –, mais rien d'autre. Les laboratoires mettaient tout en œuvre pour trouver de l'ADN de contact transféré sur les enveloppes et emballages plastiques. Il n'y avait pas grand espoir, mais toute piste était bonne à suivre.

Elle emprunta une nouvelle route déserte, puis le shérif tourna à gauche et gara sa voiture au bord de la route. Elle l'imita.

Mallory détacha sa ceinture de sécurité.

— Tu ferais mieux de rester ici.

Alex balaya du regard les bois paisibles et la multitude de voitures de patrouille qui bordaient la route.

— Tu ne risques rien normalement. Mais prends ton téléphone.

Il sortit le sien.

— C'est un miracle, nous avons un signal.

Il récupéra son ordinateur portable sur le siège arrière.

— Prends ton temps. J'ai beaucoup de travail.

Sa bouche se dessécha. Comment ne pas tomber amoureuse d'un type qui faisait tout son possible pour la protéger tout en lui laissant l'espace nécessaire pour faire son travail ? Le simple fait de le regarder la faisait souffrir.

— Dis-moi que tu n'es pas aussi parfait que tu en as l'air, Alex.

Ses yeux bleus-gris s'assombrirent.

— Je suis très loin de la perfection. Mais je ne suis pas un parfait connard non plus.

Elle éclata de rire et s'empressa d'ouvrir la portière, de peur de manquer de professionnalisme au point d'embrasser un homme sur une scène de crime si elle s'attardait plus longtemps. Elle ne voulait pas être ce genre d'agent de police, aussi reconnaissante qu'elle soit. Ou éprise.

Elle se dirigea vers les deux adjoints qu'elle connaissait.

— Vous connaissiez les victimes ?

— On est en Virginie-Occidentale, madame. Tout le monde connaît tout le monde.

L'adjoint Chance lui adressa un regard qui indiquait clairement que la situation était particulièrement pénible pour lui.

Il n'était jamais facile de travailler sur des scènes de crime impliquant des personnes que l'on connaissait.

Le shérif lui fit signe. Elle s'excusa, signa un registre et enfila des surchaussures avant d'entrer dans la maisonnette à l'aspect rustique et pittoresque.

— Faites attention où vous mettez les pieds. J'ai un gars qui va venir analyser les éclaboussures de sang aujourd'hui pour m'aider à comprendre ce qui s'est passé.

Les corps avaient été enlevés, mais le shérif lui tendit deux photos agrandies alors qu'elle pénétrait dans le chalet. Elle regarda les murs et le sol. Il y avait beaucoup de sang.

— Il a touché une artère ?

— Ouaip. Il a sectionné intégralement la carotide. Bob McCafferty est mort presque instantanément, ce qui n'est malheureusement pas le cas de sa pauvre femme, Angie.

Elle le suivit dans l'étroit couloir qui menait à la cuisine. Elle brandit la photographie et recula, superposant l'image du corps à la scène.

— Il l'a poignardée par devant ? Vous pensez qu'elle le connaissait ? Ou qu'il l'a coincée dans la cuisine ?

— Il n'y avait pas de blessures défensives. Il a dû les prendre tous les deux par surprise. On a trouvé un couteau de cuisine à côté du corps de Bob. On pense que le tueur a d'abord poignardé Angie, puis que Bob est rentré chez lui et a dérangé le fils de pute qui fouillait les lieux. Ses amis disent qu'il est resté au bar du coin jusqu'à environ vingt-deux heures.

— On a pu établir l'heure du décès ?

— Le médecin légiste estime qu'il est mort peu après son retour chez lui, entre vingt-deux et vingt-trois heures, mais ce n'est pas officiel. C'est ce qu'il a déduit de la température des corps, de la lividité et de la rigidité cadavérique.

— Ça semble logique.

Au vu de son expérience, certes limitée, les médecins légistes ne se prononçaient pas avant d'être quasiment certains d'avoir raison.

Le shérif baissa la tête, faisant apparaître un triple menton. C'était un gros type qui prenait beaucoup de place. Mallory le suivit jusqu'à la cuisine.

— Si je devais faire une supposition, je dirais qu'un salaud de passage a vu de la lumière et a décidé d'aller jeter un coup d'œil. Il a vu une femme âgée seule à la maison dans un chalet isolé et s'est dit qu'il la tuerait et qu'il se servirait. Bob l'a surpris et il l'a tué lui aussi, avant de s'enfuir.

Il était toujours plus facile de penser que le tueur était un rôdeur plutôt qu'une personne que l'on pourrait connaître. Quelqu'un que l'on pourrait apprécier.

Le sang avait formé des flaques et séché par terre, et il y avait des empreintes de pas.

Elle releva les yeux.

— On a des empreintes claires ici. De grands pieds. Il est parti par la porte de derrière ?

Le shérif acquiesça.

— On dirait bien. J'espère que les empreintes de ce fils de pute sont dans le système.

Elle leva les yeux pour regarder dans son dos.

— Vous avez fouillé les bois ?

— On a mis plusieurs équipes sur le coup, mais il y a plus d'un kilomètre carré de forêt. En plus, il a volé la voiture des McCafferty et il est parti avec. J'ai émis un avis de recherche concernant le véhicule.

Elle pinça les lèvres. Pouvait-il s'agir du tueur aux initiales ? Le mode opératoire était totalement différent, mais tous ces meurtres dans cette petite communauté paisible ? C'était une coïncidence de la taille du Titanic.

— Où se trouvent ces bois sur la carte ? Pouvez-vous me les indiquer pour que je puisse m'orienter ?

Il passa les pouces dans sa ceinture.

— Je vais faire mieux que ça. Suivez-moi.

Il la conduisit jusqu'à la porte d'entrée, en prenant soin de ne pas brouiller les empreintes de pas. À sa suite, elle descendit une volée de marches et contourna un tas de bois. Les monts Allegheny se dressaient tout autour d'eux, froids et arides. Un corbeau croassa sur une branche et elle sentit l'inquiétude la gagner. Elle suivit le shérif le long d'un chemin à travers les majestueux troncs de chênes, de caryers et de pins, hors de vue des autres agents et d'Alex. L'écorce écarlate des cornouillers constituait la seule note de couleur dans cette journée sinistre, leur rouge foncé lui rappelant le sang répandu sur le parquet de cette cabane en bois rustique.

— Où allons-nous, shérif ?

— Vous verrez.

Un frisson lui parcourut l'échine. Les nuages semblaient prêts à déverser quantité de neige. Il y avait de fortes chances pour que le ciel fasse encore des siennes avant la fin de la journée. Le shérif s'arrêta finalement au sommet d'une colline. Il tendit le doigt vers le nord-ouest, au-delà d'un étroit ruisseau.

— Vous voyez cette cheminée là-bas ?

Elle parvenait tout juste à distinguer d'imposantes briques rouges. Son sang ne fit qu'un tour.

— C'est Eastborne ?

Il fit un signe de tête.

— La limite du comté passe par ces bois, c'est pour ça que le bureau du shérif du comté de Greenville est compétent pour ce double homicide.

Elle se retourna afin de regarder le chalet des victimes et son malaise s'intensifia. Chaque été, elle s'était amusée dans ces bois jusqu'à l'enlèvement de Payton.

— C'étaient nos voisins les plus proches, mais je ne me souviens pas de ces gens ni de ce chalet.

Un écureuil les railla depuis son perchoir et une famille de cerfs de Virginie détala à travers les feuilles mortes dans une ruée bruyante.

— Les McCafferty ont construit cette maison il y a environ cinq ans seulement, et il n'y a pas d'accès routier direct entre vos deux propriétés. C'étaient de braves gens, mais pas du genre à se mêler au cercle social de vos parents.

Elle pivota lentement à trois cent soixante degrés. Elle ne voyait rien d'autre que des forêts et les crêtes des montagnes de Virginie-Occidentale. Son souffle se figea lorsqu'elle expira.

— Combien de personnes vivent ici ?

— Il y a beaucoup de maisons éparpillées dans les bois. La plupart sont vides. Le comté entier compte environ quinze mille habitants et la population ne cesse de baisser. Pas assez de charbon dans le coin pour attirer de nouveaux venus.

— C'est ce qui fait la beauté de ce comté.

Les yeux du shérif semblaient tenter de percer la morosité ambiante.

— Oui, mais la ville est en train de mourir lentement en l'absence de nouvelle industrie. Les gens continuent de partir, mais personne ne revient.

Y compris sa famille, à présent que son père vendait la maison familiale.

Il fit une grimace.

— Ça ne va pas arranger les choses quand les gens commenceront à entendre parler de tueurs en série et de doubles homicides. Je suis censé assurer leur sécurité.

Il portait le poids de toute la communauté sur ses épaules.

Il y avait en lui une colère qui semblait en contradiction avec l'uniforme qu'il portait.

— Nous devons pincer ces criminels, acquiesça Mallory.

— C'est ce que nous allons faire.

Sa radio se mit à crépiter et il écouta attentivement.

— Les empreintes ont donné quelque chose. Allons voir qui est notre tueur.

———

IL S'AVÉRA QUE leur suspecte était une jeune fille de dix-neuf ans portée disparue, une certaine Kari Regent, domiciliée à Washington. La jeune fille, étudiante en histoire à Georgetown, devait retrouver son petit ami à Gainesville quelques semaines auparavant. Cette même nuit où Mallory avait rencontré Alex pour la première fois. Mais Kari Regent n'était jamais venue au rendez-vous. Le petit ami avait supposé qu'elle avait changé d'avis parce qu'ils s'étaient disputés, ses parents avaient cru qu'elle était avec le petit ami. Après une semaine sans nouvelles, ce dernier avait finalement appelé les parents, qui avaient contacté la police et enregistré les empreintes de Kari dans la base de données nationale des personnes disparues.

Le shérif autorisa Mallory à utiliser son bureau de Greenville. Il était rempli de papiers, du sol au plafond. Elle attendait qu'une photo lui parvienne par e-mail. L'endroit était aussi calme qu'un mausolée. Il était sombre et lugubre, car le soleil se couchait tôt à cette époque de l'année. Elle alluma le plafonnier. Alex était allé leur chercher du café et quelque chose à manger. Lorsque l'image lui parvint enfin, elle la transféra à Frazer et l'appela.

— SSA Frazer, dit-il en décrochant.

— Je viens de vous envoyer une image d'une jeune femme portée disparue.

— Vous pensez que c'est une autre victime ? demanda-t-il, consultant ses e-mails tandis qu'ils parlaient. Hmm. Le physique correspond.

— Elle a disparu il y a un peu plus de deux semaines – ça ne correspond pas du tout au personnage, mais elle faisait du stop entre Washington et Gainesville.

Frazer l'écoutait attentivement.

— L'auto-stop fait d'elle une candidate parfaite pour le tueur aux initiales, même si elle était légèrement en dehors de sa zone de prédilection. Ce qu'il y a, c'est qu'ils viennent de trouver ses empreintes digitales sur l'arme du crime, sur le lieu d'un double homicide entre Greenville et Colby, en Virginie-Occidentale.

Il grommela.

— Dans votre ville natale ?

— Oui. Et ce n'est pas tout. La scène de crime était une véritable boucherie. Ils ont trouvé des empreintes de bottes d'homme de taille 46,5. Kari fait du 36. Ils n'ont trouvé ses empreintes digitales nulle part.

— Qu'en pense la police locale ?

— Ils lancent un avis de recherche national sur la jeune fille, avertissant qu'elle est suspectée de meurtre.

Frazer étouffa un juron.

— Elle a peut-être rencontré quelqu'un qui l'a forcée à participer.

— Un sacré changement de comportement pour une étudiante végane bonne élève qui n'avait jamais séché les cours.

Il marqua une longue pause.

— Aucune trace de la fille ?

— Non. La voiture des victimes a disparu. L'hypothèse est que Kari et le type aux grands pieds se sont enfuis dans cette voiture.

— Je vais lancer une alerte nationale pour la voiture.

— Le shérif s'en est chargé… Mais c'est bizarre.

— Il y a beaucoup de choses qui semblent *bizarres*.

Il faisait référence à sa présence au DSC.

Elle garda le silence. Elle ne pouvait rien dire à ce sujet. Elle suivait les ordres, et sa recherche de la taupe, demandée par Hanrahan, ne donnait rien.

— Compte tenu de la proximité des lieux d'enlèvement de votre sœur et de Lindsey Keeble, ainsi que du faible taux de criminalité général dans cette zone, un double homicide est vraiment hors du commun.

Elle vit Alex entrer par la porte principale et passer la réception en soudoyant les officiers avec des donuts. Il se fraya un chemin à travers tous les bureaux jusqu'à celui du shérif Williams, où elle se trouvait. Elle lui sourit lorsqu'il lui adressa un clin d'œil. Il était si beau qu'elle avait des frissons rien qu'en le regardant.

— Je veux que vous restiez sur place ce soir. Adressez-vous à la police locale demain matin et je verrai si je trouve quelque chose entre-temps.

— Vous plaisantez.

Elle ne voulait pas passer la nuit sur place.

— Ça pourrait être une bonne piste, agent Rooney.

Elle entendit une pointe d'admiration inattendue dans son timbre de voix, mais cela n'atténua pas pour autant son appréhension. *Hmm.*

— Très bien. Je vous appelle si je trouve quelque chose.

— Mallory ?

— Monsieur ?

— Si vous dormez dans votre ancienne maison ce soir, vous devriez essayer de vous remémorer de nouveaux détails concernant la nuit de l'enlèvement de votre sœur.

Chose qu'elle s'efforçait généralement d'oublier.

— Je suppose qu'Alex Parker est avec vous ?

Ce dernier ouvrit la porte. Il ressemblait à un véritable cadeau venu du ciel. Comment diable Frazer l'avait-il su ?

— Oui, il est là.

— J'ai découvert comment il a gagné sa croix pour service distingué.

Inconsciemment, elle se crispa.

— Son Humvee a été attaqué alors qu'il se rendait à une réunion tribale soi-disant pacifique. C'était un coup monté, une embuscade. Ils ont été attaqués dans une vallée et coupés de tout soutien terrestre pendant plus d'une heure. Aucun soutien aérien disponible. Parker a défendu leur position, a tué de nombreux insurgés, a maintenu en vie deux de ses amis gravement blessés et a empêché les talibans de mutiler les corps de ses camarades. C'est un type courageux et son alibi tient la route, mais…

Mallory vit les iris d'Alex s'assombrir. Il avait l'air méfiant, comme s'il avait compris qu'on parlait de lui.

— Ce tueur veut sérieusement attirer votre attention. Restez sur vos gardes.

— Mon Glock devrait m'aider sur ce coup.

— Très bien. Ne prenez pas de risques inutiles, dit Frazer. Dieu sait que je n'aimerais pas me taper toute la paperasse s'il vous arrivait quoi que ce soit.

— Euh, eh bien, merci.

— Attrapons ce type, agent Rooney. Envoyons-le derrière les barreaux. C'est là qu'est sa place.

Elle prit le donut des mains d'Alex.

— Je n'aurais pas dit mieux.

CHAPITRE QUINZE

L A SITUATION N'ETAIT pas du goût d'Alex. Pas du tout.

Il faisait nuit. Ils se rendaient dans la maison familiale de Mallory, dans les Appalaches, à quelques kilomètres seulement du lieu des meurtres récents et à l'endroit où sa sœur avait été enlevée.

Ses pensées se bousculaient dans son esprit. À quoi jouaient ses collègues ?

S'il n'avait pas insisté pour l'accompagner aux funérailles de Lindsey Keeble, Mallory se serait retrouvée en Virginie-Occidentale toute seule. C'était un agent du FBI, et alors ? Ce type avait tué à maintes reprises et avait prouvé qu'il n'avait aucun scrupule à blesser les gens pour nourrir son appétit malsain.

Certains auraient pu rétorquer qu'il n'y avait pas de différence avec Alex, mais ils passeraient à côté de l'essentiel. Il travaillait pour le gouvernement. Leur gouvernement. Cela pourrait être contestable s'il se faisait prendre, mais cela ne changeait rien au fait qu'il ne tuait les gens que sur ordre. De la même façon qu'un sniper éliminait l'ennemi ou les soldats qu'il avait tués au combat. Tout le monde savait que la CIA le faisait à l'étranger. Était-ce si difficile de penser que le gouvernement le faisait aussi sur son propre sol ?

Le déni régnait en maître.

Si un assassin avait éliminé le seigneur de guerre qui dirigeait une petite ville de la province de Herat, les hommes de son unité, ses frères d'armes, n'auraient pas été fauchés comme des quilles de chair et d'os. C'était pour cela qu'il avait dit oui à la CIA, des années auparavant. Pour sauver les Américains. Il ne choisissait pas ses cibles pour se venger. Il ne violait pas, ne torturait pas, n'étranglait pas par plaisir. Il travaillait dans l'ombre et exécutait ses missions de manière aussi efficace et indolore que possible.

Ce tueur en série obéissait à son propre modus operandi et il était en orbite autour de la jumelle de Payton Rooney comme un satellite sur le point de s'écraser sur Terre. Alex ne voulait pas qu'il arrive du mal à Mallory. Il fondait de plus en plus, chaque fois qu'il la regardait dans les yeux.

Mais il préférait lui briser le cœur plutôt que de la voir assassinée. Son cœur à *lui* n'avait pas d'importance. Le fait qu'il en ait encore un était une désagréable surprise.

Il avait eu envie de l'embrasser et de la goûter toute la journée, mais il ne pouvait pas se permettre cette distraction. Ce n'était pas le moment. Son instinct lui disait que quelque chose clochait. Quelque chose ne collait pas.

— On devrait aller à l'hôtel.

— Tous les hôtels sont remplis de journalistes.

Qui avaient eu vent du double meurtre et de l'existence d'un possible tueur en série.

— Et ce serait vraiment stupide, sachant que la maison de mon père se trouve au bout du chemin.

Au bout du chemin était une expression toute relative en Virginie-Occidentale.

— En plus…

— Quoi ?

Il l'entendit déglutir.

— Le SSA Frazer a suggéré que je pourrais me souvenir de nouveaux détails sur la nuit de l'enlèvement de Payton en revenant là où ça s'est produit.

Ce trou du cul était donc prêt à la jeter dans la gueule du loup pour dégotter la moindre information. À moins qu'il ait confiance en ses capacités, ce qui faisait d'Alex un abruti surprotecteur. Mais s'il avait *réellement* voulu tuer Mallory, il aurait eu un millier d'occasions de le faire – entraînement du FBI ou non – et cette simple idée lui donnait envie de vomir.

Le tueur qui jouait à ce jeu avec Mallory et sa famille était dangereux. Mais il ne connaissait pas la vérité sur Alex et c'était son arme secrète – seulement, elle l'ignorait.

— Tu penses que le tueur aux initiales a aussi assassiné ce couple la nuit dernière ? lui demanda-t-il.

Elle lui jeta un regard.

— Le mode opératoire est différent… mais oui. Je pense.

— Tu penses qu'il est du coin ?

Elle déglutit, puis acquiesça. Il était du même avis. S'il n'était pas du coin, au moins vivait-il dans les parages.

Ils tournèrent sur une petite route et les phares éclairèrent une avenue surplombée d'ormes majestueux. Le paysage était austère. La nature tout entière s'était mise à l'abri en prévision d'un hiver long et rude. Il jeta un coup d'œil au profil de Mallory, baigné de vert dans les voyants du tableau de bord.

À la place du tueur, il aurait mis un mouchard électronique sur sa voiture pour savoir exactement où elle se trouvait à son insu – en supposant qu'il ne l'ait pas déjà séduite dans un bar pour dissimuler des micros dans son appartement. Il roula des yeux. *Pauvre type.*

Alex avait inspecté la voiture un peu plus tôt. Elle ne comportait pas de dispositif de localisation. Cela pouvait changer à tout moment, raison pour laquelle il vérifiait en boucle et constamment. Un type comme lui ne serait jamais trop prudent et Mallory non plus. L'absence de traqueur GPS n'était pas une raison pour relâcher son attention. Cela signifiait simplement que le tueur n'était pas aussi intelligent qu'il le pensait, qu'il n'avait pas encore eu accès à son véhicule, ou encore qu'il avait trouvé un autre moyen de remonter jusqu'à elle. Comme un double homicide ou l'enterrement d'une jeune fille du coin, par exemple.

Les pensées fusaient en tous sens dans son cerveau.

Il faisait nuit noire lorsqu'ils empruntèrent ce chemin solitaire. Qui aurait cru qu'il puisse exister une forêt aussi inhospitalière à quelques heures de Washington ? Pas d'éclairage public. Pas de voisins. Pas de lune. Pas d'étoiles. De nombreux crimes non résolus…

Waouh !

Mallory s'arrêta le long de l'allée circulaire, devant une immense bâtisse.

— C'est *ici* que tu as grandi ?

Il émit un sifflement admiratif. C'était sacrément impressionnant.

Ils regardèrent tous deux le manoir de deux étages en brique rouge, qui se dressait sous le halo orange des phares.

— C'est *un peu* grand pour une famille de quatre, admit-elle.

— C'est plus grand que la Maison-Blanche. Putain, Mallory, tu pourrais y mettre soixante fois le ranch où j'ai grandi.

— Eastborne est dans la famille depuis plus de deux cents ans.

— Tu viens d'une famille avec un sacré patrimoine. C'est

un bon motif d'enlèvement.

Alors pourquoi n'avaient-ils jamais reçu de demande de rançon ? Il détacha sa ceinture de sécurité.

— Je gagne un vulgaire salaire du FBI maintenant, alors pas besoin d'être intimidé, Monsieur *Je-possède-ma-propre-boîte-de-sécurité.*

Elle leva les yeux au ciel, ce qui le fit rire. Son irrévérence était un autre de ses atouts. Elle ne se vantait pas de son statut et il appréciait ça chez elle.

— J'adorais vivre ici, avant l'enlèvement de Payton. C'était super pour les parties de cache-cache entre amis.

On pourrait mettre des mois à retrouver quelqu'un dans un endroit pareil. Mais il n'en dit rien. Cela aurait semblé inapproprié, au vu de ce qui était arrivé à la sœur de Mallory.

Elle n'avait pas besoin de préciser que tout amusement avait cessé lorsque sa sœur avait disparu. La tristesse dans sa voix était suffisamment éloquente.

— Lucas Randall habitait tout près ?

— Ses parents avaient une maison de vacances, à moins de dix kilomètres d'ici, vers l'ouest, et on traînait souvent ensemble.

Il n'y avait pas de lumière à l'intérieur du manoir. L'endroit semblait abandonné malgré les pelouses bien entretenues et la peinture fraîche.

— Ton père vit à Webster ?

— Oui, il a une jolie petite maison à environ cinq minutes de l'endroit où il travaille.

Elle s'assit pour contempler le manoir, comme si c'était une entité vivante.

Son visage s'assombrit.

— Il a grandi ici et vient encore certains week-ends,

mais… Ce n'est pas évident, étant donné le drame associé à la maison. Il veut qu'on se réunisse tous une dernière fois pour Noël, même maman – ils sont restés en bons termes –, mais après ça, il va vendre. Il en parle depuis des années, mais je pense qu'il est sérieux, cette fois. Il dit qu'il est temps pour la maison de trouver une nouvelle famille.

Elle croisa les bras sur sa poitrine et il voulut l'attirer vers lui, mais il n'y avait pas de place dans cette maudite voiture. Des larmes lui montèrent aux yeux, mais ne coulèrent pas.

— Il a raison. Payton adorait cette maison. Elle n'aurait pas aimé qu'elle reste inhabitée.

Il lui prit la main. Elle avait de jolies mains lisses avec de longs doigts et des ongles courts qu'il aimait sentir sur sa peau.

— Souvent, dit-il, les parents qui ont perdu leurs enfants ne veulent pas quitter le domicile familial. Ils craignent que l'enfant rentre et qu'ils ne soient pas là à son retour.

Elle acquiesça.

— Je suppose qu'après dix-huit ans, papa a finalement compris que Payton ne rentrerait pas à la maison.

Il arrivait que des personnes soient retrouvées après de longues périodes de captivité, mais c'était rare.

— Tu penses qu'il se trompe ?

Elle secoua la tête.

— Elle est partie. Elle ne reviendra pas.

Elle avait prononcé ces mots avec une telle certitude qu'il l'observa attentivement, mais ne fit pas de commentaires. Quelles que soient ses raisons, Mallory ne voulait pas en parler.

— Rentrons. On se gèle ici.

Elle ouvrit la portière de la voiture, le plafonnier éclairant son visage pâle. Passer la nuit sur place n'allait pas être évident.

Il ne partait jamais de chez lui sans son baluchon, et bien entendu il en était de même des agents du FBI. Alex sortit leurs sacs de voyage du coffre, ainsi que leurs deux ordinateurs portables. Elle gravit les marches du perron et inséra une clé dans la serrure.

— La gouvernante est allée rendre visite à sa sœur pour Thanksgiving et n'est pas encore rentrée.

Alex avait oublié qu'on s'approchait de Noël. En général, il passait les vacances à travailler.

— Elle vit seule ici ?

Mallory acquiesça. Il y eut un *bip* et elle se précipita vers l'alarme, saisissant quelques chiffres sur le clavier.

— J'espère qu'elle n'a pas changé de code, sinon les flics sont tout de suite alertés.

C'était un système de qualité, mais il pouvait le contourner en dix secondes avec le bon matériel. Au moins, c'était déjà ça, car les fenêtres à guillotine à l'ancienne et les multiples entrées représentaient un putain de cauchemar en termes de sécurité. L'alarme se tut.

L'air sentait les aiguilles de pin mélangées à l'arôme discret des clous de girofle et du feu de bois. Elle actionna un interrupteur, et un lustre – tout droit sorti du palais de Buckingham – éclaira une entrée imposante aux dalles de marbre noir et blanc, avec un gigantesque escalier en spirale.

Il leva la main pour se protéger les yeux.

— Je crois que je suis aveugle.

— Très drôle.

Elle ferma la porte, actionna le pêne dormant et remit l'alarme. Alex regarda autour de lui. Il y avait des antiquités et des statues de marbre. Bon Dieu, qui avait des statues grandeur nature chez soi ?

Mallory lui prit la main.

— Laisse les sacs en bas de l'escalier. Je suis affamée. Madame Buxton, la gouvernante, remplit généralement le congélateur de soupes et de plats mijotés, surtout à cette époque de l'année et…

Sa voix resta suspendue lorsqu'elle aperçut un scintillement dans le salon voisin. Elle laissa tomber sa main et alla se planter devant un sapin de Noël de près de six mètres de haut. La pièce était plongée dans la pénombre, mais la lumière provenant de la cheminée permettait de distinguer un salon décoré avec goût pour les fêtes de fin d'année, avec un sapin digne de Martha Stewart, la fée du logis.

Alex sentit son cœur se serrer. Il n'avait pas vécu ce genre de Noël depuis la mort de sa mère, et chez eux, les fêtes étaient beaucoup plus modestes. La douleur causée par cette perte était encore présente dans sa poitrine.

Mallory tendit la main vers l'une des décorations. C'était une étoile en verre difforme.

— C'est Payton qui l'a fabriquée à l'école.

Incapable de s'en empêcher, elle fit glisser la décoration au bas de la branche et l'embrassa, la gardant dans sa main un moment avant de la remettre sur l'arbre.

— Elle me manque toujours.

Sa voix se brisa.

Il lui serra l'épaule pour la réconforter. Il comprenait ce qu'elle ressentait. Sa mère, son grand-père et ses amis lui manquaient encore. Mais il savait qu'ils étaient morts et qu'ils ne reviendraient jamais. Il fallait passer à autre chose.

— C'est normal qu'ils nous manquent. C'est leur cadeau.

Ses grands yeux ambrés croisèrent les siens.

— La douleur est un cadeau ?

Il acquiesça.

— Ça prouve qu'ils comptaient pour nous. Que même des années après les avoir perdus, nous les ressentons encore. Ici.

Il posa une main sur son cœur, et aussitôt, se sentit bête. Il n'aimait pas du tout ce côté fleur bleu et il s'en rapprochait dangereusement. Mais elle en avait besoin. Elle avait besoin de réconfort.

Et il était doué pour apporter… un certain type de réconfort. Il l'attira contre lui et elle laissa échapper un petit cri de surprise, une fraction de seconde avant de sentir ses lèvres sur les siennes. Il l'incita à ouvrir la bouche, cherchant sa langue. Ils se rencontrèrent et il se sentit durcir instantanément. *Bon sang, d'où lui venait ce pouvoir ?*

Elle passa ses bras autour de son cou et l'embrassa avec plus de passion, comme si elle voulait ne faire qu'un avec lui. Peut-être le sexe était-il une meilleure thérapie que n'importe quel psy. La température grimpa en flèche sous l'effet du désir. Il perdit le contrôle et toutes ses pensées disparurent, sauf une. Plonger en elle le plus vite possible. Il arracha son chemisier de son pantalon et la plaqua contre le mur, défaisant le bouton et la fermeture éclair d'un même geste. Il avait besoin d'elle, maintenant. Il glissa sa main sous son chemisier et repoussa son soutien-gorge, saisissant ses seins à pleines mains. Son holster se mit en travers de son chemin, mais c'était aussi très excitant. Elle laissa échapper un gémissement. Sa peau était chaude comme du velours. Ses mamelons durs et sensibles. De sa bouche, il parcourut son cou jusqu'à son épaule, et la mordilla juste assez fort pour qu'elle enfonce légèrement ses ongles dans sa chair. La tournure que prenaient les choses lui plaisait. Énormément. D'une main, il baissa le pantalon de Mallory, puis se débarrassa du sien en même temps qu'elle. Il fouilla dans sa poche à la recherche d'un préservatif, reprenant le contrôle de sa bouche. Son cœur battait à tout rompre tandis que son sang coulait plus vite dans ses veines. Pas de temps pour les préliminaires. Pour la délicatesse. Il se couvrit et la souleva, écartant ses cuisses autour de ses hanches alors qu'elle le guidait sans préambule vers son intimité. Elle le désirait autant que lui.

D'un seul coup, il s'enfonça profondément.

Elle enroula ses jambes autour de sa taille, ses ongles plantés dans sa chair.

— Plus fort.

Il multiplia les va-et-vient sans relâche. Il n'était rien d'autre qu'un animal, avide de satisfaire une pulsion primaire.

— Oh, mon Dieu, gémit-elle en ondulant du bassin.

Il tenait bon, s'efforçant de la maintenir tandis qu'elle s'abandonnait à lui. Ses muscles se contractèrent. Il lui coinça les bras au-dessus de la tête, se délectant de la pression qui montait sans discontinuer. La chaleur et le plaisir étaient au rendez-vous. Ils ne faisaient plus qu'un. Elle cria et il la suivit dans son extase, tel un buffle en pleine cavalcade, alors que sa tête explosait. Le plaisir balaya tout sur son passage, sauf cet acte, ce besoin de la prendre, de la marquer et de la faire sienne.

Enfin, il ouvrit les yeux, reprenant peu à peu conscience de la situation. Il se demanda ce qui clochait chez lui, pour se livrer à un tel corps-à-corps alors qu'un tueur en série était à la recherche de Mallory. Il n'était pas Superman, et se faire attraper avec le pantalon aux chevilles était une façon plutôt ridicule de mourir. *Pauvre abruti.* Son rythme cardiaque ralentit. Leur respiration s'apaisa et le silence retomba. Il appuya son front contre le sien.

— Je suis presque sûr que je devrais m'excuser pour ça.

— Je te gifle si tu le fais.

— Tu me fais perdre le contrôle, confessa-t-il.

Elle lui effleura le visage et le regarda droit dans les yeux.

— Le contrôle, c'est surfait, et puis tu as apporté du positif dans mon monde.

Elle sourit, ses yeux légèrement inclinés pétillant de malice.

— Maintenant, repose-moi, mon amour, et allons chercher à manger. Je suis affamée.

— Est-ce que ça te fout les jetons ?

Elle se tenait dans son ancienne chambre et regardait les mêmes housses de couette et murs peints en bleu que lorsque Payton était encore vivante. Les photos d'école de sa sœur et elle étaient accrochées au mur, les bords écornés.

— Parce que moi, ça me fout les jetons, dit-elle en frissonnant.

Ils avaient décongelé des pizzas et boudé la collection de vins, optant plutôt pour des sodas. Ni l'un ni l'autre ne voulait être sous l'emprise de l'alcool, car ce type pourrait débarquer et essayer de les tuer. Elle était contente de ce coup de folie à leur arrivée, rapide, mais non moins intense. Cela avait permis de désamorcer la tension. Ils ne passeraient pas la nuit à grimper aux rideaux. Ils monteraient la garde à tour de rôle. C'était l'occasion rêvée d'attraper ce type. Ils étaient tous les deux armés. Elle pouvait faire face au danger.

— Tes parents n'ont pas touché à la chambre ?

Mallory secoua la tête.

— Ma mère n'a laissé personne y toucher. Elle a renouvelé ma garde-robe et m'a offert tous les jouets que je voulais. La culpabilité parentale et la nécessité d'honorer les morts. Ça faisait un drôle de mélange.

Elle mit les mains sur ses hanches. C'était étrange d'être de retour. La pièce sentait le moisi et le renfermé.

— J'ai déménagé dans une chambre voisine de la leur, après ça.

— Dans une autre aile de la maison ?

— Oui.

— Tu sais pourquoi votre chambre était si loin, initialement ?

— Ma mère aimait le calme et la tranquillité. Je n'étais ni calme ni tranquille.

De nouveau cette culpabilité. Elle se mit à genoux et rampa sous le lit.

— Il y a quelque chose dans le coin ? demanda Alex d'un air taquin. Un portail vers Narnia, peut-être ?

Elle s'étouffa avec des moutons de poussière. Il ne restait rien d'autre. Son oreiller avait disparu, tout comme sa lampe de poche. Alex s'accroupit, la regardant avec curiosité.

— Quand Frazer m'a hypnotisée, je me suis souvenue que je dormais souvent sous le lit parce que j'avais peur des monstres. J'ai vu les pieds du ravisseur. Il portait des Converse vertes.

— Frazer a dit que le fait de revenir ici pourrait te rafraîchir la mémoire, fit Alex d'un air dubitatif.

— Oui.

Elle éternua.

— À tes souhaits.

Elle rit, puis elle ferma les yeux, mais elle avait du mal à faire abstraction de cet homme qui avait totalement envahi sa vie et lui avait donné un tel sentiment de sécurité qu'elle était prête à s'attaquer au ravisseur de Payton – mieux encore, elle en avait *envie*.

— Homme, femme ? Jeune ou vieux ? demanda doucement Alex.

Elle ferma les yeux et revint en pensée à cette fameuse nuit. Elle mit en pratique les techniques de respiration profonde que Frazer lui avait montrées. Elle sentit son rythme cardiaque ralentir.

— Un jeune homme.

— Et son odeur ? Est-ce que tu sens quelque chose ?

Elle allait secouer la tête, mais s'interrompit.

— La pluie. Il sentait la pluie…

— Il pleuvait la nuit où elle a été enlevée ?

— Oui. Il pleuvait.

Elle fronça les sourcils. Une fenêtre ou une porte à proximité avait dû rester ouverte. Il y avait autre chose qui la tracassait. Ses souvenirs étaient indistincts, comme si elle essayait d'entendre sous l'eau.

— Il a dit quelque chose. Je crois qu'il a dit de ne pas s'inquiéter. « On ne te fera pas de mal. »

— *On ?*

— On.

Elle ouvrit les yeux et s'extirpa de l'espace étriqué qui lui semblait si réconfortant quand elle était enfant. Désormais, il était poussiéreux et lui donnait un sentiment de claustrophobie. Elle s'épousseta. Alex resta en retrait.

— Il y avait donc plusieurs personnes ?

Elle se frotta les yeux.

— Je n'ai vu qu'un seul type, mais c'est ce qu'il a dit. Je

pense. Peut-être. Il me semble.

Alex l'observait attentivement.

— Viens. Tu as besoin de sommeil.

— Pas avant une bonne douche.

Il sourit tristement.

— J'aimerais bien te rejoindre, mais je vais monter la garde.

Parce qu'un monstre pourrait venir la chercher. Peut-être même *les* chercher. Son regard se durcit comme s'il lisait dans ses pensées.

— Je ne le laisserai pas t'avoir, Mallory.

Un frisson remonta le long de sa colonne vertébrale. Elle était incapable de parler. Le ravisseur de Payton était là, à l'attendre. Elle pouvait le sentir. Mais elle voulait qu'il vienne. Cette fois, elle n'avait pas l'intention de le laisser s'échapper.

———

IL TRAVERSA LES bois avec le corps nu de la fille sur l'épaule. Il avait prévu de faire payer Kari très cher au cours des prochains jours, mais la présence de Mallory seule dans la grande maison avec cet imbécile de petit ami était trop tentante. Aux ecchymoses sur le visage de Kari, on voyait bien qu'il avait compensé son manque de temps en mettant du cœur à l'ouvrage.

Elle pendait mollement, ses cheveux noirs tombant presque jusqu'à l'arrière de ses genoux, sa peau blanche comme du lait glaciale au toucher. Il frappa ses fesses nues. La puissance que l'on ressentait en ayant un être humain à sa merci créait une véritable dépendance. C'était différent avec Payton. Il l'avait aimée. Mais ces salopes ? Elles étaient comme des animaux. Sans valeur. Rien que de la chair fraîche. Elles ne signifiaient rien pour lui.

Il trébucha légèrement. À présent, il craignait que plus personne ne signifie jamais rien à ses yeux. C'était la raison pour laquelle il lui fallait continuer à chercher, jusqu'à trouver la remplaçante parfaite.

Il longea la lisière où il se souvenait d'avoir observé Payton et sa sœur jouer, bien des années auparavant. Son oncle avait prévu de kidnapper les deux filles et de demander une rançon. Les parents pouvaient se le permettre. Mais il avait menti en disant qu'il ne leur ferait pas de mal. Il aurait dû savoir que ce salaud violerait Payton dès qu'elle serait à sa merci. Le vieil homme lui avait fait la même chose avant qu'il ne soit assez grand pour se défendre.

C'était une idée stupide et il l'avait acceptée, parce qu'à l'époque, il était plus bête que ses pieds. Son oncle l'avait giflé quand il était revenu avec une seule fille et l'avait renvoyé chercher Mallory. Mais elle n'était pas dans son lit et il n'allait certainement pas fouiller chaque pièce de ce château pour trouver une deuxième fille alors qu'ils en avaient déjà une.

Tandis qu'il faisait semblant de retourner chercher Mallory, son oncle… Il déglutit et un filet de sueur ruissela entre ses épaules lorsqu'il se remémora la scène. Il était retourné dans l'antre et à sa grande horreur, il avait découvert Payton étendue là, ensanglantée et brisée, son oncle essuyant un sourire satisfait de son visage.

Il avait laissé ce salaud croire qu'il s'en tirerait. Il avait dû attendre six longs mois avant de mettre à exécution sa vengeance et cette attente l'avait presque rendu fou. Mais finalement, au printemps, il avait réussi à coincer le bâtard sous son tracteur. Il entendait encore ses cris de cochon tandis qu'il l'écrasait très, très lentement jusqu'à ce que mort s'ensuive. Ce souvenir le remplit d'un sentiment de satisfaction. Il avait fait ce qui était juste.

Les flics avaient dit que c'était un accident. Son premier meurtre. Et le plus gratifiant.

Après cela, il s'était occupé des moindres besoins de Payton et il ne l'avait pas touchée avant qu'elle soit beaucoup plus âgée, avant qu'ils ne soient amoureux. S'il avait pu la libérer, il l'aurait fait, mais son esprit était fragile et elle était terrifiée par tout sauf par lui. Elle n'aurait pas pu mentir sur ses sentiments. Et le monde n'aurait pas compris. Ils auraient été séparés et il serait allé en prison.

Il déplaça le corps de Kari. Elle était bien plus lourde qu'elle en avait l'air. Il s'approcha de la maison par le côté est. Aucune lumière n'était allumée et un épais brouillard flottait au niveau du sol, s'accrochant à des tiges d'herbe gelées. Il portait un gilet pare-balles, des gants et un masque de ski, et il avait un pistolet attaché à la cheville. Il s'approcha de la porte du vestibule et utilisa la clé qu'il avait volée des années auparavant pour l'ouvrir. Il entra le code de l'alarme – la gouvernante était assez laxiste en matière de sécurité et la moitié de la ville le connaissait. Le juge lui avait donné un double de la clé de la porte d'entrée, mais il n'avait pas l'intention de l'utiliser ce soir. Cela l'aurait trahi. Debout dans l'obscurité, il écouta attentivement le silence. La maison était vaste et il était peu probable que quelqu'un ait entendu l'alarme. Il attendit quand même.

Dégainant son arme, il se dirigea prudemment vers la cuisine.

Quand il avait enlevé Payton, toutes ces années auparavant, son oncle et lui avaient appuyé une échelle contre l'une des fenêtres du haut. Elle ne pesait rien du tout et il avait été facile de la transporter. Kari lui causait une douleur lancinante dans l'épaule.

Il avait réfléchi à l'endroit où il allait la laisser. Il avait caressé l'idée de la pendre à l'escalier, ce qui aurait offert un sacré spectacle, mais il n'y aurait eu aucune symétrie là-dedans. Il aurait tout misé sur l'effet théâtral sans aucune subtilité. Il avança furtivement à l'arrière de la maison où il prenait de temps en temps un café avec la gouvernante, content qu'elle soit absente pour ne pas avoir à la tuer, elle aussi.

Il monta par l'escalier de derrière – celui des domestiques – et avança à pas de loup, content qu'un épais tapis recouvre le vieux parquet. Un rai de lumière, sous une porte sur sa droite, lui permit de localiser l'endroit où Mallory dormait. Probablement avec son connard de petit ami. Une des planches grinça sous ses pieds et il avança plus prudemment. Il voulait qu'on retrouve le corps de Kari là où tout avait commencé. Ensuite, il mettrait une balle entre les deux yeux du type et enlèverait la fille qu'il voulait depuis le début. Finis les substituts.

CHAPITRE SEIZE

ALEX SE TENAIT près de la porte de la chambre, l'oreille tendue.

— Qu'est-ce que c'était ?

Mallory se redressa brusquement dans le lit.

Il leva la main pour lui indiquer de se taire. Il était sûr d'avoir entendu quelque chose dans le couloir, mais c'était un bruit subtil et il se pouvait que la chute des températures fasse grincer la maison.

Il était deux heures du matin. Mallory s'était mise au lit en vitesse, tout habillée. Elle avait juste ôté ses bottes. L'envie de se blottir contre elle avait été forte, mais il n'avait pas failli à sa mission, pas quitté son poste de garde.

Elle se glissa hors du lit, enfila ses bottes et prit son Glock sur la table de nuit. Elle s'approcha de lui et lui mit une main dans le dos, son arme pointée vers le sol.

— J'ai entendu quelque chose, lui dit-il à voix basse.

— Allons voir, chuchota-t-elle avec empressement.

Son excitation était presque palpable. Elle voulait attraper ce type. Alex voulait assurer sa sécurité. Il hésita. S'il avait été seul, il se serait déjà mis en chasse, mais *si* ce tueur travaillait en équipe, il ne pouvait pas prendre le risque de laisser Mallory seule.

— On reste ensemble. On ne se sépare *pas*.

— D'accord.

Elle lui frotta le dos pour le rassurer. Cette conscience aiguë du danger ressemblait beaucoup à ce qu'il ressentait au combat. *Très bien.* Il était mieux équipé que la plupart des gens pour attraper ce connard et mettre fin à ce cauchemar. Mais l'idée de mettre Mallory en danger s'enroula autour de sa gorge comme du fil de fer barbelé.

Pistolet à la main, il ouvrit la porte, regardant à droite et à gauche afin d'identifier des cibles potentielles. Rien. Le couloir était sombre et vide. Il alluma.

— Pourquoi tu fais ça ? s'étrangla Mallory.

Parce que si le tueur *était* là, il voulait que cet enfoiré sache qu'ils étaient à sa poursuite et qu'il tente de fuir plutôt que de les attaquer. Il haussa les épaules.

Alex avança rapidement dans le couloir, Mallory sur les talons. Elle était fermement accrochée à sa chemise, comme une moule à son rocher, tandis qu'il s'efforçait de comprendre ce qu'il avait entendu précédemment. Cela aurait pu être un chat. Un rôdeur. La gouvernante rentrant à l'improviste. Le juge. La sénatrice. Il ne voulait pas qu'un innocent soit pris entre deux feux.

Quelque chose les attira vers la chambre que Mallory et Payton avaient partagée étant enfants. Ils avancèrent sans bruit. Prudemment. Tous les sens en alerte. L'atmosphère de la maison avait changé, elle était devenue malveillante et hostile. Dangereuse. La température avait chuté.

— Quelqu'un a ouvert une fenêtre… dit Mallory.

Il y avait quelqu'un dans la maison. Il pouvait le *sentir.* Mais son pouls n'accéléra pas pour autant. La seule chose qui faisait battre son cœur, c'était le sexe avec Mallory.

Il était si bien entraîné et préparé au combat que tuer ne

l'affectait même plus. Il lui avait fallu des années pour perfectionner sa physiologie d'attaque. Il avait besoin de cette froideur et de cette concentration pour fonctionner. Pour tuer sans hésiter. Il ne voulait plus le faire, mais si cela permettait d'arrêter de telles pourritures, peut-être cela valait-il la peine de sacrifier son âme.

Un courant d'air lui chatouilla la joue.

Toutes ces portes fermées étaient un vrai cauchemar, mais ils n'avaient pas les effectifs nécessaires pour fouiller chaque pièce.

— Je devrais passer devant, murmura Mallory à son oreille, ses doigts se serrant sur sa chemise.

C'est ça, oui. Compte là-dessus. D'une main, il lui fit signe de rester derrière lui. Ils tournèrent à un nouvel angle de mur. C'était comme vivre dans un putain d'hôtel. Droit devant, il y avait une lumière allumée dans l'ancienne chambre des filles.

Mallory se figea derrière lui. Il s'arrêta au milieu du couloir. Il jeta un coup d'œil derrière lui. Rien. Tout était silencieux, hormis une légère brise par une fenêtre ouverte au bout du couloir. Était-ce ce qu'il avait entendu plus tôt ? Quelqu'un qui ouvrait la fenêtre ?

Ils reprirent leur progression. Mallory était toujours derrière lui.

Il sentait la peur et l'excitation qui l'envahissaient par vagues. Il savait que son pouls devait battre la chamade. Le prédateur était proche. Mais où était-il ? Aucun son, aucune odeur, aucun signe ne trahissait l'intrus.

S'assurant que Mallo restait sur le côté de la porte, il l'ouvrit en grand.

Bon sang.

Une femme gisait sur le lit. Nue. Battue à mort. Les mains

sur ses poils pubiens, comme les photos de toutes les autres victimes du tueur aux initiales. Des traces sanglantes lui couvraient la poitrine à l'endroit où, sans doute, les lettres PR avaient été gravées dans un cœur macabre. Le vent agita les rideaux jaunes. Il régnait un froid glacial dans la pièce.

— Il y a une gouttière.

Mallory se précipita pour regarder par la fenêtre, mais il lui attrapa le bras, vérifia derrière la porte et dans toutes les cachettes possibles sans toucher le moindre objet. Il n'avait aucune envie de laisser son ADN sur la scène. Il se pencha par la fenêtre ouverte pour vérifier la gouttière lorsque son instinct le poussa à faire volte-face. Il brandit son arme alors qu'une silhouette armée et masquée, toute de noir vêtue, apparaissait derrière lui dans l'embrasure de la porte. Alex lui tira deux balles dans la poitrine et l'homme tomba à la renverse, le coup fusant de son propre pistolet. C'était le même type qui avait pénétré par effraction dans la maison de Mallory, à Charlotte.

Les cris de douleur d'une femme les firent sursauter lorsque la morte roula soudain sur le lit. *Bon, d'accord, elle n'était peut-être pas si morte que ça.*

L'agresseur pointa son arme vers le lit et appuya sur la détente. Il tira à nouveau, mais son arme s'enraya. Alex visa sa tête cette fois, mais le bâtard bondit hors de leur vue et s'enfuit comme une poule mouillée. La femme criait, à l'agonie. Alex vérifia que Mallory n'avait pas été touchée, mais la victime avait reçu une balle dans l'épaule et il y avait du sang partout. Mallory se précipita à son secours. Alex ne savait que faire. La laisser seule ou mettre un terme à cette histoire en poursuivant le connard qui avait fait ça ?

Il se lança à la poursuite du tueur, fonçant dans le couloir à l'épaisse moquette, se retrouvant dans l'obscurité lorsque l'ordure actionna l'interrupteur à l'autre bout du couloir.

Il força sur ses bras et ses jambes. Ses poumons le brûlaient. Il courait aussi vite qu'il le pouvait.

Alex avait eu le type en pleine poitrine. Il aurait dû être mort, mais il ne saignait même pas. Du *Kevlar*. Et une détermination farouche, car à cette distance, ses tirs avaient dû lui casser quelques côtes. Il aurait dû viser sa tête, mais il avait espéré que, mourant, il aurait pu révéler où se trouvait la dernière demeure de Payton Rooney. Il entendit le type s'éloigner en courant dans l'obscurité et le suivit. Il ne voulait pas quitter Mallory, mais c'était l'occasion d'attraper ce salaud.

En tournant à l'angle de l'escalier principal, il vit l'ombre détaler devant lui. Le type s'arrêta et tira quelques coups de feu. Alex continua. Il enjamba la rampe et glissa dessus à pleine vitesse, s'élançant après le fuyard qui avait déjà atteint la porte. L'homme était grand, en forme, rapide. Il fonctionnait à l'adrénaline.

Alex passa la porte d'entrée juste à temps pour voir l'agresseur foncer au coin de la maison. Ses baskets soulevaient des graviers dans sa course. Il était sur le point de tirer quand le type disparut derrière le mur du côté est. Il ne perdit pas de temps à jurer.

Il se mit à courir, tournant prudemment à l'angle. Des coups de feu éclatèrent, atteignant l'endroit où sa tête se serait trouvée s'il ne s'était pas accroupi par réflexe. Il riposta et entendit un grognement. Il poursuivit la silhouette de l'homme derrière un vieux garage et dépassa une piscine vide. Il s'arrêta brusquement, pétrifié dans l'obscurité. Les arbres des bois bruissaient au bord de la vaste pelouse, l'exhortant à poursuivre. Il se retourna vers la maison. *Et merde.* Il ne pouvait pas laisser Mallory seule plus longtemps.

Et si le type avait fait demi-tour ? La panique s'empara de lui et il s'élança vers la maison. Il accéléra au coin du bâtiment et fut brusquement aveuglé par des phares. Il se protégea le visage avec le bras.

— FBI, baissez votre arme !

Alex tira sur les deux phares et plongea sur le côté. Il avait forcé « l'agent » à lâcher son arme, au sol, face contre terre dans le gravier, quand il entendit un bruit derrière lui et se retourna.

— Oh, mon Dieu, Alex. C'est mon patron.

C'était Mallory. Elle avait allumé l'entrée.

— Merde.

Alex ôta son genou de la colonne vertébrale de l'agent et recula. Le type portait ce qui avait probablement été un costume gris clair très cher et, à présent qu'Alex y voyait plus nettement, il constata que les phares sur lesquels il avait tirés appartenaient à une Lexus haut de gamme qui n'était pas dans le jardin tout à l'heure. Le type avait dû arriver en voiture alors qu'il poursuivait l'agresseur à l'arrière de la maison.

Il tendit la main à l'homme au sol, encore sous le choc.

— Désolé.

— Pas le temps pour ça.

Mallory lui empoigna le bras. Il rangea son arme pendant qu'elle parlait. Son patron se releva, l'air furieux.

— La fille est vivante, mais elle a perdu beaucoup de sang. Nous ne pouvons pas nous permettre d'attendre l'ambulance. J'ai besoin d'aide pour la porter et nous la conduirons aux urgences.

Elle le tira vers elle.

— Il y a une autre victime ?

Le patron de Mallory changea d'attitude et s'élança dans les escaliers à leur suite.

— Oui, mais le suspect lui a tiré dessus avant de s'enfuir. Elle était déjà très mal en point.

Mallory gravit les marches quatre à quatre, les deux hommes sur ses talons.

Alex fit un rapide détour. Il cria aux fédéraux :

— Je prends les clés de la voiture.

Il voulait aussi récupérer leurs affaires. Il lui fallut moins de vingt secondes pour tout rassembler et sortir de la pièce en courant. Il les retrouva sur le palier. Le patron de Mallory portait la fille en sang, enveloppée dans des couvertures. Ses yeux étaient fermés et elle sanglotait de douleur et d'angoisse. Alex ne pouvait imaginer ce qu'elle avait vécu, bien qu'ayant lui-même passé un sacré bout de temps en enfer. Mallory appuya une serviette contre la blessure par balle, ce qui permit de limiter le saignement. Alex s'avança et ouvrit la portière de la voiture pour que l'homme puisse se glisser à l'intérieur avec la fille sur ses genoux. Il jeta leurs bagages dans le coffre.

— Je vais conduire, dit Mallory.

— Pas cette fois.

Il s'assit sur le siège conducteur et alluma le moteur. Il capta les yeux d'un bleu glacial de l'autre homme dans le rétroviseur.

— Attachez votre ceinture.

Dès que Mallory eut fermé sa portière et bouclé sa ceinture, il démarra, pied au plancher, en manœuvrant sur la route de gravier à une vitesse extrême.

— Accrochez-vous, leur dit-il en prenant à gauche dans l'allée, faisant crisser les pneus.

Mettre Mallory hors de danger, amener cette jeune femme gravement blessée à l'hôpital, c'était tout ce dont il se souciait. Malgré la pression, il ne comptait plus laisser le moindre malheur leur arriver.

CHAPITRE DIX-SEPT

MALLORY FAISAIT LES cent pas dans le couloir de l'hôpital depuis plus d'une heure. *Ça s'était joué à rien.* Elle avait été si proche de mettre la main sur le monstre qui lui avait arraché sa sœur. Elle l'avait regardé dans les yeux avant qu'il ne prenne ses jambes à son cou.

Pendant un moment, elle avait voulu le voir mourir, mais par-dessus tout, elle voulait savoir ce qu'il avait fait de sa sœur. Où avait-il enterré Payton ?

Le besoin de savoir était si intense qu'il avait paralysé sa capacité à tirer sur ce fumier.

Alex l'avait eu en pleine poitrine, mais le type portait un gilet pare-balles. Le tueur savait qu'ils étaient là et s'attendait à ce qu'ils soient armés, il s'était donc équipé en conséquence. Il n'y avait aucune pitié dans ses actes. Il aurait tué Alex, laissé pour morte la femme blessée et enlevé Mallory, quelle que soit la raison tordue qu'il se donnait pour justifier son viol.

Une intense chaleur la réchauffa de l'intérieur. Elle serra les poings de colère et de frustration. Elle aurait dû utiliser son Taser. Pourquoi diable n'y avait-elle pas pensé plus tôt ?

On passait au même moment les empreintes digitales de la femme blessée dans l'IAFIS, mais Mallory était presque certaine, d'après sa description, qu'il s'agissait de Kari Regent. Son visage était méconnaissable, mais si elle survivait, il y avait de bonnes chances, une fois le gonflement passé, que son visage redevienne comme avant. Même si Mallory savait que cette fille ne serait plus jamais la même.

Pourquoi ses empreintes avaient-elles été relevées sur l'arme utilisée pour un double homicide ? Elle n'avait aucun doute qu'elle était une victime dans cette affaire, mais que lui avait fait faire le suspect avant de la battre et de l'étrangler ?

Était-il du coin ? Les meurtres des McCafferty et le retour à Eastborne avec Kari le même soir suggéraient qu'il se cachait à proximité. Il était peut-être allé à l'enterrement de Lindsey ? Ou il surveillait la maison ?

Elle se promit de parler au shérif et de vérifier l'identité des personnes qui avaient assisté aux funérailles. Peut-être devraient-ils faire surveiller la tombe, car les tueurs en série rendaient souvent visite à leurs victimes après leur mort.

Elle frissonna.

Sans Alex, elle aurait fait partie des victimes.

Elle avait été prise au dépourvu dans son ancienne chambre ; exactement ce que le tueur avait prévu. En trouvant la femme blessée dans son ancien lit, ses priorités avaient changé du tout au tout. Elle était passée du mode chasse au mode sauvetage, et il avait brillamment planifié le tout pour la mettre hors-jeu. Intelligent. Organisé. Impitoyable. Sadique.

L'instinct d'Alex les avait sauvés tous les deux. Elle ne savait pas ce qu'elle avait fait pour le mériter, mais elle était reconnaissante qu'il soit là. Il était assis sur une chaise en plastique orange, penché en avant, les coudes sur les genoux.

— Tu es un sacré tireur, lui dit-elle, débordante de fierté.

Il n'avait pas été paralysé par l'émotion et l'adrénaline. Elle avait encore des progrès à faire. Des deux, c'était lui, le civil – mais un civil qui avait reçu l'une des plus hautes distinctions de leur pays pour sa bravoure, se rappela-t-elle.

Il hocha la tête comme si de rien n'était.

Il avait également mis Frazer à terre sans la moindre difficulté. Dieu merci, il ne l'avait pas tué, car ses perspectives de carrière étaient déjà grillées.

Quand on parle du loup… Frazer s'avança vers eux dans le long couloir blanc.

— Comment va-t-elle ? demanda Mallory.

Frazer ouvrit la porte d'une salle d'attente, constata qu'elle était vide et lui fit un signe de tête, l'invitant à le suivre. Elle entra, Alex à ses côtés. Frazer lui jeta un regard noir, mais ne lui ordonna pas de quitter les lieux. Y avait-il du progrès ? Elle en doutait.

— Elle est vivante. Mais de peu. Les empreintes digitales correspondent à celles de Kari Regent.

Ses cheveux blonds étaient aplatis contre son crâne. Son expression était lugubre. Il avait une égratignure sur la pommette, due à l'intervention musclée d'Alex. Il n'avait pas l'air aussi impeccable que d'habitude. Elle avait remarqué que le personnel soignant était venu s'enquérir de l'état de santé de l'agent du FBI. Ils avaient à peine accordé un regard à Alex. Sans qu'elle sache comment, il avait réussi à se faire oublier – probablement parce qu'il ne s'était pas pavané. Fuyant elle-même les feux des projecteurs, elle appréciait également cet aspect de sa personnalité.

— Elle a dit quelque chose ? demanda-t-elle.

Il secoua la tête.

— Ils l'ont plongée dans un coma artificiel jusqu'à ce que la pression intracrânienne baisse et ils s'inquiètent d'une hémorragie interne. Ils pourraient avoir besoin de l'opérer pour soulager la pression.

Il s'interrompit et prit une profonde inspiration, clairement affecté par les blessures de la jeune femme.

— Sa trachée est meurtrie et très fragile. Elle a été enchaînée, agressée sexuellement, battue et étranglée. Sans parler du fait qu'elle souffre d'hypothermie et d'une blessure par balle. Ça n'a pas l'air réjouissant, mais son état est stable et elle est entre de bonnes mains.

Il passa les doigts sur ses yeux comme s'il essayait d'effacer une partie de ce qu'il avait vu.

— Nous avons fait des prélèvements d'ADN, qui ont été envoyés d'urgence à la police scientifique. La maison de votre père est désormais une scène de crime. Nous devons tous aller faire une déposition au bureau du shérif, puis je veux retourner voir sur place si nous ne sommes pas passés à côté de quelque chose.

— Je ne veux pas partir avant de savoir qu'elle va s'en sortir.

Elle se sentait protectrice vis-à-vis de Kari, comme si elle avait une dette personnelle envers elle.

Frazer secoua la tête.

— Il pourrait s'écouler des jours avant qu'elle ne se réveille. Des semaines même. Il y a un adjoint à la porte…

Alex le coupa.

— J'ai prévu une protection vingt-quatre heures sur vingt-quatre. Personne ne lui fera plus de mal.

Il dégageait une rage silencieuse.

— Le FBI peut la protéger.

Frazer l'observa en levant le menton. Alex fit un pas vers lui.

— L'une de mes partenaires est spécialisée dans la sécurité personnelle et elle nous envoie deux de ses meilleurs éléments.

Sa lèvre supérieure se retroussa et ses yeux s'étrécirent.

— Ils seront là d'ici une heure. Ils ne laisseront passer personne. Combien de temps avant que vos hommes n'arrivent ? Assez longtemps pour que Kari Regent finisse morte ?

Les yeux de Mallory s'agrandirent. Son patron et son petit ami semblaient bien partis pour chercher à savoir qui pissait le plus loin, et elle aurait préféré éviter de se retrouver au milieu.

— Quel est le problème d'une sécurité supplémentaire ? Quel mal cela peut-il faire ? demanda-t-elle, essayant de dissiper la tension qui régnait dans la salle d'attente déserte.

— Je veux que l'on vérifie les antécédents de tous les gens qui garderont cette porte, déclara Frazer entre ses dents. Et ils feraient mieux de ne pas entraver le travail des forces de l'ordre.

— Ils savent comment faire leur travail, *eux*.

La bouche de Frazer se crispa en entendant ces mots.

Mallory était déjà mal vue par ce type. Alex ne fit qu'empirer les choses en demandant :

— Que faisiez-vous sur place, monsieur ? Bien sûr, les renforts sont toujours les bienvenus.

Cela dit, c'était Alex qui avait tout géré de main de maître. C'était un sacré partenaire. Bien plus efficace que ses soi-disant collègues du FBI. La SSA Danbridge l'avait *bien* avertie le jour où elle avait quitté Charlotte.

Frazer sourcilla. Son regard changea et un étrange frisson s'insinua le long de la colonne vertébrale de Mallory.

— J'avais décidé d'aller parler au shérif de ce double homicide...

— Vous l'utilisez comme appât et vous arrivez après la bataille, lâcha Alex.

Mallory accusa le coup. *Quoi ?*

Frazer ne chercha pas à le nier. Il eut un sourire crispé.

— Au moins, elle vous avait, *vous*, Monsieur Parker. Un tireur d'élite, un pilote automobile digne de l'Indy 500. Sans oublier un féru de combats au corps-à-corps.

Le regard de Frazer devint assassin tandis qu'il regardait son costume à mille dollars tout déchiré.

— Je dirais que le suspect a clairement sous-estimé le nouveau petit ami de l'agent spécial Mallory Rooney.

Et lui aussi.

Mallory eut le souffle coupé. Quant à Alex, il ricana.

— Je vais faire réparer la voiture et vous rembourser le costume, mais vous restez un bel enfoiré.

Clairement pas intimidé par le FBI. Elle l'avait déjà remarqué lorsqu'elle l'avait rencontré à Charlotte. Or les civils étaient *toujours* intimidés par le FBI.

— Vous avez laissé un agent de terrain inexpérimenté s'attaquer à un tueur en série et vous n'avez même pas été foutu d'arriver à l'heure, putain ? Vous espériez qu'il l'enlève ? Pour gagner en visibilité sur la scène médiatique ?

Mallory se figea. Frazer était-il déçu que le suspect ne l'ait pas enlevée ? Cette pensée lui donna la chair de poule. Si Frazer travaillait avec le justicier, il pourrait avoir des raisons d'espérer que quelqu'un la fasse taire. Un tueur en série le ferait sans éveiller les soupçons sur lui-même. Elle croisa les bras sur sa poitrine. Elle manquait peut-être d'expérience, mais elle n'était pas stupide et les choses ne collaient pas.

— Est-ce vrai ? Vous m'avez utilisée comme appât ?

Frazer la regarda d'un air intransigeant.

— Remettez-vous en cause mes décisions, agent spécial Rooney ? Ou juste mes compétences ?

Une vague d'incertitude la frappa.

— Compte tenu de ce qui s'est passé ce soir, je pense que nous – le FBI – aurions pu gérer cette situation bien mieux. Nous aurions dû savoir qu'il viendrait ce soir. Nous aurions dû lui tendre un piège.

Frazer ferma les yeux et se pinça l'arête du nez.

— Les choses semblent toujours plus simples a posteriori, agent Rooney. Ne remettez plus en question mon autorité.

Pour l'heure, Mallory n'était pas près de lui faire confiance.

Alex semblait prêt à le frapper, mais elle lui toucha le poignet, rassurée par le pouls fort et régulier qui battait sous ses doigts.

— Bien, monsieur.

Elle fit machine arrière. Parce qu'elle avait trouvé un moyen de mettre fin à sa chasse au justicier et de poursuivre sa carrière au FBI. Elle espérait seulement qu'Alex serait là quand tout serait fini.

***

ALEX ETAIT ASSIS dans le bureau du shérif de Greenville. On l'interrogeait sur les événements de la veille. Dans le bureau vitré du shérif Williams, Mallory faisait sa propre déposition. Il ne parvenait pas à la quitter des yeux. À l'exception d'une tache pourpre sur chaque pommette, sa peau était d'un blanc glacé. Il y avait sur son visage une once de fragilité qui n'existait pas lorsqu'il l'avait rencontrée. Un soupçon de vulnérabilité. Quels que soient les sentiments qui avaient grandi en lui ces dernières semaines, ils s'étaient amplifiés dans des proportions stupéfiantes après la tentative d'enlèvement de la veille au soir.

S'il n'avait pas insisté pour l'accompagner, il y avait de fortes chances que Mallory se soit retrouvée à la merci d'un prédateur sexuel. Cette idée lui donnait envie de frapper quelque chose de dur. De préférence le visage du SSA Frazer.

— Que s'est-il passé ensuite ?

Alex jeta un coup d'œil à l'adjoint qui prenait sa déposition. Le shérif adjoint L. Chance d'après son badge. Il correspondait à la taille et à la silhouette de l'agresseur. Tout comme le shérif et la moitié de ses hommes.

— J'ai entendu un bruit dans le couloir.

Les gardes du corps que sa partenaire, Haley Cramer, avait envoyés étaient arrivés en hélicoptère moins de trente minutes auparavant. Ils se relayaient au chevet de la jeune femme, leur meilleure chance d'attraper ce salaud. Si Kari Regent survivait, elle pourrait leur fournir un portrait-robot du tueur et peut-être une description de l'endroit où elle avait été retenue. Ils auraient alors un point de départ. Alex était de plus en plus convaincu que ce point de départ se trouvait quelque part près de Colby et était lié à ce qui s'y était passé dix-huit ans auparavant.

— Vous étiez au lit en train de dormir ? lui demanda l'adjoint Chance.

Alex secoua la tête.

— J'étais assis sur une chaise, bien éveillé.

— Vous étiez assis sur une chaise pendant que l'agent Rooney dormait ?

— C'est ce que j'ai dit.

Alex regarda Mallory à travers la vitre. Il ne pouvait pas se détendre depuis que ce salaud avait cherché à l'atteindre. Il ne faisait aucun doute dans l'esprit d'Alex que ce n'était pas la première fois qu'il essayait, et que ce ne serait pas la dernière. Jusqu'à présent, Mallory avait eu de la chance, mais elle ne pourrait pas rester sur ses gardes éternellement. La seule façon de mettre fin à ce cauchemar était de mettre une balle dans le cerveau de cet animal. Il martela le bureau de ses doigts. Le flic le surveillait toujours comme s'il attendait une réponse.

— On faisait le guet à tour de rôle.

— Vous vous attendiez donc à des ennuis ?

Il hocha la tête. Frazer s'attendait également à ce qu'ils aient des problèmes, mais ce fils de pute n'avait rien fait pour les éviter. Pourquoi ? Alex plissa les yeux. Faisait-il partie du Projet Gateway ? Était-ce à cause de lui qu'il avait failli se faire attraper la dernière fois ?

Ou peut-être croyait-il sincèrement que Mallory – un agent spécial du FBI formé à cet effet – pouvait s'occuper du type toute seule ? Alex fronça les sourcils. Il n'était pas sexiste. Il avait compris qu'un des assassins du Projet Gateway était une femme et elle comptait parmi les meilleurs. Les femmes pouvaient être des assassins. Et parmi les meilleurs. Mais Mallory n'en était pas encore là. Elle avait besoin de plus d'entraînement, d'une meilleure condition physique et d'une plus grande détermination, impitoyable, pour blesser quelqu'un.

C'était ce qui donnait aux prédateurs et aux tueurs un avantage sur les personnes « normales ». Ils ne respectaient pas les règles de la société et ne faisaient pas les choses à moitié. Personne ne s'attendait à être attaqué par un autre être humain. Cela allait à l'encontre de toutes les règles. Les gens intelligents se figeaient et obéissaient généralement, alors qu'ils devraient se battre pour sauver leur peau.

— Madame Rooney a souvent séjourné dans cette maison,

ces dernières années. Pourquoi pensait-elle que la nuit dernière serait différente ?

Alex ne savait pas ce que le FBI avait divulgué à la police locale concernant les nouvelles preuves. Si ce type était censé connaître l'affaire, d'autres membres des forces de l'ordre pourraient se charger de le mettre au parfum. Il haussa les épaules.

— Je n'aime pas me faire surprendre.

L'adjoint haussa les sourcils.

— Dixit le boy-scout qui porte un SIG P229.

Alex lui adressa un sourire froid.

— Je ne serais pas devant vous si j'avais eu une sarbacane.

— L'agent Rooney n'a jamais tiré ?

Ils se tournèrent tous les deux vers Mallory, de l'autre côté de la vitre.

— Dès qu'elle a entendu gémir la femme blessée, elle a cherché à la secourir.

L'adjoint renifla en secouant la tête, comme pour signifier que Mallory avait commis une faute, mais Alex ne comptait pas lui dire qu'il travaillait mieux sans interférence.

— Vous la fréquentez depuis longtemps ?

Alex observa le flic. Le FBI connaissait déjà la réponse à cette question.

Il ne savait pas si les policiers et les fédéraux avaient fait le lien entre le tueur aux initiales et leur double homicide ainsi que l'enlèvement de Payton Rooney, dix-huit ans auparavant. Lui, oui. Il n'avait aucun doute là-dessus. Tout était lié. Il ne restait plus qu'à comprendre comment.

Le stylo de l'adjoint était suspendu en l'air.

— Très bien, que s'est-il passé ensuite ?

— Vous avez des collègues qui fouillent les bois ?

Son interlocuteur serra les lèvres.

— Les équipes de recherche ont fouillé chaque centimètre carré, mais nous n'avons rien trouvé.

— Il connaît ces bois. Vous devez continuer à chercher dans les environs.

L'adjoint le dévisagea.

— Laissez-nous faire notre travail, *Monsieur* Parker.

Alex ne répondit pas. Ce type serait difficile à attraper en respectant le protocole. Heureusement, il n'avait pas à le faire. Il devait vérifier l'algorithme qu'il avait écrit pour comparer les informations des téléphones portables aux zones où avaient été retrouvés les corps et aux lieux d'enlèvement. Il ajouterait les antennes-relais des environs pour voir ce qui en ressortirait. Impatient d'en finir, il s'empressa de terminer son récit. Mallory parlait encore au shérif.

— Qu'est-ce qui vous a fait vous retourner ?

Alex regarda l'adjoint sans comprendre. Ils n'en avaient pas encore fini ?

— Dans la chambre. Vous avez dit que vous regardiez par la fenêtre et vous vous êtes retourné. Pourquoi ?

L'adjoint semblait intéressé. Il haussa les épaules.

— J'ai senti quelque chose.

— Un bon instinct.

Il plissa les yeux.

— J'ai eu de la chance.

Il ne lui dit pas qu'il avait *beaucoup* de chance.

— Ensuite, vous l'avez poursuivi ?

— Ouaip. On a fini ?

Une douleur vrilla le crâne d'Alex. Putain de migraine. Il sortit des analgésiques de sa poche et se servit un verre d'eau. *Et merde.* La mère et le père de Mallory venaient d'arriver.

Alex leva les yeux au ciel, se préparant pour le cirque qui allait suivre. Ils se faufilèrent dans le bureau vitré du shérif et enlacèrent Mallory dans une étreinte protectrice.

Un sentiment d'isolement l'envahit, s'enracinant en lui comme un clou dans sa colonne vertébrale. C'était pire que d'habitude, car pendant quelques heures, il avait ressenti combien c'était agréable de faire partie d'un tout. Maintenant, il redevenait un simple observateur extérieur.

C'était ce qu'il aimait, il en avait besoin.

Ce qu'il devait faire, c'était maîtriser ses émotions. Mais il ne pouvait pas s'éloigner de Mallory tant que l'on n'aurait pas pincé cette ordure. Cela ne signifiait pas qu'il devait se leurrer en croyant qu'ils allaient vivre heureux pour toujours, elle et lui.

— Pourquoi ne l'avez-vous pas suivi dans les bois ?

— Je ne voulais pas laisser l'agent spécial Rooney seule trop longtemps, ni la femme blessée.

Alex perdait patience. Les lèvres de l'adjoint Chance se retroussèrent.

— Et quand vous êtes rentré, vous avez été confronté à l'agent spécial superviseur Frazer. Pourquoi vous êtes-vous opposé à l'arrestation ?

— Je n'ai jamais été en *état d'arrestation*.

Alex s'efforça de ne pas déchiqueter l'homme, qui le dévisageait d'un air dubitatif.

— Selon le FBI, il s'est identifié comme un agent fédéral et vous a intimé de « lâcher votre arme ».

Alex se massa le front. Ce type était une vraie plaie. Voilà pourquoi il ferait un mauvais flic. Trop d'interrogations monotones.

— Pour autant que je sache, l'agresseur avait fait le tour de la maison et voulait que je jette mon arme avant de m'abattre.

— Alors, pourquoi ne lui avez-vous pas tiré dans la tête ? demanda l'adjoint.

— À l'agent ou à l'agresseur ?

L'adjoint éclata de rire et jeta un coup d'œil à l'endroit où le SSA Frazer s'entretenait avec son équipe.

— Aux deux.

— Sachant que l'agresseur portait un gilet pare-balles, j'aurais dû lui tirer dans la jambe.

— Ils ne vous apprennent pas à tuer, là d'où vous venez ?

L'accent de la Virginie-Occidentale ressortait tout particulièrement dans sa voix.

Alex ne sourit pas. Il avait trop souvent ôté la vie pour prendre ce sujet à la légère.

— Mallory veut savoir ce qui est arrivé à sa sœur. Sinon, il serait mort.

Et tout ce bordel serait terminé. Il serait libre d'aller de l'avant. Cette idée lui faisait l'effet d'un trou béant dans la poitrine.

— Vous pensez vraiment que c'est le même gars qui a enlevé Payton Rooney il y a des années ? se moqua l'adjoint.

— Oui.

Alex se leva tandis que la famille Rooney sortait du bureau du shérif. La sénatrice croisa son regard et hocha la tête de manière impérieuse pour qu'il les rejoigne. *Youpi.*

— Autre chose ? demanda-t-il à l'adjoint.

Ce dernier s'affala dans son fauteuil.

— Non, nous avons fini. Ne cherchez plus à faire respecter la loi, Monsieur Parker.

Compte là-dessus. Avec une profonde inspiration, il se dirigea vers là où les Rooney parlaient au shérif. Il se tenait derrière le groupe comme une ombre, mais Mallory lui prit la main et le fit passer devant. Son comportement en présence de ses parents lui coupa le souffle.

— Voici Alex Parker.

Elle le présenta à son père et ils se serrèrent la main. L'homme avait une sacrée poigne.

— Je tenais à vous remercier. Nous avons entendu dire que sans vous, Mallory aurait pu être blessée ou kidnappée.

La voix de l'homme se brisa.

— Je sais que c'est un agent du FBI, mais je ne peux pas supporter l'idée de perdre une autre fille.

— Heureux d'avoir été là, monsieur.

Frazer les rejoignit et Mallory le présenta à ses parents tandis qu'Alex s'écartait. Frazer et lui n'étaient pas vraiment en bons termes.

— Que comptez-vous faire pour assurer la sécurité de ma fille, SSA Frazer ? demanda le juge.

— Je suis sur le point de la renvoyer à Quantico.

Mallory ouvrit la bouche pour protester et la referma avant de prononcer le moindre mot. Pour une fois, Alex était tout à fait d'accord avec Frazer, mais il le laisserait subir les foudres de Mallory.

— Vous êtes trop vulnérable et trop proche de cette affaire pour rester affectée au dossier.

— Kari Regent a été enlevée tout près de Washington, fit Mallory, contractant la mâchoire. Qu'est-ce qui vous fait penser que je serai plus en sécurité là-bas ?

— Pourrions-nous parler en privé pendant qu'ils se disputent, Monsieur Parker ? lui demanda la sénatrice à voix basse.

— Vous pouvez utiliser mon bureau.

Le shérif les invita à entrer, même s'il était manifeste qu'il avait hâte de se remettre au travail au lieu d'attendre la fin d'interminables laïus.

Alex suivit la sénatrice Tremont et ferma la porte derrière eux. Elle se mit à faire les cent pas, comme Mallory à l'hôpital. La sensation d'être observé était oppressante.

— Pensez-vous que ce tueur est le même homme qui a enlevé Payton ?

Alex hocha la tête. La femme gardait les yeux rivés sur ses escarpins en cuir hors de prix.

— Je tiens à vous remercier de vous être occupé personnellement de ma fille.

Il fit un signe de tête.

— Je ne l'ai pas fait pour vous.

Elle pinça les lèvres et plissa les yeux.

— Alors, pourquoi l'avez-vous fait ?

Il n'y avait aucune chance qu'il avoue ses sentiments à cette femme, même s'il les avait compris lui-même. Il s'appuya contre le bureau et haussa les épaules.

— On se fréquente, tous les deux.

Des taches rouges de colère apparurent sous son fond de teint. Elle se tourna face à la fenêtre extérieure, s'assurant que personne ne puisse lire sur ses lèvres ce qu'elle s'apprêtait à dire.

— Je me fiche que vous couchiez ensemble, mais s'il lui arrive quelque chose…

Sa voix ne fut plus qu'un murmure :

— Je veillerai à ce que vous retourniez dans cette prison marocaine sans attendre.

Une vague de colère le submergea. Il passa les bras autour de ses épaules et l'enlaça. Elle était aussi malléable que la pierre. Son pouls battait irrégulièrement dans son cou. Bien. Il approcha les lèvres de son oreille et dit lentement :

— Ce n'est pas ce que nous avons convenu, sénatrice. Mallory n'a rien à voir avec notre marché. Il me reste cinq cent vingt jours que vous avez achetés en même temps que ma liberté, puis j'arrête. Pour de bon.

La sénatrice se tendit encore plus sous l'étreinte. N'importe qui aurait vu dans cette scène un homme qui consolait une femme bouleversée. Sa voix se fit encore plus faible.

— Si vous revenez sur votre promesse, je vous ferai tomber. Si vous faites du mal à Mallory…

Il s'écarta et laissa son regard sans âme parler de lui-même. Elle frissonna.

Il allait relâcher son étreinte lorsque les doigts de la femme se plantèrent dans ses triceps. Puis ses yeux s'emplirent de larmes et elle abandonna le statut de puissante sénatrice pour revêtir celui de parent impuissant. Elle déglutit.

— Il ne doit rien arriver à mon bébé. Je vous en prie.

Une boule d'émotion menaçait de l'étouffer, mais il ne pouvait pas laisser cette femme voir sa faiblesse.

— Je donnerais ma vie pour la protéger, vous avez ma parole.

Il ne lui dit pas qu'il sacrifierait tout pour protéger Mallory, y compris le Projet Gateway et la sénatrice elle-même.

— Pourquoi avez-vous passé cet appel au FBI à propos de Meacher ? demanda-t-il à voix basse.

Ses yeux s'agrandirent d'effroi et elle se mit à balayer du regard les gens qui les observaient à travers la vitre.

— Je…

— Pour donner à Mallory la chance de se démarquer ?

— Pourquoi n'aurait-elle pas pu en tirer les lauriers ? Cet

animal opérait dans sa juridiction.

Ses traits reflétaient sa profonde indignation alors qu'elle regardait fixement par la fenêtre.

— Je ne savais pas que Meacher allait choisir cette nuit-là pour faire une autre victime. Je ne savais pas qu'ils allaient lancer une attaque immédiate sur sa maison.

— Avez-vous passé d'autres appels ? demanda-t-il.

— Quoi ? Non !

Elle parut outrée par ce qu'il suggérait.

Il la dévisagea froidement. Comme la plupart des politiciens, cette femme était une sacrée bonne menteuse.

— Je n'ai toujours pas confiance en votre taupe au FBI. L'avertissement concernant l'arrivée des flics chez Meacher a été si tardif que nous avons failli nous serrer la main dans l'entrée. Soit votre taupe est incompétente, soit elle essaie de me faire tomber. Quoi qu'il en soit, ce n'est bon ni pour vous ni pour vos collègues du Projet Gateway.

Elle déglutit nerveusement.

— Il doit s'agir d'une erreur technique. Un pépin.

Elle regarda le SSA Frazer qui les observait à travers la vitre, mais Alex ne savait pas s'il était la taupe ou si elle avait seulement peur qu'il puisse entendre quelque chose.

Il serait logique qu'il s'agisse de Frazer. Si la sénatrice l'avait fait chanter afin qu'il travaille pour leur organisation clandestine – et Alex ne l'aurait pas laissée faire –, alors mettre la fille de la sénatrice en danger était un moyen efficace de se venger.

— Contrôlez vos chiens, sénatrice, murmura-t-il à son oreille. Avant qu'ils ne vous mordent.

Il tourna les talons, lui tint la porte, et elle passa devant lui avec le port altier d'une reine. Mallory le regardait de ses doux yeux ambrés.

— Désolée. Qu'est-ce qu'elle te voulait ? demanda-t-elle lorsqu'il s'approcha.

— Engager mon cabinet pour te protéger.

Mallory secoua la tête

— Qu'est-ce que tu lui as dit ?

Il passa son bras autour de sa taille et déposa un baiser sur sa tempe.

— Que j'assurais déjà ta sécurité. Je ne te lâcherai pas tant que ce type est dans le coin.

Sa peau le picota lorsqu'ils quittèrent le bâtiment. Il flirtait dangereusement avec le système judiciaire même qu'il bafouait chaque fois qu'il était envoyé en mission. Ce système judiciaire qui lui grillerait la cervelle si jamais il se faisait prendre.

CHAPITRE DIX-HUIT

L E MOIS DE décembre les avait pris dans son étau avec la brutalité d'un piège à renards. Plusieurs centimètres de neige recouvraient le sol, et les feuilles mortes craquaient sous ses bottes d'hiver. Il était pris d'une fureur sans nom qui menaçait de l'étouffer. Ses côtes le faisaient atrocement souffrir. Il les avait enserrées dans des bandages et avait fait très attention à ne pas se trahir, même si la douleur était atroce.

Les yeux de Mallory étaient exactement de la même teinte que ceux de Payton. Ses cheveux légèrement moins foncés. Trop courts, mais ils finiraient par pousser. En un an, elle aurait une chevelure longue et soyeuse sous ses doigts.

Il suivait l'autre homme dans les bois. Malgré le merdier monumental de la veille au soir, rien n'était perdu – pour l'heure. Les médias campaient à l'hôtel de ville, le maire semblait sur le point de faire une attaque si le shérif ne résolvait pas rapidement cette affaire. Il aimait le shérif, c'était un homme bon, mais il n'avait pas l'intention d'alléger son fardeau.

D'abord, il devait s'occuper de cette salope de Kari avant qu'elle ne fasse de réels dégâts. On rapportait qu'elle était inconsciente et qu'elle le resterait probablement pendant un certain temps.

— On a déjà fouillé cette zone ?

Le type releva son chapeau beige et s'essuya le front. Malgré le froid, il transpirait comme un porc sur une broche.

— Deux fois.

Il ne chercha pas à masquer son irritation. Pourquoi ce trou du cul ne pouvait-il pas juste laisser tomber ?

Sean Kennedy souffla longuement, puis bomba le torse.

— Allez, une dernière fois. On pourrait avoir de la chance.

— Qu'est-ce qu'on cherche *exactement* ?

Il poussa un soupir d'impatience. Il s'était débrouillé pour toujours chercher personnellement aux abords du tas de bois, mais Kennedy se dirigeait obstinément dans cette direction. Il se prenait pour un vrai détective.

— Des vêtements. Des traces de pas. De sang. On saura que c'est important en le voyant.

L'autre adjoint haussa les épaules et s'essuya la bouche du revers de la main.

— Tu imagines si c'était nous qui découvrions ce qui est arrivé à Payton Rooney après toutes ces années ? Tu la connaissais ?

Le chagrin lui tordit les tripes.

— Non, je ne la connaissais pas.

L'appréhension augmentait à chaque pas dans la neige.

— S'il y avait des preuves, elles sont enterrées sous toute cette neige.

— On devrait lâcher les chiens dans le coin…

— Le tueur a pris la voiture des McCafferty. Les chiens ne nous diront rien d'autre que la route qu'ils ont prise.

— Oui, mais le tueur est revenu chercher Mallory Rooney la nuit dernière, donc peut-être qu'il est toujours dans le coin.

Ils se rapprochaient de plus en plus du sentier menant à sa

cabane. Kennedy était un bon officier qui s'approchait trop près de sa cachette à son goût et commençait à l'énerver.

— Allons chercher quelque chose à manger et revenons quand il fera jour.

— Dans une minute, répondit Kennedy avec impatience.

L'appel du ventre fonctionnait généralement avec ce type. Kennedy s'arrêta et regarda autour de lui. Le crépuscule s'annonçait. *Allez, allez. Demi-tour.* Puis l'adjoint regarda le tas de bois.

— On jette un œil par-là, et après on arrête.

Et merde.

Il suivit prudemment son collègue, regardant par-dessus son épaule. Les autres équipes avaient abandonné pour la nuit et étaient toutes rentrées chez elles. Il ouvrit subrepticement son holster.

Ils suivirent les traces superficielles de son premier passage jusqu'à la clairière. Il avait fait très attention de ne pas aller jusqu'à la trappe, se concentrant plutôt sur le tas de bois. Le vent mugit, agitant les branches au-dessus de leurs têtes. Des blocs de neige vinrent s'écraser sur le sol. Il baissa les yeux et étouffa un juron. La neige avait fondu sur l'anneau métallique de la trappe, laissant une nette impression circulaire. Il vit le moment exact où Kennedy le repéra.

Ce dernier se retourna et croisa son regard, les yeux brillants d'excitation. Il mit son doigt sur ses lèvres et sortit son arme.

— Il n'y a rien ici. On ferait mieux de rentrer, dit Kennedy en haussant le ton.

Puis il ajouta en chuchotant :

— Ça nous vaudra à tous les deux de sacrées félicitations.

Il sortit son arme à son tour, soulagé que l'autre agent n'ait pas appelé de renforts. Kennedy voulait clairement être un héros plutôt que de suivre la procédure. Le type attrapa l'anneau, puis ouvrit la trappe qui retomba avec un léger craquement dans la neige. Il faisait noir à l'intérieur et il était impossible de voir quoi que ce soit à la lueur du crépuscule. Kennedy prit sa lampe de poche et éclaira les escaliers.

— Adjoints du shérif ! Sortez avec les mains en l'air, dit-il à voix haute.

Il regarda de nouveau derrière lui. Il n'y avait personne à proximité.

Kennedy prit sa radio. À présent, il avait deux choix. Le laisser appeler et s'enfuir pendant les recherches. Ou alors…

— Tu entends ça ? On dirait une femme qui pleure, murmura-t-il d'un ton pressant en faisant un pas en avant.

Kennedy passa devant lui. Décidément, ce type voulait vraiment être le héros du jour.

Il ôta son chapeau et le jeta par terre avant de descendre les escaliers en bois, les contremarches gémissant sous son poids. Toute l'attention de Kennedy était focalisée devant lui. À la troisième marche, il lui fracassa son arme de service à l'arrière du crâne. L'homme s'écrasa sur le sol en terre battue. Il se précipita dans les escaliers et attacha rapidement la chaîne aux poignets charnus de Kennedy pendant qu'il récupérait ses clés. Il prit du ruban adhésif et lui enveloppa efficacement la bouche, les poignets et les chevilles. Il s'empara de la radio, du téléphone portable, de l'arme et du badge de Sean, sachant qu'il devrait le tuer, mais réticent à le faire immédiatement. Le sang coulait sur le visage de Kennedy, qui entrouvrit les yeux. On y lisait la confusion et les questions silencieuses qu'il se posait tout en tirant sur la chaîne.

— Eh bien, Seany, tu as résolu cette putain d'affaire.

Il prit quelques objets sur les étagères. Une brosse à cheveux. Le sac à dos de Kari Regent.

— Au passage, j'ai menti quand j'ai dit que je ne connaissais pas Payton. Je la connaissais mieux que quiconque. Je l'aimais et elle m'aimait. Navré que ce soit toi qui aies tout compris.

Il lui adressa une grimace ironique. Ce n'était pas prévu, mais Kennedy avait scellé son propre destin. Il remonta les marches, vérifiant qu'il n'y avait personne aux environs, et referma la trappe sur son collègue avant de la verrouiller. Il étala soigneusement de la neige sur le dessus jusqu'à ce qu'elle soit à nouveau invisible.

La disparition de Sean resterait un mystère inexpliqué dont les gens continueraient à s'étonner de temps à autre.

Il regagna leur véhicule de patrouille, monta en voiture et conduisit jusqu'au ranch de l'adjoint Kennedy, dans une rue calme d'un quartier tranquille. Il pénétra dans la maison – le type n'avait jamais fermé une porte de sa vie – et posa son arme, son badge, sa radio et son téléphone portable sur le plan de travail de sa cuisine, enlevant soigneusement ses propres empreintes et son ADN des objets. Puis il se rendit dans la chambre et fourra le sac à dos de Kari sous le lit. Il posa la brosse à cheveux sur la coiffeuse, la toucha et se souvint d'avoir brossé les longs cheveux noirs de Payton pour les faire briller comme de l'ébène. Il essuya le manche en bois et recula.

À quoi pensait Kennedy en ce moment ? Était-il suffisamment choqué et impressionné ?

Il remonta dans la voiture de patrouille et se dirigea vers le bureau du shérif. Si on le lui demandait, il dirait qu'il avait ramené Kennedy chez lui après une autre recherche infructueuse dans les bois. Lorsqu'il ne se présenterait pas au travail le lendemain, on enverrait quelqu'un chez lui. Quand on découvrirait qu'il avait disparu, il passerait en tête de la liste des suspects. La brosse à cheveux, le sac à dos et sa disparition soudaine devraient lui permettre de gagner du temps. Assez longtemps pour tuer Kari et leur arracher Mallory Rooney sous le nez. Alex Parker l'avait court-circuité, mais plus pour longtemps. Il avait bien l'intention de se venger de ce type en enlevant sa petite amie. Les flics du coin n'étaient pas vraiment des experts et même le FBI s'était avéré décevant. Mais en attendant la mort de Kari Regent, il devait commencer à préparer son plan de repli, au cas où.

Patience, se rappela-t-il en passant devant tous les fourgons de télévision et de médias. Kari était en soins intensifs et tout le monde était en état d'alerte. Tant qu'il ne paniquait pas, cela fonctionnerait. Il regarda par la vitre de la voiture alors que la neige se remettait à tomber doucement, couvrant les traces que Sean et lui avaient laissées dans les bois.

La patience était son amie.

SES PARENTS ETAIENT peut-être puissants, mais il n'y avait plus de ficelles à tirer. Eastborne était une scène de crime jusqu'à ce que les fédéraux décident du contraire. Mallory avait fait rentrer ses parents chez eux et avait laissé les flics faire leur travail. Elle leur avait promis de venir les voir pour le dîner chez sa mère, ce week-end-là.

Alex et elle étaient de retour dans l'appartement de son père à Washington et elle avait été écartée de l'enquête. Elle contracta la mâchoire. Elle aurait pu aider, mais elle n'avait presque pas dormi depuis des jours, si fatiguée qu'elle tenait à peine debout. Cela commençait à avoir des conséquences sur sa capacité à penser. Le lendemain, elle avait l'intention d'informer Hanrahan de son plan pour attraper le justicier, mais pour l'instant, elle voulait juste dormir et ne pas s'inquiéter d'un fou qui essaierait de l'enlever.

La télévision était allumée en arrière-plan, en sourdine. Elle projetait des images vacillantes contre le mur. Le reste de l'appartement était plongé dans la pénombre. Alex entra dans la chambre après sa douche. Il se pencha et l'embrassa, longuement et lentement.

— Tu dois avoir mieux à faire que de traîner avec moi, murmura-t-elle, ses lèvres plaquées contre les siennes.

— J'aime passer du temps avec toi.

Il la poussa en arrière et s'allongea sur elle, sur le canapé.

— J'aime beaucoup passer du temps avec toi.

Il mordilla sa lèvre inférieure et elle gémit, puis, incapable de résister, elle passa ses bras autour de son cou et savoura son goût. La culpabilité de s'autoriser à être heureuse était atténuée par le fait que, sans Alex, elle aurait pu être morte. Sa sœur n'aurait pas voulu cela.

Elle recula et plongea son regard dans ses yeux d'étain.

— Je n'arrive pas à croire que tu sois entré dans ma vie pile au bon moment.

Il l'embrassa à nouveau et sentit une sensation de chaleur irradier dans son ventre, ainsi qu'autre chose. Quelque chose d'effrayant. Quelque chose d'étonnant. Il lui caressa les cheveux, prenant son visage entre ses mains.

— Je pense que je suis entré dans ta vie exactement au moment où il le fallait.

Le *destin* ? Quelques années auparavant, Mallory avait établi que le destin était inconstant et avait décidé de ne pas s'y fier. L'émotion monta d'un cran, mais elle refusait de penser à ce qui aurait pu se passer si Alex n'avait pas été là, la nuit passée. Au lieu de quoi, elle lui lécha l'intérieur de la bouche et prit le contrôle du baiser, ressentant un sentiment de puissance lorsqu'il le lui rendit. Il avait le goût d'un homme fort et sain, et cette force lui faisait envie. Elle voulait jouer avec cette puissance, explorer les façons dont elle pouvait le faire gémir. Et elle voulait oublier qu'il y avait un homme quelque part qui cherchait à faire d'elle son jouet personnel.

L'appartement était relativement sûr, avec un bon système de sécurité. L'un de ses Glock était posé sur la table basse. L'autre était rangé dans le tiroir près la porte d'entrée. Alex portait une arme dans un holster d'épaule, ce qui donnait un air incroyablement sexy à ce corps magnifiquement sculpté.

Elle le fit rouler et ils atterrirent par terre, elle au-dessus de lui. Ils éclatèrent de rire, mais ce rire s'interrompit lorsque Mallory promena ses doigts jusqu'au premier bouton de sa chemise. Il resta allongé sans bouger tandis qu'elle descendait le long de son torse. Il voulut la toucher, mais elle secoua la tête.

— Je veux pouvoir faire de toi ce que je veux.

Elle avait parlé sur un ton de défi. Elle avait besoin de reprendre le contrôle d'une vie qui avait déraillé.

Il esquissa un demi-sourire.

— Vas-y.

Elle se hissa sur ses cuisses et la flamme du désir s'alluma en elle, se reflétant dans les yeux d'Alex. Ses doigts se serrèrent sur ses cuisses.

— Sois gentille avec moi. Ou brutale. Peu importe…

Il avait dit cela pour plaisanter, mais les yeux de Mallory se posèrent sur ses cicatrices, et elle réalisa qu'on lui avait fait du mal, physiquement et mentalement. Elle embrassa la première cicatrice, puis la suivante.

— Un jour, dit-elle entre deux baisers, je veux que tu me racontes comment tu as eu chaque cicatrice.

Elle posa ses doigts sur ses lèvres avant qu'il ne puisse protester.

— Pas aujourd'hui. Un jour.

Il soutint son regard, ses yeux luisants d'une émotion inexprimée, mais il hocha finalement la tête.

La chaleur de sa peau lui brûlait les doigts tandis qu'elle parcourait ses lèvres, descendait le long de sa gorge jusqu'à ses pectoraux saillants, ses mamelons plats et ses abdominaux bien dessinés. Elle n'avait encore jamais eu d'amant aussi beau. Elle n'avait jamais touché un corps comme celui-là. Mais ce n'était pas pour cela qu'Alex était beau. Il faisait vibrer quelque chose en elle. Elle ne savait pas ce que c'était, mais ils se complétaient. À la perfection. Ses lèvres suivirent les poils dorés qui s'étiraient au sud d'un nombril qu'elle voulait goûter. Ce qu'elle fit. Il était chaud et propre, et sentait le savon d'une douche récente.

Elle défit le bouton de son jean, puis passa son index sur sa fermeture éclair. Ses yeux s'assombrirent.

— Tu aimes ça ? demanda-t-elle.

— Je suis un mec. Tu touches ma queue et je suis le plus heureux des hommes.

— J'aime le fait que tu sois un mec.

Elle détacha le premier bouton de son propre chemisier et le regarda retenir son souffle tandis qu'elle faisait sauter le bouton suivant.

— J'aime vraiment ça.

Elle avait dit qu'elle ne lui ferait pas de mal, mais elle

n'avait pas dit qu'elle ne le tourmenterait pas jusqu'à ce qu'il la supplie. Bouton suivant. Juste assez pour qu'il aperçoive le soutien-gorge noir en dentelle qu'elle avait enfilé après sa douche.

— Tu vas finir par me tuer.

— Je compte bien essayer.

Elle défit le dernier bouton et ôta lentement son chemisier, l'abandonnant derrière elle.

Les doigts d'Alex se refermèrent dans le vide sans parvenir à l'atteindre.

— N'hésite pas à me dire si je peux me rendre utile.

Il contemplait ses seins.

— Je pense que j'ai la situation sous contrôle.

Elle se pressa contre sa fermeture éclair et croisa son regard. Elle aimait la sensation de sa peau, lisse et ferme. Il était musclé et beau comme un dieu. Son corps n'était pas massif, mais affûté comme la lame d'un couteau.

— Tu as un sacré corps pour un employé de bureau.

— Et toi, tu as un sacré corps pour une employée du gouvernement.

Il remonta ses mains le long de sa cage thoracique pour englober ses seins douloureux et se pencha, prenant un mamelon dans sa bouche. La dentelle rugueuse contre sa chair si délicate lui donna le frisson. Des sensations déferlaient dans tout son corps, lui donnant envie de s'arc-bouter contre lui. Il avait de grandes mains qui moulaient parfaitement ses courbes. Elle était censée être aux commandes, mais d'une certaine manière, le fait qu'Alex lui fasse l'amour lui donnait l'impression d'avoir obtenu tout ce qu'elle avait toujours voulu.

Elle recula légèrement, juste assez pour échapper au contact. Il gémit et s'allongea à nouveau. Elle baissa son jean sur ses cuisses et il l'enleva pour de bon. Puis il retira son holster et plaça son arme à côté de la sienne, sur la table basse. Leurs deux armes côte à côte. Enfin, il ôta sa chemise et la jeta derrière lui, l'œil brillant.

Il la dévora du regard. Elle portait un pantalon de yoga, car elle avait prévu de travailler ce soir, de se replonger dans des dossiers qu'elle avait déjà consultés plus d'un million de fois. Mais elle avait besoin d'une pause. Elle avait besoin d'une vie. Elle en avait un besoin farouche. Elle se redressa et enleva son propre pantalon. Elle vit ses pupilles se dilater lorsqu'il découvrit sa culotte de dentelle noire. Elle l'avait mise pour lui. Elle voulait le remercier. Pas pour lui avoir sauvé la vie, la veille au soir, mais pour lui avoir rappelé qu'elle avait une vie et qu'elle pourrait un jour avoir un avenir.

Elle sentit le désir l'envahir en admirant son corps sublime. Mon Dieu, elle avait envie de lui. Une envie furieuse et incontrôlable. Du genre culotte humide, genoux qui tremblent, et bon Dieu, où est ce foutu préservatif ?

Il bondit sur ses pieds.

— Dans la chambre.

Elle cligna des yeux. *Vraiment* ?

Il saisit son pistolet, puis la prit dans ses bras, la porta jusqu'à l'autre pièce et la jeta sur le lit. Il posa son arme sur la table de nuit avant de la rejoindre, s'installant entre ses cuisses. En sentant son membre viril contre la dentelle humide, la tentation de s'offrir à lui sans protection était presque écrasante. Il descendit le long de son corps, lui évitant de prendre la mauvaise décision.

Ses lèvres parcoururent chaque centimètre carré de sa peau et il revint sur ses seins, léchant ses mamelons jusqu'à ce qu'elle se tortille, à la limite de la jouissance. Il lui écarta les poignets sur le lit, de ses bras puissants. Elle aimait son côté dominateur, mais ce n'était pas ce dont elle avait besoin ce soir. Elle avait besoin d'être aux commandes, de savoir qu'elle pouvait faire tout ce qu'elle voulait.

Il était sur le point d'aller plus bas, et elle en mourait d'envie, mais…

— Alex.

Ce seul mot suffit à lui faire lever la tête.

— Quoi ?

Elle le repoussa avec son corps et il roula sur le dos.

— Ce soir, on suit *mes* règles.

Elle le prit en bouche, lui massa les bourses et s'affaira jusqu'à sentir les talons d'Alex s'enfoncer dans le matelas. Puis elle lécha tout son corps, remontant jusqu'à sa bouche sexy. Elle se pencha pour prendre un préservatif dans le tiroir et il en profita pour glisser un doigt à l'intérieur de sa culotte. Elle était trempée, prête à le recevoir.

— Tu me rends fou.

— C'est l'effet que peuvent avoir sur une femme des années d'abstinence et des expériences de mort imminente.

— Je ne le laisserai pas t'avoir, Mallory.

Elle acquiesça.

— Je ne le laisserai pas m'avoir non plus.

Elle était sur le point d'enlever ses sous-vêtements, mais il l'arrêta.

— Garde-les.

Ah, le fétichisme de la lingerie.

Elle les conserva.

Il lui prit le préservatif des mains et l'enfila. Il l'installa lentement sur ses hanches et écarta sa culotte. Son sexe était dressé, particulièrement excité. Elle descendit légèrement et il serra les dents. Baissant les yeux, elle fut si excitée de le voir en elle, la dentelle contre sa peau claire, qu'elle se surprit à frémir de plaisir. Il resta parfaitement immobile, comme s'il avait peur de bouger. Les paupières closes, elle s'empala un peu plus.

Il dit alors d'une voix grave et gutturale :

— Je sais que c'est ta soirée, ma chérie, et crois-moi, je ne me plains pas, mais si tu ne commences pas à bouger bientôt, je vais probablement me mettre à pleurer.

Les tendons de son cou ressortaient. Il ne chercha pas à la toucher, sauf à l'endroit où leurs corps se rejoignaient. Elle sentait son pouls battre contre l'intérieur de sa cuisse.

Elle se pencha pour l'embrasser. Lorsqu'elle contracta ses muscles autour de lui, il étouffa un juron. Elle aimait ça. Elle aimait qu'il respecte ses désirs, même s'il préférait faire autrement. Elle entreprit alors de le récompenser, imprimant de lents va-et-vient sensuels sur son corps tendu comme jamais. De la sueur scintillait sur la peau d'Alex, lui donnant un léger éclat. Il avait un goût de sel. Il était magnifique, en sueur et tout à elle.

— Tu me tues vraiment, chuchota-t-il tandis qu'elle mettait son mamelon à portée de sa bouche.

Il obéit, sa langue venant buter contre la dentelle. Une vague de plaisir la traversa, de son téton jusqu'au plus profond de son être. Elle ressentit alors le besoin d'avoir plus, de tout avoir. Elle se redressa, cambra les hanches et le chevaucha plus vite, plus fort. Il suivit le rythme, s'enfonçant profondément en elle, accélérant les coups de reins. Chaque muscle de son corps était tendu, en proie à un intense besoin de se libérer.

— Je ne tiens plus, Mallory…

Il rejeta la tête en arrière et elle le sentit éjaculer en elle.

Son propre corps réagit, se contracta, fonça vers l'orgasme tandis qu'un tourbillon d'extase explosait à travers son corps. Encore tremblante, elle posa son visage dans le creux de son cou et il l'attira à lui.

Lentement, leur respiration s'apaisa. Après quelques instants passés à apprécier le contact de sa peau contre la sienne, elle lui demanda :

— Qu'est-ce que tu fais pour Noël ?

Elle le sentit se crisper.

— Je travaille, en général.

Elle se redressa et passa les doigts dans ses cheveux courts et soyeux.

— Passe Noël avec moi.

Il eut une drôle d'expression.

— Est-ce que ça implique également de le passer avec tes parents ?

Malgré tout ce qui se passait dans sa vie, elle ressentait un étrange sentiment de joie qu'elle n'aurait pas dû éprouver en pareil moment.

— Je peux dire non à mes parents.

Il était plus important.

— Est-ce qu'il y aura à manger ? demanda-t-il dans un grognement.

Elle devait encore faire des courses.

— Avec un peu de chance.

Il s'empara de sa bouche et la fit rouler sous son corps, toujours en elle, la plaquant contre le matelas.

— C'est un « oui » ?

Elle rit en sentant son excitation revenir à la charge.

Ses narines se dilatèrent.

— On verra.

— Ce pourrait être notre premier rencard, fit-elle en arquant un sourcil.

— On ne sort pas ensemble, souviens-toi.

Il donna un coup de reins et elle étouffa un gémissement.

— Tu n'as pas eu l'idée stupide de tomber amoureuse de moi, n'est-ce pas, Mallory ? demanda-t-il.

Elle sentit l'émotion la submerger. Elle secoua la tête et enroula ses jambes autour de ses hanches. Les pupilles d'Alex se dilatèrent.

— Non, monsieur.

Il déglutit.

— Bien. Moi non plus.

Mais en le regardant au fond des yeux, elle sut qu'ils mentaient tous les deux. C'était quelque chose de sombre, dangereux et merveilleux.

LE LENDEMAIN MATIN, de bonne heure, Mallory était assise en face de Hanrahan dans son bureau encombré. Alex l'avait déposée à Quantico en lui disant qu'il passerait la prendre pour la ramener chez elle. L'étrange douleur qu'elle ressentait dans la poitrine en son absence signifiait qu'elle était bien plus éprise qu'elle ne l'aurait jamais cru possible. Elle était amoureuse.

— C'est une bonne idée, fit Hanrahan d'un air incertain.

— Alors, pourquoi n'a-t-elle pas l'air de vous ravir ?

Il grogna et bougea sur son siège.

— L'idée d'obtenir confirmation qu'un membre de mon équipe fournit des informations à un tueur n'est pas forcément réjouissante.

Mallory resta immobile, sans broncher, même si son estomac lui jouait des tours. De toute évidence, le fait d'être la cible d'un tueur en série l'affectait plus qu'elle ne l'avait réalisé. Mais chaque fois qu'elle était remuée, elle se disait que c'était faire trop d'honneur à cet homme. Au cours des dernières semaines, elle avait décidé de partager de moins en moins de choses avec ses collègues. Elle n'avait jamais eu de problème de confiance auparavant. Le FBI représentait tout ce qu'il y avait de bon dans le système judiciaire américain. Pourtant, elle ne s'était jamais sentie aussi trahie que lorsque Frazer s'était servi d'elle comme d'un appât, qu'il avait agité sous le nez du suspect l'autre soir.

Il avait failli la faire tuer.

— Vous ne pouvez en parler à personne, cela doit rester un secret, expliqua Mallory à l'homme qui avait des décennies d'expérience de plus qu'elle. Demandez au technicien informatique de surveiller les téléphones portables. Ne leur dites pas pourquoi. Vous devrez leur préciser à leur arrivée qu'il ne s'agit que d'un exercice.

Finalement, il prit la parole.

— Il y a un chalet qui pourrait faire l'affaire… Il appartient à mon beau-frère et se trouve à environ une heure au nord-ouest d'ici. C'est sur le territoire fédéral, donc sous notre juridiction.

Il déplaça sa mâchoire d'un côté à l'autre.

— Ma sœur et lui sont en Égypte et je suis censé y aller pour Noël, de toute façon.

— Quelqu'un peut-il remonter jusqu'à vous ?

Il la regarda de ses yeux pleins de sagesse, avant de secouer la tête.

— Je ne pense pas. Il faudrait sacrément creuser. Ma sœur

était veuve quand elle s'est remariée, alors son nom de famille n'est même pas Hanrahan. Je n'ai jamais parlé de cet endroit à qui que ce soit.

— Comment allons-nous procéder ?

Il resta perdu dans ses pensées pendant un moment.

— *Vous* allez vous contenter d'observer. Il faut que cela semble réel, mais nous ne pouvons pas impliquer d'autres agents de la force publique. Je veux que ça reste au sein de l'unité. Si les médias sentent le scandale, tout va exploser et nous ne retrouverons jamais ces personnes. Je vais m'y rendre dès maintenant et utiliser le téléphone du magasin du coin.

Il sortit de son tiroir un changeur de voix numérique. Cela lui fit penser qu'elle n'avait toujours pas rappelé Lucas pour voir où il en était dans l'enquête sur Meacher.

— Je vais demander à être mis en relation avec Frazer. Il a parlé du tueur aux initiales à la télévision, il est donc logique que quelqu'un l'approche pour une récompense. Frazer m'appellera et je lui dirai de rassembler l'équipe et de me retrouver au magasin pour que nous puissions appréhender le suspect. Il va râler et bougonner, mais je le connais, il ne sera pas contre l'idée de prendre en charge cette arrestation.

Son plan consistait à signaler que l'on avait repéré la voiture volée lors du double homicide à Colby. Le responsable informatique passerait alors au crible tous les appels téléphoniques des agents du DSC, et si quelqu'un était de mèche avec le justicier, ils sauraient de qui il s'agissait - ou du moins, ils auraient une bonne idée de son identité. Ils pourraient alors remonter à la source pour recueillir des preuves.

Hanrahan regarda sa montre et toute la paperasse sur son bureau.

— Si l'assassin se présente au chalet, il trouvera une maison vide.

— Vous ne voulez pas qu'on envoie une équipe du SWAT sur place ?

Ses yeux fatigués croisèrent les siens.

— La chose la plus importante pour moi est de protéger l'intégrité du DSC. Une fois que nous saurons qui est impliqué, il nous livrera l'assassin.

Pour éviter la peine de mort.

Il se massa les tempes. Son téléphone sonna et il lui fit signe de patienter tandis qu'il prenait l'appel. Quand il raccrocha, son sourire avait disparu.

— L'un des adjoints du shérif de Greenville a disparu.

Elle se redressa.

— Lequel ?

Hanrahan consulta ses notes.

— L'adjoint Sean Kennedy. Des agents ont trouvé le sac à dos de Kari Regent dans sa maison et examinent une brosse à cheveux pour voir s'ils trouvent son ADN.

— Une brosse à cheveux ? Le type n'avait pas un poil sur le caillou, pourquoi aurait-il besoin d'une brosse à cheveux ? demanda Mallory.

— C'est ce qu'ils se sont dit.

Mallory fronça les sourcils. Cela n'avait pas de sens.

— Je l'ai connu étant enfant, mais il a mon âge à peu près, il n'est pas assez vieux pour avoir enlevé Payton. Et ça ne peut pas être le type qui m'a attaquée à Eastborne.

Hanrahan haussa les épaules.

— Il a disparu, c'est louche. Les attaques sont assez sophistiquées, il y a donc peut-être plusieurs personnes impliquées.

Elle était quasiment certaine que plusieurs personnes étaient impliquées dans l'enlèvement de Payton, mais ça ne collait pas.

— Des nouvelles de Kari Regent ?

Ses parents étaient à son chevet, affligés par le chagrin, mais ils conservaient une lueur d'espoir.

Hanrahan soupira.

— Elle est toujours inconsciente. Un dessinateur du FBI se trouve à l'hôpital, prêt à intervenir dès qu'elle se réveillera et sera en mesure de parler.

— Il a commis sa première véritable erreur avec elle.

Elle aurait voulu être seule cinq minutes avec le tueur. Cinq minutes pour essayer de découvrir la vérité avant que les avocats ne prennent le relais.

— *Si* elle se réveille. *Si* elle s'en souvient.

Et merde.

— C'est vrai. Si nous voulons utiliser cette ruse, nous devons agir vite, avant qu'ils n'attrapent le type.

Elle priait pour que cela survienne le plus rapidement possible.

Hanrahan sourit.

— Alors, allons-y. Surveillez vos arrières, Rooney. Jusqu'à ce qu'on l'attrape, rappelez-vous que ce tueur vous vise.

Et la moitié de ses collègues aussi.

— Merci pour le rappel, monsieur.

— Je m'apprête à vous réprimander *ostensiblement*. Vous êtes prête ?

Elle hocha la tête. Ça faisait partie de sa couverture, mais elle se serait bien passée de se donner en spectacle. Il commença à lui dire qu'elle avait pris des risques inconsidérés… Bla-bla-bla. Elle ouvrit la porte, essayant de s'échapper. L'agent spécial Barton passa dans le couloir, faisant semblant de ne pas écouter aux portes.

Une vague de nausée la frappa sans crier gare et elle sortit du bureau de Hanrahan en courant, arrivant de justesse dans les toilettes des femmes. Penchée au-dessus d'une cuvette, elle se demanda si elle ne couvait pas quelque chose.

On frappa à la porte.

— Tout va bien ?

C'était Barton.

Mallory s'essuya la bouche et tira la chasse d'eau. Elle sortit des toilettes et se lava les mains, puis se passa de l'eau froide sur les poignets.

— Ça doit être quelque chose que j'ai mangé.

Barton lui adressa un sourire ironique.

— Les deux fois où j'ai été enceinte, j'ai vomi tous les jours pendant six semaines. J'ai fait une belle impression à mes collègues.

Son sourire devint méchant.

— J'ai même réussi à vomir sur l'un de mes supérieurs, un Texan particulièrement désagréable.

— Je ne suis pas enceinte, rétorqua-t-elle.

Ils s'étaient protégés chaque fois. Barton parut amusée, puis nostalgique.

— Ce n'est pas si mal, tu sais, avoir des enfants. Tant que tu as un conjoint qui te soutient, ça peut être compatible avec une carrière au FBI.

— Je ne suis pas enceinte.

De quand dataient ces préservatifs ? Merde, elle n'avait jamais pensé à vérifier.

Barton haussa les épaules.

— Au moins, Alex Parker est riche. Vous pouvez vous payer une nounou.

— Encore une fois, je ne suis *pas* enceinte et ce ne sont pas tes affaires.

Elle essaya de se rappeler à quand remontaient ses dernières règles. Et merde.

— J'ai vérifié son alibi. Jane Sanders dit que ce sont de vieux amis qui sont sortis dîner la nuit où Lindsay Keeble a été enlevée. Ce n'est donc certainement pas le tueur aux initiales.

Elle le savait déjà.

Elle faillit passer à côté de l'information, effrayée à l'idée de n'avoir pas eu ses règles dernièrement. Elle se retourna pour faire face à l'autre agent.

— Jane Sanders ?

— Oui, l'assistante de ta mère. Le monde est petit, hein ?

Les yeux noirs de Barton brillaient comme du jais.

— Je vais à la cafétéria prendre un jus d'orange. Tu veux quelque chose ?

— Non, merci.

Mallory retourna à son bureau. Une boule de glace était coincée à l'intérieur de ses poumons, rendant sa respiration difficile. Sa mère s'était-elle donné du mal pour faire entrer un homme dans sa vie - un homme qui pourrait aussi lui servir de garde du corps à temps partiel ? C'était ridicule, mais… c'était trop gros pour être une coïncidence.

Elle devait appeler Alex et le lui demander franchement. Les sentiments qu'elle éprouvait pour lui dépassaient de loin tout ce qu'elle avait connu auparavant, et peut-être ces sentiments lui jouaient-ils des tours. Mais avant de lui parler, elle devait vérifier une chose encore plus importante. Elle prit la direction de la ville.

Elle se rendit à la pharmacie la plus proche, acheta un test de grossesse, se rendit au McDonald's à proximité et passa cinq longues minutes à attendre dans les toilettes. De la sueur se forma sur sa lèvre supérieure lorsqu'elle vit le trait bleu apparaître. Elle ferma les yeux et sentit un vent de panique dans sa poitrine. Elle aurait voulu crier. Qu'allait-elle faire ?

L'idée d'avoir un bébé l'effrayait à mort. Son métier mettait régulièrement sa vie en danger et l'homme qui avait enlevé sa sœur en avait après elle, lui réservant le même traitement. Que ferait-elle avec un bébé ? Que ferait le tueur ?

En l'espace de cinq secondes, elle passa de l'horreur d'être enceinte à la certitude qu'elle tuerait pour protéger son enfant. Que dirait Alex lorsqu'il le découvrirait ? Et s'il la fréquentait seulement parce que sa mère avait tout arrangé ? Son estomac se retourna et les larmes lui montèrent aux yeux. Une grossesse expliquait ses récentes sautes d'humeur, les larmes et les nausées.

Formidable. Au moins, ce n'était pas une maladie mortelle.

Et si Alex n'était pas intéressé par une relation à long terme ? Cette idée lui porta un sacré coup. Il lui avait dit au début qu'il n'était pas doué pour les relations, qu'il laissait tomber les gens. Il avait peut-être déjà été dans cette situation. Et s'il avait déjà un enfant quelque part, qu'il n'aimait pas ?

Elle aimait Alex. Elle était presque sûre qu'il l'aimait en retour. Il ne pouvait pas travailler pour sa mère. C'était de la folie. Mais elle ne voulait en aucun cas l'obliger à quoi que ce soit. Elle avait de l'argent. Elle avait un bon poste. Elle posa sa main sur son ventre plat. C'était encore tôt et le test pouvait être erroné.

Elle se leva et se mit à tourner en rond. Son téléphone sonna, mais elle l'ignora. Elle ne savait pas quoi faire. Devait-elle lui en parler pour qu'ils puissent gérer la situation ensemble ? Ou bien devait-elle garder cela pour elle pendant quelques jours, le temps que son cerveau traite l'information et qu'elle contribue à mettre la main sur le justicier et le tueur en série ?

La porte grinça lorsque quelqu'un entra dans les toilettes. Son téléphone vibra à nouveau et elle se souvint qu'elle était toujours la cible du tueur aux initiales. Et maintenant, elle n'avait plus seulement à s'inquiéter pour elle-même. Sa main glissa vers son Taser. Elle voulait l'avoir vivant, si possible.

Le cœur battant, elle jeta un coup d'œil et vit une femme avec une poussette. Elle rangea son Taser et son test de grossesse dans son sac à main. Elle y réfléchirait plus tard. C'était peut-être un faux positif. Peut-être avait-elle mal lu les instructions. Elle sortit des toilettes et se lava les mains, regardant la femme qui se débattait avec un enfant en bas âge et un bébé.

— Vous avez besoin d'aide ?

La femme parut hésiter et Mallory lui montra son insigne.

— Je suis du FBI, je peux surveiller le petit si vous avez besoin d'une minute.

Elle hocha la tête.

— Merci. La plupart des gens ne comprennent pas à quel point ça peut être difficile.

La gorge de Mallory se serra. Elle avait le sentiment qu'elle n'allait pas tarder à le découvrir. La femme et l'enfant disparurent derrière une porte. Elle regarda le bébé qui dormait, si innocent, si… vulnérable. L'idée d'un enfant lui semblait bizarre, étrange. Incroyable. Exaltante. Comme un miracle. Une chance d'améliorer les choses. Mais elle devait d'abord s'assurer que l'on s'occuperait de l'assassin de Payton. Et sa façon de régler les choses lui révélerait tout ce qu'elle avait besoin de savoir sur l'être humain qu'elle était vraiment.

CHAPITRE DIX-NEUF

DEPUIS QU'IL AVAIT commencé à douter de l'intégrité de leur informateur au FBI, Alex avait mis en place son propre système d'alerte concernant l'enquête sur le tueur aux initiales, désormais menée par le bureau régional du FBI de Washington en collaboration avec le DSC et le bureau du shérif du comté de Greenville. Pour faciliter les choses, il avait mis sur écoute le téléphone de l'agent spécial superviseur Frazer.

Il venait d'accéder à une information si importante qu'il eut à peine le temps de déverrouiller la porte de son bureau avant de tourner les talons et de repartir. Il avait une piste sur le tueur aux initiales et une bonne heure d'avance sur le DSC. Il prit le métro et fit le reste du chemin à pied jusqu'à son box de stockage. Il entra par la porte latérale. Le box était à la pointe de la sécurité, avec des portes en acier renforcé. C'était là qu'il entreposait ses armes, ses moyens de transport, ses déguisements. Il ne comptait pas laisser ses trésors à la merci du premier voleur.

Comme toujours, il vérifia qu'il n'y avait pas de micros. Le temps était compté, mais il travaillait mieux quand il se conformait à sa routine.

Il prit son SIG P229 et son silencieux préféré dans un coffre-fort enterré au sol. Il opta pour une barbe postiche et un bonnet de laine qui lui couvrait les oreilles. Les oreilles étaient aussi parlantes que les empreintes et il cachait les siennes au maximum lorsqu'il était en mission. On avait déjà identifié des suspects à leurs jeans.

Mallory avait laissé un message sur sa boîte vocale pour lui dire qu'elle allait faire une descente et qu'elle travaillerait tard ce soir. Elle lui avait assuré qu'elle ne serait jamais seule. Avec un peu de chance, il pourrait être de retour à Quantico, prêt à la récupérer quand ils auraient tous les deux fini.

Si tout se passait comme prévu, ses problèmes seraient réglés et il lui faudrait alors trouver un moyen de sortir de sa vie. L'alternative était trop tentante et elle méritait mieux.

Cette pensée le cloua sur place.

Pour la première fois de sa vie, il voulait les mêmes choses que tout le monde. Une femme, une maison, une famille. Tout ce qu'il ne pouvait pas avoir à cause des mauvaises décisions qu'il avait prises. Il en avait assez de mentir, assez de tuer.

Mais pour l'instant, il n'avait pas le choix.

Il devait le faire pour Mallory. Pour assurer sa sécurité.

Il monta dans une innocente berline argentée et conduisit pendant une heure vingt. La majeure partie de la neige avait fondu, mais il restait parfois des traces parmi les arbres. L'hiver arrivait – qu'on y soit préparé ou non. On ne pouvait pas l'arrêter, un peu comme ce tueur en série qui avait commencé à enlever des jeunes filles au moins dix-huit ans auparavant et qui continuait à sévir. Ce n'était pas vraiment un dilemme moral de mettre une balle entre les deux yeux de ce type.

Il ne devait pas le sous-estimer. L'homme était intelligent et Alex n'avait pas le temps de prévoir une intervention plus sophistiquée qu'un rapide tir couplé. Dans la tête, cette fois-ci.

Il ne comptait pas se limiter à viser ses membres, même si cela signifiait que Mallory n'obtiendrait jamais les réponses qu'elle désirait. Il valait mieux être vivante et en deuil que morte.

Les routes devenaient de plus en plus étroites et de moins en moins fréquentées à mesure qu'il avançait vers le nord. Il se gara devant une petite épicerie au bord du lac, à environ quatre cents mètres de sa cible.

— Vous louez des canoës ? demanda-t-il au type derrière le comptoir.

— Bien sûr. Même si la demande n'est pas très forte à cette époque de l'année.

Un peu trop exposé pour le plan d'Alex, mais parfois il était préférable de se cacher à la vue de tous.

— Vous êtes en vacances ? demanda l'homme.

Il avait des yeux perspicaces sous ses sourcils broussailleux. Le genre d'homme qui n'oubliait pas un visage.

— Je me rends à Denver pour commencer un nouveau travail, mais je n'ai pas pu résister à un dernier coup de pagaie avant de rejoindre le Midwest.

— C'est un beau pays. Je suppose qu'on peut sortir un canoë de son hibernation. Il n'y a pas encore de glace sur le lac. Ce sera cinquante dollars de l'heure avec une caution de cent dollars. Les canoës sont sur le côté.

Il désigna le lac de la tête.

— Si vous avez besoin d'un coup de main, faites-le-moi savoir.

Il lui remit un gilet de sauvetage. Alex le remercia et paya en liquide. De petites coupures. Pas besoin de s'inquiéter pour ses empreintes digitales. Il n'en avait pas. L'ADN de contact était une autre affaire, mais il serait compliqué d'en tirer quoi que ce soit, étant donné le nombre de personnes ayant manipulé ces billets au fil des ans.

Il tira le canoë jusqu'au petit ponton et retourna chercher la pagaie. Il monta dedans, plaçant un petit sac à dos entre ses genoux. L'eau était claire et calme. Les dernières feuilles têtues qui s'accrochaient aux arbres étaient jaunies. Il faisait froid sur le lac et son souffle était gelé, mais l'endroit respirait le calme. Il sentit la tranquillité l'envelopper comme un baume. Un poisson sauta hors de l'eau.

Il observa les propriétés le long du rivage. Un joli petit coin, mais pas si isolé que ça. Les voisins remarqueraient *certainement* si quelqu'un utilisait un chalet habituellement vide. Alex repéra la propriété et passa devant. L'endroit semblait calme, les rideaux étaient tirés. Il n'y avait pas de feu dans la cheminée malgré le froid de novembre. On aurait dit qu'il n'y avait personne dans les parages. Il pagaya jusqu'à une crique près d'un petit promontoire et s'arrêta sur une plage artificielle. Le lac s'étendait tout autour et la crête au-dessus de sa tête lui offrait un bon point de vue tout en lui permettant de garder ses distances. Il sauta de l'embarcation et tira le canoë sur la plage. Il n'y avait personne dans le chalet, ce qui était un avantage certain. Il escalada la pente, caché par les arbres jusqu'à ce qu'il puisse observer l'endroit où ce type était censé se terrer. La propriété était à l'écart, tout juste visible à travers les arbres. Les minutes passèrent, mais il ne vit rien.

Il s'assit tranquillement. Pas de trace de fumée dans la cheminée. Pas de voiture de ce côté du bâtiment. Il attendit. Les fédéraux prenaient leur temps dans ces situations et venaient avec bon nombre de renforts. Il vérifia que son téléphone portable était bien sur vibreur. Il y avait un nouveau message de Mallory. Elle avait besoin de lui parler, mais rien d'urgent, lui assurait-elle.

Il eut un pincement au cœur. Que diable allait-il faire pour Mallory ? Tomber amoureux d'elle était comme un saut en parachute qui aurait mal tourné. Pire encore, elle était tombée amoureuse de lui et il ne voulait pas la faire souffrir.

Tôt ou tard, elle finirait par le larguer, parce qu'elle était incroyable et que lui n'était qu'un connard de menteur. Mais jusqu'à ce que ce type soit mort – et bien mort, sans aucun espoir de réanimation – il ne comptait pas la laisser tomber.

Un frisson lui remonta l'échine et il fronça les sourcils en balayant la zone du regard. Quelque chose clochait. Quelque chose clochait aussi avec Rodman et il s'était avéré être un pédophile qui baisait les enfants pour le plaisir.

Le silence des bois s'abattit sur lui. C'était *trop* calme. Cela ressemblait à un piège. Mais *si* le tueur aux initiales était là, cela pourrait être terminé en quelques minutes. Tout comme Meacher. Fini. Terminé. Mort.

Le mal de tête revint. *Et merde.* Quelque chose n'allait vraiment pas. Il fit lentement demi-tour, prêtant attention à ne pas faire de bruit, remonta dans son canoë et pagaya, faisant tout le tour du lac avant d'atteindre la rive opposée. Puis il retourna vers la boutique et la jetée. Il ne comptait pas ignorer son instinct. Il était peut-être imparfait, mais le fait qu'il soit encore en vie témoignait de sa pertinence.

Il rendit le canoë et récupéra sa caution avec un sourire poli. Un homme aux cheveux argentés feuilletait des magazines à l'arrière du magasin. Alex sentit un frisson lui parcourir la nuque. Il acheta un paquet de chips et une canette de Coca, et monta dans sa voiture.

Quelques secondes plus tard, il vit passer un convoi de trois véhicules portant des plaques d'immatriculation du gouvernement. Mallory était dans le dernier. Il se figea, raide comme une planche, mais elle ne regarda pas dans sa direction.

Une vague d'émotion le submergea. Malgré la certitude qu'ils étaient là pour l'arrêter, il resta assis à la regarder. Les deux premières voitures se vidèrent, mais au lieu de l'encercler, les agents grimpèrent les marches précipitamment et s'adressèrent à l'homme aux cheveux gris. À travers la vitre, il les entendit se plaindre des « exercices d'entraînement ».

Et Alex comprit ce qu'il se passait. C'était un piège, mais pas pour lui.

Le piège était destiné à l'informateur au sein du FBI.

Prenant son temps, certain qu'ils avaient déjà relevé sa plaque, il s'en alla. Sa couverture devrait tenir. C'était une bonne couverture, conçue pour protéger le même gouvernement que celui que le FBI servait. Il ne pensait pas qu'ils le soupçonnaient, sans quoi il aurait été à terre, les poignets menottés, attendant une nouvelle fois, en vain, que les personnes censées le soutenir viennent à sa rescousse.

Du coin de l'œil, il vit Mallory se tourner et fixer son profil. De la sueur dégoulina le long de sa colonne vertébrale. Non par peur de se faire prendre, mais par peur de mentir à la femme qu'il aimait de toute son âme misérable.

Il savait qu'il ne pouvait plus lui mentir.

Il conduisit vers l'ouest en empruntant des routes secondaires. Puis il s'arrêta et appela Jane sur la ligne sécurisée.

— C'était un piège.

— Qu'est-ce que tu veux dire ?

— Je veux dire que le FBI s'est pointé, mais que la maison était vide. C'était un leurre.

— Le tueur a peut-être seulement fui. Le FBI l'a peut-être manqué de peu. Tu savais qu'il n'y aurait pas beaucoup de temps…

— Non, tu ne comprends pas. Je pense que c'était un coup monté pour découvrir qui travaille avec toi au sein du FBI. Si ton informateur t'a contactée, il est sur le point de se faire baiser. Tu as un moyen de l'avertir ?

— Il n'a pas appelé. Personne n'a appelé. Peut-être qu'il a compris que c'était un piège ?

Sa voix chevrotait.

— Si j'appelle pour vérifier, cela pourrait tous nous compromettre.

Le cryptage était excellent, mais on pouvait le contourner en ayant un point de départ.

— Alors peut-être qu'on ne craint rien pour l'instant. Mais quelqu'un est sur notre piste et il nous faut changer radicalement notre mode de fonctionnement.

Fait chier ! *Mallory.* Elle les avait repérés, puis avait été transférée au DSC. Elle travaillait avec quelqu'un au sein du DSC pour faire tomber le Projet Gateway. C'était une petite maligne. Une autre raison de l'aimer.

De l'aimer ? *Et merde.*

— Débarrasse-toi de ton portable et détruis les cartes SIM au cas où. Fais profil bas jusqu'à ce que tout ça soit fini… je te contacterai.

Jane parut hésiter.

— Tu devrais disparaître pendant un certain temps…

— Je ne peux pas.

Il raccrocha. Il ne savait même plus combien de jours il lui restait sur son contrat. Il savait juste qu'il ne pouvait pas quitter Mallory tant que le tueur aux initiales n'était pas mort ou arrêté.

Puis il réalisa que ce n'était qu'une question de temps

avant qu'elle comprenne – elle était trop intelligente pour ne pas faire le lien. Son dos était en sueur. Il devait le lui dire. Il était incapable de lui mentir, il l'avait compris à l'instant même où il l'avait rencontrée. Mais aller en prison et la laisser sans protection n'était pas non plus envisageable.

Imbécile. Il frappa son volant du poing. Il savait que quelqu'un était sur leurs traces et il avait été assez arrogant pour penser qu'il pourrait s'en tirer.

Son téléphone sonna. Mallory. Il décrocha parce qu'il avait besoin d'entendre sa voix.

— Alex ?

Il y avait un motel devant lui.

— J'ai besoin de te voir, dit-il. Je ne suis pas loin de toi.

Il lui donna le nom sur l'enseigne.

— Viens seule.

— Comment sais-tu où je suis ? Est-ce que je viens de te voir ?

Son ton était empreint d'une bonne dose de suspicion.

Il raccrocha. Soit elle lui faisait confiance, soit c'était tout le contraire. Il entra sur le parking du motel et fouilla dans les données que ses programmes avaient passées au crible. Il irait peut-être en prison pour ce qu'il avait fait pour son pays, mais il allait d'abord sauver la femme qu'il aimait.

COMMENT ALEX AVAIT-IL su où elle se trouvait ? Devant le magasin, Mallory fixait son téléphone, confuse. Était-ce bien lui qu'elle avait vu au magasin ? Déguisé ? Au volant d'une voiture qu'elle n'avait jamais vue ? Et il venait de lui raccrocher au nez.

Que se passait-il ?

Hanrahan expliquait à ses hommes qu'ils avaient perdu une journée de route, sur l'une de ses lubies. Ils étaient furieux, eux aussi.

Elle s'en fichait.

Le fait qu'Alex connaisse Jane Sanders, l'assistante de sa mère, et ne l'ait pas mentionnée devenait de plus en plus suspect. Elle avait cette horrible sensation au creux de l'estomac, comme un sentiment de nausée, mais cent fois pire, parce qu'elle persistait. Comme s'il l'*avait* observée pendant tout ce temps, simplement parce que sa mère l'avait payé pour cela. Si c'était vrai, pas étonnant qu'il ait été si difficile de le mettre dans son lit. Bon sang. Elle en était malade.

Ou la suivait-il simplement pour la protéger ?

C'était tout à fait ton style.

Une autre théorie cherchait à s'insinuer dans son esprit. Une idée insidieuse qui, à présent qu'elle avait pris racine, refusait de disparaître.

Il était entré dans sa vie le lendemain de l'assassinat de Meacher en Caroline du Nord. Il était encore apparu le jour même, lorsqu'ils avaient appâté un autre tueur en série. Se pouvait-il qu'il soit… ?

Non, c'était ridicule. Il travaillait en tant que consultant pour le FBI. Il était doué avec les ordinateurs. C'était un sacré tireur d'élite. Il avait fait l'armée – ces maudites cicatrices… Il avait mis Frazer à terre sans verser une goutte de sueur. *Non. Non. Non.* Il dirigeait une société de sécurité. Il ne ferait pas ça. Mais il était dans une position idéale… pour être le justicier.

Ses mains tremblèrent. *Pourquoi* lui avait-il raccroché au nez ? *Pourquoi* conduisait-il cette vieille épave alors qu'il avait son Audi ? Son cerveau refusait d'admettre cette idée, mais soudain, toutes les pièces du puzzle s'imbriquèrent. Sa présence à Charlotte. Le fait qu'il ne se soit pas pétrifié lorsqu'on les avait attaqués, mais qu'il ait au contraire réagi comme s'il s'était entraîné pour cela, et mieux qu'elle encore. Il était l'homme qu'elle recherchait.

Elle était amoureuse d'un assassin et elle portait son bébé. *Oh, mon Dieu.* Sa bouche devint sèche.

Hanrahan se disputait avec Frazer. Des bribes de la conversation parvinrent à des oreilles.

— ... que voulez-vous dire par « un exercice d'entraînement »... un entraînement à quoi ?

— ... ma décision, pas la vôtre...

Barton était également au téléphone. Peut-être était-elle de mèche avec le justicier ? L'avertissait-elle à l'instant même ? Était-ce Alex ?

Puis une autre pensée s'imposa à son esprit. Si Alex était l'homme qu'ils recherchaient, un homme qui faisait la loi et rendait la justice comme il l'entendait, elle venait de lancer une opération d'infiltration qui pourrait la compromettre. Elle *avait été* en contact avec le « justicier ».

Elle sentit un rire nerveux monter dans sa gorge. Elle avait besoin de s'échapper.

Elle aurait souhaité ne jamais avoir eu cette idée stupide. Elle aurait aimé être assise dans son bureau à esquiver les piques verbales d'Henderson et à fouiller les poubelles. Des palpitations firent frémir sa poitrine.

Devait-elle le dénoncer ?

Elle n'avait aucune preuve, rien qu'une intuition.

Elle tituba devant la voiture, comme si elle était ivre. Frazer la dévisagea.

— Vous avez une sale mine. Vous devriez rentrer chez

vous.

Il passa une main d'un geste nerveux dans ses cheveux blonds, les ébouriffant au passage.

Était-ce lui ? Était-il la taupe ?

Elle croisa le regard de Hanrahan.

— Si vous ne vous sentez pas bien, agent spécial Rooney, vous devriez rentrer chez vous.

Reconnaissante qu'il lui donne l'excuse dont elle avait désespérément besoin, elle sauta sur l'occasion.

— Ça doit être quelque chose que j'ai mangé au petit déjeuner, monsieur. Que se passe-t-il ? demanda-t-elle d'un ton éperdu.

— Ce n'était apparemment qu'un exercice d'entraînement.

Le SSA Frazer planta ses yeux dans les siens. Il avait l'air d'un volcan en éruption. Elle redoutait le moment où il découvrirait que c'était son idée. Son estomac gargouilla.

— Vous pouvez partir, dit-il. Assurez-vous de vous enregistrer à votre retour à Quantico. Je ne veux pas que vous disparaissiez, avec le suspect toujours en liberté.

Barton allait monter dans la voiture avec elle.

— Pas vous, Barton, dit Hanrahan. Je veux que vous reveniez avec nous. Je vais avoir besoin de votre téléphone.

Il tendit la main vers elle et Barton le regarda comme s'il était devenu fou.

— Quoi ? *Pourquoi* ?

— Nous avons besoin de tous vos téléphones. Nous faisons une mise à jour.

C'était tellement évident qu'il s'agissait d'un mensonge que Barton mit sa main sur sa hanche.

— Sur le parking d'un magasin ? ricana-t-elle.

— Ça ne prendra que quelques minutes.

Hanrahan voulait probablement vérifier les historiques d'appels et voir si quelqu'un les avait trafiqués en les comparant aux données de l'antenne-relais. C'était une bonne idée.

— Et elle ?

Barton désigna du menton Mallory qui se glissait derrière le volant.

— L'agent Rooney n'est pas un membre à part entière de l'équipe. Elle n'a pas besoin de cette mise à niveau. C'est aussi un agent fédéral qui, j'en suis sûr, est capable de rentrer au bureau sans garde du corps, fit Hanrahan d'un ton mordant.

Mais dans ses yeux, elle lut des excuses. Si elle n'avait pas eu envie de vomir, elle lui aurait tapé dans la main. Barton pinça les lèvres et, avec un regard furieux vers Hanrahan et Frazer, elle lui lança son téléphone et resta debout en fulminant, les bras croisés.

Mallory continua d'avancer. Quand le SSA tendit la main pour récupérer le téléphone de Frazer, Mallory crut que le type allait exploser. Au lieu de quoi, il lui remit son portable. Elle enclencha la marche arrière pour faire demi-tour, et il resta à la regarder comme s'il pouvait lire dans ses pensées. Le cœur de Mallory battait de plus en plus fort, mais elle ne s'arrêta pas. Elle avait besoin de sortir de là. Elle avait besoin de réfléchir.

CHAPITRE VINGT

MALLORY N'AVAIT JAMAIS compris le besoin de disparaître. Jusqu'à présent.

Le motel se trouvait à quatre-vingts kilomètres à l'est de Colby, en Virginie-Occidentale. Alex lui avait envoyé le numéro de la chambre par SMS. Elle observa le bâtiment peu engageant, prit son sac à main et sortit de sa voiture sur le parking. Un bruit derrière elle la fit sursauter, la main fermement serrée sur la crosse de son arme.

Alex.

Le simple fait de le regarder lui faisait mal, mais son expression était froide et lointaine.

Était-ce le vrai Alex ? Ou bien le vrai Alex était-il le type qui lui faisait l'amour jusqu'à ce qu'elle crie son nom ? Elle pensait le connaître, mais en regardant dans ses yeux, elle sut qu'elle s'était fait des illusions.

Il lui tourna le dos et se dirigea vers une berline argentée – celle qu'elle avait vue au magasin. Il démarra le moteur et attendit, les deux mains visibles sur le volant. Elle le regarda fixement pendant dix bonnes secondes avant de s'approcher et de se planter devant lui. Folle de rage.

— Enlève la carte SIM et la batterie de ton téléphone, lui dit-il à voix basse.

— Pour que tu puisses m'emmener dans un endroit tranquille, me tuer et te débarrasser de mon corps sans que personne ne te suive ?

Il soutint son regard.

— Si j'avais voulu te tuer, tu serais déjà morte.

Une douleur aiguë lui traversa la poitrine.

— Es-tu le justicier que je cherchais ?

Il se contenta de la regarder, et elle se sentit insignifiante et stupide.

— J'ai besoin de te l'entendre dire, Alex.

Il y avait quelque chose de sauvage dans ses yeux, si loin du regard froid qu'il avait lors de leur rencontre qu'elle faillit reculer d'un pas.

— Et qu'est-ce que tu dis de ça, Mallory ? Je t'aime. Je t'aime depuis le moment où je t'ai vue, avec cet œil au beurre noir, focalisée sur la recherche de l'assassin de ta sœur. Je *t'aime*, Mallory Rooney, et je te dirai tout ce que tu dois savoir, mais à mes conditions.

Il regarda vers la route, guettant les potentiels renforts de Mallory.

Elle inspira profondément. Ces mots d'amour étaient ceux qu'elle voulait entendre, mais que signifiaient-ils à présent ? Il ne niait aucune de ses accusations. Le sang coulait dans ses veines dans un grondement sourd et douloureux. Ils n'avaient pas d'avenir. Elle avait couché avec un tueur. Elle avait offert son corps, pire, son cœur, à un meurtrier. Elle toucha son ventre et déglutit. Devait-elle lui parler du bébé ?

Un frisson de dégoût la traversa. Les tuerait-il tous les deux ? Ou bien le dénoncerait-elle et devrait-elle un jour avouer à son enfant que leur père était en prison à vie – ou pire, dans le couloir de la mort – et que c'était elle qui l'y avait conduit ?

Les yeux d'Alex s'adoucirent, la suppliant presque de monter dans la voiture. Sa gorge lui faisait mal à force de retenir un sanglot. Elle était peut-être la plus grande imbécile du monde. Elle ne pouvait pas croire que l'homme qui s'était tant battu pour assurer sa sécurité lui ferait du mal maintenant. Bien sûr, elle ne l'avait pas soupçonné jusqu'à ce jour, et il avait probablement supposé qu'elle resterait plongée dans une innocence béate. Toute sa vie était construite sur l'ignorance, et à présent elle s'effondrait. Comme un vulgaire château de cartes sous l'effet d'un ouragan.

La voix d'Alex était empreinte de tendresse.

— Mallory. Monte dans la voiture, s'il te plaît. Nous allons quelque part pour discuter. Je promets de ne pas te faire de mal.

Quelque chose dans son expression arracha un autre morceau de son cœur. Elle l'aimait, mais elle ne voulait pas se faire avoir. Elle posa sa main sur le rebord de la fenêtre et il tendit la sienne, lui touchant le doigt, comme s'il ne pouvait *pas* s'en empêcher. Elle sentit jusqu'à la pointe de ses orteils le lien qui les unissait.

— Ce n'est qu'une question de temps avant que le FBI ne découvre que tu es impliqué. Le FBI surveillait tous les appels passés par ses agents lorsque nous avons mis en place cette opération. Il ou elle va te trahir. Tu le sais.

— L'informateur au DSC ne connaît pas plus mon identité que je ne connais la sienne. Et personne ne m'a appelé pour me donner cette information, j'ai mis le téléphone de Frazer sur écoute.

Son cœur se brisa en mille morceaux.

— Donc c'est bien *toi* le justicier.

Il ne prononcerait pas ces mots, mais ses yeux parlaient

d'eux-mêmes. Peut-être avait-il peur qu'elle porte un micro et de voir une cinquantaine d'agents débarquer pour l'arrêter. C'était ce qu'aurait fait un véritable agent du FBI.

— Je ne te ferai jamais de mal, Mallory. Tu dois me croire. Et je me rendrai, mais pas avant que tu sois à l'abri de ce connard qui te traque. Après ça, peu m'importe. J'arrête.

La résignation dans sa voix fit sauter une nouvelle couche du cœur de Mallory. Comment pouvait-elle aimer cet homme ? Pire encore. Comment pourrait-il en être autrement ?

Elle était peut-être stupide de lui faire confiance, mais elle monta dans la voiture. Puis elle démonta son téléphone, prouvant ainsi qu'elle n'était pas seulement stupide, mais qu'elle était complètement folle. Il démarra. Il conduisit pendant plusieurs kilomètres jusqu'à un autre motel, le silence crépitant de tension. Il se gara au bout d'une rangée et fit le tour pour lui ouvrir la porte.

De belles manières pour un tueur de sang-froid.

Elle le suivit dans les escaliers et jusqu'au bâtiment le plus éloigné. Il entra et referma la porte. Elle ne savait pas si elle devait être terrifiée ou furieuse. Les deux émotions s'affrontaient en elle et la fureur l'emporta.

Sa mâchoire se crispa.

— Tu t'es servi de moi.

Il posa ses clés de voiture sur le bureau à côté de la télévision et s'assit sur une chaise, le visage dans les mains.

— Non. Je ne me suis pas servi de toi. Tu m'as séduit et je suis tombé amoureux.

Des larmes chaudes et aveuglantes lui remplirent les yeux. Elle voulait le croire. Mais elle en était incapable.

— Tu savais que je te cherchais. Tu savais que j'avais cherché des justiciers dans le ViCAP.

Il ne chercha pas à le nier.

— Avec qui travailles-tu au DSC ?

— Je te l'ai dit, je ne sais pas.

— Je ne suis pas venue ici pour écouter des mensonges, Alex. Je dois te dénoncer.

Sa voix se brisa, mais elle poursuivit :

— Ne t'avise pas de me mentir à ce sujet.

Elle fit un pas vers lui et il leva la tête pour la regarder. Sa carrière serait foutue lorsque les autorités découvriraient leur relation. Elle allait avoir son bébé, pour l'amour de Dieu. Elle avait besoin de son travail pour découvrir ce qui était arrivé à Payton, mais cela n'était rien comparé à la perte de cet homme dont elle était tombée amoureuse.

— Ça ne marche pas comme ça, expliqua-t-il.

Elle plissa les yeux.

— *Qu'*est-ce qui ne marche pas comme ça ?

— Le Projet Gateway. On ne nous révèle pas l'identité des autres personnes impliquées dans l'organisation. On traite avec un intermédiaire.

Ses yeux étaient pleins de secrets.

Il en savait beaucoup plus qu'il ne le disait. Ou alors, il était fou. Ou peut-être que c'était elle.

— Le Projet Gateway ?

— C'est une organisation gouvernementale officieuse qui utilise des gens comme moi pour s'occuper des délinquants violents de manière efficace.

— Efficace ? Tu leur mets une balle dans la tête !

Ses genoux vacillèrent et elle s'effondra sur le lit. Ses paroles s'incrustèrent en elle.

— Le gouvernement ne peut pas s'en charger. On a des

prisons et la peine de mort pour…

— Tu as vraiment une vision si manichéenne de la justice ? Tout blanc ou tout noir ? Aucune nuance de gris, même après tout ce que ta famille a traversé ?

Elle refusa de répondre. De s'engager.

— Sais-tu combien de temps les familles des victimes attendent l'exécution des peines de mort en général ? Une fois que les avocats ont épuisé les reports d'audience, le procès, le système d'appel, l'*habeas corpus* ? Cela peut prendre jusqu'à vingt-cinq *ans*. Et je ne parle même pas des affaires où la culpabilité du condamné est en cause. Le système judiciaire est censé équilibrer la balance, mais au lieu de ça, il torture les familles des victimes pendant des décennies.

— Il n'y a pas de moralité dans le meurtre.

Il ferma les yeux, mais elle eut le temps d'y lire sa douleur.

— Tu penses que *je* ne le sais pas ? Chaque individu est responsable de ses actes – moi y compris. Je n'aime pas tuer, mais c'est ce que mon pays m'a demandé de faire, et je le fais.

Il inspira profondément et sa voix redevint calme.

— Tu sais combien coûtent les affaires de condamnation à la peine capitale ? Soixante-dix pour cent de plus que les autres. Depuis 1978, l'application de la peine de mort a coûté quatre milliards de dollars rien qu'en Californie.

— La vie humaine n'a pas de prix.

Mallory passa la main dans ses cheveux courts.

— Bien sûr que si. Il y a un coût pour les services de santé et l'application de la loi, n'est-ce pas ? Combien de flics supplémentaires auraient pu être engagés pour patrouiller et rendre la Californie plus sûre avec *quatre milliards de dollars* ?

Son rictus la frappa.

— Est-il vraiment plus facile de croire que l'homme qui est

tombé amoureux de toi est un assassin de sang-froid plutôt qu'une personne cherchant seulement à faire appliquer la loi ?

— Alex… tu ne fais pas appliquer la loi. Tu assassines des gens.

— Je sers mon pays. De la même façon que je l'ai servi en uniforme. Et je n'exécute pas les ordres à moins d'être personnellement sûr à cent pour cent que la cible est coupable. Je ne dis pas que c'est bien, je t'explique juste comment je fonctionne.

Mallory réalisa qu'il était en train de monter un mensonge élaboré, ou alors que tout cela dépassait de loin ce qu'elle et Hanrahan avaient pu imaginer.

— Qui dirige le Projet Gateway ?

Ils échangèrent un regard silencieux. Il ne comptait pas le lui dire. *Et merde.* Le froid s'infiltra dans ses vêtements. Elle avait l'impression d'être couverte de glace.

— Maintenant, tu dois prendre une décision, lui dit-il.

Instinctivement, elle toucha son ventre. Ses yeux suivirent le mouvement, mais elle doutait qu'il en comprenne la signification.

— Je ne peux pas faire comme si je ne savais pas, Alex.

Des rides se creusèrent entre ses sourcils.

— Je le sais bien. Mais avant que tu ne le dises à tes supérieurs au FBI, je veux t'aider à retrouver l'homme qui a enlevé ta sœur, l'homme qui s'en prend à toi. Ensuite, tu pourras me dénoncer. Ça devrait sauver ta carrière.

Elle le regarda dans les yeux. Comment pouvait-il si bien lire en elle ? Il offrait la possibilité de poursuivre l'homme qui avait détruit sa famille, le mariage de ses parents et la vie de sa sœur sans qu'il puisse s'en prendre à elle. L'idée de faire souffrir le tueur et peut-être même d'appuyer sur la détente était séduisante.

Qu'est-ce que cela faisait donc d'elle ?

Une hypocrite.

Mais où était le corps de sa sœur ? Elle ne doutait pas qu'Alex puisse l'aider à obtenir cette information. C'était tellement tentant. Il lui offrait tout ce qu'elle pensait vouloir. Elle ne voulait plus que lui, leur bébé et le genre de vie ordinaire que la plupart des gens considéraient comme allant de soi.

Elle ne parvint pas à reprendre son souffle. Elle avait l'impression d'avoir été frappée à la poitrine par un cheval. Elle voulait que ce tueur en série meure, mais il n'était pas question qu'elle laisse Alex le tuer pour elle. L'idée de vengeance semblait mesquine. Le concept de représailles sonnait tellement mieux.

Elle se sentit gagner par la tristesse. Après toutes ces années, elle se rapprochait enfin de la vérité sur ce qui était arrivé à sa sœur jumelle, mais elle allait perdre l'homme qu'elle aimait. Elle ne pouvait pas penser à Alex. Ça lui faisait trop mal. Il lui avait menti. Il l'avait trahie.

— Tu savais pour Payton avant qu'on fasse l'amour ?

Il l'observa. Ses yeux avaient ce côté charbonneux qu'elle avait toujours trouvé irrésistible. Avec son beau visage et ses larges épaules, il ne ressemblait pas à l'image qu'on se faisait d'un tueur impitoyable. Finalement, il hocha la tête et elle sentit une vague de douleur la transpercer.

— Quoi d'autre ?

— J'étais l'un des deux hommes dans ta maison à Charlotte.

Il leva la main pour l'empêcher de le frapper.

— Je surveillais les lieux et j'ai vu l'autre type forcer la serrure. Je l'ai suivi pour l'empêcher de te faire du mal. Je pense que c'est le même gars qui te poursuit depuis le début.

— Alors, tu m'as sauvée en me faisant mourir de peur ?

Elle inspira profondément par le nez.

— Quoi d'autre ?

Il se leva brusquement.

— J'ai mis sur écoute l'appartement de ton père, ton ordinateur et ton portable.

Elle écarquilla les yeux. Elle avait du mal à respirer. Elle sentit la fureur monter en elle comme un dragon serpentant dans ses poumons. La violation de sa vie privée la révulsait.

— Je t'ai vu travailler tous les soirs, à la recherche de ce salaud. Ne jamais te reposer, ne jamais avoir de vie.

— C'était mon choix, Alex. Mon choix. Tu n'avais pas le droit de m'espionner.

Elle n'avait jamais ressenti une telle colère auparavant. Sa peau était tendue, sa tête lourde, avec une douleur sourde qui lui martelait le crâne.

Il ferma les yeux et déglutit.

— Je sais. Mais je l'ai fait quand même.

Elle eut soudain une illumination.

— C'est toi qui m'as envoyé la boîte avec les informations sur ces autres affaires ?

Son sourire se tordit.

— Pour ce que ça a apporté de bon.

Mallory sentit sa rage éclater, ne laissant que désolation dans son sillage.

— Est-ce que tu as cherché à avoir une relation avec moi parce que j'enquêtais sur des justiciers ?

Il pinça les lèvres. Des lèvres qui avaient goûté chaque centimètre de sa peau.

— J'ai essayé de m'en convaincre, mais c'était faux.

Il jeta un coup d'œil à sa montre.

— Écoute, tu dois te décider. Il reste peu de temps avant que ce type ne s'enfuie. Les médecins ont prévu d'essayer de sortir Kari Regent du coma aujourd'hui.

— Peut-être qu'il est déjà parti ?

La bouche d'Alex se fit plus dure.

— Je ne pense pas.

Mallory eut la chair de poule. Le tueur l'attendait, et sans Alex, elle aurait été à sa merci.

— Je ne le laisserai pas t'avoir.

Il prit sa main dans la sienne et elle vit un éclat dans ses yeux avant qu'il ne détourne le regard. Cela dit, tout cela pouvait être une stratégie. Une façon de la manipuler.

Les pensées tourbillonnaient dans sa tête. Elle était déchirée. Confuse. Elle était tombée amoureuse de cet assassin étrangement vulnérable, mais elle devait le dénoncer – n'est-ce pas ?

— Et les cicatrices sur ton corps ? D'où viennent-elles ?

— Souvenir d'un trafiquant d'armes dans une prison marocaine où la CIA m'a laissé pourrir quand une mission a mal tourné.

— Tu étais de la CIA…

Cela expliquait beaucoup de choses sur ses actions et ses méthodes. La CIA fonctionnait selon ses propres règles. Pas étonnant qu'Alex s'emploie à les contourner. Pas étonnant qu'il ne respecte pas le FBI – les rivalités entre agences n'exigeaient rien de moins.

— Ils ne reconnaîtront pas ce que j'ai fait pour eux. Le Projet Gateway a proposé de me faire sortir de prison si je leur offrais trois ans de services similaires. Cela fait-il de moi un tueur vicieux ou un patriote ?

— Il est illégal d'agir contre des citoyens américains.

Son rire était dépourvu de tout amusement.

— Tous les assassinats sont illégaux, mais la plupart des gens s'accommodent très bien du fait que la CIA neutralise les menaces sur le sol étranger. Au moins, en travaillant pour le Projet Gateway, les seules personnes que j'ai tuées étaient de vraies pourritures, pas seulement des anti-américains.

— Meacher ?

Il fit un signe de tête.

— Qu'est-ce que Jane Sanders a à voir avec ça ?

Il avait le regard vide.

— C'est une amie, rien de plus. Depuis que je t'ai rencontrée, il n'y a eu personne d'autre. Il n'y aura jamais personne d'autre.

Elle n'aurait su dire s'il mentait.

— Elle travaille pour ma mère.

— Je sais pour qui elle travaille et, non, je n'ai pas couché avec toi parce que ta mère m'a payé pour le faire. Il n'y a pas assez d'argent dans le monde pour que je me prostitue de cette façon.

— Mais le meurtre ne te dérange pas ?

Il rit et désigna son Glock.

— Qu'est-ce que tu portes à la hanche, un pointeur laser ?

Elle croisa les bras sur sa poitrine.

— Je suis un agent fédéral. Je porte une arme pour protéger les gens.

— Et je tire sur des tueurs en série et des pédophiles pour la même raison.

Son ton était sec.

Elle se mit à faire les cent pas. Il la plaçait dans une position intenable. Son cœur était douloureux, car comme une idiote, elle croyait chaque mot qu'il disait.

— As-tu quelque chose à voir avec mon transfert à Quantico ?

Il secoua la tête.

— Pourquoi avoir rejoint la CIA ?

— Pour avoir ma revanche. Je voulais me venger de ceux qui avaient causé la mort des hommes de mon unité.

— Qu'est-ce qui t'a poussé à rejoindre ce truc Gateway ?

— L'instinct de survie. J'étais dans une prison de merde et je n'allais pas en sortir de sitôt. La CIA a nié me connaître. Le Projet Gateway m'a proposé un marché.

— Alors tout ce discours sur la balance de la justice est une belle connerie, parce que tu aurais probablement accepté de tirer sur le président pour t'en sortir ?

Il haussa les épaules.

— Peut-être. Probablement.

— Alors, pourquoi protéger ces personnes ? Tu peux témoigner contre eux et peut-être obtenir l'immunité, ne pas être poursuivi ?

Et leur bébé pourrait avoir la chance de connaître son père.

Il ferma les yeux.

— Je tiens mes promesses, Mallory. Quand ils sont venus me voir, je me suis dit que je pouvais vivre avec leurs conditions. C'était avant que je te rencontre.

Il fit un geste vers sa poche et elle tressaillit.

Il déglutit à plusieurs reprises comme s'il avait du mal à respirer.

— Arrête, Mallory. Je ne te ferais jamais de mal. *Jamais.*

Il se redressa, puis s'agenouilla devant elle. Avant qu'elle n'ait eu le temps de comprendre ce qu'il se passait, Alex se retrouva avec son arme à la main, contre sa propre tempe.

— Je préfère mourir que de laisser quelque chose de mal t'arriver. Tu dois me croire.

Ses yeux lui piquaient. Ses mains tremblaient. Le tueur de sang-froid avait disparu. L'homme devant elle n'était que pure émotion.

Son cœur battait la chamade.

— Donne-moi le pistolet, Alex.

— Tu comprends enfin ? *Tu comprends* ce que je te dis ? Je me fiche de mourir. Seule ta sécurité m'importe. Je t'aime. Je t'aime et je n'ai aimé personne. Pendant toutes ces années. Je sais que nous n'avons pas d'avenir ensemble. Je sais que tu me détestes. Je me rendrais bien tout de suite, mais je ne peux pas prendre le risque que ce tueur mette la main sur toi.

Le fait qu'il semble vraiment l'aimer lui transperçait le cœur. Le fait qu'il lui donne l'occasion de trahir ses idéaux – et qu'il sache qu'elle en avait envie – la laissait indécise. Elle ne valait pas mieux que lui.

— Je ne te déteste pas.

Pourtant, elle l'aurait voulu.

— S'il te plaît, baisse ce pistolet.

Elle passa une main sur le visage d'Alex, désireuse de faire durer ces moments partagés pour toujours, tout en sachant que c'était impossible.

— On ne peut pas se charger de faire justice nous-mêmes.

— J'ai l'autorisation du gouvernement pour rayer cet enfoiré de la surface de la Terre.

Ses beaux yeux redevinrent froids. Il lui rendit l'arme, qu'elle remit dans son holster.

— La loi est handicapée par la bureaucratie.

— L'autojustice est *injuste*.

Il se releva.

— Au contraire, c'est de la justice. Mais j'en ai assez de tuer. J'en ai assez de mentir, de travailler pour un gouvernement qui ne reconnaît pas l'inefficacité du système.

Mallory était déchirée. En omettant de téléphoner pour partager ces informations, pour en parler à Hanrahan, elle risquait sa carrière. Mais pourquoi s'était-elle engagée, d'abord ? Pour savoir ce qui était arrivé à sa sœur. Peut-être que sa carrière n'avait plus d'importance. Peut-être qu'Alex avait raison. Peut-être s'agissait-il de justice.

Elle l'embrassa avidement. Le désir irrésistible de le posséder une dernière fois la traversa. Tout son corps palpitait d'envie. Elle pensa à toutes les choses qu'ils ne pourraient jamais avoir, toutes les choses qu'ils avaient perdues parce qu'il n'était pas celui qu'elle pensait. Elle l'aimait. Son baiser parlait de lui-même et Alex le lui rendit avec la même intensité.

Elle recula, sachant ce qu'elle avait à faire. La détermination s'était emparée d'elle. Elle mit sa main dans son sac et sortit son Taser, puis elle appuya sur la détente avant de risquer de changer d'avis. Elle savait à quel point il était rapide et elle ne pouvait pas prendre le risque qu'il la désarme. Il eut un sursaut et tomba par terre, se cognant la tête et convulsant. Malgré la douleur qu'elle lui causait, elle repartit sur un cycle de cinq secondes jusqu'à ce qu'il soit vraiment neutralisé avant de retirer son doigt de la gâchette. Et merde. Il était inconscient, probablement à cause du coup à la tête. Il gémit et Mallory s'accroupit. Il avait l'air indemne, et maintenant, elle était allée trop loin pour faire demi-tour. Elle sortit une paire de menottes flexibles et attacha ses poignets au pied du lit, fort heureusement boulonné au sol.

Elle vérifia son pouls – il était fort et régulier. Une pellicule de sueur lui couvrait le front. Elle l'embrassa et le plaça sur le côté, en position de récupération, puis elle prit les clés de sa voiture.

Pour la première fois de sa vie, elle voulait vraiment faire du mal à quelqu'un. Ironiquement, ce n'était pas à Alex Parker, un assassin entraîné. Quoi qu'il en soit, elle aimait cet homme. Mais elle avait besoin d'en finir. Elle avait besoin de savoir qui elle était. Un agent du FBI dévoué ? Ou exactement le même genre de personne qu'Alex, mais qui se cachait derrière son insigne pour commettre un meurtre ?

Elle avait besoin de savoir.

Et elle avait un avantage sur tous les autres. Elle n'avait pas besoin de le trouver. C'était lui qui s'en chargerait.

CHAPITRE VINGT ET UN

TOUTE LA VILLE était en état d'alerte après avoir découvert que l'adjoint Sean Kennedy avait disparu. Il s'était assuré de défendre son collègue, mais au fond, il était heureux que Kennedy devienne le suspect de l'agression de Kari Regent et des autres meurtres. Cela lui permettait de gagner du temps.

Et le temps pressait.

Il venait d'apprendre que Kari Regent s'était réveillée et récupérait à l'hôpital. Peu importe à quel point il aurait voulu serrer ses mains autour de son cou et lui briser les os hyoïdes, les gardes du corps que ce connard d'Alex Parker avait placés là étaient inébranlables, tout comme la présence de ses parents à son chevet. Il devrait peut-être laisser Kari vivre avec ses cauchemars et se consoler en se disant qu'au moins, elle ne l'oublierait jamais. Peut-être attendre un an et la retrouver alors qu'elle commencerait à peine à se sentir à nouveau en sécurité.

Il avait terminé le rapport qu'il rédigeait sur une contravention pour excès de vitesse distribuée cet après-midi. Le lendemain était normalement son jour de congé, mais étant donné la situation actuelle, ses chances de l'obtenir étaient à peu près aussi grandes que de voir le FBI démêler la situation tout seul. Hautement improbable. Il éteignit son ordinateur, attrapa son manteau et se dirigea vers le restaurant pour manger un bout.

— Comme d'habitude ? lui demanda la serveuse avec un grand sourire.

L'endroit était bondé, mais l'une des serveuses en pause lui laissa son tabouret. Il était encore chaud.

— Un menu XL, s'il vous plaît. Je meurs de faim.

Il avait tout juste eu le temps de manger ou de dormir ces dernières semaines. Il aurait tout le temps de dormir quand il serait mort.

— Ils ont retrouvé Kennedy ?

Elle mâchait du chewing-gum en remplissant de café les tasses des clients.

— Pas encore.

— C'est vrai ce qu'ils disent ? Il pourrait être le tueur en série ?

Il haussa les épaules. Bien qu'il se soit toujours réjoui de s'en sortir avec ses crimes, les gens ne réalisaient pas à quel point il était rusé. De toute façon, c'était déjà trop tard. Il se demandait si Sean était encore en vie. Il devrait probablement aller vérifier avant que le gars ne commence à empester. En même temps, pourquoi s'en préoccuper ?

— Je n'en sais rien.

Il regarda vers une table de journalistes. Une brune avait les yeux rivés sur lui. L'idée de l'enlever, de la tuer, était très séduisante. Il détourna le regard. Tout doux. Ce n'étaient pas les femmes qui manquaient, et il n'en voulait qu'une seule. Il pourrait s'amuser plus tard.

Le carillon de la porte retentit et la serveuse écarquilla les yeux.

Il pivota pour faire face à l'entrée et faillit tomber de sa chaise. Mallory Rooney se tenait au beau milieu du restaurant.

Elle avait les bras croisés sur sa poitrine et elle balayait le restaurant du regard, sans s'arrêter sur personne. Lorsqu'elle fut certaine d'avoir attiré l'attention de tout le monde, elle se dirigea vers la caisse et commanda un hamburger à emporter.

Il reprit son souffle. Elle était si proche. Que faisait-elle là ? Son insigne doré brillait sur sa hanche et son arme était clairement visible. La presse était en effervescence. Tous les journalistes avaient le portable à la main et jacassaient avec leurs rédacteurs en chef. Si Mallory avait voulu déclarer qu'elle était en ville, elle n'aurait pas pu choisir un meilleur endroit.

Y avait-il d'autres agents présents ? Où était son connard de petit ami ? Elle avait commandé pour une personne. Elle prit un café à emporter et sortit avant que son burger n'arrive.

— Je me demande ce qu'elle fait ici, marmonna la serveuse en s'assurant qu'il avait tout ce dont il avait besoin.

Elle était venue le chercher. Cette prise de conscience fit naître des papillons dans son estomac. Il sentit une douce chaleur s'insinuer dans son corps. Elle était venue le chercher. Mais elle l'attendait, ce qui n'allait pas lui faciliter la tâche.

— Pouvez-vous me rendre un service ? demanda la serveuse.

Il fronça les sourcils. Sa vie était un peu compliquée pour rendre des services.

— C'est pour une de mes serveuses, Mandy, fit-elle en désignant d'un signe de tête une femme blonde qui s'occupait de clients. J'ai promis à sa mère de la ramener chez elle, mais je vais être bloquée ici pendant un bon moment avec tous ces journalistes qui traînent. Pourriez-vous la raccompagner pour moi ? demanda-t-elle en souriant.

Il regarda la jeune femme et trouva qu'il y avait un sens aigu de la justesse dans ce monde. Il s'inquiétait de savoir comment il allait attraper Mallory, et l'instant d'après, la réponse lui était servie sur un plateau. Il se souvenait assez clairement de ce qui s'était passé la dernière fois. Une victime vivante la distrairait. Et elle ne s'y attendrait certainement pas. Lui ne s'y était pas attendu.

— Avec plaisir.

Le regard de la serveuse était inquiet.

— Je veux en finir avec tout ça. Je veux récupérer ma ville.

Il posa sa main sur la sienne. Elle était froide et il la frictionna.

— Ne vous inquiétez pas. Tout sera bientôt terminé.

Ses lèvres tremblaient, et la peau autour de ses yeux était ridée.

— C'est promis ?

— Vous avez ma parole.

— C'est la maison qui offre.

Elle l'embrassa sur la joue et lui serra l'épaule.

— Vous êtes un homme bon. Vraiment.

Il regarda ostensiblement son téléphone.

— Ah, merde. J'ai reçu un appel.

Il se leva, prit son hamburger et l'enveloppa dans une serviette.

— Je dois y aller. Si la fille veut que je la dépose, elle a trente secondes. Je vais attendre dehors dans la voiture.

Et il sortit sur ces mots.

Le moteur était en train de tourner lorsque la jeune fille sortit du restaurant en courant, portant sa veste et un sac. Elle sauta sur le siège avant. Il déclencha de l'air chaud sur le pare-brise pour faire disparaître le givre.

La jeune femme haussa les épaules dans sa veste et sourit.

— Merci de me ramener, monsieur l'agent.

Ses yeux bleus avaient quelque chose qui lui donnait plus que son âge.

Il sourit. Elle répondait parfaitement à ses besoins.

— On n'est jamais trop prudent de nos jours. Bouclez votre ceinture. Les routes sont glissantes et je ne veux pas d'accidents.

Elle obéit.

Il aimait les femmes obéissantes.

———

ALEX REVINT LENTEMENT à lui. Il avait une bosse sur le crâne qui le lançait violemment. Que s'était-il passé ? Ses bras étaient attachés. Il écarquilla les yeux. Pendant une fraction de seconde, il fut terrifié à l'idée d'être de retour dans ce trou à rats nord-africain. Mais les menottes étaient en plastique. Pas de chaînes. Une moquette moisie bon marché et non un sol en terre battue. Il cligna des paupières.

Mallory. Elle l'avait tasé et l'avait laissé là. Il secoua sa tête endolorie, essayant de faire surface. Cela n'avait pas de sens.

Et merde. En fait, c'était logique.

Il consulta sa montre. Il était resté inconscient pendant trente minutes. Elle l'avait électrocuté, et vu ce qu'il avait fait, il ne pouvait pas lui en vouloir. Il chercha les clés de la voiture, mais elle les avait prises. Il étendit les jambes et tira sa sacoche d'ordinateur portable par terre avec les pieds. Il grimaça au moment où il tomba, mais sa priorité était de se débarrasser de ces menottes le plus vite possible. Manipulant le sac entre ses genoux, il ouvrit le velcro avec les dents. Il rapprocha la sacoche de ses mains et ouvrit une poche latérale qui contenait quelques outils indispensables. Il suffisait d'une paire de cisailles pour se libérer du lit. Trois secondes plus tard, il avait remballé ses outils. Il prit son manteau et son ordinateur portable, et sortit. Puis il regarda fixement le parking. Bon sang. Pas de voiture.

Il passa en revue ses options. Bien que voler une voiture soit encore le plus facile, il ne voulait pas se retrouver pris dans une stupide course-poursuite. Il se rendit à la réception.

— C'est votre Focus là-bas ? demanda-t-il à la fille derrière le comptoir.

Elle le regarda avec méfiance.

— Ouaip. Pourquoi ?

— Je vous donne cinq mille dollars si vous me la prêtez pour vingt-quatre heures.

— Sortez d'ici.

— Vous êtes sur Internet ?

Elle acquiesça.

— Cherchez le numéro du bureau régional du FBI à Charlotte et demandez l'agent spécial Lucas Randall.

Il avait attiré son attention et elle fit ce qu'il lui demandait. Cinq mille dollars représentaient probablement beaucoup d'argent pour cette femme.

Elle mit sa main sur le combiné.

— Ils me mettent en communication. Vous ne plaisantez pas ?

Il lui montra son permis de conduire.

— Dites-lui qu'un type nommé Alex Parker vous offre cinq mille dollars pour emprunter votre voiture et demandez-lui si je suis fiable.

C'est ce qu'elle fit.

— Il répond que vous devriez m'en offrir au moins dix mille.

Il secoua la tête. Vive les amis. Mais Mallory était en danger et il n'avait pas le temps de marchander. Il lui tendit sa carte.

— Très bien. Appelez mon bureau et dites-leur ce que je vous ai dit. Quelqu'un vous enverra un chèque par courrier. Je me porte garant pour tout dommage. Dites à l'agent spécial Randall de m'appeler immédiatement sur mon portable. Il a le numéro.

— D'accord…

Il tendit la main et elle lui remit ses clés. Pas d'agitation, pas de panique. Les gens étaient dingues.

Il monta dans la voiture et régla le siège. Il alluma son ordinateur portable qui, heureusement, fonctionnait toujours, et chercha la position GPS de l'ordinateur ou du portable de Mallory. Rien. Il ferma les yeux et compta jusqu'à dix. Son ordinateur portable était à Quantico et elle avait démonté son téléphone parce qu'il lui avait dit de le faire. Mais elle pourrait le rallumer plus tard. Comme il n'avait pas encore été arrêté, son plan était probablement d'aller à Colby en espérant que le tueur se montre. C'était logique, étant donné les circonstances. Mais si le suspect lui tendait une embuscade ou parvenait à prendre le dessus… Il pourrait bien ne jamais la revoir. Il démarra.

Il devait découvrir qui était ce tueur.

Son téléphone sonna. C'était Lucas.

— Je n'arrive pas à croire que tu viennes de faire ça.

— Mallory a pris ma voiture.

— Vous vous fréquentez ?

Lucas avait l'air énervé et Alex se sentait engourdi.

— Pas exactement. Elle est assez fâchée contre moi en ce moment et elle a pris ma voiture.

— Elle a volé ta voiture ?

— Emprunté. Sans autorisation. J'ai besoin de ton aide.

Lucas resta silencieux, mais Alex savait qu'il écoutait.

— Lindsey Keeble. Elle a été assassinée par ce soi-disant tueur aux initiales.

— Je sais qui est Lindsey Keeble, rétorqua Lucas.

— Est-ce que l'autopsie ou sa voiture ont donné quelque chose ?

— Ce sont des informations confidentielles, Alex. Je ne peux pas les divulguer.

— Tu m'as communiqué des informations confidentielles quand tu m'as envoyé ces données de portable…

— C'est différent.

Lucas n'en démordait pas.

— Dis-moi ce qu'ils ont trouvé et je te dirai qui a tué Meacher.

— Tu le sais ? Non, tu bluffes.

— J'ai trouvé.

— Merde.

Alex imaginait Lucas se labourer les cheveux de ses doigts. Puis il l'entendit appuyer sur des boutons.

— Très bien, on n'a pas encore de résultat ADN. Selon le rapport, ils n'ont trouvé aucune empreinte, sauf celles de Lindsey, de son père et du policier qui a trouvé la voiture dans les bois. Ils ont identifié des taches de peinture noire automobile sous ses ongles. La police scientifique essaie de trouver la marque et le modèle.

Alex poussa un juron.

— Les empreintes, étaient-elles celles de l'adjoint qui a disparu ?

— Non. Un type du nom de Leo Chance.

C'était le type qui l'avait interrogé au bureau du shérif.

Il se gara, soumit les données du portable de Chance à ses algorithmes et obtint quelques résultats. Rien de concluant, mais…

— De quelle couleur est la voiture de Leo Chance ?

Il eut une longue hésitation, puis soupira et pianota de nouveau.

— C'est un SUV noir.

Alex réfléchit. Se pourrait-il que ce soit lui ? S'agissait-il d'un flic ? Il avait la bonne taille et la bonne silhouette. L'âge collait. Et quelque chose dans cet entretien l'avait dérangé, sans qu'il sache quoi.

— Kari Regent est sortie du coma ?

— C'est ce que j'ai entendu dire, répondit Lucas.

— Tu peux m'envoyer une photo de Leo Chance par e-mail ?

— Tu penses vraiment que le tueur est un flic ?

— On peut toujours demander à Kari Regent si elle le reconnaît.

Lucas grogna.

— Très bien. Mais ne joue pas les héros.

— Pas mon style.

— C'est fait. Bon. Alors, dis-moi qui a tué Meacher pour que je puisse mettre ce bébé au lit.

— C'est moi.

— Ah, ah. Putain, Alex. Très drôle. Si quelqu'un découvre que je t'ai dit quoi que ce soit sur cette affaire…

Lucas ne le croyait pas. C'était hilarant.

— Tu ne m'as rien dit, Lucas. Mais ça pourrait être suffi-sant.

Il appela ses partenaires et leur demanda de transférer de

l'argent à la fille du motel. Il ne voulait pas qu'elle se dégonfle et qu'elle appelle les flics.

Il fallait trente minutes de route pour se rendre à l'hôpital et chaque muscle de son corps était noué par la tension. Le soleil se couchait et l'obscurité n'était pas son amie.

Il avait tellement merdé avec Mallory. Il l'avait trahie à tous les niveaux, personnellement et professionnellement. L'idée du pardon était ridicule. Et il ne pouvait même pas menacer de dénoncer ses supérieurs, parce que cela détruirait le peu qu'il lui restait de famille et il ne lui ferait jamais ça. Il préférait être pendu. Ou bien encore ingérer du pentobarbital, ce qui était plus que plausible dans ces fabuleux États qu'étaient la Caroline du Nord et la Virginie.

La brume froide s'accrochait aux montagnes et flottait parmi les arbres comme des toiles d'araignée entre les branches frêles. Il n'osa pas penser à ce qu'il avait perdu. Mais tout ce qu'ils auraient pu construire ensemble était mort. La seule chose qui comptait était de faire passer la nuit en toute sécurité à la brune aux yeux doux et ambrés. Elle avait besoin de tourner la page pour avancer dans sa vie, et il avait l'intention de le lui permettre, tout en lui offrant la plus belle occasion de sa carrière. Capturer morts ou vifs un tueur en série *et* un justicier, ce serait du plus bel effet sur son CV.

En supposant qu'il la retrouve avant le tueur aux initiales.

Il arriva à l'hôpital et trouva l'un de ses hommes devant la chambre de Kari. Il frappa à la porte et le type le suivit à l'intérieur.

— Pouvons-nous vous aider ?

Un homme âgé, vêtu d'une chemise bleue boutonnée, se leva. Une femme tenait la main de Kari et un jeune homme d'une vingtaine d'années était assis de l'autre côté.

— Mon nom est Alex Parker.

— Vous êtes celui qui s'est chargé de sa sécurité ? demanda le père. Celui qui l'a amenée ici ?

— Oui, monsieur.

Il n'était pas venu pour des remerciements. Il regarda le lit. La tête de Kari avait été rasée et elle était enveloppée de bandages. Des tubes étaient enfoncés dans ses narines. Elle était intubée. Elle avait les yeux ouverts et le regardait.

— Je dois vous poser une question, si je peux me permettre.

Elle fit un léger signe de tête et grimaça. Des maux de tête. Il pouvait attester du fait qu'elle en aurait beaucoup à l'avenir. La bosse à l'arrière de son propre crâne le lançait, mais il l'avait méritée. Il s'approcha et lui montra son téléphone portable avec la photo d'un Leo Chance souriant à l'écran.

— Est-ce l'homme qui vous a fait du mal ?

Ses pupilles se dilatèrent et son rythme cardiaque s'accéléra sur le moniteur. Sa confirmation n'était pas nécessaire.

Le père saisit son bras.

— Les flics vont attraper ce type, n'est-ce pas ?

— Oui, monsieur. Je dois y aller maintenant.

Alex desserra délicatement les doigts de l'homme. En sortant, il montra la photo de Leo au garde et lui fit part de ses soupçons.

— Il est passé plusieurs fois, lui annonça alors le garde du corps.

Il plissa les yeux en ajoutant :

— Je ne l'ai pas laissé entrer.

— Bien, fit Alex avec un signe de tête. Ne baissez pas la garde tant que cet enfoiré n'est pas enfermé ou mort. Pas avant d'avoir de mes nouvelles, d'accord ?

— Bien sûr, patron.

Kari Regent était trop vulnérable et avait trop souffert pour qu'ils puissent se reposer sur leurs lauriers.

Il devait rejoindre Mallory. En ce moment, elle était probablement assise chez son père à attendre cette ordure. Il lui envoya un SMS avec l'identité du tueur dans l'espoir qu'elle ait allumé son portable et qu'elle soit retournée à sa voiture. Alex avait bien l'intention de venir en renfort, qu'elle le veuille ou non.

———

LE TUEUR SAVAIT-IL qu'elle était là ? Était-il resté dans les parages ou avait-il déjà fui ?

Mallory ne voyait pas que faire d'autre pour signifier qu'elle était rentrée dans la communauté de Virginie-Occidentale où elle avait grandi. Peut-être engager une fanfare ou placer une enseigne lumineuse clignotante sur les collines ? Diffuser un flash d'information sur une radio locale ?

La neige tombait plus fort à présent. Écartée par les essuie-glace, elle s'accrochait à nouveau au pare-brise dans un désespoir glacial. Mallory s'efforçait de voir à travers la vitre, conservant une vitesse lente et régulière sur l'autoroute non déneigée. Ce devait être quelqu'un du coin. Elle ne pensait pas que ce soit Sean Kennedy – du moins, il n'aurait pas agi seul – même si elle avait un instinct pourri, et encore, c'était un euphémisme. Elle était amoureuse d'un ancien agent de la CIA qui éliminait des tueurs en série pendant son temps libre.

Et merde. Un flic tueur en série, c'était presque anodin en comparaison.

Le repas qu'elle avait pris à emporter était posé sur le siège passager, dégageant des arômes assez puissants pour lui retourner l'estomac. Mais elle savait qu'elle devait garder des forces pour le défi qui l'attendait et se retint de tout jeter à la poubelle. Elle avait besoin de manger, alors elle mangerait.

Elle mit une frite dans sa bouche. Elle avait un goût de carton salé.

Elle espérait qu'Alex allait bien. Le personnel du motel finirait par le trouver et, avec un peu de chance, il aurait le temps de s'échapper avant que Hanrahan ne le retrouve. Le FBI ne l'attraperait jamais. S'il disait la vérité sur son travail pour le gouvernement, ils n'essaieraient peut-être même pas. Il fallait qu'elle en parle à Hanrahan. Il fallait qu'elle signale l'écran de fumée de cette organisation, mais pas avant qu'Alex ait pu s'enfuir. À l'intérieur, elle se sentait engourdie. Engourdie par le chagrin d'avoir perdu Alex. Engourdie par la vie commune qu'ils n'auraient pas. Elle toucha son ventre. Elle devait le chasser de son esprit et passer à autre chose, mais c'était plus facile à dire qu'à faire alors même qu'elle avait plus que jamais besoin de lui.

Mais son arme était solidement fixée à sa hanche, son arme de secours attachée à sa cheville droite. Son fidèle Taser dans sa poche. Elle était aussi bien préparée que possible. Bien mieux que n'importe quelle petite fille. Elle tourna vers la propriété familiale. L'allée avait été désherbée par une âme charitable, probablement le jardinier. Puis elle emprunta le long chemin sinueux menant à la maison de son enfance.

Le manoir de deux étages en brique rouge n'était qu'une ombre immense, qui n'était plus familière et bien-aimée, mais effrayante et secrète. Les fenêtres scintillaient avec malveillance sous la lune qui commençait à s'élever au-dessus des arbres. La neige recouvrait les marches du perron. Personne n'était entré par là depuis que la neige avait commencé à tomber sérieusement, cet après-midi.

Elle gara la voiture, coupa le moteur, puis leva les yeux vers l'imposante bâtisse de style géorgien qui avait été témoin de tant de drames. Officiellement, c'était encore une scène de crime, mais cela lui convenait très bien. Moins de spectateurs innocents risquaient d'être blessés. Elle prit son sac de nourriture et sortit, la neige recouvrant immédiatement ses bottes et trempant son pantalon noir. Elle monta les marches, faisant tomber autant que possible la neige qui s'accrochait à ses vêtements.

La porte d'entrée était ornée d'une couronne qui semblait étrangement incongrue à côté du ruban indiquant une scène de crime. Son arme en main, elle déverrouilla la porte et l'ouvrit en grand. Le système d'alarme n'était pas enclenché. De toute façon, il ne semblait pas servir à grand-chose, ou du moins, le tueur savait comment le contourner. Elle jeta un coup d'œil à l'intérieur. Elle ne savait pas à quoi s'attendre. Des traces de sang ? Un homme derrière la porte avec un hachoir à viande ?

Le clair de lune révéla une cheminée aussi élégante et hautaine qu'à l'accoutumée.

Elle prit la batterie de son téléphone et sa carte SIM, les remit dans son portable, mais constata qu'il n'y avait pas de signal.

— Zut alors.

Ce devait être à cause du temps.

Elle alluma le lustre et se souvint de la réaction d'Alex en découvrant sa maison familiale. Son cœur se serra. Elle prit le téléphone fixe que son père utilisait encore et appela Hanrahan. Il répondit à la première sonnerie.

— Où diable êtes-vous ?

— À Colby. Avez-vous découvert qui travaille avec le justicier ?

Elle pouvait presque l'entendre se frotter le visage.

— Non. Il y a eu quelques appels, mais le responsable informatique a besoin de temps pour les tracer et il a été dépassé par un pédophile qui diffuse en direct. Le sens des priorités… De toute façon, le pire qui puisse arriver, c'est qu'il s'enfuie et que nous le poursuivions. Vous êtes avec Parker ?

— Oui.

Sa voix craqua comme le sillon d'un disque vinyle. Hanrahan savait-il pour Alex, ou était-ce une question banale ?

— Nous sommes chez mon père pour vérifier quelque chose, et ensuite nous irons à l'hôpital pour voir si Kari Regent se souvient de quoi que ce soit.

— Elle s'est réveillée ?

Mallory n'en savait rien, mais elle fit semblant. Elle devenait douée à ce petit jeu.

— Nous allons attendre qu'elle nous donne une description exploitable, répondit-elle.

— Ne faites rien de stupide, agent Rooney.

Elle regarda autour d'elle la maison vide. Trop tard.

— D'accord, monsieur.

Elle raccrocha et mâchonna une frite froide. Beurk. Elle se rendit à la cuisine pour réchauffer son repas. L'appât était lancé. Elle n'avait plus qu'à attendre que le poisson morde à l'hameçon.

CHAPITRE VINGT-DEUX

MALLORY PATIENTAIT SUR le sol de la cuisine, son Glock à côté d'elle, fixant du regard la table où elle et Payton s'étaient si souvent assises en suppliant la gouvernante de leur donner des biscuits. La solitude l'envahit. Le fantôme de sa sœur était avec elle depuis des années. À l'école. Pendant ses rencards. Tout au long de sa formation au FBI. Sur le champ de tir. Surtout sur le champ de tir.

Mais l'esprit de sa sœur ne l'avait pas hantée quand elle était avec Alex. Il avait su ôter le chagrin qui entamait son cœur comme une vilaine carie. Elle avait trouvé la paix avec lui comme jamais auparavant. Maintenant, il était parti.

Elle entendit un bruit au niveau de la porte de derrière.

Elle n'avait pas peur. Elle prit son pistolet, appréciant le poids du métal froid dans sa main. Non, elle n'avait pas peur. Elle était déterminée. Et au fond, elle était furieuse. Ce type avait ruiné la vie de sa sœur et voulait ruiner la sienne.

Ce qu'il ne savait pas, c'était que sa vie était déjà en lambeaux. Rien de ce qu'il pourrait faire ne changerait cette vérité fondamentale : elle ne pourrait jamais avoir l'homme qu'elle aimait. Le savoir lui donnait envie de se laisser tomber à genoux et de pleurer, mais ce n'était pas seulement sa vie qui était en jeu. Et elle n'était pas prête à laisser ce sale type gagner. Elle voulait le faire payer. Doucement, elle avança dans le couloir en direction du vestibule et trouva la porte de derrière grande ouverte. La dernière fois, elle était fermée à clé. Le salaud devait donc avoir une clé.

Elle sortit la tête et regarda autour d'elle, puis revint rapidement à l'intérieur. Mais il n'allait pas lui tirer dessus. Il la voulait vivante. Des empreintes de pas, une seule paire, se dirigeaient vers les bois et en revenaient.

Prenant une décision, Mallory se précipita vers la forêt – son domaine à lui. Mais elle n'était pas une enfant désarmée, cette fois. Elle était un agent fédéral entraîné. Elle se dirigea vers les arbres et emprunta un large chemin souvent fréquenté par les cerfs de Virginie. Ses bottes furent trempées en quelques secondes. Des branches lui fouettaient le visage. C'était une nuit claire de pleine lune et elle devait faire attention à l'endroit où elle mettait les pieds, car le sol était accidenté sous la neige et elle n'avait aucune envie de se tordre une cheville. Les traces étaient faciles à suivre. Peut-être trop. Elle ralentit, prenant son temps. Elle ne pouvait pas aborder ce type de front.

Pour la première fois depuis sa rencontre avec Alex, elle se sentait complètement seule. Elle aurait voulu lui parler du bébé, mais elle n'aurait pas supporté son regard quand il aurait compris qu'il ne partagerait pas leur vie.

Elle atteignit finalement le sommet de la colline. Les empreintes de pas étaient dispersées. Trop confuses pour être suivies. Ses doigts étaient engourdis par le froid lorsqu'elle saisit son arme. La température baissait rapidement. Elle regarda autour d'elle, apercevant le toit de la propriété où les McCafferty avaient vécu. Ils avaient dû se mettre en travers de son chemin d'une manière ou d'une autre.

Personne ne savait où elle allait ni pourquoi, se dit-elle

soudain. Mais elle ne laisserait pas ce type s'en tirer comme ça, quoi qu'il puisse lui arriver. Elle était dans une sorte de clairière. Elle tourna sur elle-même pour s'assurer que personne ne la suivait.

Son téléphone vibra. Elle avait un signal. Elle le consulta et découvrit un message d'Alex. *Kari dit que tueur = shérif adjoint Leo Chance.*

Elle fut d'abord soulagée à l'idée qu'Alex se soit échappé du motel. Puis elle se souvint d'avoir rencontré Leo Chance. Elle était loin de se douter qu'il était l'homme qui avait tué toutes ces femmes innocentes. Ce bâtard allait tomber, quoi qu'il se passe dans les bois ce soir. Kari aurait sa revanche, tout comme Payton, Lindsey et les autres filles dont il avait détruit la vie.

Elle composa le numéro de Hanrahan.

— Allô ?

Le réseau était affreux.

— Le nom du tueur aux initiales est…

Merde, elle n'avait pas de preuve solide à part la parole d'Alex, qui était d'or, à n'en pas douter, mais tout de même.

— L'adjoint Leo Chance. Un flic local. Je suis dans les bois derrière Eastborne en train de le traquer en ce moment même.

Elle raccrocha avant qu'il ne puisse lui donner d'autres ordres et glissa son téléphone dans sa poche.

Une chouette hulula, la faisant frissonner.

Elle reprit sa progression, puis entendit un cri de douleur. Une femme. *Oh, non.* Elle serra les dents en avançant d'un pas lent, tenant son Glock à deux mains. Son cœur battait à un rythme régulier. Elle était totalement concentrée. À la moindre distraction, elle risquait de se faire tuer. Elle contourna un grand arbre et se figea. Une jeune fille avec une corde autour du cou, sur la pointe des pieds, était suspendue aux branches du vieux chêne américain.

Le cœur de Mallory fit un énorme bond. Elle savait que c'était un guet-apens, une diversion, mais elle ne pouvait pas laisser cette pauvre fille en plan. Et ce salaud le savait. Elle se précipita vers la jeune femme terrifiée. Elle était bâillonnée et elle saignait. Les mains attachées dans le dos, la corde solidement nouée, elle était morte de peur.

— Tout va bien.

Mallory se débattit avec les nœuds, mais ils étaient bien serrés. Elle avait besoin de ses deux mains. La fille toussa, elle étouffait. Mallory essaya de la soutenir avec son buste alors qu'elle se battait pour défaire les cordes d'une seule main, car elle ne voulait en aucun cas lâcher son arme. Finalement, le nœud se desserra et la jeune fille tomba à genoux dans la neige, toujours bâillonnée, la respiration laborieuse. Un bruit fit sursauter Mallory. Elle leva son arme, mais fut frappée par un arc électrique qui la projeta au sol. Elle tira quand même, mais sans y voir clair, incapable de viser. Le pistolet lui glissa des doigts.

Mon Dieu, quelle douleur ! Elle se tordait à terre, les mâchoires crispées, priant pour que son bébé ne soit pas blessé. Elle sentait la neige sur son visage, dans son nez et sa bouche, l'eau glacée ruisselant sur la peau nue de son cou. Elle déglutit et tourna la tête lentement pour se retrouver face au ravisseur de sa sœur.

———————

LEO AVAIT DU mal à croire que cela puisse être aussi facile. Une putain d'amatrice. Dès qu'elle voyait quelqu'un souffrir, elle devenait toute faible et pathétique. Avait-elle déjà oublié sa dernière leçon ?

Visiblement.

Dommage que ce soit sa dernière.

Il fouilla dans ses poches et jeta un téléphone portable et un Taser dans la neige. Il sourit en voyant ce dernier. Les grands esprits, tout ça, tout ça. Peu importe qu'ils aient trouvé son repaire. En un sens, il était satisfait. L'horreur qu'il susciterait. L'énormité de sa trahison.

Il mit Mallory sur son épaule et se dirigea vers sa cabane. La serveuse était recroquevillée en un tas pathétique dans la neige et mourrait probablement d'hypothermie avant d'avoir pu se libérer. Il s'en fichait. Son identité n'était plus un secret, mais avec Mallory en sa possession, il pouvait s'enfuir comme prévu. Il passa la main sur ses fesses. Elles étaient exactement de la même taille et de la même forme que celles de Payton. Il la serra fort. Il l'avait récupérée et ne la laisserait plus partir. Jamais.

Il passa devant son véhicule à la hâte et la jeta dans le coffre de son SUV. La lumière du porche arrière était allumée et éclaira ses traits. *Payton.* Il se pencha pour faire rentrer son pied à l'intérieur, mais elle se débattit avec sa botte et le heurta en plein dans la bouche.

Il recula en titubant, aussitôt braqué par le canon d'un autre Glock. *Et merde.*

— Reculez, ordonna-t-elle.

Il s'éloigna de quelques pas et elle sortit ses jambes de la voiture, alluma sa lampe de poche et la lui pointa dans les yeux. *La salope.*

— Jetez le Taser et votre arme de service.

Il obtempéra en penchant la tête sur le côté.

— Où est votre petit ami ? ricana-t-il.

Elle ignora sa question.

— Sortez vos menottes et mettez-les.

Il mit les menottes, prenant soin de ne pas fermer les deux côtés.

— Vous allez me tuer ?

— Peut-être.

Même sa voix ressemblait à celle de Payton, ce qui ne le laissait pas de marbre.

Il avait dû bouger, car Mallory lança, le regard dur :

— Restez où vous êtes ! Vous pensez que je n'aimerais pas avoir une bonne raison de vous mettre une balle entre les yeux ?

Il tendit le cou vers elle.

— Allez-y. Vous croyez que j'en ai quelque chose à foutre ? Vous croyez que je peux supporter de vivre sans votre sœur ?

Ses doigts se serrèrent sur la détente. Il venait de confirmer qu'il était l'homme qu'elle recherchait depuis toutes ces années. Ce qui voulait dire qu'elle n'en était pas certaine jusqu'à présent. Il prit note de l'information.

— Pourquoi avoir fait ça ? Pourquoi l'avoir enlevée ? Pourquoi l'avoir tuée ?

— Je ne l'ai pas tuée, stupide salope. Je l'aimais.

Un frisson parcourut le corps de Mallory. Elle claqua des dents. Elle ne le croyait pas.

— Je veux savoir où ma sœur est enterrée.

Sa peau était d'une pâleur glaciale. Ses lèvres étaient plus blanches que roses, tendant vers le bleu clair.

— Je veux qu'elle revienne.

Un sourire lui monta aux lèvres, mais il n'en laissa rien paraître. Il avait besoin d'un peu plus de temps pour qu'elle soit moins sur le qui-vive. Alors, il pourrait reprendre l'avantage. Elle ne lui tirerait pas dessus. C'était un agent fédéral avec un balai dans le cul. Et puis, elle voulait savoir où il avait enterré Payton. Il lui montrerait.

— Je vais vous y conduire, mais j'ai besoin de ma lampe de poche.

Elle lui fit signe qu'il pouvait la sortir, ce qu'il fit, appréciant la sensation de son poids dans ses mains. Même si elle jouait au flic dur à cuire, elle faisait attention à ne pas trop s'approcher pour éviter qu'il ne prenne le dessus. Elle ne pouvait pas le fouiller, mais elle se doutait qu'elle n'était pas la seule à porter une arme de secours.

Il se mit en marche, s'enfonçant de plus en plus profondément dans la forêt, suivant le chemin qu'il avait parcouru presque quotidiennement pendant les dix-huit dernières années. Les arbres craquaient à mesure que la température baissait. Il l'entendait frémir. Une branche se brisa sous ses pieds. S'il pouvait la faire entrer dans son repaire exigu, il ne doutait pas qu'il parviendrait à lui prendre son arme et à la soumettre.

— C'est vous qui êtes entré par effraction dans ma maison de Charlotte, n'est-ce pas ?

Il haussa les épaules.

— Je ne sais pas qui était l'autre gars.

Il regarda par-dessus son épaule.

— Il ressemblait beaucoup à votre petit ami, maintenant que j'y pense.

Elle pinça les lèvres.

— J'ai failli vous avoir en dégonflant les pneus de votre voiture à Quantico. J'ai emprunté un camion de dépannage à un ami pour venir vous récupérer, mais vous avez encore tout gâché.

Elle renifla.

— Désolée. Mes manières sont épouvantables quand il s'agit de tueurs en série.

Cette fois, les traits de l'homme se durcirent. Il n'était pas un connard de psychopathe. Il cherchait quelque chose, quelqu'un. Et maintenant qu'il l'avait, il ferait mieux de trouver un moyen de renverser la situation.

— Où allons-nous ? C'est loin ? demanda-t-elle avec colère.

Elle n'était pas très rassurée. Elle braqua sa lampe de poche sur son visage et la lumière lui brûla la rétine.

La salope.

— Ce n'est plus très loin. Je vais vous montrer où elle est enterrée.

Ensuite, je mettrai un terme à tout ça.

— J'ai des renforts qui arrivent, alors ne tentez rien.

— Désolée de vous l'annoncer, agent spécial, mais je sais que vous êtes venue seule.

Elle se figea. Aurait-elle les couilles de lui tirer dans le dos ? Il en doutait. Il arriva au tas de bois et lorgna sur la hache du coin de l'œil.

Il se pencha pour défaire le verrou de la trappe.

— Que faites-vous ?

La tension faisait vibrer sa voix, tout comme le froid. Elle ne tarderait pas à être incapable de tenir son arme.

Il devait se rapprocher.

— Vous voulez savoir ce qui est arrivé à votre sœur et où elle se trouve ?

Il ouvrit la trappe en grand et pointa sa lampe de poche vers l'obscurité.

Il vit la surprise, puis l'horreur, s'afficher sur son visage.

— Vous l'avez gardée là-dessous ?

Sa voix monta dans les aigus.

— Pendant tout ce temps ?

Il n'aimait pas le sous-entendu.

— Ce n'est pas si mal.

Pourtant de nuit, elle dégageait quelque chose de sinistre.

— C'est un foutu trou dans le sol. C'est pire qu'une cage dans un zoo. Combien de temps ? Combien de temps l'avez-vous gardée enfermée comme une chienne ?

Un vague sentiment de honte s'empara de lui, et ça ne lui plaisait pas non plus.

— Je me suis bien occupé d'elle.

Il libéra discrètement l'un de ses poignets.

— Vous l'avez traitée comme un animal !

Elle lui hurla dessus, folle de rage, hors de contrôle. Il s'élança, lui attrapa le bras et écarta le pistolet alors qu'elle tirait un coup de feu. Il atterrit sur son corps et fut stupéfait de constater à quel point il *ressemblait* à celui de Payton. Il frappa sa main contre le sol jusqu'à ce qu'elle lâche son arme, puis il la maintint immobile pendant qu'elle essayait de se libérer. Ses yeux furieux et sa bouche tordue en un rictus lui disaient qu'elle n'était pas vraiment Payton, mais s'il fermait les yeux et lui coupait la langue… Il lui écarta les cuisses du genou et se plaqua contre elle. Elle était… agréable.

Son souffle était chaud contre son oreille et il frissonnait de souvenirs.

— Vous me dégoûtez.

Elle lui mordit le lobe de l'oreille et il cria, avant de se redresser et de lui enfoncer son poing dans la mâchoire.

— Salope. Maintenant, tu vas découvrir ce qu'ont vécu les autres. Mais peu importe tes souffrances, je ne te laisserai jamais partir. Jamais.

CHAPITRE VINGT-TROIS

Les phares éteints, Alex suivait les traces de pneus dans la neige. Il aurait préféré que la fille du motel conduise un véhicule plus massif qu'une berline compacte. L'extrémité arrière n'arrêtait pas de déraper dans les quinze centimètres de neige fraîche qui recouvraient le sol. Il rectifia la trajectoire une fois, puis à nouveau. Il se força à ralentir en remontant la piste à une voie au milieu des arbres. Enfin, il déboucha dans un espace étroit au milieu d'une végétation touffue et s'arrêta, sortit et verrouilla le véhicule pour bloquer la fuite du type.

Il remonta la route en courant, le dos en sueur. Là-haut se trouvait une cabane à l'aspect irréprochable, construite au milieu de nulle part. Le GPS lui avait indiqué que c'était là où vivait le shérif adjoint Leo Chance, à l'extrémité sud de la forêt qui bordait à la fois la propriété des McCafferty et celle du père de Mallory. Elle avait appartenu à l'oncle de Leo, qui était mort dans un accident agricole six mois après l'enlèvement de Payton Rooney. Leo avait dix-sept ans et avait été le seul témoin de la mort de l'homme. Alex ne pensait pas que ce soit une coïncidence.

Il tendit l'oreille pendant un moment, mais le silence lui indiqua qu'il n'y avait personne. Une voiture de police était garée sur le côté, ainsi qu'un SUV avec la portière du coffre grande ouverte, une fine couche de neige recouvrant le tapis noir à l'intérieur. Plusieurs séries de traces de pas entraient et sortaient du chalet et se dirigeaient vers les bois. Son instinct lui disait d'aller fouiller d'abord les environs, mais il était plus logique de commencer par la cabane. Tout d'abord, il mit discrètement hors service le SUV en débranchant la batterie et fit de même avec la voiture de patrouille. Cela ralentirait le fumier, et tout ce dont il avait besoin, c'était une fenêtre de tir.

Il poussa la porte du chalet, qui n'était pas fermée à clé. À l'intérieur, il découvrit une maison méticuleusement tenue. Un téléviseur immense. Des vêtements pour homme dans la commode. Des chaussures de taille 46,5 près de la porte. Il vérifia chaque pièce. Il n'y avait ni grenier ni sous-sol. Pas de chambre « d'amis ».

Un bruit se fit entendre au niveau de la porte d'entrée et Alex se mit en position, prêt à abattre le coupable. L'agent spécial superviseur Frazer entra dans le chalet, son arme à la main.

— Ne tirez pas, dit Alex en se mettant en vue.

L'homme baissa son arme.

— Où est Rooney ?

— Je ne sais pas.

Ignorant sa bouche sèche, Alex sortit son téléphone portable et essaya de l'appeler. Aucune réponse de Mallory et aucune donnée de suivi. Et merde.

— Que faites-vous ici ?

— Mallory a appelé Hanrahan qui arrive en hélicoptère avec la sénatrice Tremont.

Frazer avait l'air énervé.

— J'étais en route pour rendre visite à Kari Regent, espérant obtenir plus d'informations de sa part, quand Hanrahan a dit que Mallory avait identifié l'adjoint Leo Chance comme étant le tueur aux initiales. Alors, je me suis précipité ici.

Elle avait donc reçu son message concernant Leo. *Bien*. Au moins, elle savait à qui elle avait affaire. Alex se demandait ce qu'elle avait dit d'autre à Hanrahan, mais pour l'instant, tant que le FBI n'essayait pas de l'arrêter, cela n'avait pas d'importance.

— Où sont les flics locaux ?

Frazer le regarda en levant le menton

— Je ne savais pas s'ils me croiraient sur parole ou s'ils avertiraient ce fils de pute.

— Vous ne le leur avez pas dit ?

Frazer secoua la tête.

— Nous devons fouiller les bois.

— Nous devrions probablement attendre les renforts.

— Et pourtant, vous êtes déjà là, agent Frazer. Le complexe du héros ?

— Je veux juste attraper un tueur, Parker.

Alex passa devant lui.

— Alors, allons-y.

Frazer le regarda fixement tout en le suivant à l'extérieur.

— Bon sang, mais qui êtes-vous ? Pour de vrai ?

L'air froid était mordant. Mallory n'était pas habillée pour affronter une tempête d'hiver. C'était sa faute. Il avait merdé et ne s'était pas attendu à se faire taser. Il aurait souri s'il n'avait pas été aussi effrayé de ne jamais la revoir.

— Je vous dirai tout *après* avoir retrouvé Mallory.

Frazer sortit de la cabane sur ses talons.

— Bien. Qu'est-ce qui lui fait penser que Leo Chance est le tueur aux initiales ?

— Kari Regent l'a identifié comme tel.

Cela lui donna une idée. Il appela le garde du corps qui se

tenait devant la chambre de Kari.

— J'ai besoin que vous posiez quelques questions à Kari pour moi. Est-ce qu'elle était enfermée dans un bâtiment ?

Le garde du corps relaya ses questions.

— Non. Elle a écrit « sous terre ».

— Sous terre ? Comme dans un puits de mine ?

Le garde du corps répondit, la voix rauque.

— Non, elle dit que c'était dans une cavité, dans les bois.

Cela retourna l'estomac d'Alex de penser à ce qu'elle avait enduré. Il raccrocha et se tourna vers Frazer.

— Il a une sorte de cachette souterraine dans le coin. Nous devons la trouver.

Les empreintes de pas dans la neige étaient leur meilleure chance. Alex longea les traces, essayant de préserver l'intégrité des preuves. Frazer était en chaussures de ville, mais n'hésita pas. Il monta d'un cran dans l'estime d'Alex.

— J'ai fait quelques recherches sur le trajet depuis l'hôpital. Leo a hérité cet endroit de son oncle et y a emménagé lorsqu'il avait dix-sept ans. Il n'a jamais quitté la région, n'est jamais parti en vacances avant janvier de cette année, lorsqu'il est allé à Cancún. Devinez ce qui s'est passé à Cancún au même moment ?

Frazer haussa les sourcils.

— Des jeunes femmes brunes retrouvées mortes.

En s'éloignant de la cabane, ils se retrouvèrent plongés dans l'obscurité la plus totale. Seul brillait encore le reflet de la neige. Ils n'avaient pas de lampes de poche. Ils avancèrent prudemment. Mallory était quelque part dans les environs, avec ce fils de pute. Il le savait. Il pouvait les sentir dans l'obscurité. Que se passerait-il si elle tirait sur le type de sang-froid et que Frazer en était témoin ? Il grimaça. L'idée d'être tous les deux en fuite avait un attrait sinistre et il ne voulait pas qu'elle vive ainsi. Cela dit, elle n'aurait plus envie d'être avec lui à présent qu'il lui avait menti sur un sujet aussi terrible.

Mais elle ne tuerait pas ce salaud. Elle s'en croyait capable, elle serait tentée de le faire, mais Alex connaissait la pureté de son cœur. C'était quelqu'un de bien. Une personne extraordinaire. Contrairement à lui. Il serait prêt à tuer tous ceux qui se mettraient en travers de sa route pour protéger Mallory, ce qui ne le rendait pas meilleur que la racaille qu'il traquait.

Il entendit quelqu'un crier et ils progressèrent plus rapidement à travers bois en direction du son. Il intima à Frazer de s'arrêter et écouta attentivement. Pour avoir un quelconque espoir de le prendre par surprise, ils devaient faire le tour et s'approcher par l'autre côté. Et ils devaient le faire en silence, car il ne comptait pas voir la femme qu'il aimait mourir aux mains d'un taré.

LA SENSATION D'HUMIDITE qui s'infiltrait dans ses vêtements tira Mallory de son étourdissement. Quelqu'un s'empara de ses poignets et commença à les attacher ensemble. Pas question. Elle tendit les jambes et lui donna un violent coup de pied dans les parties, avant de se trémousser pour se relever. Il tomba face contre terre. Elle posa un pied sur son bras afin de l'immobiliser, appuyant fermement l'autre talon sur sa nuque. Puis, agrippant à deux mains son autre poignet, elle lui tordit le bras derrière le dos.

Il commença à se débattre et elle appuya plus fort avec son pied, lui coupant la respiration. La lampe de poche qu'il avait lâchée éclairait ses traits à moitié ensevelis sous la neige, contorsionnés alors qu'il commençait à s'étouffer.

— Comment tu trouves *ça*, Leo ?

Peut-être qu'Alex avait raison. Peut-être que la vengeance était la seule forme de justice véritable dans un monde rempli de sadiques et de tueurs qui ne montraient aucune pitié pour ceux qui étaient sous leur contrôle. Elle appuya plus fort et le regarda lutter pour respirer, ses lèvres à présent cyanosées. Elle sentit la haine monter en elle. Ce n'était qu'une fraction de la douleur et de la souffrance qu'il avait causées. Il s'immobilisa, silencieux. Et merde. Elle relâcha la pression, soulagée en l'entendant respirer faiblement. Un éclair de conscience la traversa et elle frémit de soulagement. Elle ne voulait pas qu'il meure. Les représailles n'étaient pas l'idée qu'elle se faisait de la justice. L'idée que le gouvernement puisse consentir à une telle vengeance la sidérait, mais elle savait déjà que la CIA et la NSA, et même l'armée, faisaient des choses qu'elle n'approuverait jamais.

Alors, si Alex disait la vérité, cela faisait-il de lui un justicier ou un soldat ?

Elle repéra son arme dans la neige et la saisit avant que Leo Chance ne se dise qu'il n'avait plus rien à perdre et décide de se défendre. Elle pointa le pistolet vers l'homme couché dans la neige. Le doigt sur la détente.

— Ne fais pas ça, Mallory, fit soudain une voix calme dans l'obscurité.

Alex. Il était venu la chercher alors qu'il aurait dû s'enfuir.

— Il ne vaut pas que tu y laisses une partie de ton âme.

Elle lâcha un rire guttural pour tenter de masquer son chagrin.

— Un peu ironique venant d'un assassin à la solde du gouvernement, tu ne trouves pas ?

— Je comprends le prix à payer, mieux que la plupart des gens.

Alex s'approcha d'elle.

Elle poussa un juron en apercevant Frazer derrière lui. Elle adressa à Alex un sourire ironique comme si son cœur n'était pas brisé.

— Je suppose que j'ai grillé ta couverture, pas vrai ?

— J'ai promis de tout lui dire après t'avoir retrouvée, de toute façon. Je t'ai dit que je n'allais nulle part.

Leo Chance était étendu sur le sol, haletant et se massant le cou. Il les regardait attentivement, les yeux plissés.

— Tu veux que je le tue pour toi ?

— Frazer ? répondit-elle sur le ton de la plaisanterie.

Les yeux de Frazer s'écarquillèrent à son trait d'humour. Si elle devait se prononcer, elle aurait parié que Frazer n'était pas l'homme infiltré du Projet Gateway.

— Très drôle.

Alex semblait imperturbable.

Elle savait qu'il tuerait pour elle si elle le lui demandait, mais elle ne voulait pas avoir de sang sur la conscience. Elle sortait grandie de cette réflexion.

— Je veux que le système judiciaire fasse son travail. Je veux que cet homme qui a trahi son uniforme soit jugé pour tout ce qu'il a fait et que justice soit rendue pour toutes les femmes qu'il a blessées. Pour Payton.

Alex lui prit l'arme des mains afin de lui permettre de se pencher et de menotter Leo. Le type était allongé docilement. Alex pointait deux armes sur sa tête et l'homme semblait conscient qu'il n'hésiterait pas à appuyer sur la détente si nécessaire. *Lâche.*

Quand elle eut fini, Alex lui rendit l'arme, puis ôta sa

veste. Elle secoua la tête, mais il la passa tout de même autour de ses épaules. La veste avait gardé sa chaleur. C'était peut-être un assassin, mais depuis le moment où elle l'avait rencontré, il n'avait fait que la soutenir et la protéger. Sans l'étouffer, comme si elle était la personne la plus importante à ses yeux. Elle savait qu'Alex Parker ferait le meilleur père qu'un enfant puisse espérer. Cette révélation la frappa comme un coup de couteau au cœur, car elle allait tout de même le perdre.

Il avait cessé de neiger et les nuages s'étaient dissipés. Le clair de lune argenté baignait la neige, éclairant toute la forêt.

Au loin, des lampes de poche dansaient. Ils entendirent des voix anxieuses. Les flics ? Les bruits de pas s'intensifièrent à mesure que les gens se rapprochaient. Elle sentit son corps se tendre avec appréhension. Mallory braqua sa lampe torche sur les nouveaux arrivants.

Mon Dieu, était-ce bien sa mère ?

Elle courut vers eux, le souffle court en avançant dans la neige épaisse. L'agent Hanrahan suivait à un rythme plus lent.

— Maman ? *Mais qu'est-ce que... ?* Qu'est-ce que tu fais ici ? demanda Mallory.

Mais sa mère ne la regardait pas, elle fixait Alex, remplie de fureur.

— Parker, je vous ordonne de lui faire avouer où se trouve mon bébé.

Alors, Mallory comprit. Sa mère était la figure puissante qui l'avait fait sortir de cette prison marocaine. C'était la raison pour laquelle il n'aurait jamais dénoncé ses supérieurs. Non par loyauté envers le Projet Gateway, mais envers *elle*.

— Mon Dieu, maman. Tu as créé ta propre organisation de justiciers ?

Ça alors !

— J'ai fait ce que les forces de l'ordre n'ont pas fait pendant dix-huit ans : obtenir justice pour mon bébé.

Sa voix résonna à des kilomètres à la ronde. Sa mère semblait sur le point de bondir sur une arme et Mallory la surveillait de près, ainsi que les autres. La seule personne en qui elle avait vraiment confiance était Alex, qui veillait sur elle comme une ombre.

— C'est l'homme qui a enlevé Payton ? Où est-elle ? Elle est en vie ?

Mallory l'attrapa pour éviter qu'elle s'approche de l'adjoint.

— Elle est morte, pauvre conne ! cria Leo à terre. Elle est morte, putain, et ce n'était pas ma faute.

Le regard de la sénatrice ne quitta pas l'homme dans la neige.

— Parker, si vous ne tirez pas sur ce salaud, je vais…

— C'est fini, Sénatrice Tremont, dit Alex.

— Que se passe-t-il, agent Rooney ? demanda prudemment le SSA Frazer.

— Allez, Margret.

Hanrahan essaya de la réconforter, mais la sénatrice lui arracha son arme et ils finirent par se battre.

Frazer intervint, éloignant sa mère de l'autre agent.

— Quelqu'un peut m'expliquer ce qui se passe ?

Mallory se trémoussait. Son explication risquait de faire encourir la peine de mort aux personnes qu'elle aimait le plus au monde.

— C'est compliqué.

Il haussa les sourcils.

— J'arrive généralement à suivre, dit-il avec ironie.

Alex lui toucha l'épaule.

— Il a besoin de savoir ce qui se passe, Mallory. Il faut que tout cela prenne fin.

Elle effleura ses doigts pendant un instant, puis laissa retomber sa main.

— Si j'ai été recrutée au DSC, c'est parce que le SSA Hanrahan et moi-même suspections que quelqu'un au sein du FBI divulguait des informations à un groupe de justiciers qui assassinait des tueurs en série.

— C'est vrai ? demanda Frazer à Hanrahan.

Son patron aux cheveux argentés hocha la tête. Toute cette attention le mettait visiblement mal à l'aise.

— Le Projet Gateway bénéficie du soutien officiel des plus hautes sphères, mais personne ne l'admettra jamais.

Les lèvres de sa mère se retroussèrent tandis qu'elle fixait Leo Chance des yeux.

Il lui rendit un regard si glacial que Mallory regretta de ne pas l'avoir frappé plus fort.

Alex prit la parole.

— Je travaillais pour la CIA. La sénatrice m'a recruté pour travailler pour une organisation appelée le Projet Gateway, qui se spécialise dans l'identification des tueurs en série et des pédophiles et… leur neutralisation, expliqua-t-il.

Le visage de Frazer blêmissait à vue d'œil.

— C'est fascinant, les gars, fit Chance depuis le sol. On pourrait créer un club.

— Sauf que *nous* ne tuons pas des femmes et des enfants innocents. Nous ne supprimons que de la lie de la société, comme vous.

— Mais tu t'es fait choper, connard, et maintenant tu vas mourir comme moi.

Les lèvres de Leo frémirent. Mallory se souvint soudain de

la jeune femme dans les bois. Comment avait-elle pu l'oublier ?

— Oh, mon Dieu. Il y a une fille ici, quelque part dans la neige. Elle est effrayée, mais vivante. Elle a besoin d'aide.

— Je vais la chercher, proposa Hanrahan.

Alex grogna.

— Attendez.

Frazer avait du mal à tout encaisser. Il n'était pas le seul.

— Pourquoi ne m'avez-vous pas parlé de vos soupçons, monsieur ?

Hanrahan fronça les sourcils.

— Je ne savais pas à qui faire confiance.

— Nous aurions pu établir des écoutes téléphoniques et mettre en place une opération d'infiltration, reprit Fraser.

Ses yeux s'élargirent et il demanda :

— C'était ça, le fiasco de ce matin ?

— C'était mon idée, intervint Mallory.

Autant tout avouer.

— Et pourtant, nous n'avons procédé à aucune interpellation ? Vous avez pris nos téléphones et effacé l'historique des appels, mais vous n'avez mis personne en garde à vue ?

— Personne n'a appelé !

— Alors pourquoi effacer l'historique des appels ? insista Mallory.

Pourquoi ferait-il ça ?

— C'est lui l'informateur, dit alors Alex.

Il ne détachait pas ses yeux de Leo Chance, qui se délectait de cet échange, prostré sur le sol de la forêt.

— Mais il avait commencé à perdre son sang-froid.

— C'est vrai ? demanda-t-elle à Hanrahan, l'homme qu'elle avait admiré.

L'homme en qui elle avait eu confiance – et qui avait réussi à l'isoler de ses collègues, comme elle en prenait soudain conscience.

— Vous transmettiez des informations au Projet Gateway ?

Il avait sorti son arme et la tension augmenta d'un cran.

— Votre mère m'a persuadé de lui fournir des profils et d'autres informations classifiées avant que la police ne les obtienne. Nous avons conçu un système d'alerte pour que son assassin ne soit pas arrêté par les forces de l'ordre, c'est tout.

Il alternait fébrilement le regard entre l'un et l'autre.

— Je ne savais pas que l'assassin était votre petit ami.

Il passa sa main sur son front.

— Écoutez, j'ai servi le système judiciaire pendant près de trente ans et rien ne s'est jamais amélioré. Au début, je pensais sincèrement qu'il fallait tuer ces types, mais ensuite, je me suis dit que quelqu'un risquait d'abattre un innocent, et je ne pouvais pas vivre avec ça.

Le vent fit bruisser les feuilles mortes. Mallory était glacée jusqu'à la moelle.

Il haussa les épaules, ses yeux exprimant une excuse silencieuse.

— Je voulais trouver un moyen de m'en sortir. Je me suis dit que le plus simple était que l'assassin se fasse prendre.

— Vous avez donc commencé à envoyer les avertissements de plus en plus tard, commenta Alex.

— Pourquoi ne m'avoir rien dit ? demanda sa mère.

Hanrahan secoua la tête, les larmes aux yeux.

— Tu n'aurais rien voulu savoir, Margret. Ton cœur était rempli d'un désir de vengeance et ton âme avait soif de sang.

Ils comptaient l'un pour l'autre, réalisa Mallory. Ils partageaient un lien spécial.

— Vous êtes tous coupables de complicité de meurtre, déclara-t-elle.

Bon sang. Devait-elle les arrêter ? Il était évident qu'ils se croyaient bien mieux qu'Alex. Mais ce n'était pas parce qu'ils n'étaient pas les exécutants qu'ils étaient moins coupables pour autant.

L'expression de Hanrahan devint amère.

— Vous avez fait un lien que personne d'autre n'avait établi. Je vous ai fait transférer pour pouvoir vous surveiller.

— Mais tout s'est retourné contre vous quand Rooney est tombée amoureuse de votre assassin, dit Frazer sans ambages.

Elle échangea un regard avec Alex et eut l'impression que son monde se déchirait en deux. Frazer était le seul à ne pas s'être enfoncé jusqu'aux genoux dans ce merdier. Sa mère et l'homme qu'elle aimait risquaient tous deux d'être exécutés s'ils étaient condamnés. Elle crispa ses mains sur son ventre. Frazer était trop rigide pour contourner les règles. Elle se sentait malade. C'était son pire cauchemar.

Alex lui serra les épaules. Elle tremblait sous ses doigts.

— Nous devons trouver cette fille perdue dans les bois et mettre ce trou du cul en détention. Il est temps de décider à qui faire confiance et ce que vous voulez faire, Frazer.

Mallory saisit la main d'Alex et la pressa contre son ventre.

— Je t'aime.

Alex sourit lentement et lui toucha le visage.

— C'est plus que je ne le mérite.

— Ce n'est pas le moment, lança Frazer en grinçant des dents.

Les larmes lui montèrent aux yeux, mais elle refusa de les laisser couler. Elle dit abruptement :

— C'est probablement le seul qu'il nous reste. Au cas où vous ne l'auriez pas compris.

———

LES COULEURS DE l'aube commençaient à poindre sur les Appalaches. L'agent spécial Lincoln Frazer était au cœur d'une forêt de Virginie-Occidentale, son arme pointée sur un tueur en série qui avait assassiné au moins sept personnes, un assassin qui en avait probablement tué plus, une sénatrice corrompue, un SSA du FBI ripou qu'il avait passé toute sa carrière à essayer d'imiter, et une bleue dont l'instinct était plus affûté que le sien.

— Vous avez vos menottes, Rooney ?

— Elles sont sur l'adjoint Chance, monsieur.

Elle avait ajouté le « monsieur » après coup. Il n'avait pas gagné son respect. Loin de là. Sa méfiance avait failli la faire tuer. Il s'était trompé à son sujet. Au sujet de tout le monde. Il avait une paire de menottes et ne savait pas lequel de ses adversaires était le plus dangereux. Parker, en théorie, mais après avoir passé un peu de temps avec lui, il ne pensait pas qu'il fasse quoi que ce soit susceptible de mettre Rooney en danger. Il semblait être un bon gars, pour un tueur.

— J'ai besoin de votre arme, dit-il à Hanrahan, espérant qu'il ne tenterait rien de stupide. Videz la chambre, enlevez le chargeur et jetez-le par ici dans la neige.

Les mains de Hanrahan tremblaient tandis qu'il obéissait. L'adjoint Chance était maintenant à genoux, hilare.

— Vous allez tous tomber. J'ai hâte de voir ce qui se passera quand les médias s'empareront de cette merde. Chacun d'entre vous peut être accusé de meurtre ou de complicité de meurtre. Sauf vous.

Ses yeux se tournèrent vers Mallory.

— Payton aurait été fière de voir que vous ne m'avez pas tué. Elle m'aimait. Elle n'aurait pas voulu qu'on me fasse du mal.

Connard narcissique.

La douleur sur le visage de Mallory lui coupa le souffle. Mais Frazer vit une ouverture alors que tous les autres étaient trop occupés à souffrir.

— Quelqu'un devra s'occuper de la tombe de Payton quand vous serez en prison. Où est-elle ?

Les yeux de l'adjoint Chance se tournèrent vers le tas de bois.

— Elle est là-dessous ? demanda Frazer.

L'adjoint Chance hocha la tête et déglutit péniblement.

— Je ne l'ai pas tuée. Elle est morte.

— Vous l'avez tuée ! Vous m'avez volé mon bébé.

La sénatrice se jeta sur l'homme et Hanrahan s'empara d'elle.

— Elle est tombée malade et elle est morte, sombre conne. Si elle n'était pas morte, je n'aurais tué personne d'autre, cracha l'adjoint Chance.

Alors maintenant, c'était la faute de la fille ? Une fille qu'il avait privée de sa liberté et finalement de sa vie ?

— Si vous l'aviez emmenée à l'hôpital, elle aurait peut-être survécu. Vous ne lui avez jamais donné cette chance. Vous l'avez gardée comme un chien pour votre propre plaisir.

La voix de Mallory se brisa et Alex Parker passa un bras autour d'elle, la rapprochant de lui. Il voulait la protéger autant qu'il le pouvait, et aussi longtemps.

Bon sang. Toutes ses années de service étaient mises à

l'épreuve et il voulait juste que tout soit fini. L'idée de mettre ces personnes sous les verrous laissait un drôle de goût à Frazer. Mais ce n'était pas lui qui édictait les règles. Il se contentait de les suivre.

— Je vais passer un coup de fil. Il est dans votre intérêt que vous me laissiez faire.

La sénatrice avait retrouvé son calme arrogant habituel. Elle sortit son téléphone portable en se gardant de tout geste brusque.

— Attendez un instant.

Ils restèrent là, à se geler les fesses dans la neige, pendant qu'elle expliquait la situation à quelqu'un. Puis elle tendit le téléphone. Frazer fronça les sourcils et le plaça lentement à son oreille. La personne au bout du fil déclina son identité, même si sa voix était facilement reconnaissable. Toute la salive disparut de sa bouche. La voix au téléphone était grave.

— Si cela s'ébruite, tout le gouvernement pourrait tomber. Nos ennemis du monde entier s'empareraient du scandale et cela détruirait le DSC et le FBI.

Frazer aurait voulu fermer les yeux, mais il ne pouvait pas se résoudre à les laisser s'en tirer ainsi. Cela détruirait la réputation du DSC, une chose à laquelle il tenait beaucoup. Toutes leurs actions seraient passées au crible. Tous leurs dossiers seraient rouverts et réexaminés. Des vies disséquées…

— Personne d'autre ne doit être au courant, fit l'homme.

Frazer regarda le groupe de cinq personnes qui faisait semblant de ne pas tendre l'oreille.

— Vous comprenez ?

Et merde. Son interlocuteur était sérieux ? Frazer déglutit bruyamment.

— Je n'en suis pas sûr, monsieur. Vous voulez que je…

— Assurez-vous qu'il n'y ait pas de témoins gênants, agent

spécial adjoint responsable Frazer, fit-il d'un ton cassant. *Pas de témoins gênants.*

Agent spécial adjoint responsable ?

— Et j'ai votre bénédiction pour cela ?

Frazer marqua une pause, probablement agacé de devoir demander des précisions alors qu'il venait précisément de suivre un cours accéléré sur les raisons de ne pas faire confiance à ses supérieurs.

— Vous vous placez sous mes ordres directs. Faites vite avant que les policiers locaux n'arrivent, sinon ce sera la plus courte promotion de l'histoire.

Frazer fixa le téléphone. Ce que cet homme lui demandait était inconcevable. Cela le rendrait tout aussi imparfait que les autres. En serait-il capable ? Pourrait-il compromettre ainsi ses principes ? Piétiner sa morale ? À quel prix ? En même temps, quel serait le prix de ce scandale ? Cela pourrait suffire à fermer le DSC pour toujours.

Alex Parker se campa devant Mallory. Il tenait toujours son arme et Frazer ne doutait pas qu'il l'utiliserait avant de laisser quelqu'un lui faire du mal. Ce type avait un instinct incroyable. Il se considérait comme un soldat, mais il travaillait pour la mauvaise équipe. Frazer fut frappé par le fait qu'Alex Parker aurait pu l'abattre pour se protéger à tout moment depuis qu'ils s'étaient retrouvés dans la cabane, mais qu'il ne l'avait pas fait.

La sénatrice semblait prostrée dans un état de stupeur, une femme brisée dont les complots et les plans éclataient au grand jour. Au moins, elle savait maintenant où sa fille était enterrée. C'était déjà ça. Les épaules d'Hanrahan s'affaissèrent, imaginant déjà sa disgrâce publique et le réel danger de souffrance et de mort, une fois incarcéré.

Leo Chance se leva en titubant et ricana.

— Vous êtes tous finis. Vous allez tous mourir avant moi, mais ne vous inquiétez pas, j'ai entendu dire que c'était relativement indolore.

Parce que le FBI suivait toujours les procédures.

Les lèvres du tueur se retroussèrent. C'était un homme imposant. Un mètre quatre-vingt-dix, pas moins. Robuste et musclé. Les femmes qu'il avait enlevées n'avaient aucune chance. Un homme d'une intelligence raisonnable, mais émotionnellement freiné par les événements de son passé. Probablement abusé par une personne en qui il aurait dû pouvoir avoir confiance, ce qui avait déformé son esprit et détruit sa capacité d'empathie. Certains auraient pu avoir pitié de lui, mais c'était un monstre qui avait fait des choix délibérés pour infliger de la douleur et qui ne serait jamais réhabilité. Les violeurs et les tueurs en série ne pouvaient pas se racheter. Tuer pour le plaisir n'était pas la même chose que tuer parce qu'on vous l'ordonnait. Frazer se tourna vers Alex Parker. Il comprenait enfin ce qui poussait un homme à tuer de sang-froid. Il comprenait Alex Parker.

Frazer leva son arme.

Chance ricana.

— Vous n'avez pas les couilles.

Frazer appuya sur la détente et le son fit écho sur la chaîne des Appalaches, ancienne de quatre cent quatre-vingts millions d'années. Du sang cramoisi éclaboussa la neige. L'air empestait l'urine et les excréments.

Il s'attendait à éprouver des remords pour avoir pris une vie humaine, mais cet homme était mauvais. Il se retourna et regarda Parker dans les yeux.

— Il n'aurait pas dû essayer de s'échapper.

Parker ne dit rien. Il regardait Frazer avec méfiance. Il savait comment cela fonctionnait habituellement. Pas de témoins. Plus vous montiez en grade, plus vous pouviez vous en sortir. Frazer n'était pas ce type-là. Il avait de meilleures méthodes qui n'impliquaient pas davantage de meurtres.

— La CIA a accepté de vous transférer à un poste de consultant au FBI, Monsieur Parker.

Mallory s'avança, les yeux écarquillés.

— Quoi ?

Alex la repoussa derrière lui et laissa échapper un souffle qui frôlait le rire nerveux.

— La CIA a fait ça ?

Une sirène retentit au loin. La cavalerie arrivait enfin. Il fit un signe de tête.

— Pour combler certaines lacunes de sécurité du FBI. Allez-vous accepter le poste ? lui demanda Frazer.

Alex regarda l'arme dans sa main. Il eut un sourire en coin.

— Travailler pour le FBI ? Bien sûr, si Mallory peut supporter de m'avoir dans les parages.

Elle le retourna vers elle, prit son visage dans ses mains et l'embrassa. Mais Parker le surveillait toujours. C'était un homme intelligent. Frazer se dit qu'il pouvait compter sur leur silence.

Il regarda la sénatrice.

— Vous vous retirerez pour raison de santé. Vous me remettrez toutes les informations que vous avez sur le Projet Gateway et vous n'interférerez plus jamais avec la politique de maintien de l'ordre ou vous serez arrêtée pour complicité de meurtre.

Ses yeux se fixèrent sur le tas de bois.

— J'en ai fini. Je veux juste enterrer mon bébé. Vous n'aurez plus à vous soucier de moi.

Hanrahan le regardait comme s'il avait gagné à la loterie. Frazer pointa son doigt vers lui. Il se sentait dégoûté par sa trahison.

— Vous venez de prendre votre retraite. Vous pouvez faire vos tournées de dédicace de bouquins et votre putain de cirque médiatique, mais si jamais vous en parlez, si vous faites ne serait-ce qu'une allusion à un justicier ou à la corruption au sein du DSC, je vous mettrai moi-même une balle dans la tête. Maintenant, prenez votre arme et partez avec la sénatrice à la recherche de cette fille disparue. Vous n'étiez pas là quand Chance est mort. Vous ne savez rien de ce qui s'est passé. Vous êtes parti à la recherche de la fille dès que vous avez appris qu'elle était ici. Allez, hors de ma vue.

Ils s'éloignèrent en chancelant.

Il se tourna alors vers Mallory Rooney. Que dire à une femme qui avait flairé quelque chose depuis qu'elle avait vu son premier tueur en série mort ? Une femme qui avait été pourchassée par un fou, trahie par sa famille, son amant, ses supérieurs ? Et qui, malgré tout, avait survécu et prouvé qu'elle était une meilleure personne qu'eux tous réunis.

À en juger par la façon dont elle s'accrochait à la main de Parker, elle avait réussi à lui pardonner. Frazer venait d'exécuter de sang-froid un homme devant elle. Lui pardonnerait-elle aussi ? Ou était-il allé trop loin ?

— Agent spécial Rooney.

— Oui, monsieur ?

Elle se redressa en bombant la poitrine, une expression de défi sur son visage juvénile.

— Bienvenue dans l'équipe.

Elle lui sourit, un rayon d'espoir et de reconnaissance. Il se dit qu'il avait sa réponse.

Cinq jours plus tard...

MALLORY FOURRA SES mains dans les poches de son nouveau manteau d'hiver en duvet et observa depuis le sommet de la colline le chemin qui menait à travers bois à la maison de son enfance. Le soleil se levait à l'est et elle pensa à sa sœur jumelle, qui avait été si proche depuis tant d'années, mais si loin en même temps. Un jour, elle pourrait peut-être se pardonner de ne pas l'avoir retrouvée plus tôt, mais pas encore. Pas encore.

Elle entreprit de descendre la colline en direction de la scène de crime et du ruban qui entourait la fosse. Elle voulait que tout soit terminé, elle en avait besoin.

L'ASAC Frazer, récemment promu, les avait exclus de l'enquête, elle et Alex, et elle lui en était reconnaissante. Elle était reconnaissante à Lincoln Frazer pour beaucoup de choses.

L'adjoint Sean Kennedy avait été retrouvé vivant dans la fosse. Affaibli par la déshydratation et l'hypothermie, il avait survécu à son épreuve et se remettait à l'hôpital. On l'avait félicité d'avoir été le premier à résoudre l'affaire, même si cela avait failli lui coûter la vie. Amanda Collie, la jeune serveuse, avait réussi à se rendre à Eastborne et avait appelé les flics. Elle était secouée, mais Leo Chance ne l'avait pas agressée sexuellement. Il n'en avait probablement pas eu le temps. La ville était atterrée. Le shérif était allé voir Mallory à trois occasions, et chaque fois, il avait l'air plus affligé.

Difficile de supporter de s'être fait rouler dans la farine alors que l'on était censé assurer la sécurité de la ville. Elle savait qu'il ne se représenterait pas. Elle l'avait lu dans ses yeux. Les crimes de Leo Chance avaient détruit de nombreuses vies. Non seulement ses victimes et leurs proches, mais aussi les derniers membres de sa famille à lui, qui devaient porter le poids de la honte.

Bryce Keeble avait passé de nombreuses heures à lui tenir compagnie pendant sa veillée. Ils n'avaient pas eu besoin de parler, se comprenant tacitement.

Le bourdonnement d'un générateur s'intensifia, les lumières industrielles balayant la zone où se trouvait autrefois le tas de bois. Les fédéraux avaient déplacé le tout à quelques centaines de mètres à l'ouest, examinant soigneusement chaque bûche à la recherche d'éventuelles preuves. La veille, ils avaient utilisé un radar à pénétration de sol pour cibler l'emplacement le plus probable des restes de Payton. Aujourd'hui, ils allaient se mettre à creuser.

La neige avait de nouveau fondu et Mallory traînait des pieds dans la boue sombre pour reprendre sa place sur la ligne de touche. La seule raison pour laquelle elle était rentrée chez elle était pour dormir. Une pensée l'obsédait : retrouver sa sœur jumelle. Alex s'était occupé de tout le reste, il avait acheté des vêtements adaptés pour passer toute une journée d'hiver dans les bois, lui avait apporté de quoi manger et s'était assuré qu'aucune preuve ne puisse conduire vers eux et détruire le marché si habilement ficelé par Frazer. Il s'était même occupé de sa mère, qui s'en remettait à présent à lui en tout point : Que dire à la presse ? Quelle quantité de caféine consommer ? Du sublime, elle avait sombré dans le ridicule.

Mallory déboucha dans la clairière et constata qu'ils

avaient déjà commencé à creuser. Les techniciens de la scène de crime lui jetèrent un coup d'œil. Sa bouche devint sèche. Ils lui avaient dit qu'ils ne commenceraient pas avant midi, et ce n'était que l'aube. Ils avaient menti. Ils avaient probablement commencé dès qu'elle était partie, vers minuit. D'un côté, elle était furieuse, mais de l'autre, elle les comprenait. Elle les mettait mal à l'aise, pourtant elle ne pouvait pas rester à l'écart.

Elle sentit la présence d'Alex avant de le voir. Elle ne lui avait toujours pas parlé du bébé, mais ils entraient maintenant sur un nouveau territoire. Elle voulait avancer avec prudence. Ses sentiments étaient plus ancrés qu'elle ne l'avait cru possible. Savoir que quelqu'un tuerait pour elle, donnerait sa vie pour elle, voilà qui donnait à réfléchir. Cela éclairait leur passion sous un autre jour, la rendant plus profonde, plus lumineuse, plus audacieuse, plus forte.

Elle ne pensait pas qu'il soit un monstre, seulement un homme qui avait dérapé tout en souffrant des terribles effets de la culpabilité et du stress post-traumatique. Elle savait qu'il pouvait encore y avoir des retombées. Elle savait qu'ils ne seraient jamais complètement à l'abri des personnages de l'ombre qui avaient aidé sa mère à mettre sur pied cette organisation terrifiante. Mais Alex avait dit qu'il se chargerait de déployer des moyens pour assurer leur protection, et celui qui chapeautait le tout devait savoir qu'il ne fallait pas s'en prendre à lui, à moins d'être prêt à y laisser sa peau. Étant donné qu'ils avaient tous beaucoup à perdre si la conspiration était révélée, elle estimait qu'ils étaient en sécurité, pour l'instant.

Il lui servit une tasse de café fumant avec un thermos.

— Promets-moi que tu ne me mentiras plus jamais, dit-elle doucement.

Par accord tacite, tous les cinq avaient convenu de ne pas parler de ce qui s'était passé dans les bois ce jour-là, mais à présent, il s'agissait de l'avenir et non du passé.

— Même pas pour mon propre bien.

— Tu as ma parole.

Il l'embrassa sur la tempe. Ses lèvres étaient chaudes et douces.

Elle prit sa main dans la sienne. Il était temps de faire le point.

— Tu te souviens, avant que tout dégénère, je t'ai appelé pour te dire que j'avais besoin de parler.

Il plissa les yeux.

— Je m'en souviens.

Même s'il l'avait rapidement oublié dans le chaos qui avait suivi.

— J'ai compris pourquoi je me sentais si nauséeuse.

Elle le vit pâlir. Ses yeux gris s'élargirent.

— Tu es… ?

Sa pomme d'Adam tressauta et il passa sa grande main sur son visage.

— Tu es enceinte ? Tout ce temps où tu as couru après Leo Chance, tu étais enceinte et tu le savais ?

— Tu es en colère ?

Il regarda le ciel.

— Putain. Oui ! Contre moi-même. Contre toi.

Il ferma les yeux et la rapprocha de lui.

— Tu en es sûre ?

— J'ai fait un test de grossesse et je n'ai pas eu mes règles.

— Plutôt fiable alors, marmonna-t-il dans ses cheveux en la serrant contre lui.

Elle eut un petit rire, s'accrochant à ses épaules.

— Tu penses pouvoir gérer ça ?

Il recula et la regarda dans les yeux.

— Tu es ma seule chance d'avoir une vie normale, Mallo, ce qui n'est pas très flatteur, à moins que tu saches à quel point je suis dans la merde. Si tu peux faire confiance à une personne comme moi pour s'occuper d'un enfant…

— Je n'ai pas peur que tu fasses de mal à notre bébé, Alex. Mais je crains que tu ne fasses quelque chose de stupide avec cette idée archaïque selon laquelle tu dois nous protéger. Je ne veux pas de secrets entre nous. Je veux un nouveau départ.

— Tu aimerais qu'on se fasse ce fameux premier rencard ?

Elle lui toucha le visage

— Oui. Après avoir enterré Payton.

Il hocha la tête sobrement, mais il y avait une lumière dans ses yeux qu'elle n'avait encore jamais vue. Elle voulait lui donner de l'espoir pour l'avenir. Elle voulait lui donner toute la joie qui lui avait manqué au fil des ans. Elle se retourna dans ses bras et regarda un groupe de fédéraux revenir sur les lieux, les yeux troubles. Ils la regardèrent et descendirent dans la fosse. Ils cataloguaient les preuves. L'ADN. Les traces. Des journaux intimes, des photographies et des carnets de notes qui avaient probablement appartenu à Payton. Elle aurait tellement voulu consulter ces documents et voir ce qu'ils disaient, mais ce n'était pas possible tant qu'ils n'avaient pas été traités. Elle le savait. C'était aussi son travail. Cela ne rendait pas l'attente moins pénible.

Le technicien se pencha sur le site d'excavation le plus proche, leva les yeux et appela l'un de ses collègues.

— J'ai quelque chose.

Elle se figea.

— Tu penses que c'est elle ? murmura-t-elle.

Les mains d'Alex lui pressèrent l'épaule.

— Oui. Je pense que c'est elle.

Elle sentit les larmes lui monter aux yeux. Le rire lointain de Payton résonna dans son esprit. Elle posa sa main sur la sienne. Elle était déterminée à attendre, déterminée à montrer à sa sœur qu'elle lui avait toujours témoigné un amour et un respect sans failles, quel que soit le nombre de jours ou d'années qu'avait duré leur séparation. Elle lui serra la main.

— Je pense aussi que c'est elle. C'est presque fini.

Alex glissa ses deux mains sur son ventre et elle se reposa contre lui. Elle sentit comme une palpitation en elle. Le soleil se levait sur la cime des arbres, emplissant l'aube de rouges et de roses spectaculaires. Elle sourit à travers ses larmes. Payton pourrait enfin revoir le lever du soleil.

— Ne me lâche pas, Alex, chuchota-t-elle.

Il la serra fort et elle se laissa envelopper par sa chaleur.

— Je ne te lâcherai plus, Mallory. Jamais.

J'espère que vous avez apprécié l'histoire d'Alex et Mallory. Prêts pour le prochain tome de la série *Le Sommeil des Justes* ? Commandez dès aujourd'hui le tome 2, *Par une nuit si froide*.

Une mère célibataire désespérée. Un agent du FBI dévoué. Des terroristes déterminés à les tuer.

Vivi Vincent, mère célibataire, croit vivre un cauchemar quand elle se retrouve prise au piège dans un centre commercial, avec son fils de huit ans, lors d'une attaque terroriste. Jed Brennan, un agent du FBI dévoué en congés forcés, aide Vivi et son fils à survivre à l'attaque. Mais le danger ne fait que commencer...

Le fils de Vivi a peut-être été témoin de détails déterminants sur les projets des terroristes, ce qui fait de lui une cible toute désignée. Mais l'enfant est muet et il est traumatisé. Quand une attaque est déclenchée contre la planque du FBI, Jed craint que leurs ennemis aient une taupe au sein des forces de l'ordre. Sans savoir à qui faire confiance, il cache la mère et son fils dans un chalet en rondins, au cœur des Northwoods, vaste forêt du Wisconsin. Là, Jed et Vivi essaient de trouver un moyen d'accéder aux informations que son fils a enfermées à double tour dans sa propre tête.

Toutefois, ils n'avaient pas prévu cette attirance brûlante l'un envers l'autre, pas plus que les rebondissements de l'intrigue sinistre qui menace leurs chances de goûter ensemble au bonheur.

Commandez dès aujourd'hui, *Par une nuit si froide.*

DEFINITIONS UTILES DE QUELQUES ACRONYMES UTILISES DANS LES LIVRES DE TONI

PG : procureur général

ASAC (Assistant Special-Agent-in-Charge) : agent spécial adjoint responsable

ATF (Alcohol, Tobacco, and Firearms) : alcool, tabac et armes à feu

DSC : département des sciences du comportement

BOLO (Be On the Look-Out) : avis de recherche

BUCAR (Bureau, Car) : voiture du FBI

CIRG (Critical Incident Response Group) : groupe de réaction aux incidents critiques

CMU (Crisis Management Unit) : cellule de gestion de crise

CN (Crisis Negotiator) : négociateur de crise

CNU (Crisis Negotiation Unit) : cellule de négociation de crise

CODIS (Combined DNA Index System) : banque de données qui répertorie les profils ADN

PC : poste de commandement

DEA (Drug Enforcement Administration) : administration pour le contrôle des drogues

DDN : date de naissance

DOJ (Department of Justice) : département de la Justice

EMT (Emergency Medical Technician) : urgentiste

ERT (Evidence Response Team) : (police) scientifique

FOA (First-Office Assignment) : première affectation

FBI (Federal Bureau of Investigation) : bureau fédéral d'enquête

FO (Field Office) : bureau régional

IC (Incident Commander) : commandant des interventions

HRT (Hostage Rescue Team) : équipe de libération d'otages

HT (Hostage-Taker) : preneur d'otages

LAPD (Los Angeles Police Department) : département de police de Los Angeles

LEO (Law Enforcement Officer) : agent des forces de l'ordre

ML : médecin légiste

MO : mode opératoire

NAT (New Agent Trainee) : nouvel agent stagiaire

NCAVC (National Center for Analysis of Violent Crime) : centre national pour l'analyse des crimes violents

NCIC (National Crime Information Center) : centre national d'information sur la criminalité

NYFO (New York Field Office) : bureau local de New York

CO : crime organisé

OCU (Organized Crime Unit) : unité de lutte contre le crime organisé

OPR (Office of Professional Responsibility) : bureau de la responsabilité professionnelle

POTUS (President of the United States) : président des États-Unis

RA (Resident Agency) : agence locale

SA (Special Agent) : agent spécial

SAC (Special Agent-in-Charge) : agent spécial en charge

SAS (Special Air Squadron) : forces spéciales aériennes

SIOC (Strategic Information & Operations) : informations et opérations stratégiques

SSA (Supervisory Special Agent) : agent spécial superviseur

SWAT (Special Weapons and Tactics) : armes et tactiques spéciales

TC (Tactical Commander) : tacticien

TOD (Time of Death) : heure du décès

UNSUB (Unknown Subject) : sujet inconnu, suspect

ViCAP (Violent Criminal Apprehension Program) : programme d'arrestation pour actes criminels violents

WFO (Washington Field Office) : bureau régional de Washington

REMERCIEMENTS

Même si l'écriture est un effort solitaire, j'ai reçu beaucoup d'aide avec ce manuscrit. Comme toujours, un immense merci à ma merveilleuse partenaire de critique, Kathy Altman. Merci aussi, pour leurs encouragements et leur bêta-lecture, à Laurie Wood et mon adorable mari, Gary. Quant à JRT Editing et Ally Robertson, j'apprécie beaucoup votre aide qui m'a aidé à faire briller cette histoire. Je tiens également à remercier Diane Garo et Valentin Translation pour la version française.

À PROPOS DE L'AUTEURE

Toni Anderson est une auteure de best-sellers classés par le *New York Times* et *USA Today*, finaliste de RITA®, accro aux sciences, touriste professionnelle, amoureuse des chiens, jardinière et maman. Originaire d'une petite ville d'Angleterre, Toni a étudié la biologie marine à l'Université de Liverpool (B.Sc.) et l'Université de St. Andrews (Ph.D.) avec l'intention de ne jamais s'éloigner de l'océan. Jusqu'à ce que ce plan vole en éclats et qu'elle atterrisse dans les prairies canadiennes avec son mari, professeur de biologie, deux enfants, un chien rescapé et un gecko léopard nonchalant. Ses plus belles réussites sont d'avoir compris le fonctionnement du métro de Tokyo, gravi le mont Ben Lomond, plongé dans la Grande Barrière de corail et survécu à de nombreux hivers à Winnipeg. Elle adore voyager à des fins de recherche et elle a eu la chance de visiter le centre des opérations et de l'information stratégique au quartier général du FBI à Washington en 2016. Elle a également réussi l'exploit notoire de déclencher une sortie de route lors de sa formation en course-poursuite à l'académie de police pour écrivains, dans le Wisconsin. Chaud devant, le monde, j'arrive !

Inscrivez-vous à la newsletter de Toni Anderson en anglais :
www.toniandersonauthor.com/newsletter-signup

Suivez Toni Anderson sur Facebook :
facebook.com/toniannanderson

Découvrez la bibliographie de Toni Anderson :
www.toniandersonauthor.com/books-2

Suivez Toni Anderson sur Instagram :
instagram.com/toni_anderson_author